Georgette Heyer

Mord vor dem Dinner

Detektivroman

Deutsch von
Anton und Adele Stuzka

Rowohlt

Titel der Originalausgabe «Envious Casca»
Umschlaggestaltung Walter Hellmann
(Foto © Liberty Collection / The Image Bank)

54.–65. Tausend August 1994

Veröffentlicht im Rowohlt Taschenbuch Verlag GmbH,
Reinbek bei Hamburg, Januar 1977

Satz Aldus (Linotronic 500)
Gesamtherstellung Clausen & Bosse, Leck
Printed in Germany
990-ISBN 3 499 13284 2

Georgette Heyer · Mord vor dem Dinner

Die Figuren dieses Buches sind Geschöpfe der Phantasie. Ähnlichkeiten mit lebenden Personen sind in keinem einzigen Fall beabsichtigt; mit Ausnahme von Hemingway stammen die verwendeten Familiennamen von Städten und Dörfern auf den Britischen Inseln.

1

Joseph Herriard empfand es als eine ganz große Befriedigung, daß die Stechpalmen im vollen Schmuck ihrer Beeren standen; ja, ihm schien dies ein gutes Omen für die beabsichtigte Wiedervereinigung der Familie zu sein. Seit Tagen sammelte er eifrig die stacheligen kleinen Zweige und brachte sie ins Haus. Sein rosiges Gesicht strahlte dabei vor Freude, und sein weißes Haar, das er ziemlich lang trug, war von den Dezemberwinden zerzaust. «Sieh dir bloß die Beeren an!» pflegte er zu sagen, indem er die Zweige zuerst Nathaniel unter die Nase hielt und sie dann auf Mauds Kartentisch legte.

«Sehr nett, mein Lieber», meinte dann Maud gleichgültig, während Nathaniel knurrte: «Nimm das verdammte Zeug weg, ich hasse Stechpalmen.»

Aber weder die Gleichgültigkeit seiner Frau noch die Zurückweisung durch seinen älteren Bruder vermochten Josephs kindische Freude an der Weihnachtszeit zu dämpfen. Als der bleigraue Adventhimmel dann auch noch Schnee ankündigte, fing er an, über die alten Weihnachtsbräuche zu sprechen und Vergleiche zwischen Lexham Manor und Dingley Dell zu ziehen. Dabei bestand zwischen den beiden Häusern nicht mehr Ähnlichkeit als etwa zwischen Mr. Wardel und Nathaniel Herriard. Lexham war ein Herrensitz aus der Tudorzeit, eine der Sehenswürdigkeiten seiner Umgebung. Das Haus befand sich noch nicht lange im Besitz der Familie; Nathaniel – er war durch seine Importgeschäfte mit Ostindien zu Wohlstand gelangt – hatte es, einige Jahre bevor er sich von der aktiven Mitarbeit in seinem blühenden Unternehmen zurückzog, erworben. Seine Nichte, Paula Herriard, die das Haus nicht mochte, konnte sich nicht vorstellen, aus welchen Gründen sich ein alter Junggeselle mit einem solchen Besitz belastete, es sei denn, er beabsichtigte, es Stephen, ihrem Bruder, zu hinterlassen. Dann aber, meinte sie, war es ein Jammer, daß Stephen, der den Besitz liebte, sich sowenig bemühte, zu dem alten Herrn nett zu sein.

Obwohl Stephen seinen Onkel gewöhnlich ärgerte, betrachtete man ihn als Nathaniels Erben. Er war sein einziger Neffe, und wenn Nathaniel sein Vermögen nicht seinem einzigen Bruder Joseph zu vermachen gedachte, sah es ganz so aus, als würde der riesige Besitz dereinst diesem unwürdigen Stephen zufallen.

Erhärtet wurde diese Annahme noch dadurch, daß Nathaniel seinen Neffen anscheinend viel besser leiden konnte als irgendein anderes Mitglied seiner Familie. Aber sonst gab es wenige Leute, die Stephen besonders mochten. Der einzige Mensch, der beharrlich daran glaubte, daß hinter Stephens rauher Schale hervorragende Eigenschaften schlummerten, war Joseph.

«In Stephen steckt sehr viel Gutes. Denkt an meine Worte. Der liebe alte Bär wird uns eines Tages alle überraschen», pflegte Joseph treuherzig zu sagen, wenn Stephen sich wieder einmal von seiner unmöglichsten Seite gezeigt hatte.

«Die Beschäftigung mit unerwartet schwachen Verstandeskräften gehört nicht zu meinem Zeitvertreib», war eine von Stephens Antworten, bei denen er sich nicht einmal der Mühe unterzog, die Pfeife aus dem Mund zu nehmen.

Wenn Joseph daraufhin tapfer lächelte, sah Paula sich veranlaßt, ihn zu verteidigen, aber Stephen lachte bloß kurz auf und vergrub sich in sein Buch. Während Paula ihm freimütig erklärte, was sie von seinem Benehmen halte, hatte Joseph sich bereits wieder so weit gefaßt, daß er Stephens bissige Bemerkung schalkhaft als die Folge eines Leberanfalls bezeichnen konnte.

Maud bemerkte dann mit tonloser Stimme, daß Salz vor dem Frühstück gut gegen eine träge Leberfunktion sei. Worauf Stephen «Ach Gott» seufzte. «Nicht auszudenken, daß es in diesem Haus einmal erträglich war!»

Die Schlußfolgerung dieser beleidigenden Bemerkung war unmißverständlich, aber sobald Stephen den Raum verlassen hatte, versicherte Joseph seiner Nichte Paula: «Ich glaube nicht, daß Stephen uns die Gastfreundschaft Nats wirklich mißgönnt.»

Joseph und Maud hatten nicht immer in Lexham Manor gewohnt. Joseph war bis vor wenigen Jahren so etwas wie ein Zugvogel gewesen. Er erzählte oft von seinen verfehlten Berufen und seinem Herumwandern in der Welt. Und damit Stephen nur ja nicht erbittert wurde, pflegte er vergangene Triumphe im Rampenlicht nur mit einem Seufzer, einem Lächeln und einem «*Eheu fugaces!*» zu erwähnen.

Denn Joseph hatte auf der Bühne gestanden. In seiner Jugend war er zwar zum Anwalt bestimmt gewesen, hatte aber diesen Beruf aufgegeben, weil er glaubte, daß er als Kaffeepflanzer in Ostafrika glänzendere Aussichten hätte. Seit jenen Tagen hatte er in jeden nur vorstellbaren Beruf hineingerochen, war vom Goldsucher bis zum Schauspieler fast alles gewesen. Warum er die Schauspielerei aufgegeben hatte, konnte sich niemand erklären, denn er schien von Natur aus dazu prädestiniert, die Bretter, die die Welt bedeuten, zu zieren.

In dieser Zeit hatte er auch Maud kennengelernt und geheiratet. Obgleich es den jungen Herriards, die Maud nur als Fünfzigerin kannten, unvorstellbar schien, war sie dereinst eine passable Schauspielerin gewesen. Sie war mit den Jahren dick geworden, und heute waren in dem fetten Gesicht mit dem kleinen, zwischen tiefen Falten eingebetteten Mund, den rosigen Wangen und den hellblauen, fast starren Augen kaum noch Anzeichen von dem hübschen Mädchen von einst zu entdecken. Sie sprach selten von ihrer Jugend, und die wenigen Bemerkungen, die sie von Zeit zu Zeit fallen ließ, waren unzusammenhängend.

Für die jungen Herriards und Mathilda Clare, eine entfernte Cousine, waren Joseph und Maud nur legendäre Figuren gewesen, ehe sie das Meer vor zwei Jahren in Liverpool an die Ufer Englands spülte. Sie waren von Südamerika gekommen, zahlungsfähig zwar, aber ohne Aussichten. Es hatte sie nach Lexham Manor gezogen, und dort waren sie geblieben; keineswegs zu stolz, wie Joseph sagte, um Nathaniels Dauergäste zu sein.

Nathaniel hatte Bruder und Schwägerin mit einer überraschenden Bereitschaft aufgenommen. Vielleicht war er der Meinung gewesen, Lexham bedürfe einer Hausdame. Wenn dem wirklich so war, dann wurde er aber sehr enttäuscht, denn Maud zeigte keinerlei Neigung, die Zügel der Wirtschaftsführung in ihre kleinen Hände zu nehmen. Mauds Vorstellung von der menschlichen Glückseligkeit schien sich im Essen, Schlafen, in endlosen Patiencen und in der Lektüre von geschwätzigen Biographien königlicher Personen oder anderer Berühmtheiten zu erschöpfen.

Wenn Maud keinerlei Emotionen zeigte, so sprühte Joseph förmlich vor Energie. Beinahe alles an ihm war Güte. Aber zum Leidwesen Nathaniels, der nicht gesellig war, freute es ihn, große Gesellschaften zu arrangieren. Nichts bereitete ihm mehr Vergnügen, als das Haus voll mit jungen Leuten zu haben.

So war es denn auch Joseph, der die Idee gehabt hatte, jene Gesellschaft im Haus zu organisieren, die sich an diesem kalten Dezembertag zusammenfinden sollte. Joseph hatte so viele Jahre im Ausland verbracht und wünschte nichts sehnlicher, als richtige englische Weihnachten zu erleben. Nathaniel, der seinem Treiben mit verächtlicher Miene zusah, meinte, nach seinen Erfahrungen bestünden richtige englische Weihnachten nur darin, daß sich Leute, die einander nicht ausstehen konnten, etliche Grobheiten sagten.

Es sprach viel für Josephs Überredungskunst, daß Nathaniel «die jungen Leute» schließlich doch einlud, Weihnachten auf Lexham Manor zu verbringen, zumal er erst einen Monat zuvor mit seinem Neffen Stephen Streit gehabt und es vor noch längerer Zeit ganz entschieden abgelehnt hatte, ein Theaterstück zu finanzieren, in welchem seine Nichte Paula auftreten wollte.

«Du weißt, Nat», sagte Joseph, «alte wunderliche Menschen wie du und ich können es sich nicht leisten, mit der jüngeren Generation herumzustreiten. Wo würden wir denn schließlich ohne sie sein? Trotz aller ihrer Fehler, segne ihre Herzen!»

«Ich kann es mir erlauben, zu streiten, mit wem ich will», erwiderte Nathaniel. «Ich sage ja nicht, daß Stephen und Paula nicht kommen dürfen, wenn sie es beide wünschen, aber ich möchte dieses Weibsstück Stephens nicht hier haben, das mit seinem ordinären Parfüm die Luft verpestet; und ich will nicht von Paula bedrängt werden, daß ich einem Stück auf die Beine helfe, das ein Bursche geschrieben hat, von dem ich niemals etwas gehört habe und von dem ich auch niemals etwas hören will.»

Nichtsdestoweniger ließ er sich nach einiger Zeit doch dazu überreden, Stephens «Weibsstück» nach Lexham einzuladen. Zu guter Letzt kam eine ganz beträchtliche Anzahl von Gästen zusammen, die

Weihnachten gemeinsam in Nathaniels Haus verbringen sollten, denn Paula brachte den unbekannten Dramatiker mit, der vom Hausherrn so sehr abgelehnt wurde; Mathilda Clare lud sich selbst ein, und Joseph überlegte im letzten Moment, daß es unhöflich wäre, mit der seit Jahren geübten Gepflogenheit zu brechen und Nathaniels Geschäftspartner, Edgar Mottisfont, nicht einzuladen.

Joseph verbrachte die letzten Tage vor Weihnachten damit, das Haus zu schmücken. Er kaufte Papierketten und hängte sie kreuzweise unter der Decke auf; und er holte ganze Büschel von Mistelzweigen herbei, um sie an allen strategisch wichtigen Punkten anzubringen. Mit dieser Arbeit war er gerade beschäftigt, als Mathilda Clare ankam. Er wollte eben in der Mitte der Halle eine wacklige Stufenleiter aufstellen, um sodann ein Bündel Mistelzweige am Lüster zu befestigen, da trat Mathilde ein.

«Tilda, meine Liebe», rief er aus, ließ die Leiter mit einem Krach zu Boden fallen und eilte, den ersten Gast zu begrüßen. «Herrlich, herrlich, herrlich, herrlich!»

Strahlend schob er einen Arm unter den ihren und führte sie in die Bibliothek, wo Nathaniel die Zeitung las. «Sieh, was uns die Feen beschert haben, Nat», verkündete er.

Nathaniel sah über den Rand seiner Augengläser und sagte: «Ach, du bist's? Wie geht's? Freut mich, dich zu sehen.»

«Nun ja, das ist immerhin etwas», entgegnete Mathilde und schüttelte ihm die Hand. «Übrigens, schönen Dank, daß du mich hast kommen lassen.»

«Ich nehme an, du willst etwas», sagte Nathaniel, ohne die Miene zu verziehen.

«In keiner Weise», erwiderte Mathilda und zündete sich eine Zigarette an. «Es ist nur so, daß Sarahs Schwester sich ein Bein brach; und Mrs. Jones konnte nicht aushelfen kommen.»

Da Sarah Miss Clares dienstbarer Hausgeist war, wurde mit dieser Feststellung ihr Besuch im Herrenhaus als genügend begründet aufgenommen. Joseph drückte Mathildas Arm. «Wir werden wirklich herrliche Weihnachten verbringen», sagte er.

«Mit ‹wir› sind wohl wir beide gemeint», sagte Mathilda. «Geht in Ordnung, Joe. Der perfekte Gast: das bin ich. Wo ist Cousine Maud?»

Man entdeckte Maud alsbald im Frühstückszimmer. Es war nicht ersichtlich, ob der Besuch Mathildas sie erfreute, aber sie hielt ihre Wange zum Kuß hin und bemerkte etwas zerstreut: «Der arme Joseph ist so darauf aus, ein Weihnachtsfest so richtig nach altem Brauch zu arrangieren!»

«Gut, ich will ihm gerne dabei helfen», sagte Mathilda. «Soll ich Papierketten machen oder sonst etwas? Wer kommt denn überhaupt alles?»

«Stephen und Paula, dann Stephens Braut und Mr. Mottisfont natürlich.»

«Hört sich an wie ein schlechter Scherz. Stephen würde jede Gesellschaft glatt schmeißen.»

«Nathaniel mag Stephens Braut nicht», konstatierte Maud.

«Was du nicht sagst», erwiderte Miss Clare.

«Sie ist sehr hübsch», sagte Maud.

Mathilda lächelte breit. «Das ist sie», gab sie zu.

Mathilda selbst war nicht hübsch. Sie hatte gutgeformte Augen und herrliches Haar, aber nicht einmal in ihrer taufrischen Jugend hatte sie sich mit dem Gedanken zu täuschen versucht, daß sie gut aussähe. So fand sie sich vernünftigerweise damit ab, daß ihrer Figur frauliche Reize fehlten, und wendete daher ihr ganzes Geld für gute Kleider auf. Sie war Ende Dreißig, verfügte über ein eigenes Vermögen und lebte in einem Städtchen, nicht allzuweit von London entfernt. Ihr Einkommen ergänzte sie durch gelegentliche journalistische Arbeiten und die Aufzucht von Terriern. Stephens Braut, Valerie Dean, konnte ihr kaum gefährlich werden. Mathilda verstand sich so gut anzuziehen, daß sie damit jeden Mangel ausglich und einen großen Teil der Aufmerksamkeit bei Gesellschaften auf sich zog.

«Natürlich, Liebling, es handelt sich nicht darum, daß ich deine Cousine nicht mag», sagte Valerie zu Stephen, «aber es ist so unsinnig, sie reizend zu nennen. Weil sie einfach scheußlich ist.»

«Ich habe sie gern. Und momentan wäre mir lieber, du würdest deine reizende kleine Klappe halten. Ich kann es nicht leiden, während ich fahre, angebellt zu werden.»

«Du bist ein gemeiner Hund, Stephen. Liebst du mich?»

«Ja, verdammt noch mal.»

«Nun, es klingt nicht gerade so, als ob du es wirklich tätest. Ich bin hübsch, nicht wahr?»

«Ja, mein kleiner Holzkopf. Du bist reizend – und jetzt hör mit deiner Faselei auf.»

«Oh, ich verstehe nicht, wieso ich mich überhaupt in dich verliebt habe, Liebling. Ich glaube, du bist ein Narr», sagte sie gurrend.

Er ließ sich zu keiner weiteren Antwort herbei, und sie erkannte, daß er nicht guter Laune war. So vergrub sie das Kinn in den Kragen ihres Pelzmantels und versank in Schweigen.

In Lexham kamen sie zugleich mit Edgar Mottisfont an. Joseph, der zur Vorhalle hinausgetrottet war, begrüßte sie alle drei freudestrahlend, und das Privileg des Mannes von Welt beanspruchend, umarmte er Valerie. Miss Dean, die tatsächlich reizend aussah, dünkte sich nicht zu erhaben, auf die Scherze alter Herren einzugehen. Sie hob ihre großen blauen Augen zu Joseph empor und sagte, sie habe erfahren, daß er schrecklich verrucht sei, worüber Joseph sich freute.

«Tag, Stephen», sagte Edgar Mottisfont und stieg aus dem Wagen, der ihn vom Bahnhof nach Lexham Manor gebracht hatte.

«Tag», entgegnete Stephen gleichgültig.

«Das ist ein unerwartetes Vergnügen», bemerkte Mottisfont.

«Warum?» fragte Stephen.

«Aber, aber», schalt Joseph, der dieses Geplänkel mitangehört hatte. «Mein lieber Edgar, kommen Sie herein, kommen Sie doch. Sie müssen ja ganz durchfroren sein, das heißt, ihr alle! Seht euch den Himmel an! Wir werden weiße Weihnachten haben. Es sollte mich nicht wundern, wenn wir in ein oder zwei Tagen rodeln.»

«Mich bestimmt», fügte Stephen hinzu und folgte den anderen ins Haus. «Hallo, Mathilda!»

«Ich habe deine angenehme Stimme bereits vernommen», sagte Mathilda. «Du läßt deine Gunst wieder mal überströmen, mein Lieber!»

Bei dieser Begrüßung machte der harte Zug um Stephens Mund einem Lächeln Platz. Aber als in diesem Augenblick Nathaniel die Halle betrat und ihn nur mit einem Kopfnicken und einem kurzen «Freut mich, dich zu sehen, Stephen» begrüßte, kehrte der verdrießliche Ausdruck in sein Gesicht zurück.

Nathaniel reichte Miss Dean nur flüchtig die Hand und zog sich danach sofort mit Edgar Mottisfont in sein Arbeitszimmer zurück.

«Erinnern Sie mich gelegentlich daran, daß ich Ihnen einige Hinweise gebe, wie Sie sich mit Onkel Nat gutstellen können», sagte Mathilda zu Miss Dean.

«Verflucht, halt doch den Mund», fuhr Stephen sie an. «Mein Gott, ich frage mich, warum bin ich nur gekommen!»

«Wahrscheinlich weil du nicht wußtest, wo du sonst hingehen könntest», erwiderte Mathilda, und als sie Josephs dumm-entsetztes Gesicht sah, fügte sie hinzu: «Wenn schon, nun bist du hier, also benimm dich! Wollen Sie jetzt auf Ihr Zimmer gehen, Valerie, oder möchten Sie den Tee?»

Miss Dean, deren Hauptsorge im Leben es war, daß sie schlecht frisiert oder ihr Make-up nicht in Ordnung sein könnte, entschloß sich, ihr Zimmer aufzusuchen. Bei diesem Gespräch entsann sich Joseph plötzlich seiner Frau, aber während er zu ihr ins Wohnzimmer eilte, wurde Valerie schon von Mathilda nach oben gebracht.

Maud erwiderte auf Josephs vorwurfsvolle Frage, warum sie nicht herausgekommen wäre, die Gäste zu begrüßen: «Ich habe hier ein sehr interessantes Buch. Es handelt von der armen Kaiserin von Österreich. Sieh mal, Joseph! Die ist tatsächlich in einem Zirkus geritten.»

Es bestand wenig Hoffnung, daß Maud sich von den Absonderlichkeiten der Kaiserin losreißen würde. Deshalb gab ihr Joseph einen freundschaftlichen Klaps auf die Schulter und trippelte wieder geschäftig hinweg, um zunächst die Dienerschaft anzutreiben, sie möge den Tee anrichten. Dann eilte er hinauf zu Valeries Zimmer, klopfte an die Türe und fragte, ob sie einen Wunsch habe.

Der Tee wurde im Salon gereicht. Maud legte «Das Leben der Kaiserin Elisabeth von Österreich» zur Seite und goß ein. Sie saß auf dem Sofa wie die verkörperte schlechte Laune und reichte jedem der Gäste mit dem gleichen mechanischen Lächeln und der gleichen farblosen Begrüßungsformel ihre kleine plumpe Hand.

Mathilda saß neben ihr und lachte, als sie Mauds Buch sah. «Das letzte Mal, als ich hier war, sind es ‹Die Memoiren einer Hofdame› gewesen», neckte sie.

Als Nathaniel mit Edgar Mottisfont eintrat, hob sich Stephen aus einem tiefen Armsessel und sagte ungnädig: «Hier, wenn du dich setzen willst, Onkel!»

Nathaniel erwiderte: «Laß dich nicht stören, mein Junge. Wie ist es dir ergangen?»

«Gut», antwortete Stephen. Er versuchte höflich zu erscheinen und fügte hinzu: «Du scheinst wohlauf zu sein?»

«Wenn man von diesem verdammten Hexenschuß absieht», sagte Nathaniel. «Außerdem hatte ich gestern auch einen Ischiasanfall.»

«Mit der Zeit sind solche Dinge unausbleiblich», bemerkte Mottisfont.

«Unsinn», warf Joseph ein. «Seht mich an! Wenn ihr beide meinen Rat annehmen wolltet und jeden Morgen vor dem Frühstück regelmäßig ein Dutzend Übungen machtet, würdet ihr euch um zwanzig Jahre jünger fühlen. Kniebeugen – Zehen berühren – tief atmen vor dem offenen Fenster.»

«Sei kein Narr, Joe», knurrte Nathaniel. «Du kannst für mich meine Zehen berühren.»

«Eine Dosis Salz jeden Morgen würde den meisten Menschen sehr guttun», sagte Maud, während sie Stephen eine Tasse Tee reichte.

Nathaniel warf seiner Schwägerin einen feindseligen Blick zu und wandte sich dann unvermittelt an Mottisfont. Mathilda lachte auf. Mauds farblose Augen richteten sich verständnislos auf Mathilda, und ohne das leiseste Anzeichen von Humor meinte sie: «Ich halte Salz wirklich für sehr wohltuend.»

Valerie Dean sah in ihrem Jerseykleid, das ganz genau mit dem Blau ihrer Augen harmonierte, wirklich allerliebst aus. Sie hatte eben Mathildas Tweedkostüm kritisch gemustert und war zu dem Ergebnis gekommen, daß es Mathilda nicht stand. So wollte sie denn zu Mathilda freundlich sein, rückte ihren Sessel näher an das Sofa heran und begann mit ihr zu plaudern. Stephen, der sich anscheinend wirklich bemühte, nett zu sein, beteiligte sich an der Unterhaltung seines Onkels mit Mottisfont. Und Joseph blicke alle so strahlend an, daß ihm Mathilda wieder zuzwinkerte und sich antrug, ihm nach dem Tee beim Aufhängen der Papierketten zu helfen.

«Ich freue mich, daß du gekommen bist, Tilda», beteuerte ihr Joseph, als sie behutsam die gebrechliche Stufenleiter hinaufstieg. «Es ist mir ein Herzensbedürfnis, daß bei der Party alles gutgeht.»

«Du bist ein Allerweltsonkel, Joe», sagte Mathilda. «Um Gottes willen, halte die Leiter fest! Warum wolltest du eigentlich dieses Familienfest?»

«Ach, du wirst mich auslachen, wenn ich dir das sage», antwortete er kopfschüttelnd. «Ich glaube, wenn du das Ende der Kette genau über diesem Bild dort festmachst, wird sie gerade bis zum Lüster reichen.»

«Zu Befehl, Herr Weihnachtsmann. Aber warum dieses Familienfest?»

«Nun, meine Liebe, ist jetzt nicht die Zeit, da alle guten Willens sind? Und entwickelt sich nicht alles so, wie man es nur hoffen kann?»

«Das hängt davon ab, was du hofftest», sagte Mathilda, während sie eine Reißzwecke in die Mauer drückte. «Wenn du mich fragst, dann wird es wahrscheinlich noch einen Mord geben, ehe die Party zu Ende ist. Nats Geduld wird der kleinen Valerie nicht gewachsen sein.»

«Dummes Zeug, Tilda», wies Joseph sie zurecht. «Dummes Zeug und Unsinn! Das Kind ist ohne Fehl und Tadel. Und fest steht jedenfalls das eine, daß sie zum Fressen hübsch ist.»

Mathilda kam die Leiter herunter. «Ich glaube nicht, daß Nat für Blondinen etwas übrig hat.»

«Das macht nichts! Es spielt keine Rolle, was er letztlich über die arme kleine Val denkt. Hauptsache ist, daß er mit Stephen keinen dummen Streit bekommt.»

«Warum soll er nicht mit Stephen zanken, wenn es ihm Spaß macht?»

«Weil er ihn in Wirklichkeit sehr gerne hat und weil Stephen es sich nicht leisten kann, mit Nathaniel zu zanken.»

«Sorgen hast du! Oder willst du mir vielleicht sagen, daß sich Nat endlich überwunden hat, ein Testament zu machen? Ist Stephen der Erbe?»

«Du willst zuviel wissen», wehrte Joseph ab und gab ihr einen freundschaftlichen Klaps.

«Natürlich will ich das wissen. Du tust ja sehr geheimnisvoll.»

«Nein, nein, auf mein Wort, ich tue gar nicht geheimnisvoll. Ich finde nur, daß es von Stephen sehr dumm wäre, weiterhin mit Nat auf schlechtem Fuß zu stehen. Sollen wir diese große Papierglocke unter den Lüster hängen, oder glaubst du, ein Armvoll Mistelzweige würde sich besser machen?»

2

Paula Herriard traf im Herrenhaus erst nach sieben Uhr ein, als sich die anderen bereits für das Dinner umzogen. Ihre Ankunft konnte auch den Gästen in den entferntesten Schlafzimmern nicht verborgen bleiben, mit solch ungewöhnlichem Tumult ging sie vor sich. Nicht daß Paulas Auftritte reichlich überlegt gewesen wären: es waren einfach ihre Persönlichkeit, ihre stürmischen Bewegungen wie auch ihr lebhaftes kleines Gesicht. Mathilda hatte einmal mit freundschaftlicher Bosheit gesagt, Paula scheine mit dem Echtheitsstempel der großen Tragödin schon auf die Welt gekommen zu sein.

Sie war einige Jahre jünger als ihr Bruder Stephen, mit dem sie fast gar keine Ähnlichkeit hatte. Sie war hübsch in einer Art, wie der Maler Burne-Jones sie zu Ende des 19. Jahrhunderts berühmt gemacht hatte: üppiges Haar, eine kurze volle Oberlippe und dunkle Augen, über denen hochgezogene Brauen eine ständige Unzufriedenheit anzudeuten schienen. Die Rastlosigkeit, die ihr anhaftete, äußerte sich in fahrigen Bewegungen, in dem plötzlichen Aufglühen ihrer lebhaften Augen und dem dürstenden Zug um den Mund. Sie hatte eine wunderbare Stimme – weich und biegsam, ideal zur Gestaltung einer Shakespeare-Rolle. Zweifellos wußte sie diese Stimme entsprechend anzuwenden, dachte Mathilda, die Paula bis auf ihr Zimmer hinauf hörte.

Sie vernahm ihren eigenen Namen. «Im Blauen Zimmer? Oh, ich gehe hinauf.» Mathilda saß zurückgelehnt vor ihrem Ankleidespiegel und erwartete Paulas Eintritt. Eine oder zwei Minuten später hörte sie ein flüchtiges Klopfen an der Tür, und noch ehe sie ‹Herein› sagen konnte, war Paula schon eingetreten.

«Mathilda, Liebling!»

«Vorsicht, mein Make-up», rief Mathilda und entzog sich der Umarmung.

Paula kicherte. «Kindchen, ich freue mich so, dich zu sehen. Wer ist denn überhaupt alles hier? Stephen? Valerie? Oh, dieses Mädchen! Meine Liebe, wenn du das Gefühl kenntest, das ich hier drinnen für sie hege!» Sie schlug sich bei diesen Worten auf die Brust; in ihren Augen funkelte es für einen Augenblick, aber dann blinzelte sie unter ihren dichten Wimpern, lachte und sagte: «Oh, das hat nichts zu sagen! Übrigens, ich habe Willoughby mitgebracht.»

«Wer ist Willoughby?»

«Willoughby Roydon, er hat ein Stück geschrieben...»

Es war eigenartig, was diese vibrierende Stimme und diese flatternden Hände alles auszudrücken vermochten. Mathilda fragte: «Oh, ein unbekannter Dramatiker?»

«Bis jetzt. Aber *dieses* Stück! Die Produzenten sind ja solche Narren! Wir brauchen Unterstützung. Ist Onkel Nat in guter Stimmung? Hat Stephen ihn wieder geärgert? Du mußt mir alles sagen, Mathilda, schnell.»

Mathilda legte den Augenbrauenstift beiseite. «Du hast doch deinen Stückeschreiber nicht in der Hoffnung mitgebracht, daß du Nats Herz erobern wirst, Paula, mein armes Mädchen?»

«Er muß es für mich tun», sagte Paula und warf ungeduldig das Haar zurück. «Es handelt sich um Kunst, Mathilda...»

«Kunst plus eine Rolle für Paula», murmelte Mathilda.

«Ja. Eine Rolle. Solch eine Rolle! Sie wurde für mich geschrieben. Er sagt, ich hätte ihn dazu inspiriert.»

«Sonntagsvorstellung und ein Publikum von Intellektuellen. Ich weiß Bescheid.

«Onkel Nat muß mich anhören! Ich muß die Rolle spielen. Ich muß, Mathilda, verstehst du?»

«Gewiß, Liebste, du mußt sie spielen. Doch nur nebenbei – das Dinner wird in etwa zwanzig Minuten aufgetragen.»

«Ach, ich brauche keine zehn Minuten zum Umziehen», erwiderte Paula ungeduldig.

Paula gab sich mit ihrer Kleidung keinerlei Mühe. Sie hängte sich die Dinge einfach um. Kleider waren nichts weiter als eine Hülle für

Paulas dünnen Körper. «Ich finde dich schauderhaft, Paula!» sagte Mathilda, die wußte, daß sie den Leuten überhaupt nur durch die exquisiten Schöpfungen, die sie trug, auffiel. «Geh weg, ich gehöre nicht zu den Glücklichen, die so rasch fertig sind. Übrigens: Wo ist dein Stückeschreiber abgeblieben?»

«Was weiß ich. Dieses absurde Getue, als ob das Haus nicht groß genug wäre; Sturry sagte, er würde ihn unterbringen!»

«Schön, solange dein Stückeschreiber nicht weiche Hemden und eine Haarmähne trägt...»

«Was hat das schon zu sagen?»

«Deinem Onkel Nat würde dies sehr schnell etwas sagen», prophezeite Mathilda.

Tatsächlich war es auch so. Als man Nathaniel ohne Vorbereitung Willoughby Roydon vorstellte, starrte er ihn und Paula nur an und brachte nicht einmal einige konventionelle Begrüßungsworte über die Lippen. Es blieb Joseph vorbehalten, alles mit seiner überfließenden Freundlichkeit gutzumachen.

Schließlich rettete Sturry, der das Dinner ankündigte, die Situation. Man begab sich in das Speisezimmer. Willoughby Roydon saß zwischen Mathilda und Maud. Letztere interessierte ihn nicht, dafür jedoch Mathilda. Er unterhielt sich mit ihr über die Strömungen des modernen Dramas.

Er war ein kränklicher junger Mann mit ziemlich unbestimmten Zügen. Mathilda folgte seinen Worten ein wenig unaufmerksam, während sie überlegte, daß er wohl aus Kreisen des Mittelstandes komme. Sicherlich stammte er von ehrenwerten Eltern, denen ihr gescheiter Sohn vielleicht unheimlich geworden war. Er war seiner selbst nicht sicher, feindselig gegenüber der Umwelt aus Mangel an innerem Gleichgewicht. Mathilda tat er leid.

Paula saß neben Nathaniel und erzählte ihm von Roydons Stück. Sie vergaß in ihrem Eifer ganz zu essen und verärgerte Nathaniel, weil sie darauf beharrte, daß er gegen seinen Willen zuhöre.

Valerie, die rechts neben Nathaniel saß, langweilte sich und gab sich gar keine Mühe, dies zu verbergen. Zuerst hatte sie vorgegeben, äußerst interessiert zu sein, und gesagt: «Meine Liebe, wie wunderbar, erzählen Sie mir doch über Ihre Rolle!» Aber Paula ta[illegible] mit einer geringschätzigen Gebärde ab und hatte dabei einen Ausdruck, wie Stephen ihn immer zeigte. So hatte denn Valerie beschlossen, Paula zu verachten, weil sie ein Kleid trug, das ihr nicht stand, und weil sie ihr Haar so lässig aus dem Gesicht strich.

Es sollte ein schlimmer Abend für Valerie werden. Sie hatte nach Lexham kommen wollen, weil sie wußte, daß Nathaniel sie nicht mochte. Sie hatte an ihrer Fähigkeit, ihn zu erobern, nicht gezweifelt. Aber nicht einmal das Chanel-Modell, das sie trug, vermochte ihm einen bewundernden Blick zu entlocken. Joseph hatte ihr zwar anerkennend zugezwinkert, aber das war für sie ohne Nutzen; schließlich war Joseph kein reicher Erbonkel.

Daß es einen männlichen Gast gab, mit dem sie nicht gerechnet hatte, war wohl aufregend gewesen, aber er schien im Gespräch mit Mathilda völlig aufgegangen zu sein. Valerie fragte sich, was die Männer in Mathilda wohl sahen, und warf ihr einen grollenden Blick zu. In diesem Moment sah Roydon auf, und ihre Augen trafen sich. Er machte den Eindruck, als sähe er sie zum erstenmal und als sei er ganz überrascht. Er hielt mitten im Satz inne, errötete, nahm aber eilig den Faden seines Gesprächs wieder auf. Valerie begann sich gleich besser zu fühlen.

Joseph, dem Nathaniel heimlich vorwarf, er hätte von Anfang an mit Willoughbys Erscheinen zuviel Nachsicht gezeigt, sagte, er rieche wieder die Sägespäne. Diese Redewendung erweckte in Roydon offensichtlich den Eindruck, Joseph sei Zirkusartist gewesen. Joseph raubte ihm jedoch schnell die Illusion, indem er sagte: «Ich erinnere mich, als ich in Durban einmal den Hamlet spielte...»

Aber Roydon interessierte sich für Josephs Hamlet nicht. Er tat Shakespeare mit einem Achselzucken ab. Er erklärte, daß er sich Strindberg verpflichtet fühle.

Joseph war deprimiert. Er hätte eine nette kleine Anekdote über die Zeit, als er in Sidney den Benedick gespielt hatte, zu erzählen gewußt. Aber es sah nicht danach aus, als ob Roydon das schätzen würde. Ein eingebildeter junger Mann, dachte Joseph und aß entmutigt sein Dessert.

Als Maud sich vom Tisch erhob, war Paula gezwungen, damit aufzuhören, Nathaniel mit Roydons Stück in den Ohren zu liegen. Sie errötete, weil sie unterbrochen wurde, ging aber mit den anderen Damen hinaus. Maud ging voraus zum Salon. Es war ein großer kalter Raum, den zwei Stehlampen in der Nähe des Kamins so schwach erhellten, daß die fernen Ecken des Zimmers im Dunkeln blieben. Paula fröstelte und drehte die Deckenbeleuchtung an. «Ich hasse dieses Haus», sagte sie, «und es haßt auch uns, man kann es beinahe fühlen.»

«Wie meinen Sie das?» fragte Valerie und blickte halb furchtsam, halb skeptisch von einer zur anderen.

«Weiß nicht. Ich glaube, irgend etwas ist hier einmal geschehen. Spüren Sie nicht, wie düster alles ist? Nein, ich glaube, Sie können das nicht fühlen.»

«Sie wollen damit doch nicht sagen, daß es hier geistert?» erkundigte sich Valerie mit etwas bebender Stimme.

«Nein, das meine ich nicht», erwiderte Paula, «aber es ist irgend etwas – es ist mir immer gegenwärtig. Eine Zigarette, Mathilda?»

Mathilda bediente sich. «Danke, meine Liebe. Sollen wir uns um das Feuer herumsetzen, Kinder, und Geistergeschichten erzählen?»

«Es ist ein Jammer, daß es hier keine Zentralheizung gibt», bemerkte Maud und rückte ganz nahe ans Feuer.

Valerie begann sich vor dem Spiegel über dem Kamin zu pudern. Paula in ihrer Ruhelosigkeit schlenderte im Zimmer umher, rauchte eine Zigarette und ließ die Asche auf den Teppich fallen.

Mathilda, die sich Maud gegenübersetzte, sagte: «Paula, es wäre besser, wenn du dich bezähmen und Nat mit dem Stück deines jungen Freundes verschonen könntest; dann, glaube ich, würde die Party mit mehr Schwung ablaufen.»

«Das ist mir egal. Für mich ist es lebenswichtig, daß Willoughbys Stück aufgeführt wird.»

«Traum der Liebe?» Mathilda hob fragend die Brauen.

«Mathilda! Kannst du nicht verstehen, daß Liebe damit nichts zu tun hat? Es geht um die Kunst!»

Maud hatte indessen wieder ihr Buch aufgeschlagen und sagte: «Stellt euch vor, die Kaiserin war erst sechzehn, als Franz Joseph sich in sie verliebte.»

«Welche Kaiserin?» erkundigte sich Paula, blieb in der Mitte des Raumes stehen und sah Maud an.

«Die Kaiserin von Österreich, meine Liebe. Irgendwie kann man sich Franz Joseph gar nicht als jungen Mann vorstellen, nicht wahr? Aber es heißt hier, daß er sehr gut aussah und sie sich in ihn auf den ersten Blick verliebte.»

«Was in aller Welt hat das mit Willoughbys Stück zu tun?» fragte Paula verständnisvoll.

«Nichts, meine Liebe; aber ich lese gerade ein sehr interessantes Buch.»

«Das aber mich nicht interessiert», gab Paula zurück und nahm ihren Gang durch das Zimmer wieder auf.

«Mach dir nichts draus, Maud», beschwichtigte Mathilda. «Paula betrachtet alles nur von ihrer Warte aus, und Manieren hat sie auch keine. Erzähl mir noch etwas über deine Kaiserin.»

«Ein armes Ding», berichtete Maud. «Die Schwiegermutter scheint eine sehr unfreundliche Frau gewesen zu sein. Sie wollte ihren Sohn mit Helene verheiraten.»

«Wer war Helene?»

Maud konnte Mathilda gerade noch über Helene aufklären, da kamen die Herren in den Salon.

Es war offenkundig, daß Nathaniel nicht den passenden Gesellschafter gefunden hatte. Allem Anschein nach war er von Roydon mit Beschlag belegt worden, denn er warf mehrere wütende Blicke auf den Dramatiker und zog sich so weit er nur konnte aus dessen Bereich zurück. Mottisfont nahm neben Maud Platz, und Stephen, der mit seinem Onkel mitzufühlen schien, überraschte jedermann durch die Liebenswürdigkeit, mit der er ihn in die Unterhaltung zog.

«Ich bin sprachlos – Stephen entwickelt sich zum Kavalier», murmelte Mathilda.

Joseph legte beschwörend einen Finger auf die Lippen. Als er sah, daß Nathaniel ihn dabei beobachtet hatte, beeilte er sich, etwas überlaut zu sagen: «Nun, wer spielt Rummy?»

Niemand reagierte auf Rummy. Einige, besonders Nathaniel, sahen empört auf; und nach einer Pause fragte Joseph ein wenig entmutigt: «Also, was soll es sein?»

«Mathilda», Nathaniel fixierte sie, «spiele mit uns als vierte Bridge.»

«Mach ich», stimmte Mathilda zu. «Wer spielt noch mit?»

«Stephen und Mottisfont. Wir werden in der Bibliothek einen Tisch aufstellen, und die anderen können tun, was ihnen Spaß macht.»

Joseph sagte: «Niemand wird euch ernste Leute stören. Und wir Leichtfertigen können närrisch sein, soviel wir wollen.»

«Mit mir können Sie nicht rechnen», verkündete Roydon, «ich kann eine Karte von der anderen nicht unterscheiden.»

«Oh, Sie werden es bald begreifen», versicherte ihm Joseph. «Maud, meine Liebe, ich nehme an, dich können wir zu einem Spiel nicht verlocken?»

«Nein, Joseph, ich möchte eine Patience legen», erwiderte Maud.

Valerie war keineswegs erfreut zu hören, daß ihr Bräutigam den Abend damit verbringen sollte, Bridge zu spielen. Sie schenkte Roydon ein betörendes Lächeln und sagte: «Ich kann es einfach nicht erwarten, Sie über Ihr Stück auszufragen. Kommen Sie und erzählen Sie mir alles darüber.»

Da Willoughby sich durch Nathaniels mangelnde Anerkennung verletzt fühlte, gesellte er sich sogleich zu ihr. So blieb für Josephs Gesellschaftsspiel nur Paula übrig. Er schien nun die Unmöglichkeit, unter solchen Umständen etwas Vernünftiges erfolgreich zu organisieren, einzusehen und setzte sich, um seiner Frau beim Patiencelegen zuzusehen.

Nachdem Paula einige Zeit im Zimmer herumgegangen war und sich gelegentlich in Roydons Unterhaltung mit Valerie eingemengt hatte, warf sie sich auf ein Sofa und begann eine Illustrierte durchzublättern. Joseph rückte bald zu ihr und sagte in vertraulichem Ton: «Erzähl doch deinem alten Onkel: Was ist es für ein Stück? Eine Komödie, eine Tragödie?»

«Es läßt sich nicht so abstempeln. Es ist eine äußerst subtile Charakterstudie. Es gibt keine andere Rolle auf der Welt, die ich lieber spielen würde. Sie ist für mich geschrieben. Die Rolle *bin* ich.»

«Ich weiß genau, was du meinst», sagte Joseph mitfühlend. «Ach, wie oft hat man solches erlebt. Sicherlich findest du es komisch, dir deinen alten Onkel auf den Brettern vorzustellen, aber als ich ein junger Mensch war, schockierte ich meine ganze Verwandtschaft damit, daß ich den ehrenwerten Beruf eines Anwalts an den Nagel hängte und mich einer Wanderbühne anschloß. Aber ich habe es niemals bereut. Niemals.»

«Ich wollte, du könntest Onkel Nat veranlassen, mir vernünftig zuzuhören», sagte Paula unzufrieden.

«Ich werde es versuchen, meine Liebe. Aber du weißt, wie Nat ist. Ein lieber alter Querkopf. Er ist der beste Mensch, den man sich vorstellen kann, aber er hat seine Vorurteile.»

«Zweitausend Pfund würden für ihn gar nichts bedeuten. Ich sehe nicht ein, warum ich das Geld nicht jetzt haben kann, wenn ich es brauche, anstatt warten zu müssen, bis er stirbt.»

«Schlimmes Mädchen! Du rechnest mit deinen Küken, bevor sie ausgeschlüpft sind.»

«Nein. Er sagte mir, er würde mir Geld vermachen. Abgesehen davon, er muß es: Ich bin seine einzige Nichte.»

Maud hatte ihre Diplomaten-Patience zu einem großartigen Abschluß gebracht und kam auf die Idee, plötzlich vorzuschlagen, daß Paula etwas rezitieren möge. «Ich liebe gute Rezitationen», sagte sie.

Paula erklärte, sie wolle nichts vortragen, aber wenn Onkel Nat sich nicht dazu entschlossen hätte, Bridge zu spielen, würde sie Willoughby gebeten haben, sein Stück vorzulesen.

«Das wäre sehr nett gewesen», sagte Maud.

Es gehörte nicht zu Nathaniels Gewohnheiten, bis spät in die Nacht hinein aufzubleiben. Um elf Uhr kamen die Bridgespieler wieder in den Salon, wo für sie Getränke aufgetragen worden waren. Nathaniel sagte jedoch, er für seinen Teil begebe sich zu Bett.

Edgar Mottisfont wagte vorzubringen: «Ich hatte gehofft, mit dir noch allein sprechen zu können, Nat.»

«Zu so vorgerückter Stunde pflege ich keine geschäftlichen Besprechungen abzuhalten!»

«Ich hätte dich auch gern noch gesprochen», sagte Paula.

«Mich – nicht», erwiderte Nathaniel mit einem kurzen Auflachen.

Maud legte ihre Karten zusammen. «Du lieber Gott, schon elf Uhr? Ich glaube, ich werde auch hinaufgehen.»

Valerie war ziemlich bestürzt über die Aussicht, sich zu einer so ungewöhnlichen Stunde schon zurückziehen zu müssen, hörte aber zu ihrer Erleichterung Joseph sagen: «Nun, ich hoffe, jetzt wird niemand mehr davonlaufen. Die Nacht ist noch zu jung. Stimmt's, Valerie? Wie wär's, wenn wir ins Billardzimmer gingen und dort das Radio andrehten?»

«Du wärst im Bett viel besser aufgehoben», sagte Nathaniel, der Josephs Unternehmungslust gereizt zur Kenntnis nahm.

«Nein», erklärte Joseph. «Und dir sage ich, Nat, auch du würdest dich mit uns viel besser unterhalten.»

Sein böser Geist hieß ihn, den Bruder bei diesen Worten auf die Schulter zu klopfen. Jedermann konnte sehen, daß der leichte Klaps zwischen Nats Schulter gegangen war, aber Nathaniel, der es haßte, berührt zu werden, stöhnte plötzlich auf und stieß heraus: «Mein Hexenschuß!»

Wie ein Krüppel verließ er den Raum und hielt die Hand auf das Kreuz in einer Geste, die seine Verwandten gut kannten, die aber Valerie veranlaßte, ihre lieblichen Augen weit aufzureißen und zu sagen: «Ich hatte keine Ahnung, daß Hexenschuß so schlimm ist.»

«Das ist er auch nicht, das ist bloß mein lieber Onkel Nat, der übertreibt», sagte Stephen, während er Mathilda einen Whisky-Soda reichte.

«Nein, nein, das ist nicht nett», protestierte Joseph. «Ich frage mich, ob ich ihm nicht nachgehen soll.»

«Nein, Joe», beschwichtigte ihn Mathilda freundlich. «Du meinst es gut, aber du wirst ihn nur verärgern. Warum blickt unsere kleine Paula wie die tragische Muse?»

«Dieses schreckliche Haus», stieß Paula hervor. «Wie könnt ihr auch nur eine Stunde darin verbringen und nicht die Atmosphäre fühlen...»

«Bete um die ewige Ruhe für Mrs. Siddons», sagte Stephen.

«Ach, du kannst leicht spotten», fuhr sie auf ihn los, «aber sogar du mußt doch die Spannung fühlen.»

«Ich halte nichts von Spiritismus und ähnlichem, aber ich verstehe, was Paula meint», sagte Valerie an Stephen gewandt. «Es ist so eine Art Atmosphäre. Sie könnten ein herrliches Stück darüber schreiben, Mr. Roydon.»

«Ich weiß nicht, ob das auf meiner Linie liegt», erwiderte er.

«Oh, ich bin fest davon überzeugt, daß Sie ein Mensch sind, der auch über das Simpelste ein herrliches Stück schreiben kann», beteuerte Valerie.

«Auch über Meerschweinchen?» fragte Stephen und brachte damit einen Mißton ins Gespräch.

Der Dramatiker errötete. «Sehr lustig.»

Mathilda erfaßte, daß Mr. Roydon nicht gewohnt war, ausgelacht zu werden. «Am besten beachten Sie meinen Cousin Stephen nicht.»

Stephen kümmerte sich niemals darum, was Mathilda sagte; er grinste nur. Aber Joseph brachte den hämischen Ausdruck in Stephens Züge wieder zurück, als er sagte: «Och, wir alle wissen, was unser alter Bär Stephen gern vorgibt zu sein.»

«Mein Gott!» sagte Stephen mit Nachdruck.

Paula sprang auf und warf mit einer hastigen Geste das Haar aus der Stirn. «Das ist es, was ich meine. Ihr benehmt euch alle so, weil euch dieses Haus befangen macht. Es ist die Spannung: etwas dehnt und dehnt sich, bis es reißt. Mit Stephen ist es immer viel schlimmer, wenn er sich hier aufhält; ich bin am Rande; Valerie flirtet mit Willoughby, um Stephen eifersüchtig zu machen; Onkel Joe ist nervös und sagt immer das Verkehrte.»

«Ja, wahrhaftig», rief Valerie aus, «es ist wirklich so.»

Roydon sagte gedankenvoll: «Ich weiß natürlich, was Sie meinen. Ich persönlich glaube sehr an den Einfluß der Umgebung.»

Joseph schlug die Hände zusammen. «Nun ist es aber wirklich genug. Was gibt es im Radio?»

«Ja, fein, drehen Sie es an», bat Valerie. «Jetzt wird gerade Tanzmusik sein. Mr. Roydon, ich bin überzeugt, Sie tanzen gerne.»

Willoughby widersprach, ließ sich aber wegziehen. Valeries Schönheit blendete ihn ein wenig, und obgleich eine vernünftige innere Stimme ihm sagte, daß ihre Schmeichelei leer war, empfand er sie als nicht unangenehm. Er ging also mit Valerie und Joseph.

«Ich muß sagen, ich verurteile Onkel Nat nicht, wenn er deine Braut schneidet, Stephen», sagte Paula unverblümt.

Stephen schien sich an dieser offenen Äußerung über seinen Geschmack nicht zu stoßen. Er schlenderte zum Kamin und versenkte seine langen Glieder in einem Armsessel. «Ich halte deine neueste Eroberung auch nicht gerade für weltbewegend», sagte er.

«Willoughby?» fragte sie. «Oh, ich weiß, aber er ist genial. Ich kümmere mich um sonst nichts. Nebenbei, ich bin nicht in ihn verliebt. Aber was du in dieser hirnlosen Pute siehst, ist mir unbegreiflich.»

«Mein liebes Kind, was ich in ihr sehe, muß jedem vollauf klar sein», entgegnete Stephen. «Diese stückeschreibende Talggeschwulst hat es auch bereits erkannt. Nicht zu vergessen Joe, dem ja förmlich das Maul wässert.»

«Laß die Herriards aus dem Spiel», wies ihn Mathilda zurecht und lehnte sich in ihrem Sessel zurück, während sie träge die beiden Geschwister betrachtete. «Ihr seid beide gemeine Menschen.»

«Wirklich? Ich bin nur aufrichtig», sagte Paula. «Du bist ein Narr, Stephen. Sie würde sich mit dir nie verlobt haben, wenn sie nicht annähme, daß du einmal den ganzen Besitz Onkel Nats erben wirst.»

«Ich weiß», gestand Stephen freimütig.

«Und wenn du mich fragst, dann sage ich dir: Sie ist nur mit dir hierhergekommen, um Onkel Nat schwach zu machen.»

«Ich weiß», sagte Stephen wieder.

Ihre Blicke trafen sich. Stephens Lippen kräuselten sich plötzlich, und während Mathilda zurückgelehnt dort saß und sie beobachtete, begannen er und Paula mit einemmal heftig zu lachen.

«Du und dein Willoughby, und ich und meine Val», keuchte Stephen. «Oh, du meine Güte.»

«Ja, ich weiß, es ist komisch», sagte Paula, «aber ich meine es ernst mit dieser Sache, weil er ein wirklich großartiges Stück geschrieben hat. Und ich werde die Hauptrolle darin spielen. Ich werde ihn dazu überreden, es morgen allen vorzulesen.»

«Und du glaubst wirklich, du armes, törichtes Frauenzimmer, daß dieser intellektuelle Ohrenschmaus das Herz deines Onkels Nat betören wird?» fragte Mathilda. «Jetzt bin ich an der Reihe zu lachen.»

«Er muß das Stück finanzieren», sagte Paula. «Es ist das einzige, was ich jemals verlangt habe, und es wäre grausam, wenn er es nicht für mich täte. Außerdem habe ich Onkel Joe dazu gebracht, ein Wort für mich einzulegen.»

«Das wird wahnsinnig viel helfen», spottete Stephen. «Sieh mal einer an!»

«Laß Joe aus dem Spiel», befahl Mathilda. «Er mag ein Esel vor dem Herrn sein, aber er ist das einzige anständige Mitglied deiner Familie, dem zu begegnen ich je das Vergnügen hatte. Außerdem mag er dich.»

«Aber ich mag nicht, daß er mich mag», sagte Stephen.

3

Am vierundzwanzigsten Dezember bedeckte eine dünne Schneeschicht die Landschaft. Mathilda nahm ihren Frühstückstee im Bett ein. Sie mußte lächeln, weil sie fest überzeugt war, daß Joseph den ganzen Tag von weißen Weihnachten sprechen und vielleicht sogar ein Paar Schlittschuhe suchen würde.

Langsam verzehrte sie die dünnen Butterschnitten, die mit dem Tee serviert worden waren. Was in aller Welt hatte nur Stephen veranlaßt, nach Lexham zu kommen? Gewöhnlich kam er, wenn er etwas wollte: Geld natürlich, das ihm Nathaniel fast immer gab. Dieses Mal aber war es Paula, die Geld wollte, und Stephen ganz offensichtlich nicht. Soviel sie wußte, hatte Stephen vor gar nicht allzu langer Zeit einen ziemlich ernsthaften Streit mit Nathaniel gehabt. Natürlich war es nicht ihr erster Streit gewesen. Sie stritten ja immer miteinander, aber der Grund des letzten Streites – Valerie – existierte noch. Seltsam, daß es Joseph doch gelungen sein sollte, Nathaniel dazu zu überreden, Valerie zu empfangen. Oder glaubte Nathaniel etwa, Stephens Vernarrtheit würde sich von selbst legen? Sie rief sich sein Gehabe am gestrigen Abend ins Gedächtnis zurück und mußte sich eingestehen, daß dies sehr wahrscheinlich eintreten würde, wenn es nicht schon soweit war.

Valerie selbst sah sich natürlich bereits als Herrin von Lexham; schreckliche Aussichten! Allein den Gedanken fand Mathilda kurios. Seltsam auch, daß Stephen es riskiert hatte, Valerie zu Nathaniel zu bringen. Genug, um alle seine Chancen, Nathaniels Vermögen einmal zu erben, zu zerstören, sollte man annehmen. Und Stephen betrachtete sich als Nathaniels Erben. Manchmal fragte sich Mathilda, ob Nat sein Testament überhaupt gemacht hatte, denn sie kannte seine unverständliche Abscheu, den Namen seines Nachfolgers zu nennen.

Und Paula: Was bedeutete all der Unsinn über die unheimliche Atmosphäre im Haus? Meinte sie das ehrlich, oder wollte sie damit in dem Hühnerverstand Valeries einen Widerwillen gegen diesen Besitz erwecken? Wenn etwas nicht stimmte, dann lag das nicht an dem Haus, sondern an den Menschen darin. Gut, es war hier unbehaglich, aber was berechtigte Paula, es noch schlimmer zu machen? Wunderliches, flammengleiches Geschöpf. Sie lebte unter einem starken Druck, wünschte sich manche Dinge so leidenschaftlich und konnte ihre ungebärdigen Gefühle doch so beherrschen, daß man nie recht wußte, wann man die wahre Paula vor sich hatte und wann die unbewußte Schauspielerin.

Der Dramatiker: Mathilda, die an sich nicht sentimental war, hatte Mitleid mit ihm. Vielleicht war ihm niemals eine richtige Chance gegeben worden. Es schien ihm nicht besonders gut zu gehen: das Sakko seines Abendanzuges war schlecht geschnitten und hatte starke Glanzstellen. Armer Teufel! Es lag etwas Verschrecktes hinter dem kriegerischen Aufleuchten in seinen Augen, so als sähe er eine freudlose Zukunft vor sich liegen. Er hatte versucht, Nathaniel zu interessieren, war dabei teils in Furcht gewesen, unterwürfig zu erscheinen, und teils von der verzweifelten Notwendigkeit getrieben worden, Unterstützung zu gewinnen. Er würde aus Nathaniel natürlich nicht einen Penny herausholen!

Stephen: Mathilda rührte energisch in ihrer Teeschale, während ihre Gedanken auf Stephen übergingen. Ein Querkopf wie sein Onkel Nathaniel. Ja, aber er war kein Narr, und doch hatte er sich mit einer schönen Gans verlobt. Man konnte alle die Schrullen Stephens nicht allein der argen Enttäuschung in seiner Kindheit zuschreiben. Oder doch? Stephen hatte als Kind auch eine unbeständige Person angebetet, nämlich seine Mutter, der Paula so unähnlich war, die sich über «Kätzchen» nie Illusionen hingegeben hatte.

«Kätzchen.» Sogar ihre Kinder hatten sie so genannt. Armes kleines Kätzchen, in der Witwentracht, die ihr so gut gestanden hatte. Liebliches kleines Kätzchen, das man vor den Stößen dieser grausamen Welt schützen mußte. Gescheites kleines Kätzchen, das nicht nur einmal, sondern dreimal geheiratet hatte und das nun eine Mrs. Cyrus P. Thanet war und ihre Nerven und Neigungen in Chikago pflegte! Ja, vielleicht war Stephen, der sie so widerstrebend durchschaut hatte und dem es sehr nahegegangen war, durch diese Entdekkung verbittert.

Und Valerie? Mathilda unterdrückte entschieden einen Impuls, sie als eine zu bezeichnen, die nur auf Geld aus war. Vielleicht war sie gerade von Eigenheiten Stephens angezogen worden, die sie sehr bald anwidern würden: seine rücksichtslose Roheit, seine Grobheit, sein gleichgültiger, hämischer Blick in den tiefliegenden grauen Augen.

Mathilda fragte sich, was Maud über all das denken mochte, wenn sie überhaupt etwas dachte; eine Frage, die bis jetzt noch nicht entschieden war. Mathilda hatte das Gefühl, daß es für Maud mehr geben mußte, als sie zu erkennen gab. Kein Geist konnte so gänzlich indifferent sein. Sie selbst hatte manchmal geglaubt, Maud maskiere mit ihrer Gleichgültigkeit sehr viel Intelligenz. Aber sobald sie Maud aus müßiger Neugierde auf die Probe stellte und sie aus ihrer Reserve locken wollte, verschanzte sich Maud hinter ihrer Nichtigkeit, in die sie sich so geschickt einschachtelte. Es sah aus, als hätte sie sich damit abgefunden, ein geduldeter Gast im Haus ihres Schwagers zu sein.

Daß es Joseph so gar nicht verdroß, die Rolle eines Schmarotzers zu spielen, konnte niemanden, der ihn kannte, überraschen. Joseph hatte eine Gabe, eine unangenehme Wahrheit in ein angenehmes Phantasiegebilde zu verdrehen. Genauso wie Joseph in Stephen einen jungen scheuen Mann mit goldenem Herzen sah, so würde er ohne Schwierigkeiten auch in Nathaniel einen lieben Bruder sehen, trotz aller gegenteiligen Beweise. Von dem Tag an, da er sich mit seiner Frau in Nathaniels Großzügigkeit eingeschlichen, hatte er begonnen, sein Verhältnis zu Nat zu illusionieren. Nat war für ihn ein einsamer Mensch, der rasch alterte, der das aber nicht gern zugab und sich in Wirklichkeit stark an seinen jüngeren Bruder anlehnte. Mathilda hielt ihn für einen Versager im Leben, dessen Selbstgefälligkeit es verlangte, daß er sich zumindest in seiner krönenden Rolle als Friedensstifter, als geliebter Onkel, erfolgreich sah. Ja, das würde auch Joes Beharrlichkeit erklären, mit welcher er auf diesem gräßlichen Familientreffen bestanden hatte.

Lachen schüttelte Mathilda, als sie das Bettzeug zurückwarf und sich anschickte aufzustehen. Armer alter Joe, der von einem Gast zum anderen trottete und literweise etwas vergoß, was er für Balsam hielt. Er war wie ein tölpisches, gutmeinendes Bernhardinerjunges, das in eine Gesellschaft von Leuten gerät, die Hunde nicht mögen.

Als Mathilda das Speisezimmer betrat, mußte sie erkennen, daß ihre ersten Befürchtungen bereits wahr wurden. «Guten Morgen, Tilda», begrüßte sie Joseph, «nun haben wir doch weiße Weihnachten.»

Nathaniel hatte zeitig gefrühstückt und war fortgegangen. Mathilda setzte sich neben Mottisfont und gab sich der Hoffnung hin, daß er sich nicht verpflichtet fühlen würde, sie zu unterhalten.

Er tat es auch nicht. Abgesehen von einigen belanglosen Bemerkungen über das Wetter, sagte er nichts. Sie hatte das Gefühl, daß er sich ein wenig unbehaglich fühlte. Sie fragte sich, warum, und erinnerte sich, daß er gestern abend mit Nathaniel eine private Aussprache haben wollte.

Valerie, die eine halbe Grapefruit und einige Toasts als Frühstück einnahm, wollte wissen, was sie alles unternehmen würden.

«Ich glaube, es gibt einige sehr nette Spaziergänge in der Umgebung», sagte Maud.

«Ein tüchtiger Marsch im Schnee! Du bringst mich beinahe in Versuchung», sagte Joseph, indem er sich die Hände rieb. «Was sagt Val, wenn ich fragen darf? Sollen wir uns alle den Elementen aussetzen?»

«Bei genauer Überlegung», sagte Stephen, «bleibe ich doch lieber zu Hause.»

«Wollten Sie uns nicht Ihr Stück vorlesen, Will?» fragte Valerie und richtete ihre großen blauen Augen auf ihn.

Valerie brauchte niemals länger als einen Tag, um jemanden beim Vornamen zu nennen, aber Roydon fühlte sich geschmeichelt und ziemlich erregt, das ‹Will› von ihren Lippen zu hören. Er sagte ein wenig stammelnd, er würde ihr gerne sein Stück vorlesen.

Paula gebot diesem Plan sofort Einhalt. «Es hat keinen Sinn, es nur Valerie vorzulesen, du mußt es uns allen vorlesen.»

«Mir nicht», sagte Stephen.

Roydon wurde steif und erklärte, er hätte nicht den Wunsch, jemanden mit seinem Stück zu langweilen.

«Ich hasse es, angelesen zu werden», bemerkte Stephen lässig.

«Aber, aber», schalt Joe freundlich. «Wir alle sehnen uns direkt danach, das Stück zu hören. Sie dürfen Stephens Äußerungen keine Beachtung schenken. Wie wäre es, wenn Sie uns nach dem Tee vorlesen würden?»

«Ja, wenn Willoughby unmittelbar nach dem Tee vorliest, dann hat Onkel Nat keine Zeit, wegzugehen», strahlte Paula.

Man kam überein, daß Roydon sein Stück nach dem Tee vorlesen solle. Paula warf ihrem Bruder einen vernichtenden Blick zu und sagte, daß jeder, der unfähig sei, Kunst zu würdigen, mit ihrem Einverständnis fernbleiben dürfe.

Sodann wurde bekannt, daß Joseph dem Obergärtner aufgetragen hatte, eine junge Tanne zu fällen und sie zum Schmücken ins Haus zu bringen. Er rief nach freiwilligen Helfern bei dieser festlichen Arbeit. Paula verwarf die Sache als für sie unbedeutend, Stephen bekundete ganz offen, daß ihm schon allein die Erwähnung widerwärtig sei. Edgar Mottisfont meinte, es wäre dies eine Arbeit für die jüngeren Leute der Gesellschaft, und Maud hatte selbstverständlich überhaupt keine Absicht, sich in irgendeiner Weise zu strapazieren.

Letzten Endes kam bloß Mathilda seinem Appell nach. Sie gab zu, daß sie Christbaumschmuck schrecklich liebe und begierig sei, bunte Kugeln und Eiszapfen an den Baum zu hängen. «Obgleich ich fürchte, Joe», ergänzte sie, nachdem die anderen verschwunden waren, «daß niemand sonst mit deinem Wunsch nach fröhlichen Weihnachten sympathisiert.»

«Sie werden es, meine Liebe; sie werden, sobald es soweit ist», sagte Joseph, wie immer optimistisch. «Ich habe ein paar kleine Geschenke, die wir an den Baum hängen, und natürlich auch Knallbonbons.»

«Fällt dir auf, daß Edgar Mottisfont irgend etwas bedrückt?» fragte Mathilda.

«Ja», erwiderte Joseph. «Ich glaube, eine kleine Sache in Verbindung mit dem Geschäft dürfte fehlgeschlagen sein.»

Nach Mottisfonts gedrücktem Benehmen beim Mittagessen zu schließen, war die Unterredung mit seinem stillen Teilhaber nicht in weihnachtlicher Stimmung verlaufen. Er sah niedergeschlagen aus, während Nathaniel in abwesender Düsternis dasaß und alle Versuche, sich ins Gespräch ziehen zu lassen, zurückwies. Valerie, die während des Vormittags mit dem Dramatiker einen großen Fortschritt gemacht zu haben schien, blieb von dem frostigen Benehmen ihres Gastgebers unberührt, sonst schien es aber jeder zu merken.

Die Düsternis, die er selbst hervorrief, hatte die angenehme Wirkung, Nathaniels Lebensgeister letztlich wieder zu heben. Die Feststellung, daß er mit seiner eigenen schlechten Laune die Fröhlichkeit seiner Gäste gedämpft hatte, schien ihn sehr zu befriedigen. Als man sich schließlich vom Tee erhob, war sein Gleichmut so weit wieder hergestellt, daß er sich erkundigte, wie sich seine Gäste nachmittags zu unterhalten gedächten.

Maud gab bekannt, sie werde wie üblich ihr Schläfchen halten und sehr wahrscheinlich ihr Buch mit hinaufnehmen. Sie war davon überzeugt, daß das Leben der Kaiserin ein gutes Theaterstück abgeben würde, schränkte aber ein, daß es natürlich sehr schwierig sein werde, die zahllosen Reisen der Dame auf der Bühne darzustellen.

Nathaniel, der an den gelangweilten Gesichtern seiner Gäste merkte, daß das Leben der Kaiserin Elisabeth kein beliebtes Thema war, bekundete plötzlich – mit schlecht verhüllter Bosheit – ein sehr reges Interesse daran. So mußte jeder, ausgenommen Stephen, der aus dem Zimmer schlenderte, Mauds Bericht über die Länge der Haare der Kaiserin, über die Zirkuspferde und die Eifersucht der Erzherzogin mit anhören.

«Wen kümmert denn schon Elisabeth von Österreich», stellte Paula ungeduldig fest.

«Es ist Geschichte, meine Liebe», erklärte Maud.

«Wenn auch, ich hasse Geschichte. Ich lebe in der Gegenwart.»

«Um von der Gegenwart zu sprechen», warf Joseph ein, «wer möchte Tilda und mir helfen, den Baum fertig zu schmücken?» Dabei richtete er einen auffordernden Blick auf seine Nichte.

«Och, meinetwegen», sagte Paula ungnädig. «Ich nehme an, ich muß wohl, obwohl ich es für Unsinn halte.»

Da es wieder zu schneien begonnen hatte und sich sonst keine Unterhaltung bot, schlossen sich auch Valerie und Roydon der Arbeit an. Sie kamen in das Billardzimmer mit der Absicht, das Radio anzudrehen, aber plötzlich vermochte keiner den Lockungen des glitzernden Flitters, künstlichen Schnees und der bunten Kerzen zu widerstehen. Roydon wollte die Gesellschaft zwar zuerst darüber aufklären, wie kindisch es sei, an so alten Sitten und Gebräuchen festzuhalten, aber als er Mathilda sah, wie sie die Kerzenhalter auf die Zweige steckte, da vergaß er, daß er eigentlich hoch über all diesen Dingen stand, und sagte: «Ach, lassen Sie das doch lieber mich tun. Wenn Sie eine hier anstecken, fängt der Baum zu brennen an.»

Valerie hatte einige Schachteln voll mit Eiszapfen aus Draht entdeckt und begann sie an den Baum zu hängen.

Joseph schwebte natürlich im siebenten Himmel. Triumphierend strahlte er Mathilda an, rieb sich die Hände und trottete mehrmals um den Baum, lobte jedermanns Arbeit und hob die gebrechliche Stufenleiter auf, wann immer sie umfiel, und das war nicht selten der Fall. Um die Teezeit herum erschien Maud, versicherte, alles sei bildschön, und wußte außerdem zu erzählen, daß – was sie selbst nie gedacht hätte – die Kaiserin eine Cousine Ludwigs von Bayern war.

Paula, die in das Zimmer ihres Onkels eingedrungen war und ihn dort inmitten einer geschäftlichen Besprechung mit Mottisfont unterbrochen hatte, kam in denkbar schlechtester Laune wieder ins Billardzimmer zurück. Sie bot ihre Hilfe zum Baumschmücken nicht an, sondern ging im Zimmer umher, rauchte und stellte Überlegungen an, daß sie, da Nathaniel ihr in seinem Testament Geld zu hinterlassen beabsichtigte, es geradesogut haben könnte, bevor er tot sei. Niemand schenkte ihr viel Beachtung, außer Mathilda, die sie belehrte, man könne nicht mit etwas rechnen, das einem noch nicht sicher sei.

«Es ist mir aber sicher», erwiderte Paula feindselig. «Der Onkel sagte mir schon vor Jahren, er würde mir sehr viel Geld hinterlassen. Ich will ja auch jetzt noch nicht alles. Nein, keineswegs. Ein paar Tausend würden mir genügen. Und was sind schließlich ein paar tausend Pfund für Onkel Nat?»

Roydon schien diese offene Diskussion unangenehm zu berühren; er errötete ein wenig und tat so, als würde ihn das Aufstecken der Kerzen außerordentlich beanspruchen.

Aber Paula konnte nicht an sich halten. Sie spazierte weiterhin im Zimmer herum und hielt ihren ermüdenden Monolog, dem nur mehr Joseph zuhörte. Er versuchte die Wogen zu glätten und sagte, er wisse genau, was sie empfinde, denn er erinnere sich deutlich seiner eigenen Gefühle bei einer ähnlichen Gelegenheit, als er in Melbourne unbedingt als Macbeth auftreten wollte.

«Aber, Joe, du hast niemals den Macbeth gespielt», warf Mathilda ein und forderte Maud auf, diese offenkundige Lüge in Abrede zu stellen.

«Ich erinnere mich nicht, daß er jemals als Macbeth aufgetreten wäre», sagte Maud in ihrer gelassenen Art. «Aber er war sehr gut in Charakterrollen.»

Sie begann verschiedene kleine Rollen aufzuzählen, in denen Joseph geglänzt hatte, und versprach, ihnen ein Buch mit Zeitungsausschnitten zu zeigen, das sie irgendwo aufgehoben habe.

«Das ist das zweite Buch, das man ihr wird wegnehmen müssen», sagte plötzlich Stephen zu Mathilda ziemlich laut.

Sie fuhr auf, da sie ihn nicht hatte kommen hören. Er stand genau hinter ihr, die Hände in der Tasche, die Pfeife im Mund; in seine Augen war Leben gekommen, und um seinen Mund spielte ein andeutungsweises Lächeln. Mathilda, die ihn kannte, vermutete, er amüsiere sich über einen Streit, den er wahrscheinlich mit dem Onkel gehabt hatte. «Du bist ein Narr», sagte sie abrupt.

Er blickte auf sie herab und zog die Augenbrauen etwas in die Höhe. «Warum?»

«Du hast mit deinem Onkel gestritten.»

«Ach, das. Das ist bei mir so üblich.»

«Es steht nahezu fest, daß du sein Erbe bist.»

«So sagt man mir.»

«Hat Nat dir das tatsächlich gesagt?» fragte sie überrascht.

«Nein, mein lieber Onkel Joe.»

«Wann?»

«Gestern nacht, nachdem du zu Bett gegangen warst.»

«Stephen, hat Joe gesagt, daß Nat dich als seinen Erben einsetzte?»

Er zuckte die Achseln. «Nicht so klipp und klar. Er machte bloß versteckte Andeutungen und Anspielungen.»

«Ich nehme an, er weiß es. Du solltest dich lieber in acht nehmen. Ich würde mich nicht darauf verlassen, daß Nat seinen Sinn nicht ändert.»

«Da kannst du wohl recht haben», sagte er gleichgültig.

Erbitterung stieg in ihr hoch. «Warum ärgerst du ihn dann?»

Seine Pfeife war ausgegangen, und er zündete sie wieder an. Über die Flamme hinweg blitzte er sie an. «Keine Bange. Ich ärgere ihn nicht. Er mag nur meine Braut nicht.»

«Magst du sie?» entfuhr es ihr ungewollt.

Er blickte sie an; ihre ungewöhnliche Verwirrung amüsierte ihn sichtlich. «Zweifellos.»

«Entschuldige», sagte sie kurz und wandte sich ab.

War er wirklich so dumm, aus Halsstarrigkeit heraus einfach ein Vermögen aufs Spiel zu setzen? Kein Mensch würde so verrückt sein, dachte Mathilda zynisch. Sie sah ihn von der Seite an und dachte: Ja, du würdest verrückt genug sein, du wärst zu allem fähig in dieser Stimmung. Ach, Stephen, warum willst du nur so ein Esel sein?

Sie sah ihn wieder an, diesmal aber nicht verstohlen, denn seine Aufmerksamkeit gehörte jetzt nicht ihr, sondern Valerie, die mit Joseph in einer Fensternische stand. Nicht daß er lächelte, aber Mathilda hatte den Eindruck, er amüsiere sich über einen versteckten Scherz. Sie dachte: Und du bist doch kein Esel. Ich bin überhaupt nicht sicher, ob du nicht eher teuflisch bist. Du bist kaltblütig, und du hast einen eigenartigen Sinn für Humor, und ich wüßte gerne, was du denkst. Dann blitzte ein neuer Gedanke in ihr auf, der sie unangenehm berührte: Ich wollte, ich wäre nicht hergekommen.

Wie auf Verabredung sagte Paula plötzlich: «Ach Gott, wie ich dieses Haus hasse!»

Stephen gähnte. Es war Roydon, der fragte: «Warum?»

«Ich kann es nicht in Worte fassen. Wenn ich sagte, es lauert Unheil hier, würden Sie mich auslachen.»

«Nein, ich werde Sie nicht auslachen», erwiderte er ernst. «Ich glaube ganz fest an den Einfluß der menschlichen Leidenschaften auf ihre Umgebung. Sie sind überaus sensibel, das stellte ich an Ihnen schon mehrmals fest.»

«Unsinn, junge Leute, Unsinn», mengte sich Joseph ein. «In Lexham Manor gibt es keine Geister, das kann ich euch versichern.»

«Ach, Geister», sagte Paula mit einem verächtlichen Achselzucken.

«Ich finde», warf nun Maud ein, «wenn jemand anfängt, schrullig zu werden, dann ist seine Leber nicht in Ordnung.»

Paula schien diese ausgezeichnete Auslegung derart in Wut zu versetzen, daß Mathilda, um eine Explosion zu vermeiden, hastig sagte, es müsse Zeit für den Tee sein. Joseph unterstützte sie darin sofort und begann die Gäste aus dem Zimmer hinauszukomplimentieren. Er selbst, meinte er, wolle noch die letzten Handgriffe an der Ausschmückung tun. Valerie bat er, ihm dabei zu helfen.

Er gab ihr zwei Papierschlangen, eine große Papierglocke, einen Mistelzweig, einen Hammer und eine Schachtel Reißzwecken zum Halten. Valerie langweilte dieses weihnachtliche Dekorieren bereits, und so nahm sie die Requisiten ziemlich verdrossen entgegen. «Haben wir nicht schon genug Sachen aufgehängt?» fragte sie.

«Nur noch die Treppe», erklärte Joseph, «sie sieht so kahl aus. Ich wollte es noch vor dem Essen tun, aber das Schicksal war dagegen.»

«Es ist ein Jammer, daß das Schicksal mit der Treppe nichts Besseres vorhatte», bemerkte Stephen, der sich anschickte, Mathilda zu folgen.

Joseph erhob spaßhaft drohend die Faust gegen Stephen und nahm noch einmal die Stufenleiter zur Hand. «Stephen hält mich für einen fürchterlichen Vandalen», sagte er zu Valerie. «Aber ich fürchte, ich verstehe nichts von Antiquitäten. Mir ist es egal, ob eine Treppe aus der Zeit Cromwells oder Viktorias stammt.»

«Ich schätze, das ganze Haus ist ziemlich alt», sagte Valerie und nahm die Treppe mit schwachem Interesse in Augenschein.

«Ja, förmlich ein Museumsstück in seiner Art», erwiderte Joseph. Er ging die vier niedrigen Stufen zum ersten Treppenabsatz hinauf und versuchte, seine Leiter dort aufzustellen.

«Mr. Herriard muß schrecklich reich sein», sagte Valerie.

«Schrecklich reich», erwiderte Joseph und blinzelte auf sie hinunter.

«Ich frage mich ...» sie brach ab und errötete ein wenig.

Joseph schwieg einen Augenblick, dann sagte er: «Nun, meine Liebe, vielleicht weiß ich, was Sie sich fragen. Wenn man auch nicht gerne über solche Dinge spricht, bin ich schon den ganzen Tag über der Meinung, daß ich mit Ihnen etwas besprechen sollte.»

Sie sah ihn fragend an. «Oh, tun Sie es nur. Sie können mit mir über alles sprechen. Ich werde alles verstehen.»

Er kam wieder die Treppe herunter, ließ die Stufenleiter los und ergriff ihren Arm. «Also, ich nehme an, Sie haben gemerkt, daß ich für Stephen in meinem Herzen einen stillen Winkel frei habe.»

«Ich weiß, und ich finde das wundervoll von Ihnen», sagte Valerie.

Da Stephen sich seinem Onkel gegenüber unverschämt, ja sogar brutal benahm, war diese Bemerkung weniger einfältig, als sie klang.

«Aber hat Stephen, ich meine, gibt es etwas...?»

«Nein, nein», erwiderte Joseph hastig. «Aber das Leben war für den armen Burschen nicht leicht. Freilich, das Leben war auch für mich nicht leicht. Und möglicherweise verstehe ich ihn gerade deshalb so gut.»

Er lächelte versonnen, aber Valerie war an den Schwierigkeiten seines Lebens überhaupt nicht interessiert. Sie sagte unsicher: «Oh, gewiß, ich verstehe.»

Joseph fand sie ein wenig schwierig. Eine weniger egozentrische junge Frau hätte auf dieses Gambit reagiert, dachte er, und hätte ihm teilnahmsvolle Fragen gestellt. Mit einem Seufzer nahm er ihr Desinteresse zur Kenntnis und sagte: «Aber genug über mich. Mein Leben nähert sich schließlich dem Ende, und Stephen hat es noch ganz vor sich. Ach, wenn ich so zurückdenke, was ich war in diesem Alter, dann sehe ich so viele ähnliche Züge. Auch ich war immer ein Rebell. Aber warum soll ich ein junges, hübsches Mädchen wie Sie mit Geschichten aus meiner vergeudeten Jugend langweilen. Ich wollte ja mit Ihnen über Stephen sprechen.»

«Er ist außerordentlich garstig gewesen, den ganzen Tag», erwiderte Valerie mit großer Offenheit. «Es ist für mich wirklich sehr schwer, aber er ist so verdammt selbstsüchtig, daß ich annehme, er ist sich dessen gar nicht bewußt. Ich verabscheue ihn momentan sogar.»

«Aber Sie lieben ihn doch», sagte Joseph treuherzig.

«Ja, aber Sie wissen, was ich meine.»

«Vielleicht weiß ich es», stimmte Joseph mit einem weisen Nicken bei. «Und ich verlasse mich auf Sie, daß Sie bei dem lieben alten Jungen Ihren Einfluß geltend machen.»

«Wie das?» fragte Valerie und sah ihn erstaunt an. «Was in aller Welt erwarten Sie, das ich tue?» wollte sie wissen.

«Verhindern Sie, daß er seinen Onkel ärgert», sagte er. «Versuchen Sie, ihn dazu zu bewegen, daß er sich vernünftig benimmt. Schließlich wäre es dumm, all das wegzuwerfen, bloß aus Eigensinn.»

Er wies mit einer weitausholenden Bewegung um sich. Valeries Augen leuchteten auf. «Oh, Mr. Herriard wird dies hier wirklich alles Stephen hinterlassen?»

«Sie dürfen mich nicht so fragen», erwiderte Joseph. «Ich habe mein Bestes getan. Das ist alles, was ich sagen kann, und nun liegt es an Stephen und auch an Ihnen.»

«Ja, aber ich glaube nicht, daß mich Mr. Herriard besonders mag», warf Valerie ein. «Es ist komisch, weil mir ältere Herren gewöhnlich sonst sehr zugetan sind.»

«Ich fürchte, der arme Nat ist ein bißchen ein Weiberfeind. Sie dürfen sich daran nicht stoßen. Halten Sie nur Ihren jungen Mann im Zaum, das ist alles, worum ich Sie bitte.»

«Schön, ich werde es versuchen», sagte Valerie. «Aber wahrscheinlich wird er auf mich nicht hören; das tut er nie. Es hat ganz den Anschein, daß er eher auf Mathilda Clare hört als auf mich.»

«Tilda!» rief er aus. «Nein, nein, meine Liebe, da sind Sie ganz im Irrtum. Als ob Stephen sie jemals besonders beachten würde.»

«Oh, glauben Sie wirklich?» fragte sie hoffnungsvoll. «Natürlich, sie ist nicht im mindesten hübsch; ich meine, ich mag sie sehr und alle Frauen dieser Art, aber ich könnte sie nicht anziehend finden. Sie vielleicht?»

«Nicht ein bißchen», bestätigte Joseph. «Tilda ist ein guter Kerl. Und jetzt müssen wir gehen. Die Stufenleiter lehne ich nur an die Wand und mache nachher fertig. Dorthin! Ich glaube nicht, daß sie dort jemandem im Weg sein wird, nicht wahr?»

Da der Treppenabsatz frei war, stand die Leiter wirklich niemandem im Weg, aber Nathaniel, der einige Minuten später aus dem Arbeitszimmer kam, bemerkte sie sofort und sagte, er wünschte zu Gott, Joe möge mit all dieser Narretei aufhören. Stephen, der eben die Treppe herunterkam, pflichtete ihm ganz entschieden bei.

«Also denn, ihr zwei Spaßverderber», sagte Joseph. «Zum Tee! Ah, da bist du ja, Maud, meine Liebe. Komm, Nat, Alter, komm, Stephen!»

«Er gibt dir wenigstens das Gefühl, daß er hier ganz zu Hause ist, nicht wahr?» sagte Stephen grinsend zu Nathaniel. Diese maliziöse Bemerkung stimmte Nathaniel seinem Neffen gegenüber freundlich. Er lachte kurz auf und folgte Maud in den Salon.

4

Während der Tee eingenommen wurde, nützte Joseph eine Gelegenheit, Mathilda zu sagen, daß er – wie er es ausdrückte – Valerie einen Wink gegeben habe. Sie fand das von ihm wohl sehr nett, aber fehl am Platz. Aber er verwies sie triumphierend auf das gute Einvernehmen, das zwischen Stephen und Nathaniel bereits herrschte. Ob dies nun auf die Anstrengungen Valeries zurückging oder die beiden nur angesichts der bevorstehenden Dichterlesung momentan zusammengefunden hatten, das wollte Mathilda dahingestellt sein lassen. Es war jedenfalls unverkennbar, daß Stephen sich bemühte, seinem Onkel zu gefallen.

Der Gedanke an die bevorstehende Vorlesung bedrückte Mathilda. Sie warf einen Blick auf Roydon, der nervös ein Stück Kuchen zerkrümelte, und empfand leichtes Mitleid mit ihm. Er war tiefernst, hin- und hergerissen zwischen dem Glauben an sich selbst und einer natürlichen Furcht, sein Stück einer Hörerschaft vorzutragen, die ihm, wie er erkennen mußte, nur unfreundlich gesinnt war. Mathilda ging zu ihm hin und setzte sich neben ihn. «Ich würde jetzt gerne von Ihnen etwas über Ihr Stück hören», sagte sie.

«Ich glaube nicht, daß es jemandem gefällt», antwortete er verdrossen.

«Wurde schon einmal etwas von Ihnen aufgeführt?»

«Nein. Aber eine Sonntagsvorlesung hatte ich zumindest. Nicht dieses Stück, ein anderes; Linda Burry interessierte sich dafür; aber es kam zu nichts. Das dumme ist, daß mich niemand unterstützt.» Er warf eine widerspenstige Haarlocke aus der Stirn und schloß trotzig. «Ich arbeite in einer Bank.»

«Keine schlechte Art, seine Zeit zu verbringen», sagte sie.

«Wenn ich bloß die Möglichkeit zu einem Start bekäme, ich würde – ich würde niemals wieder einen Schritt in die Bank setzen.»

«Sie würden das dann wahrscheinlich nicht nötig haben. Ist Ihr Stück etwas für die breite Masse?»

«Es ist ein ernstes Stück. Ich kümmere mich nicht um die breite Masse. Ich weiß, ich habe die Gabe, Stücke zu schreiben – gute Stücke –, aber ich würde eher mein ganzes Leben in die Bank gehen, als – als...»

«Ihre Kunst zu prostituieren», ergänzte Mathilda, außerstande, ihre vorschnelle Zunge zu zügeln.

Er errötete, sagte aber: «Ja, das meine ich. Besteht Ihrer Ansicht nach die geringste Hoffnung, daß Mr. Herriard daran interessiert ist?»

Sie glaubte nicht daran, aber obgleich sie im allgemeinen eine aufrichtige Frau war, brachte sie es nicht über sich, ihm dies zu sagen.

«Es würde nicht viel kosten», sagte er nachdenklich. «Selbst wenn ihm an Kunst nichts liegt, könnte er doch daran interessiert sein, Paula eine Chance zu geben. Sie ist wirklich wunderbar in der Rolle, müssen Sie wissen, er wird das sehen. Sie bereitet sich für die große Szene vor, um sie ihm vorzuspielen.»

«Was hat Paula für eine Rolle zu spielen?» erkundigte sich Mathilda, die den Mut nicht aufbrachte, zu erklären, daß Nathaniel es zutiefst mißbilligte, daß seine Nichte beim Theater war.

«Sie spielt eine Prostituierte», sagte der Autor einfach.

Mathilda verschüttete ihren Tee. Während sie ihren Rock abtrocknete, dachte sie zuerst, daß sie Roydon anflehen müsse, nicht so verrückt zu sein, das Stück vorzulesen, kam aber dann zu der fatalistischen Erkenntnis, daß nichts, was sie auch vorbringen könne, diesen jungen Mann davon abhalten würde, in sein Verderben zu rennen.

Stephen, der im Zimmer herumgeschlendert war, sah, wie sie den

Tee verschüttete, und warf ihr sein Taschentuch zu. «Ungeschicktes Frauenzimmer, da hast du. Komm her zum Feuer und laß dich trocknen!»

Sie gehorchte. Stephen hielt ihr eine Platte mit kleinem Backwerk hin. «Nimm etwas! Vor schweren Prüfungen soll man sich immer stärken.»

Sie blickte um sich, stellte befriedigt fest, daß Roydon am anderen Ende des großen Salons außer Hörweite war, und sagte mit ängstlichem Unterton in der Stimme: «Stephen, es handelt sich um eine Prostituierte.»

«Was?» fragte er interessiert. «Doch nicht in diesem miserablen Stück?»

Sie nickte, von innerlichem Lachen geschüttelt. Zum erstenmal an diesem Tag machte Stephen nun eine heitere Miene. «Das ist doch nicht dein Ernst. Da wird der Onkel aber begeistert sein! Ich wollte mich mit der Ausrede, daß ich Briefe zu schreiben hätte, zurückziehen. Das werde ich jetzt nicht tun. Um nichts in der Welt möchte ich das Stück versäumen.»

«Um Gottes willen, benimm dich ordentlich», bat sie. «Es wird gräßlich sein.»

«Er ist nur darauf aus, zu brillieren», sagte Stephen. «Ich möchte ihn am liebsten lächerlich machen.»

«Das wirst du doch nicht wirklich tun wollen. Ich gehe mit solchen unausgeglichenen neurotischen Typen immer sehr vorsichtig um.»

Er lachte, ging von ihr weg und setzte sich wieder neben Nathaniel auf das Sofa. Paula sprach bereits über Roydons Stück. Ihre eindringlichen Blicke verboten es jedermann, den Raum zu verlassen. Nathaniel langweilte sich und sagte schließlich: «Wenn wir es schon anhören müssen, dann müssen wir eben. Aber sprich nicht soviel. Ich kann das Stück auch ohne deine Hilfe beurteilen. Habe mehr gute, schlechte und belanglose Stücke in meinem Leben gesehen, als du dir jemals erträumen kannst.» Er wandte sich plötzlich an Roydon. «In welche dieser Kategorien gehört Ihres?»

Diesen Herriards, das wußte Mathilda, konnte man nur mit der gleichen brutalen Direktheit begegnen, die ihnen selbst zu eigen war. Eine kühne Antwort Roydons, und alles wäre in Ordnung. Nathaniel würde das gefallen. Aber Roydon war aus dem Gleichgewicht gebracht, seit Nathaniels Butler ihn abschätzend gemustert hatte. Er schwankte zwischen einer Feindseligkeit, die seinem Minderwertigkeitskomplex entsprang und durch die Grobheit seines Gastgebers noch genährt wurde, und dem verständlichen Wunsch zu gefallen. Er sagte stammelnd und errötend: «Wirklich, das ist schwer zu sagen.»

«Ich bin ganz sicher, wir werden uns alle sehr gut unterhalten», warf Joseph mit seinem sonnigsten Lächeln ein.

«Ich auch», sagte Stephen gedehnt. «Ich sagte eben zu Mathilda, ich möchte es um keinen Preis versäumen.»

«Du redest, als wollte uns Willoughby eine heitere Farce vortragen», begehrte Paula auf. «Das Stück ist aus dem Leben gegriffen.»

«Ein Problemstück also?» fragte Mottisfont.

«Ich schreibe keine Problemstücke», sagte Roydon mit ziemlich hoher Stimme, «und Vergnügen ist das letzte, was ich erwarte, daß jemand dabei empfindet. Wenn es mir gelingt, daß man sich darüber Gedanken macht, bin ich zufrieden.»

«Ein edles Ziel», kommentierte Stephen. «Aber Sie sollten das nicht so sagen, als hielten Sie das für unerreichbar. Das ist nicht höflich.»

Diese Ausfälligkeit verwirrte Roydon selbstverständlich. Er errötete tief und versuchte vergeblich, seinen Standpunkt zu erklären und zu rechtfertigen. Stephen saß zurückgelehnt da und beobachtete interessiert seine Bemühungen.

Es war Sturry, der Roydon rettete, da er eben mit einem Diener hereinkam, um das Teegeschirr abzuräumen. Ganz offenkundig hatte Stephens Bemerkung die bereits schwankende Haltung Roydons erschüttert. Wie Mathilda erkannte, schien Joseph mit einer Art sechstem Sinn bereits erahnt zu haben, daß es sich um ein fragwürdiges Stück handeln müßte, denn er sagte, er wäre überzeugt, sie alle seien großherzig genug, sich darüber hinwegzusetzen.

Nathaniel behauptete plötzlich, er wäre überhaupt nicht großherzig, wenn Joseph mit diesem dehnbaren Begriff meine, er würde bereit sein, eine Ladung voll unzüchtigen Unsinns zu verdauen, aus dem jedes moderne Stück zu bestehen scheine. Eine oder zwei Minuten lang gab sich Mathilda der Hoffnung hin, Roydon wäre nun genügend beleidigt und würde sich weigern, das Stück überhaupt vorzulesen; aber obgleich er tatsächlich Anzeichen aufsteigenden Zorns zeigte, ließ er sich von Paula und Valerie wieder umstimmen, die ihm beide versicherten, daß sich jedermann sehne, das Meisterstück zu hören.

Inzwischen hatten sich der Butler und der Diener zurückgezogen, und die Bühne war frei.

Man stellte dem Dichter einen Tisch und einen Sessel hin, und er nahm Platz. Sein Kinn war ziemlich weiß, aber kampflustig vorgereckt. Er räusperte sich, und Nathaniel brach die erwartungsvolle Stille, indem er Stephen um ein Streichholz bat.

Stephen holte eine Schachtel aus der Tasche und reichte sie seinem Onkel, der seine Pfeife anzündete und paffend sagte: «Fangen Sie an, fangen Sie an. Worauf warten Sie denn?»

«*Bitternis*», begann Roydon heiser. «*Ein Drama in drei Akten.*»

«Ein sehr eindrucksvoller Titel», nickte Mottisfont anerkennend.

Roydon warf ihm einen dankbaren Blick zu und fuhr fort: «*Erster Akt. Die Szene spielt im hofseitigen Zimmer eines drittrangigen Hotels. Das Bett ist aus Messing, hat eingesunkene Federn, und am Fußteil fehlen zwei Knöpfe. Der Teppich ist abgetreten, und die Tapete mit Rosenranken und blauen Streifen weist an mehreren Stellen Flecke auf.*»

«Was für Flecke?» erkundigte sich Stephen.

«Halt den Mund», fuhr ihn Paula heftig an. «Schenken Sie Stephen keine Beachtung, Willoughby! Lesen Sie nur weiter. Ihr alle müßt euer Inneres auftun und die Atmosphäre dieses Schauplatzes aufnehmen: Sie ist furchtbar eindrucksvoll. Lesen Sie weiter, Willoughby!»

Roydon räusperte sich noch einmal. «*Spitzenvorhänge verhüllen das Fenster, durch das man einen Blick auf Schieferdächer und Schornsteine hat. Eine verkommene Person lümmelt betrunken am Toilettentisch; ein schmutziges rosa Korsett ist über den einzigen Sessel geworfen.*» Er blickte herausfordernd in die Runde, als warte er auf einen Kommentar.

«O ja, ich verstehe», sagte Joseph mit einem ernsten Blick auf die versammelte Gesellschaft. «Sie wollen den Eindruck einer Atmosphäre des Schmutzes vermitteln.»

«Und es muß freimütig zugegeben werden, daß Ihnen das gelungen ist», sagte Stephen herzlich.

«Ich finde Korsetts schrecklich frivol, Sie nicht?» stellte Valerie fest. «Ich meine diese aus Satin mit unzähligen Fischbeinen, Spitzen und so. Natürlich trägt man heutzutage einfach einen elastischen Schlüpfer, wenn man überhaupt etwas trägt, was man ja im allgemeinen nicht tut.»

«Als ich jung war», bemerkte Maud, «wäre es keiner Frau eingefallen, ohne Korsett zu gehen. Das wäre einfach ganz unerhört gewesen.»

«Als *ich* jung war», explodierte Nathaniel, «hätte keine anständige Frau von solchen Dingen in der Öffentlichkeit gesprochen.»

«Wie altmodisch», sagte Valerie. «Stephen, mein Liebling, gib mir eine Zigarette.»

Er warf ihr seine Zigarettendose zu. Roydon fragte mit mühsam beherrschter Stimme, ob jemand wünsche, daß er fortfahre oder nicht.

«Ja, ja, um Himmels willen, lesen Sie weiter», fuhr ihn Nathaniel mürrisch an. «Wenn noch etwas über Unterwäsche vorkommt, dann können Sie es auslassen.»

Roydon las laut mit zorniger Stimme: *«Lucetta May sitzt nun, dem Publikum deutlich sichtbar, vor dem Toilettentisch. Sie trägt ein schäbiges rosa Negligé, das sie nur notdürftig verhüllt. Es hat einen schmutzigen Saum, und die Spitze ist zerrissen.»*

«Ich halte das für einen wunderbaren Hinweis», sagte Valerie.

«Ja, man würde nicht glauben, wieviel Schmutz man von Teppichen aufnehmen kann, selbst wenn sie mit einem Staubsauger behandelt werden, was ich allerdings an einem solchen Ort nicht voraussetze», sagte Maud. «Ich kenne diese billigen aufgetakelten Hotels; eines wie das andere.»

«Es ist kein aufgetakeltes Hotel», sagte Roydon, aufgestachelt bis zur Weißglut. «Es ist, wie Sie bald erkennen werden, ein Stundenhotel.»

Mauds gelassene Stimme brach das betretene Schweigen. «Ich nehme an, die sind ebenso schmutzig.»

«Sieh mal einer an», sagte Nathaniel geladen.

«Vielleicht ist es Ihnen lieber, ich lese nichts mehr vor», schlug Roydon steif vor. «Ich warne Sie, es ist keine Kost für einen schwachen Magen.»

«Oh, Sie müssen weiterlesen», rief Valerie aus. «Ich weiß, ich werde begeistert sein. Es soll endlich mit den Einwürfen aufgehört werden.»

«Sie sitzt bewegungslos, starrt auf ihr Spiegelbild», deklamierte Paula plötzlich mit durchdringender Stimme, *«dann nimmt sie einen Lippenstift und beginnt müde ihre Lippen zu schminken. Es klopft an der Tür. Mit einer instinktiv koketten Bewegung bringt sie ihre Locken in Ordnung, richtet ihren müden Körper auf und ruft ‹Herein›.»*

Paulas Mimik und Vortrag innerhalb des hierfür so ungeeigneten Rahmens eines vornehmen Salons waren für Mathilda zuviel. Prustend stieß sie hervor, daß es ihr sehr leid täte, aber solche Vorträge hätten stets jene bedauerliche Wirkung auf sie.

«Es ist mir nicht klar, was du daran so lächerlich findest», sagte Paula mit einem gefährlichen Leuchten in den Augen. «Gelächter war nicht die Reaktion, die ich erwartete.»

«Es war nicht deine Schuld», beteuerte Mathilda reuig. «Wirklich, je tragischer die Rezitation, desto mehr muß ich lachen.»

«Ich verstehe so gut, was du meinst», sagte Joseph. «Ach, Paula, meine Liebe, Tilda zollt dir mehr Anerkennung, als du ahnst. Ich erinnere mich daran, daß ich mich auch einmal in Montreal vor einem vollen Haus zu einem Augenblick unerträglicher Spannung hinaufzuarbeiten hatte. Ich schaltete vor meinem Höhepunkt eine Pause ein; ich wußte, ich hatte das Haus ganz in der Hand. Plötzlich brach ein Mann in Lachen aus. Aus der Fassung gebracht? Ja, aber ich wußte, warum er lachte.»

«Ich würde es nicht wagen, selbst eine Vermutung anzustellen», bemerkte Stephen.

Damit entzückte er Nathaniel so sehr, daß dieser seine Absicht, die Vorlesung der «Bitternis» abzubrechen, änderte und Roydon zum drittenmal aufforderte weiterzulesen.

Roydon las: *«Auftritt von Mrs. Perkins, Haushälterin.»* Mit zäher Verbissenheit trug er nun einen Absatz vor, in dem diese Gestalt beschrieben wurde. Seine Ausdrücke waren deftig genug, um die Aufmerksamkeit seiner Hörer zu fesseln, wäre dies nicht durch Maud verhindert worden, die verstohlen im Zimmer herumging und nach etwas suchte.

«Die Spannung bringt mich um», verkündete Stephen. «Was suchst du, Tante?»

«Schon gut, mein Lieber. Ich will niemanden stören», antwortete sie. «Ich möchte bloß wissen, wohin ich meine Strickarbeit gelegt habe. Bitte, fahren Sie fort, Mr. Roydon. Es ist ja so interessant, es nimmt einen ganz gefangen.»

Mathilda zog hinter einem Polster vier Stahlnadeln mit einem unfertigen Socken daran hervor.

«Danke schön, meine Liebe», flüsterte Maud und machte es sich wieder beim Kamin bequem. «Jetzt kann ich weiterarbeiten, während ich zuhöre.»

Die Vorlesung ging nun, untermalt von dem gleichmäßigen Klikken der Stricknadeln Mauds, weiter. Es war keineswegs ein schlechtes Stück. Manchmal, dachte Mathilda, erreichte es nahezu Brillanz, aber es war kein Stück, das man in einem Salon vorliest. Wie sie erwartet hatte, war es an manchen Stellen aufrührerisch und enthielt vieles, das besser weggeblieben wäre. Paula schwelgte in ihrer großen Szene, und weder sie noch Roydon schienen zu erkennen, daß Nathaniel das Spiel seiner Nichte in der Rolle einer gefallenen Frau nie billigen würde. Tatsächlich beherrschte er sich nur mit äußerster Willensanstrengung und wurde immer unruhiger, während Paulas tiefe Stimme durch den Raum vibrierte.

Um sieben Uhr war die Vorlesung zu Ende. Während des letzten Aktes hatte Nathaniel dreimal auf die Uhr gesehen, und als Roydon schließlich das Manuskript niederlegte, war Nathaniels Ausdruck alles andere denn freundlich. «Sehr erbaulich», sagte er mit furchterregendem Tonfall.

Paula schwebte noch in höheren Regionen und war für seine Verbitterung taub. Ihre dunklen Augen glühten, ihre Wangen waren gerötet. Mit ausgestreckten Händen ging sie auf Nathaniel zu. «Ist es nicht wundervoll?»

Mathilda, Joseph, Valerie und sogar Mottisfont, den die «Bitternis» zutiefst schockiert hatte, beeilten sich sofort, ihre Meinungen kundzutun, um Nathaniel nicht zu Wort kommen zu lassen. Furcht vor dem, was Nathaniel jetzt zu Roydon sagen würde, veranlaßte sie, das Stück übertrieben zu loben. Roydon freute sich und triumphierte, aber seine Augen hafteten so angstvoll auf dem Gesicht seines Gastgebers, daß er jedem leid tat.

Paula attackierte ihren Onkel aufs neue. «Nun, da du es gehört hast, Onkel Nat, wirst du Willoughby helfen, nicht wahr?»

«Wenn du glaubst, ich gebe dir Geld, damit du es für ein Stück hinauswirfst, das ich nur als unzüchtiges Gewäsch bezeichnen kann, dann hast du dich getäuscht», erwiderte er, aber doch so, daß Roydon es nicht hören konnte.

Paula starrte ihn an, als hätte sie ihn nicht richtig verstanden. «Kannst du nicht sehen, verstehst du nicht – daß die Rolle für mich geschrieben ist?» fragte sie keuchend.

«Zum Teufel», brach Nathaniel los, «ich möchte wissen, wohin das führt, wenn ein Mädchen deines Standes dastehen und mir sagen kann, die Rolle einer Dirne sei für sie geschrieben!»

«Oh, dieser altmodische Kehricht», rief Paula verächtlich. «Wir sprechen über Kunst!»

«So, über Kunst sprechen wir?» sagte Nathaniel grimmig. «Ich glaube, das ist deine Vorstellung von Kunst. Gut, dann ist alles, was ich dazu sagen kann, daß es nicht die meine ist.»

Es zeigte sich aber leider, daß dies nicht wörtlich gemeint war, denn Nathaniel hatte noch viel mehr zu sagen und begann über die Dekadenz des modernen Dramas, die Dummheit der Frauen im allgemeinen und seiner Nichte im besonderen zu wettern. Er schloß mit der Feststellung, Paulas Mutter hätte besser daran getan, zu Hause zu bleiben und auf ihre Tochter aufzupassen, als herumzustreifen und jeden Tom, Dick und Harry, der ihr über den Weg lief, zu heiraten.

Alle fühlten, daß es ratsam wäre, Roydon wegzubringen, bis Nathaniels Wut sich gelegt hätte. Mathilda nahm diese Pflicht edelmütig auf sich und sagte zu Roydon, die «Bitternis» interessiere sie derart, daß sie gern mit ihm darüber plaudern wolle. Roydon, der von Mathilda sehr beeindruckt und natürlich begierig war, über sein Werk zu sprechen, ließ sich aus dem Salon hinausmanövrieren. Im selben Augenblick trat Joseph zu der Gruppe um seinen Bruder, schlug ihm mit ausgesprochen unpassender Scherzhaftigkeit auf den Rücken und sagte dabei: «Ja, ja, Nat, wir sind zwei alte Hasen, nicht wahr? Rauh, manchmal heftig, aber gut.»

Aus Nathaniel war mit einemmal ein Krüppel geworden. «Mein Hexenschuß!» rief er aus. «Verdammt noch mal! Mach das nicht!» Und er schwankte schmerzgebeugt zu einem Sessel, die eine Hand gegen das Kreuz gepreßt.

«Unsinn!» rief Paula. «Vor einer Minute dachtest du überhaupt nicht an deinen Hexenschuß. Du bist ein elender Schwindler, Onkel Nat. Du willst einfach mit dem Geld nicht herausrücken, deshalb machst du solches Getue. Du bist niederträchtig und heuchlerisch, und ich verachte dich im Grunde meiner Seele.»

«Ja, du sähest mich gerne im Grab. Ich weiß das.» Nathaniel schien dieses erfrischende Zwischenspiel riesigen Spaß zu bereiten. «Glaube nicht, ich durchschaue dich nicht. Ihr Frauen seid alle gleich. Alles, worauf ihr aus seid, ist das Geld. Dafür aber, daß du es an den jungen Laffen verschwendest, bekommst du von mir keinen Groschen, und dabei bleibt es.»

«Gut, behalte dein Geld!» Paula war jetzt ganz die große Tragödin. «Aber wenn du tot bist, dann werde ich jeden Groschen, den du mir hinterläßt, für wirklich unmoralische Stücke ausgeben, und ich hoffe nur, daß du es wissen und dich darüber ärgern wirst und daß du es bereust, mir gegenüber zu Lebzeiten eine solche Bestie gewesen zu sein.»

Nathaniel amüsierte sich über diese Reaktion auf seine Stichelei derart, daß er ganz vergaß, den Krüppel zu mimen. Aufrecht saß er im Sessel und sagte, sie möge nicht mit ihren Küken rechnen, solange sie nicht ausgeschlüpft wären, denn nach alldem müßte er verdammt sein, wenn er nicht einige Änderungen durchführen würde.

«Mach, was du willst», sagte Paula verächtlich. «Ich will dein Geld nicht.»

«Oho, jetzt singst du eine ganz andere Melodie», höhnte Nathaniel. «Ich dachte, gerade *das* wolltest du – zweitausend Pfund von meinem Geld und daß du bereit wärst, mich umzubringen, um es zu bekommen?»

«Was bedeuten für dich schon zweitausend Pfund? Du würdest sie verschmerzen. Aber bloß weil du einen bürgerlichen Geschmack in Kunstdingen hast, schlägst du mir den einzigen Wunsch, den ich habe, ab. Mehr als das: Du nimmst mir die Chance meines Lebens!»

«Ach was!» sagte Stephen.

«Du halt den Mund», stieß Paula hervor, sich an ihn wendend. «Du hast getan, was du konntest, um Willoughbys Stück zu vermiesen. Aus zarter Rücksicht auf mich schauderst du wahrscheinlich bei dem Gedanken, daß ich die Rolle einer Prostituierten spielen soll.»

«Gott bewahre, mir ist es egal, in welchen Rollen du auftrittst», erwiderte Stephen. «Ich bitte dich nur um eines: steh nicht da und rede schwülstig daher wie die Lady Macbeth.»

«Wenn du auch nur eine Spur von Anstand hättest, dann wärst du auf meiner Seite.»

«In diesem Fall habe ich eben keine Spur von Anstand. Mir gefällt das Stück nicht, mir gefällt der Dramatiker nicht.»

«Kinder, Kinder», lenkte Joseph ein, «kommt jetzt, das führt zu nichts, versteht ihr? Noch dazu am Heiligen Abend!»

«Jetzt langt es mir aber», sagte Stephen, erhob sich und schlenderte zur Tür. «Laß mich den Ausgang dieser homerischen Schlacht wissen. Ich wette sechs zu fünf für Onkel Nat.»

«Stephen», rief Valerie mit einem Kichern. «Du bist unmöglich!»

Diese Abtrünnigkeit Valeries erinnerte Nathaniel an ihre Gegenwart. Voll Abscheu betrachtete er ihre leere Schönheit und ließ seinen Gefühlen freien Lauf, indem er Stephen anbellte: «Du bist genauso wie deine Schwester. Zwischen euch beiden ist nicht ein Gran Unterschied. Du hast einen schlechten Geschmack, verstehst du mich? Das ist das letzte Mal, daß ihr beide nach Lexham gekommen seid.»

«Ta, ta», machte Stephen und verließ das Zimmer. Er brachte damit Sturry sehr aus der Fassung, der draußen vor der Tür mit einem Tablett Cocktails gestanden und mit großer Aufmerksamkeit dem Streit gelauscht hatte, der drinnen wütete.

«Verzeihen Sie, ich wollte eben hineingehen», sagte Sturry.

«Gibt eine Menge Gesprächsstoff für das Dienstbotenzimmer ab, nicht wahr?» meinte Stephen freundschaftlich.

«Ich gehöre nicht zu den Schwätzern, Sir, so etwas liegt unter meiner Würde», erwiderte Sturry großartig und verächtlich. Er stelzte mit dem Tablett in den Salon. Paula, die eben einen leidenschaftlichen Monolog an ihren älteren Onkel richtete, brach kurz ab und ging hinaus. Joseph drängte nun auch Valerie, Maud und Mottisfont, hinaufzugehen und sich für das Dinner umzukleiden. Und Nathaniel sagte zu Sturry, er möge ihm ein Glas Sherry bringen.

Während dieses Familiengezänk in vollem Gange war, hatte Mathilda in der Bibliothek Willoughby taktvoll auseinandergesetzt, daß Nathaniel nicht bereit sein würde, sein Stück zu finanzieren. Er war nach seinem Vortrag so aufgewühlt, daß er sie vorerst kaum zu verstehen schien. Als ihm der Sinn dessen, was Mathilda sagte, zum Bewußtsein kam, murmelte er: «Dann hat alles keinen Zweck.»

«Ich fürchte, es hat keinen Zweck, soweit es Nat betrifft», gab Mathilda zu. «Das Stück liegt ihm eben nicht. Aber er ist schließlich nicht der einzige reiche Mann auf der Welt.»

Er schüttelte den Kopf. «Ich kenne sonst keine reichen Leute. Warum will er es denn nicht finanzieren? Warum sollen L-Leute wie ich denn keine Chance be-bekommen?»

«Ich glaube, es wäre viel besser, Sie würden Ihr Stück einem Produzenten vorlegen», sagte Mathilda.

«Sie haben alle Angst davor. Sie sagen, es ist kein Kassenschlager. Aber ich weiß – ich weiß, es ist ein gutes Stück. Ich habe – ich habe Blut dabei geschwitzt. Ich kann es nicht so einfach aufgeben!»

Sie wies ihn freundschaftlich darauf hin, daß er gewiß das Zeug dazu hätte, auch andere Stücke zu schreiben, eben solche gewünschten Kassenschlager, aber er unterbrach sie und meinte heftig, daß er lieber verhungern wolle, als solche Stücke schreiben, die sie meinte. Mathilda wurde ein wenig ungeduldig und war daher sehr froh, als sie Paula in das Zimmer kommen sah.

«Paula», sagte Roydon verzweifelt, «ist es wahr, was Miss Clare sagt? Er will das Stück nicht finanzieren?»

Paula war rot im Gesicht, und ihre Augen glänzten. «Ich sagte ihm eben, was ich von ihm halte. Ich sagte ihm –»

«Wir wollen es nicht hören», schnitt Mathilda, die ihre Geduld verlor, ihr das Wort ab. «Du hättest wissen müssen, daß keine Hoffnung bestand.»

Paula funkelte sie an. «Ich werde das Geld bekommen! Ich bekomme immer, was ich will! Immer! Und dieses hier will ich mehr als alles andere sonst in meinem Leben. Ich kenne Nat viel besser als du. Ich bekomme das Geld!»

«Gib dich keinen falschen Hoffnungen hin. Du wirst es nicht bekommen», sagte Mathilda.

«Ich muß es bekommen», rief Paula wild. «Ich *muß*!»

Roydons Blick ging unsicher zwischen ihrem glühenden Gesicht und dem Mathildas hin und her. Niedergeschlagen sagte er: «Ich glaube, es ist besser, ich gehe mich jetzt umziehen. Es scheint nicht viel Zweck zu haben –»

Paula sagte: «Ich gehe auch. Es *hat* einen Zweck, Willoughby. Ich gehe immer meine eigenen Wege. Wirklich.»

Fröhliche Weihnachten, dachte Mathilda, während sie ihnen nachblickte. Sie nahm eine Zigarette aus der Dose auf dem Tisch, zündete sie an und setzte sich an den Kamin. Sie fühlte sich ganz schwach. Es war nicht ihre Angelegenheit, natürlich, aber der arme Stückeschreiber, ermüdend, wie er war, hatte ihr Mitleid erregt. Schließlich konnte man ja nicht zurückgelehnt dasitzen und zusehen, wie diese bunt zusammengewürfelte Gesellschaft in ihr Verderben rannte. Man mußte zumindest versuchen, sie vor der totalen Vernichtung zu retten.

Sie mußte sich zwar eingestehen, daß sie im Augenblick keinen Weg sah, wie sie das tun sollte. Wenn schon Paulas Dummheit keine Krise heraufbeschwor, dann würde Joseph es fertigbringen. Er betrachtete sich als Friedensstifter. Wahrscheinlich, überlegte Mathilda, stiftete er auch jetzt wieder Frieden und erzürnte Nat mit Platitüden, machte Schlimmes noch schlimmer und all das mit den besten Absichten.

Am anderen Ende des großen Raums ging eine Tür auf. Mathilda vernahm Nathaniels Stimme: «Verdammt, höre auf, mich anzurühren! Am liebsten würde ich sie alle hinausbefördern, mit Sack und Pack!»

Mathilda lächelte. Joseph war im besten Fahrwasser.

«Nat, alter Bursche, du weißt selbst, du meinst es nicht so. Sprechen wir über das Ganze noch einmal in Ruhe miteinander.»

«Ich will nicht mehr darüber sprechen», schrie Nathaniel. «Und nenn mich nicht einen alten Burschen. Du hast schon genug angerichtet, indem du alle diese Leute in mein Haus gebracht und es damit zu einem Jahrmarkt gemacht hast. Papierschlangen! Mistelzweige! Das nächste Mal wirst du dich als Weihnachtsmann verkleiden wollen! Ich hasse Weihnachten, verstehst du! Mir ekelt davor, es ist mir ein Greuel!»

«Das ist nicht wahr, Nat», entgegnete Joseph. «Du bist nur ein alter Geizhals und bist aufgebracht, weil dir Roydons Stück nicht gefiel. Mir gefällt es auch nicht, wenn du es wissen willst, aber, mein lieber Alter, man muß der Jugend entgegenkommen.»

«Nicht in meinem Haus», knurrte Nathaniel. «Komm nur nicht mit mir hinauf! Ich brauche dich nicht!»

Mathilda hörte, wie er die vier Stufen, die zum ersten Treppenabsatz führten, hinaufstapfte. Dann folgte ein Krach, dessen Ursache sie sich leicht erklären konnte. Nathaniel mußte über die dort abgestellte Leiter gestolpert sein.

Sie ging zur Tür. Die Stufenleiter lag auf dem Boden, und Joseph war liebevoll bemüht, seinem Bruder beim Aufstehen zu helfen. «Mein lieber Nat, es tut mir so leid, ich fürchte, es war meine Schuld», sagte er zerknirscht. «Ich bin so achtlos. Ich hatte gehofft, meine armseligen kleinen Dekorationen noch vorher beenden zu können.»

«Nimm sie herunter!» befahl Nathaniel mit erstickter Stimme. «Alle! Und sofort! Dämlicher Esel! *Mein Hexenschuß!*»

Nathaniel klammerte sich an das Geländer und ging hinauf – wieder einmal ein hilfloser Krüppel.

«Ach, mein Gott», jammerte Joseph, «ich dachte nicht daran, daß sie jemandem im Weg stehen könnte, Nat.»

Nathaniel gab keine Antwort, sondern schleppte sich mühsam hinauf in sein Schlafzimmer. Mathilda hörte eine Tür zuschlagen, und dann lachte sie.

Joseph drehte sich rasch um. «Tilda, ich dachte, du wärst hinaufgegangen! Oh, meine Liebe, meine Liebe, hast du gesehen, was passiert ist? So ein Mißgeschick!»

«Ich sah es. Ich wußte, diese Stufenleiter würde noch jemandes Tod sein. Es wäre besser gewesen, du hättest sie nicht hiergelassen», sagte Mathilda. «Der Hexenschuß, glaube ich, wird der einzige Höhepunkt unserer Unterhaltung heute abend sein.»

Er lächelte, schüttelte aber den Kopf. «Nicht doch, das ist unfair. Er leidet darunter, das weißt du, und es *ist* sehr schmerzhaft. Wir müssen uns zusammentun, du und ich, Tilda.»

«Nein», sagte Mathilda ungnädig. «Ich gehe und ziehe mich um.»

5

Während Joseph die Stufenleiter im Billardzimmer in Sicherheit brachte, ging Mathilda in die Bibliothek zurück, um ihre Handtasche zu holen. Sie hatte eben die oberste Stufe erreicht, als er sie einholte. Er schob einen Arm unter den ihren und sagte, er wüßte nicht, was sie alle ohne sie anfangen würden. Dann senkte er die Stimme, denn sie hatten Nathaniels Zimmertür erreicht. «Meine Liebe, hilf mir, meine armselige Party zu retten.»

«Niemand kann deine Party retten. Du kannst ein bißchen dazu beitragen, indem du das ganze Papierzeug und die Mistelzweige aus seinem Blickfeld entfernst.»

«Pst!» machte Joseph und blickte nervös nach Nathaniels verschlossener Tür. «Du kennst Nat. Das ist nun einmal seine Art. In Wirklichkeit stört ihn die Dekoration nicht. Ich fürchte, die Schwierigkeit liegt ganz woanders. Um die Wahrheit zu sagen, Tilda, ich wollte, Paula hätte diesen jungen Mann nicht hierhergebracht.»

«So denken wir alle», sagte Mathilda und blieb vor ihrer Schlafzimmertür stehen. «Aber mach dir keine Sorgen, Joe, er mag zu Nats Ärger beigetragen haben, aber er ist nicht die Ursache.»

Er seufzte. «Ich hatte so sehr gehofft, Nat würde an Valerie Gefallen finden.»

«Du bist eben ein unheilbarer Optimist.»

«Ich weiß, ich weiß. Aber man muß versuchen, dem armen alten Stephen die Sache zu erleichtern. Ich gestehe, Valerie enttäuschte mich ein bißchen. Ich versuchte ihr klarzumachen, wie die Dinge stehen, aber – nun, sie macht nicht mit. Und dann ist da noch die Geschichte mit Mottisfont», fuhr er fort und legte die Stirn in sorgenvolle Falten.

«Was ist los mit ihm?»

«Er scheint irgend etwas getan zu haben, das Nat sehr mißbilligte, aber ich kenne die Einzelheiten nicht. Ich weiß nur, was mir Mottisfont sagte, und das war wirklich nur eine Andeutung, und noch dazu eine sehr geheimnisvolle. Ich glaube nicht, daß ich jetzt mit Nat über Mottisfonts Angelegenheit sprechen kann.»

«Joe», sagte Mathilda ernst, «ich gebe dir einen guten Rat: Sprich mit Nat über niemandes Angelegenheiten.»

«Sie verlassen sich aber alle auf mich, verstehst du?» sagte er mit seinem albernsten Lächeln.

Mathilda fühlte sich müde, und es erbitterte sie, daß Joseph wieder als Friedensengel agieren wollte. «Ich habe davon nichts gemerkt», sagte sie.

Er sah zwar verletzt aus, aber den Glauben an seine eigene Wichtigkeit vermochte nichts zu erschüttern. Wenige Minuten später konnte Mathilda da in dem Badezimmer, das sie mit ihm teilte, hören, wie er in seinem Ankleidezimmer nebenan summte. Er hatte eine alte Ballade angestimmt, summte sie aber so unrichtig und beharrlich, daß Mathilda nicht umhin konnte, an die Verbindungstür zu klopfen und ihn zu bitten, das Liedchen entweder zu lernen oder damit aufzuhören. Sie bereute das augenblicklich, denn sowie er festgestellt hatte, daß er sich bei etwas mehr Stimmaufwand mit ihr unterhalten konnte, wurde er sehr geschwätzig. Er beglückte sie mit einigen sentimentalen Erinnerungen an seine unbekümmerte Jugendzeit und plauderte noch munter weiter, als sie das Badezimmer schon längst verlassen hatte. Sodann fing er wieder mit seiner viktorianischen Ballade an, die er abwechselnd summte, dann wieder sang, bis in Mathilda die fürchterlichsten Rachegedanken aufzukeimen begannen.

Sie rief zu ihm hinüber: «Und du bist niemals in einer Oper aufgetreten, Joe? Was für einen Siegfried hättest du abgegeben! Bei deiner Figur!»

«Bist ja nur neidisch, bist ja nur neidisch», erwiderte er mit einer Schalkhaftigkeit, die ihr verständlich machte, warum Stephen so brutal zu ihm war. «Tilda, meine Liebe, bist du schon fertig?»

«Beinahe. Warum?»

«Geh nicht ohne mich hinunter, mir ist eine Idee gekommen.»

«Mit mir kannst du nichts ausbrüten, Joe, vergiß das nicht.»

Er lachte bloß darüber, mußte aber sehr wachsam gewesen sein, denn als sie die Tür einige Minuten später öffnete, tauchte er sofort aus seinem Zimmer auf, rieb sich die Hände und sagte strahlend: «Ha, du kannst deinen alten Onkel nicht zum besten haben, du schlimmes Mädchen. Hör zu, was ich für einen Plan habe. Du wirst nach dem Dinner mit Nat Piquet spielen.»

«Kommt nicht in Frage.»

«Jaja, du wirst. Mir sind nämlich die großartigen Spiele eingefallen, die ihr das letzte Mal, als du hier warst, ausgetragen habt, und welches Vergnügen sie ihm bereitet haben. Ich schlage vor, daß du Nat nach dem Dinner herausforderst, während ich die anderen im Billardzimmer unterhalte; ich denke dabei an Scharaden oder Pantomimen oder an ein anderes gutes altmodisches Gesellschaftsspiel.»

«Wenn ich nur die Wahl zwischen Piquet und einem guten altmodischen Gesellschaftsspiel habe, dann ist dein Plan angenommen, Joe; ich mache mit.»

Er strahlte vor Dankbarkeit, und sie hatte das Gefühl, er hätte ihr am liebsten einen Klaps gegeben, hätten sie nicht inzwischen den Salon erreicht.

Weder Stephen noch Mottisfont waren bis jetzt heruntergekommen, aber die anderen drei Gäste hatten sich indessen eingefunden, standen herum und tranken Cocktails. Maud, die behauptete, sie rühre Alkohol nicht an, suchte nach dem «Leben der Kaiserin». Unklugerweise fragte sie Paula, ob sie das Buch gesehen habe, und Paula, die ihren trüben Gedanken nachging, fuhr sie aufs höchste gereizt an: «Ich, was in Gottes Namen sollte ich mit deinem Buch?»

Valerie begab sich trotzdem zum Kamin. Sie war verärgert, weil ihre Versuche, mit Roydon zu flirten, fehlgeschlagen waren; Roydon schien ebenso niedergeschlagen wie Paula zu sein. Nun kam Joseph an Valeries Seite und machte ihr einige widerliche Komplimente. Aber mit Joseph zu flirten lag Valerie fern. Sie fand die Party sehr langweilig. Und da sie keiner Generation angehörte, die man dazu erzogen hatte, den Älteren gegenüber höflich zu sein, wies sie Joseph derb zurück.

Roydon brachte Mathilda einen Cocktail und blieb unentschlossen vor ihr stehen. Nach einigen oberflächlichen Bemerkungen sagte er plötzlich: «Ich habe über unsere Unterhaltung nachgedacht, und ich kam zu dem Schluß, daß Sie recht haben. Ich werde es bei Henry Stafford versuchen. Vielleicht gefällt es ihm. Ich werde keine Finanziers mehr suchen. Sie haben ganz recht. Das Stück ist stark genug, um auf eigenen Beinen stehen zu können.»

Mathilda konnte sich nicht entsinnen, jemals eine solche Behauptung aufgestellt zu haben, aber sie war froh, daß Roydon, der über Nathaniels Weigerung, das Stück zu unterstützen, noch vor kurzem so verzweifelt gewesen war, seinen Optimismus wiedergefunden hatte. Sie lobte seinen Entschluß aufrichtig. Nun betrat Edgar Mottisfont das Zimmer und sagte, er hoffe, man hätte nicht auf ihn warten müssen. Er war sehr redselig, bis Joseph ihn fragte, ob er Nat oder Stephen gesehen hätte. Dies schien ihm seine Unterredung mit Nathaniel wieder in Erinnerung zu bringen, und nachdem er die Frage verneint hatte, verfiel er in ein bedrücktes Schweigen.

Einige Minuten später schlenderte Stephen herein. Auch er war schweigsam. Man sah bereits nach der Uhr, und alle wünschten, Nathaniel würde nicht so lange auf sich warten lassen.

Um halb neun erschien Sturry. Er wollte das Dinner ankündigen, als er aber sah, daß sein Herr nicht anwesend war, ging er befremdet wieder weg. Als weitere zehn Minuten verstrichen waren, sagte Joseph, Nat müsse sich in der Zeit geirrt haben, und bat Stephen, er möge hinaufgehen und den Onkel herunterholen.

Stephen goß sich noch ein Glas Sherry ein und erwiderte in seiner üblichen Grobheit, wenn Joe solche Sehnsucht nach Nat habe, dann möge er doch selber gehen und ihn holen.

«Stephen!» mahnte Mottisfont.

«Ach, ich beachte den alten Brummbären nicht», sagte Joseph sonnig. «Stephen und ich, wir verstehen einander. Paula, Liebes, wie wäre es, wenn du einen Sprung hinauf machtest und an der Tür des Onkels klopftest?»

«Nein, danke», sagte Paula mit einem ärgerlichen Auflachen. «Ich habe das bereits versucht, weil ich mit ihm sprechen wollte, aber er gab mir überhaupt keine Antwort.»

Stephen grinste. «Sehr gerissen, unser Onkel Nat. Fangen wir mit dem Dinner an.»

Valerie konnte man zwar ansehen, daß Nathaniels Abwesenheit für sie eine Erleichterung bedeutete, aber sie sagte: «Wir können doch nicht gut ohne Mr. Herriard beginnen.»

«Was für ein netter konventioneller Zug von dir, meine Schöne», sagte Stephen.

«Ihr seid doch alle Faulpelze», rügte Joseph. «Ich sehe schon, ich werde selbst hinauftrotten müssen.»

«Ich formulierte es zwar nicht ganz so, aber du hast meine Gedanken genau interpretiert», sagte Stephen.

Paula lachte unwillig auf, sagte aber, als Joseph das Zimmer verlassen hatte: «Du bist in einer süßen Stimmung, Bruder.»

«Ich fange allmählich an, von den Herriards genug zu bekommen», sagte Mathilda.

Maud hatte die Suche nach ihrem Buch aufgegeben und wieder ihren Platz am Kamin eingenommen. Ihr Blick wanderte zwischen Stephen, seiner Schwester und Mathilda hin und her. Ihr Gesicht war ausdruckslos, nur ihre plumpen kleinen Hände, die sie im Schoß ziemlich fest aufeinanderpreßte, bewegten sich.

Von der obersten Stufe der Treppe rief jetzt Joseph herunter: «Stephen, alter Junge, komm für eine Minute herauf, ja?»

Edgar Mottisfont sagte: «Oh, du lieber Gott! Ich hoffe, es ist nichts passiert.»

«Was sollte passiert sein», sagte Stephen und ging zur Tür. «Was willst du, Joe?»

«Komm herauf, mein Junge, ja?»

Achselzuckend kam Stephen seiner Aufforderung nach.

«Was kann nur sein?» fragte Valerie. «Glauben Sie, daß Mr. Herriard vielleicht krank ist?»

«Krank? Warum sollte er krank sein? Er war vollkommen wohlauf, als ich ihn zuletzt sah», sagte Mottisfont.

Stephen, der gemächlich die Treppe hinaufging, fand Joseph und Nathaniels Diener, Ford, vor der Tür zu Nathaniels Zimmer stehen. Beide sahen besorgt drein. Stephen fragte: «Also, was gibt's?»

«Stephen, mein Junge, mir gefällt das gar nicht», erwiderte Joseph.

«Nat reagiert nicht auf mein Klopfen, und Ford sagt mir, er hätte auch auf sein Klopfen vor einer halben Stunde nicht geantwortet. Ich fürchte, es stimmt etwas nicht. Wir sollten die Tür aufbrechen.»

«Es ist kein Ton zu hören, Sir», sagte Ford, der sein Ohr an den Türspalt gelegt hatte.

Stephen zog die Brauen hoch. «He, Onkel Nat, bist du wohlauf?»

Keine Antwort folgte. Stirnrunzelnd stemmte Stephen die Schulter gegen die Tür. Mit vereinten Kräften gelang es ihm und Ford, das Schloß aufzudrücken, und die beiden Männer stolperten in das Zimmer.

Es war ein großer getäfelter Raum mit einem Himmelbett und schweren schwarzen Eichenmöbeln. Die Vorhänge waren vor die Fenster gezogen, und die Lichter brannten. Im Kamin glühte ein Feuer, und nicht weit davon, neben einem Lehnstuhl, lag Nathaniel Herriard auf dem Boden, den Kopf auf einem Arm, als ob er schliefe.

«Gott im Himmel, er muß ohnmächtig geworden sein», rief Stephen, ging auf ihn zu und ließ sich neben ihm auf die Knie nieder. «Holen Sie rasch einen Brandy, Ford!»

Joseph kam geschäftig, vor Teilnahme bebend, herbei. «Oh, du meine Güte, wie kann das passiert sein? Nat, Alter, Nat!»

«Es hat keinen Sinn, ihn anzukläffen», sagte Stephen, ganz bleich im Gesicht, «er ist tot.»

«Stephen!» keuchte Joseph. «*Tot?* Unsinn. Er kann nicht tot sein. Er ist ohnmächtig geworden, das ist alles.»

Stephen erhob sich. «Fass ihn an», sagte er roh.

«Nein, nein, nein, ich will es nicht glauben», stammelte Joseph, der nun selbst neben Nathaniels Körper niederkniete und dessen eine leblose Hand aufhob.

Joseph stöhnte und begann die Hand, die er hielt, ganz geistesabwesend zu reiben. «Aber wie konnte das geschehen? Er war doch nicht krank, Stephen. Nat, mein lieber Nat!»

«Ich weiß es nicht. Schlaganfall vermutlich. Was machen wir jetzt?»

«Einen Arzt, schnell. Nein, nein, er kann nicht tot sein.»

«Ja, wir sollten nach einem Arzt schicken», sagte Stephen, dessen Stimme zitterte. «Ford soll anrufen!»

Der Diener kam mit der Brandyflasche und einem Glas eilig zurück in das Zimmer, wurde aber auf der Schwelle von Stephen aufgehalten, der zu ihm sagte: «Das ist nicht mehr nötig. Er ist tot. Gehen Sie und rufen Sie den Arzt an.»

«Tot, Sir?» sagte Ford, und sein Gesicht wurde krankhaft weiß. «Doch nicht der *Herr*, Mr. Stephen?»

«Wer sonst, Sie Narr? Bei nochmaliger Überlegung könnten Sie mir den Brandy geben. Gehen Sie und schaffen Sie einen Arzt herbei. Beeilen Sie sich, verstanden?»

«Ford», sagte Joseph mit erstickter Stimme, «sagen Sie zu niemandem etwas.»

«Warum nicht?» wollte Stephen wissen. «Sie müssen es ja doch erfahren.»

«Gehen Sie, Ford», sagte Joseph. «Sagen Sie Dr. Stoke nur, daß Mr. Herriard einen Unfall hatte, und bitten Sie ihn, sofort zu kommen.»

«Weshalb diese Schönfärberei?» erkundigte sich Stephen, nachdem der Diener sich niedergeschlagen auf den Weg gemacht hatte.

Joseph sagte tonlos: «Komm einen Augenblick hierher, mein Junge. Es war kein Schlaganfall. Oh, mein Gott, Stephen! Nat ist ermordet worden!»

«Bist du verrückt?» fuhr Stephen auf, der das Brandyglas eben an die Lippen führen wollte.

«Sieh her», forderte Joseph ihn auf und hielt ihm seine Hand entgegen.

Josephs Handfläche war voll Blut. Stephen stellte das Glas auf den Kaminsims, daß es klirrte, und trat wieder an Nathaniels Leiche.

«Wie – wo – was, zum Teufel, willst du damit sagen?»

Joseph zog ein Taschentuch aus der Tasche und führte es zum Gesicht. «Ich versuchte ihn aufzurichten. Ich fühlte etwas Klebriges an seinem Rücken. Er ist erdolcht worden, Stephen! Mein Bruder, Nat!»

«Verdammt noch mal. Er befand sich hier im Zimmer, und die Tür war versperrt», sagte Stephen. «Er kann nicht erdolcht worden sein.»

«Schau doch selbst», entgegnete Joseph und wandte sich ab. «Verzeih mir, aber ich kann nicht. Dumm von mir, aber ich kann nicht. Nicht noch einmal.»

«Der Brandy steht auf dem Tisch», sagte Stephen und drehte Nathaniels Leiche um. «Mein Gott, du hast recht.»

Nathaniels Rock oberhalb der Hüfte klebte von gerinnendem Blut. In dem Stoff war ein von Blutkrusten umränderter Schnitt zu sehen. Stephen sagte kurz: «Er muß innerlich geblutet haben; kaum etwas außen. Nun sind wir in der Patsche.»

«Es kann nicht sein. Ich kann es nicht glauben, Nat, ausgerechnet Nat!»

«Da hast du einen Brandy», sagte Stephen und reichte ihm sein Glas vom Kaminsims.

Joseph stürzte den Brandy hinunter und lächelte angegriffen. «Jaja, wir müssen ruhig sein. Wir müssen versuchen, zu denken. Diese jungen Leute unten, die in ihrer Unschuld fröhlich sind, während du und ich hier in diesem Zimmer –»

«Fröhlichkeit ist nicht die dominierende Note dieser Party», entgegnete Stephen grob. «Und du weißt das. Und was die Unschuld betrifft – ich frage mich, wer, zum Teufel, hat das getan?»

Diese Worte schienen Joseph wieder zu beleben. Er richtete sich auf und keuchte: «Daran habe ich noch gar nicht gedacht. Ich glaube, der Schock ist schuld – Stephen, das ist schrecklich. Wer *könnte* so etwas Fürchterliches getan haben?»

Stephen ging zum Fenster und zog die Vorhänge auseinander. Nach einer kurzen Inspektion wandte er sich um. «Ist dir klar, daß die Tür versperrt und jedes Fenster geschlossen war?»

Joseph, der unruhig im Zimmer herumwanderte, blickte ihn an. «Das Badezimmer. Hier muß der Mörder hereingekommen sein.»

Stephens Augen suchten rasch die Tür, die ins Badezimmer führte. Sie stand halb offen, und dahinter brannte Licht. Ein Bad war für Nathaniel eingelassen worden; die Handtücher lagen über dem Vorwärmer; die Badematte lag ausgebreitet auf dem Boden. Die zweite Tür, die zur Halle hinausführte, war versperrt. Nur das Oberlicht über dem Fenster stand offen.

«Die äußere Tür ist ebenfalls versperrt», sagte Stephen, als er ins Schlafzimmer zurückkehrte.

«Die Tür versperrt?» fragte Joseph verwundert. «Bist du sicher, Stephen?»

«Natürlich bin ich sicher.»

Ford kam zurück. «Der Arzt wird gleich hier sein, Sir, und Miss Paula kommt herauf, Sir. Ich konnte sie nicht zurückhalten. Ich wußte nicht genau, was ich sagen sollte, Mr. Joseph.»

Paula kam in der ihr eigenen stürmischen Art herein und fragte: «Was ist los? Warum kommt ihr nicht hinunter? Was gibt es für Geheimnisse?»

«Die wird die Polizei zu entschleiern haben», antwortete Stephen.

Sie sah Nathaniels Körper, und ihre Augen verengten sich. Sie starrte einen Augenblick lang darauf, wurde ein wenig bleich, und dann fragte sie gepreßt: «Ist er tot?»

«Ja», antwortete Stephen.

«Was war es?»

«Du hast das falsche Wort gewählt: nicht was, sondern wer.»

Sie sah ihn verängstigt an. «Wurde er ermordet?»

«Erdolcht, Kindchen.»

Sie schauderte. «Wie schrecklich, wie schrecklich! Was werden wir tun?»

«Ich denke, wir sollten die Polizei verständigen. Wahrhaftig, ich werde es sofort tun», sagte Stephen und ging zur Tür.

«Am Heiligen Abend», stöhnte Joseph, als betrachte er dies als eine zusätzliche Grausamkeit.

«Dieses Haus, dieses verwünschte, schreckliche Haus!» brach es aus Paula hervor, während sie wild um sich blickte. «Du hast mich ausgelacht, als ich dir sagte, es sei verflucht.»

«Meine Liebe, du bist überreizt», sagte er etwas gefaßter. «Das Haus kann den armen Nat nicht umgebracht haben.»

«Sein Einfluß! Er wirkt auf uns alle. Er trieb *einen* von uns dazu –»

«Pst, Paula, pst», machte er. «Das ist doch Unsinn. Komm, mein armes Kind, komm, das ist nichts für dich.» Er legte den Arm um sie und spürte, wie sie sich beherrschte und doch ein wenig zitterte.

«Es war keiner von uns», stieß sie mühsam hervor. «Das kann nicht sein. Irgend jemand kam durch das Fenster – ein Räuber vielleicht. Die Tür war verschlossen.»

«Paula, Liebes, hat Ford dir das gesagt?»

«Ich wußte es. Ich versuchte hineinzugehen, bevor ich hinunterging. Er antwortete nicht, als ich klopfte.»

«Oh, Paula, warum hast du uns nichts davon gesagt?»

«Ich dachte mir nichts dabei; nur daß er schlecht gelaunt sei. Wir hatten einen Auftritt. Du weißt, wie er war. Nebenbei, ich sagte es dir, als du mich batest, hinaufzugehen und ihn zu rufen.»

«Zu spät», sagte er tragisch.

«Da muß es schon geschehen gewesen sein. Er war bestimmt schon tot, als ich an die Tür klopfte.»

Er wich zurück. «Paula, Liebes, nicht diese harten Worte!»

Stephen beobachtete sie, während sie antwortete. «Es hat keinen Sinn, von mir zu erwarten, daß ich falsche Gefühle zeige, ich bin ganz aufrichtig. Ich mochte ihn nicht. Es macht mir nicht einmal etwas aus, daß er tot ist. Er war tyrannisch und gemein.»

Ihre Worte erschütterten Joseph sehr. Richtig gequält und auch sehr ängstlich sah er sie an und sagte: «Wir dürfen nicht in Hysterie verfallen, Paula.»

Er nahm ihre schmalen Hände und streichelte sie. «Ruhig, mein Liebes, ruhig. Wir müssen einen klaren Kopf bewahren.»

«Du meinst, die Polizei wird glauben, ich hätte es getan, weil ich einen Streit mit ihm hatte?»

«Aber Paula, niemand würde ein Mädchen deines Alters verdächtigen, davon bin ich überzeugt. Sprich nicht unfreundlich vom armen Nat und versuche Stephen dazu zu bringen, daß er seine Zunge im Zaum hält. *Wir* wissen, wie wenig sein Gehabe zu besagen hat und auch gewisse Dinge, die er spricht – nur um der Wirkung willen, der dumme Bursche. Aber andere wissen es nicht. Ich fürchte bereits sein Benehmen vor der Polizei. Oh, Liebes, nie hätte ich gedacht, als ich die Party plante, daß sie so enden würde.»

«Gehen wir lieber hinunter», sagte sie kurz angebunden.

Ford stand auf der obersten Stufe der Treppe und sprach flüsternd mit einem Hausmädchen. Das Mädchen eilte fort, als es Joseph kommen sah, Paula errötete und stieß zwischen den Zähnen hervor: «Der Klatsch blüht bereits. Dem werden wir nun auch noch ausgesetzt sein.»

Joseph drückte aufmunternd ihren Arm, forderte den Diener auf, die Wache in Nathaniels Zimmer zu übernehmen, und begleitete seine Nichte hinab. «Stephen wird ihnen die furchtbare Nachricht schon gebracht haben», sagte er.

Stephen hatte sich dieser Aufgabe tatsächlich bereits entledigt. Nachdem er die zuständige Polizeistation verständigt hatte, war er in den Salon gegangen, wo die übrigen Gäste noch beisammen waren, und hatte in seiner hämischen Art gesagt: «Es hat keinen Zweck, auf Onkel Nat zu warten. Wie Sie ohne Zweifel vermutet haben, ist er tot.»

«Tot?» rief Mathilda aus, nachdem einen Augenblick lang beklommene Stille geherrscht hatte. «Machst du Witze?»

«Keineswegs. Um es deutlicher auszudrücken, jemand rannte ihm ein Messer in den Rücken.»

Valerie quietschte auf und klammerte sich an den nächstbesten Halt, der zufälligerweise Roydons Arm war. Er beachtete sie nicht, sondern starrte Stephen mit herabhängendem Unterkiefer an.

Mottisfont sagte in einem zornigen, mürrischen Ton: «Ich glaube es nicht. Das ist eine der Blüten Ihres merkwürdigen Humors, Stephen, und mir gefällt das nicht.»

Mauds Hände lagen noch immer zusammengepreßt im Schoß. Ihre hellen Augen beobachteten Stephen, wanderten weiter zu Mottisfont, zu Roydon, zu Valerie und senkten sich wieder.

«Ist es wahr?» fragte Mathilda einfältig.

«Schlecht für uns, aber es ist wahr.»

«Sie wollen sagen, er wurde ermordet?» fragte Roydon.

Mottisfont fuhr mit der Hand über den Mund. Er fragte mit mühsam beherrschter Stimme: «Wer hat es getan?»

«Keine Ahnung», erwiderte Stephen. Er nahm eine Zigarette aus einer Dose auf dem Tisch und zündete sie an. «Eine interessante Angelegenheit, nicht wahr?» sagte er gedehnt.

6

Betretenes Schweigen folgte Stephens Worten. Er rauchte ein paar Züge und blickte mit maliziösem Vergnügen in die ihm zugewandten Gesichter. Er sagte herzlich: «Wirklich, niemand kann wissen, wer von uns der Täter war. Wir sind ja so verdammt gut, wir alle.»

Maud sah ihn ausdruckslos an, sagte aber nichts. Edgar Mottisfont rief ärgerlich: «Eine Geschmacklosigkeit!»

«Typisch Herriard», sagte Mathilda kurz.

Joseph kam mit Paula herein. Sie sah blaß aus, wechselte einen Blick mit ihrem Bruder und bat ihn um eine Zigarette. Er griff mit der Hand in die Tasche, zog sie wieder heraus und deutete mit dem Kopf auf die große Dose auf dem Tisch. Joseph hatte sich zu seiner Frau begeben und ihre Hand in seine beiden Hände genommen. «Meine Liebe, wir sind wahrlich Leidtragende», sagte er.

«Stephen sagt, daß Nathaniel ermordet wurde», sagte Maud ruhig. «Das scheint sehr seltsam.»

Joseph blickte konsterniert vor sich hin. Die anderen erkannten, daß Joseph, was immer für Gefühle des Schmerzes oder Schreckens in seiner Seele wohnen mochten, kaum längere Zeit der Gelegenheit würde widerstehen können, das Zentrum im Schauplatz der Tragödie einzunehmen.

Die Aufmerksamkeit wandte sich von ihm ab und Valerie zu. Furcht hatte die Pupillen ihrer lieblichen Augen geweitet. Ihr Mund stand offen, und sie wehklagte: «Ich wollte, ich wäre nicht hierhergekommen. Ich möchte nach Hause.»

«Du kannst nicht nach Hause gehen», erwiderte Stephen, «die Polizei wird dich so wie jeden einzelnen von uns brauchen.»

Sie weinte. «Oh, Stephen, Gott, laß das nicht zu. Ich weiß nichts. Ich kann zu nichts nütze sein.»

«Mein armes Kind», sprach Joseph ihr zu. «Sie müssen tapfer sein, mein Liebes, und ruhig. Wir müssen alle tapfer sein. Nat würde das wünschen.»

Eine gewisse Nachdenklichkeit überkam sie alle bei dieser Feststellung. Mathilda fühlte, daß Joseph den wahren Nathaniel bald mit Erfolg vergessen machen und sie dazu bringen würde, auch an seine rosarot gefärbten Phantasiegebilde zu glauben. Sie fragte: «Was machen wir jetzt?»

«Wir haben bereits nach dem Arzt geschickt», sagte Joseph, indem er auf Stephen deutete. «Es gibt nichts, was wir sonst tun könnten.»

«Wir könnten das Dinner einnehmen», bemerkte Paula und faßte damit einen unwürdigen Gedanken in Worte, mit dem sich einige bereits beschäftigten.

Valerie schrie auf und jammerte, es würde ihr übel, wenn sie nur ans Essen denken müsse. Auch Mottisfont stellte fest, daß zum Essen wohl kaum der richtige Zeitpunkt wäre.

«Wie lange wollen Sie denn warten?» fragte Stephen. «Es ist bereits nach neun.»

Mottisfont sagte voll Abscheu: «Sicher hat heute keiner von uns das Verlangen nach Essen.»

«Warum heute nicht, wenn wir morgen auf jeden Fall essen werden?» erkundigte sich Stephen. «Wann wird es für uns schicklich sein, wieder zu essen?»

«Sie spotten doch über alles!»

Joseph trat vor, legte die eine Hand auf Stephens, die andere auf Mottisfonts Schulter. «Aber, meine Lieben, vergeßt euch doch nicht!»

«Ich werde läuten», sagte Maud und tat es auch.

«Hast du die Polizei verständigt?» fragte Paula ihren Bruder.

Paulas Worte bewirkten, daß sich die angestaute Erregung entlud. Mathilda hörte sich zu ihrer eigenen Verwunderung fragen: «Aber wer könnte es denn gewesen sein?» Das sinnlose Durcheinander ihrer Gespräche war gerade in vollstem Gang, als Sturry erschien, das Gesicht zu einem Ausdruck strenger Düsternis gezwungen – ein Stummer bei einem Begräbnis.

«Ach, hier ist unser guter Sturry», sagte Joseph und zog ihn mit dieser herzlichen Anrede in den Kreis der Familie.

Sturry wünschte das aber ganz und gar nicht. Er blieb bewegungslos stehen. Er verachtete Menschen, die ihren Platz nicht kannten. «Sie haben geläutet, Sir?» fragte er frostig.

«Jaja», sagte Joseph. «Hörten Sie bereits die schreckliche Nachricht?»

«Die Nachricht wurde uns von Ford überbracht, Sir. Ich bin außerordentlich betrübt, einen solchen Vorfall zur Kenntnis nehmen zu müssen, Sir.»

Ein wenig gedämpft sagte Joseph: «Sie sollten jetzt besser das Dinner servieren. Der Herr hätte es nicht anders gewünscht, nicht wahr?»

«Sehr wohl, Sir», antwortete Sturry und lehnte es ab, in diesem strittigen Punkt eine Meinung zu äußern.

Er zog sich zurück, aber der Nachhall seiner Mißbilligung blieb. Nathaniels Gästen, die sich der übermäßig erregten Fragen und Ausrufe erinnerten, welche Sturrys Eintritt unterbrochen hatte, war es peinlich, daß sie sich hatten so gehenlassen. Mottisfont räusperte sich und bemerkte, daß man wirklich nicht wüßte, was man unternehmen solle.

«Ich weiß es», sagte Valerie. «Ich glaube, ich sollte heimfahren.»

«Die Züge verkehren über Weihnachten sehr unregelmäßig», konstatierte Maud. «Und wenn es dazu noch Schnee gibt, werden sie natürlich aufgehalten.»

«Oh, ich würde nicht mit der Bahn fahren», erklärte Valerie. «Stephen hat einen Wagen.»

«Tut mir leid», sagte Stephen, «aber ich kann nicht weg.»

«Aber Stephen, du könntest ja wiedei zurückfahren. Ginge das nicht? Ich möchte niemandem lästig sein. Aber wirklich, meine Nerven sind dem nicht gewachsen. Schon das Geringste kann mich wochenlang aufregen, wirklich.»

Er gab ihr keine Antwort. Aus seinem angespannten Blick war jeder Spott gewichen. Es blieb Roydon vorbehalten, ihr zu antworten. «Ich wollte, ich könnte Sie nach Hause bringen. Sie gehören zu jenen ungeheuer zartbesaiteten Naturen, die sich von allem übermäßig stark beeindrucken lassen.»

«Tatsächlich, Mama sagt, ich bin ein Nervenbündel», bekannte Valerie.

«Sie haben keinen Nerv in Ihrem ganzen empfindungslosen Körper», sagte Paula.

Valerie hatte in ihrem Leben niemals eine derartige Beleidigung erlitten. Sie lief puterrot an. Ihre Augen blitzten, und es sah aus, als würden sich die beiden Damen in die Haare fahren.

Sturry kam zurück und kündigte das Dinner an. Der Streit ebbte ab, und Nathaniels Gäste verließen gedrückt das Zimmer.

Sturry hatte das Gedeck von Nathaniels Platz entfernt. Der Anblick des leeren Platzes löste Beklemmung aus. Joseph fühlte sich veranlaßt auszurufen: «Es wird mich eigenartig berühren und traurig stimmen, einmal einen anderen an Nats Stelle zu sehen. Aber es kann nicht ausbleiben. Daß ich seinen Sessel jedoch gerade an diesem einen Abend leer sehe, das kann ich nicht fassen.»

Ein Kommentar hierzu schien nicht erforderlich. Tatsächlich wäre es auch niemandem außer Stephen möglich gewesen, so überlegte Mathilda, dazu etwas zu sagen.

Joseph flüsterte: «Hilf mir, Tilda, wir müssen natürlich sein und versuchen, diesen Schrecken nicht Herr über uns werden zu lassen.»

Sie hatte keine Ahnung, was er von ihr erwartete. Sie begann sich ihrer Suppe zu widmen und ignorierte Joseph.

Valerie wies mit einer heftigen Bewegung ihre Suppe zurück und sagte, sie finde es furchtbar, hier beim Dinner zu sitzen, während Mr. Herriard oben tot liege.

«Sie nehmen doch nur deshalb keine Suppe, weil Sie glauben, daß es Ihrer Linie schadet; das erzählten Sie uns doch», bemerkte Paula.

«Manche Leute halten sehr viel von der Hay-Diät», ließ Maud sich plötzlich vernehmen. «Ich kann nur sagen, sie ist sehr gut, obgleich ich selbst niemals Schwierigkeiten mit der Verdauung hatte.»

Sturry hatte eben mit dem Diener in der Tür gesprochen und näherte sich nun Josephs Sessel. Er beugte sich zu ihm herab und murmelte: «Dr. Stoke, Sir.»

Joseph neigte sich vor. «Stephen, mein Junge! Der Doktor.»

«Du kannst ihn ja hinaufführen», schlug Stephen vor.

«Du willst nicht dabei sein? Es gehörte sich so.»

«Danke, nicht während des Essens.»

Joseph schob einen Sessel zurück und erhob sich mit einer Mine, die als tapferer Versuch zu einem Lächeln empfunden wurde. «Ich werde tun, wie du es wünschst. Ich verstehe.»

«Kann ich mir vorstellen.»

«Pst! Keine bitteren Worte heute abend», sagte Joseph, während er das Zimmer verließ.

Er traf den Arzt in der Halle an, wo dieser seinen Mantel und Hut dem Diener reichte. «Stoke, Sie wissen, warum Sie gerufen wurden?» fragte er. «Ich brauche Ihnen nichts zu sagen.»

«Der Diener sagte mir, daß Mr. Herriard einen Unfall gehabt habe», erwiderte der Arzt. Er sah Joseph durchdringend an. «Nichts Ernstes, hoffe ich?»

Joseph machte eine hoffnungslose Geste. «Tot.»

«Tot?» Der Arzt war außer sich. «Guter Gott, was ist geschehen?»

«Eine furchtbare Sache, Stoke», sagte Joseph schaudernd. «Ich führe Sie zu ihm.»

Ford saß auf einem Sessel vor der Tür vor Nathaniels Zimmer. Der Arzt sah ihn stirnrunzelnd an und ging in das Zmmer hinein. Er sah Nathaniels Leiche liegen, eilte rasch auf sie zu und ließ sich auf die Knie nieder. Sofort erkannte er, daß sein Patient tatsächlich tot war. Inzwischen war Joseph hereingekommen. Dr. Stoke fragte ihn kurz: «Der Diener sprach von einem Unfall. Wie geschah das?»

Joseph wandte die Augen von Nathaniels Leiche ab und sagte mit leiser Stimme: «Sehen Sie auf seinen Rücken, Stoke.»

Stephen hatte Nathaniel ungefähr in der gleichen Lage gelassen, wie er ihn gefunden hatte, so daß man den kleinen blutbefleckten Riß im Rock sehen konnte.

Der Arzt erhob sich. «Ich nehme an, Sie wissen, daß es sich um einen Mordfall handelt», sagte er.

Joseph nickte.

«Die Polizei muß sofort verständigt werden.»

«Das ist bereits geschehen. Sie müßte jeden Moment eintreffen.»

«Ich möchte auf sie warten. Ich nehme an, Sie wissen nicht, wer–?» fragte er, ohne den Satz zu beenden.

Joseph schüttelte den Kopf. «Ich glaube beinahe, ich möchte es gar nicht wissen. Wenn man nur sicher sein könnte, daß er nicht gelitten hat.»

«Wahrscheinlich nicht», versicherte Stoke.

Joseph seufzte und verfiel in Schweigen, das bis zur Ankunft eines Polizeiinspektors in Begleitung mehrerer Herren andauerte. Der Polizeiarzt und Dr. Stoke besprachen sich, und der Inspektor begann Fragen zu stellen.

«Ich kann Ihnen gar nichts sagen», sagte Stephen, als der Inspektor ihn vornahm. «Ich sah ihn zuletzt, als er noch lebte, und zwar hier im Salon, um etwa halb acht.»

«Soweit ich informiert wurde, waren Sie es, der die Zimmertür aufbrach und die Leiche entdeckte.»

«Der Diener und ich. Unsere Fingerabdrücke werden dort überall zu finden sein.»

«Die meinen ebenfalls», sagte Joseph unglücklich. «Wer denkt denn schon an so etwas.»

Des Inspektors Augen blieben auf der Brandyflasche und dem Glas daneben haften. Stephen sagte: «Der Brandy wurde gebracht, um den Onkel zu beleben, bevor wir erkannt hatten, daß er tot war. Ich selbst trank davon.»

«Als Sie kamen, lag da der Verstorbene so, wie er jetzt liegt?»

«Nein, nicht ganz so», antwortete Stephen nach kurzem Überlegen. «Er lag mehr auf dem Gesicht.»

«Es wäre mir sehr angenehm, wenn Sie die Freundlichkeit hätten, Sir, die Leiche so zu legen, wie Sie sie vorfanden.»

Stephen zögerte, Unbehagen im Gesicht, doch dann ging er zu Nathaniels Leiche. Er legte sie zurecht. «Mehr oder weniger so.»

«Stimmen Sie mit dieser Lage überein, Sir?» erkundigte sich der Inspektor bei Joseph.

«Jaja», sagte Joseph. «Sein Kopf lag auf dem Arm. Wir dachten, er wäre ohnmächtig.»

Der Inspektor nickte und fragte, wer das Zimmer benütze, das an Nathaniels Badezimmer grenzte. Es wurde ihm gesagt, daß es ein Gastzimmer sei, das man Roydon zugewiesen habe, und er nahm dies zur Kenntnis. Nachdem er die Fenster sorgfältig untersucht hatte, sowohl im Schlafzimmer wie auch im Bad, betrachtete er nachdenklich das halboffene Oberlicht und ließ sich darüber informieren, daß dieses seit der Auffindung der Leiche nicht berührt worden sei. Er schlug nun vor, man möge sich zur weiteren Befragung am besten in einen anderen Raum begeben.

Joseph und Stephen führten den Inspektor ins Frühstückszimmer hinab, vorbei an dem Fotografen, den Fingerabdruckexperten und den Männern von der Ambulanz.

Im Frühstückszimmer brannte kein Feuer; es war kalt. Der Inspektor versicherte, daß ihm dies nichts ausmache und daß es notwendig sei, jedermann im Haus zu befragen. Joseph stöhnte auf und stieß hervor: «Diese armen jungen Leute. Wenn man sie wenigstens damit verschonen könnte.»

Der Inspektor bemühte sich erst gar nicht, ihm zu antworten. Ihm wäre es lieber gewesen, die Weihnachtsgeschenke für seine Kinder vorbereiten zu können, statt in Lexham Manor Zeugenaussagen aufnehmen zu müssen. Es sah nicht danach aus, als könnte er mit diesem Fall Lorbeeren ernten. Er war kein Kriminalinspektor, sondern bloß in Vertretung dieses Herrn geschickt worden, der mit einer Erkältung zu Bett lag. Dem Chef-Constabler würde nichts anderes übrig bleiben, als Scotland Yard hinzuzuziehen, und irgend so ein smarter Londoner würde dann allen Ruhm einstecken. Er sagte: «Nun, Sir, soviel ich weiß, haben Sie Gäste im Haus. Wenn ich deren Namen haben könnte.»

«Unsere Weihnachtsparty», seufzte Joseph tragisch.

«Jetzt bleiben wir wenigstens von deinen fröhlichen Festivitäten verschont», sagte Stephen.

Der Inspektor sah ihn ziemlich scharf an. Das war eine sonderbare Art, auf die Ermordung eines Onkels Bezug zu nehmen, dachte er.

Joseph fing diesen Blick auf und beeilte sich, Stephen zu rechtfertigen. «Mein Neffe ist sehr erschüttert», erklärte er. «Es war ein furchtbarer Schlag – und ich fürchte, die moderne Jugend verbirgt ihre Gefühle gerne unter der Maske der Leichtfertigkeit.»

Stephen machte eine Grimasse, äußerte sich jedoch nicht. Er holte Pfeife und Tabaksbeutel aus der Tasche und begann die Pfeife zu füllen, während Joseph dem Inspektor die Namen der Gäste aufzählte.

Joseph hatte für alle ein freundliches Wort. Roydon bezeichnete er als einen vielversprechenden Bühnenschriftsteller, einen guten Freund seiner Nichte. Die Nichte war dieses jungen Mannes Schwester und der erklärte Liebling ihres armen toten Onkels. Dann war da Miss Dean, die Braut seines Neffen. Man konnte sagen, daß diese Party eigentlich nur ihretwegen arrangiert worden war. Sie war noch nie zuvor hiergewesen, und sie hatten alle so sehr gewünscht, sie kennenzulernen. Miss Clare war eine Cousine und ganz *persona grata* in diesem Haus. Verblieb dann noch Edgar Mottisfont, Nathaniels Geschäftspartner und enger Freund seit vielen Jahren. Dann waren da natürlich die Diener, aber er war ganz sicher, keiner von ihnen könnte irgend etwas mit dem Mord zu tun haben.

Der Inspektor wollte wissen, ob es irgendeinen Streit zwischen dem Ermordeten und einem der Gäste gegeben habe.

«O nein, nein! Nichts, was ich einen Streit nennen würde», sagte Joseph schnell. «*Nichts*, was diese schreckliche Sache rechtfertigen könnte.»

«Aber es gab Streit, Sir?»

«Bloß familiäre Zänkereien. Es mag hier und dort ein wenig schlechte Laune geherrscht haben, aber wir wußten, daß Onkel Nat nicht so schlimm war, wie er tat. Stimmt es nicht, Stephen?»

Nicht einmal seine eigene böse Lage, von der er wissen mußte, daß sie gefährlich war, konnte Stephen veranlassen, mit Joseph gemeinsame Sache zu machen. Er sagte: «So?» in einem solch unverbindlichen Ton, daß der gute Eindruck, den Joseph zu erwecken suchte, darunter leiden mußte.

Der Inspektor wandte sich an ihn. «Würden Sie sagen, daß es einen Streit gab, Sir?»

«Nein. Ich möchte sagen, mein Onkel stritt mit allen, ausgenommen Miss Clare.»

«Hatten Sie selbst eine Auseinandersetzung mit ihm, Sir?»

«Viele», antwortete Stephen kalt.

«Stephen, sei doch nicht albern, alter Junge!» unterbrach ihn Joseph. «Inspektor, dieser dumme Bursche liebt es, aus sich selbst einen regelrechten alten Brummbären zu machen. Aber ich sah mit eigenen Augen, wie er Arm in Arm mit meinem Bruder zum Tee kam, und keiner hätte nachher netter zu ihm sein können.»

Des Inspektors abschätzender Blick wanderte von Joseph zu Stephen. «Aber Sie haben heute mit dem Ermordeten Streit gehabt, Sir?»

«Nun, ich wurde nicht aus dem Haus geworfen.»

«War der Streit ernster Natur, Sir?»

«Ich sagte Ihnen bereits, ich wurde nicht aus dem Haus gejagt.»

«Ich muß also zur Kenntnis nehmen, daß Sie zu dem Zeitpunkt, da der Ermordete zuletzt lebend gesehen wurde, mit ihm auf gutem Fuß standen.»

«Ein zeitweiliger Waffenstillstand», sagte Stephen.

«Wann sahen Sie den Verstorbenen zum letztenmal lebend?»

Stephen überlegte einen Augenblick. «Den Zeitpunkt weiß ich nicht genau. Ich verließ den Salon, als Roydon mit der Vorlesung seines Stückes fertig war. Möglicherweise um halb acht.»

«Wenn Sie sagen, Sie verließen den Salon, ist das so zu verstehen, daß Sie den Verstorbenen dort allein ließen?»

«Die anderen waren alle bei ihm.»

«Und zwischen diesem Zeitpunkt und der Auffindung der Leiche sahen Sie ihn nicht?»

«Nein.»

«Was taten Sie in der Zwischenzeit?»

«Ich zog mich um. In meinem Zimmer.»

«Danke, Sir», sagte der Inspektor und machte sich eine Notiz.

Stephen ging hinaus. Joseph beobachtete ihn dabei mit großer Besorgnis. Er lächelte, sah den Inspektor an und sagte: «Er meint es nicht so, wie er es sagt. Tatsache ist, er ähnelt meinem Bruder sehr; hitzig und bitter. Ein rasches Aufbrausen, und alles ist vorbei.»

Der Inspektor nahm diese Information freundlich, wenn auch nicht gerade enthusiastisch entgegen. Er fragte Joseph, wann er Nathaniel zum letztenmal gesehen habe.

«Miss Clare und ich müssen die letzten gewesen sein, die ihn lebend sahen», antwortete Joseph. «Alle anderen waren hinaufgegangen. Ich wollte mit ihm gehen; ich wollte mit ihm sprechen. Mein Gott, daß ich es nicht tat!»

«Wie war das, Sir?»

Joseph verlor für einen Augenblick die Fassung, dann schien ihm aber die Erkenntnis zu kommen, daß er nun, da ihm die Zunge einmal durchgegangen war, das Beste aus der Situation machen müsse. «Um die Wahrheit zu sagen, Inspektor, mein Bruder war sehr schlecht gelaunt, und ich wollte ihn besänftigen, aber er sagte, er wolle nicht mit mir sprechen. Nun, ich darf nichts verhehlen. Ich hatte dummerweise eine Stufenleiter auf dem Treppenabsatz stehengelassen, und mein Bruder warf sie herunter, und – ja, er war sehr böse auf mich, wirklich –

so dachte ich, es wäre am klügsten, abzuwarten, bis er sich wieder beruhigt hätte. Miss Clare und ich gingen einige Minuten später zusammen die Treppe hinauf.»

«Was war der Grund zu Mr. Herriards schlechter Laune, Sir?»

«Ach, ein bloßes Nichts. Mr. Roydon hatte uns sein Stück vorgelesen, und meinem Bruder gefiel es nicht.»

Der Inspektor überlegte und meinte nach einer Weile: «Wenn er nicht wollte, daß man ihm vorlas, warum geschah es dann?»

«Mr. Roydon ist ein Gast des Hauses. Es wäre sehr schwierig gewesen, ihm zu verbieten, das Stück vorzulesen, nicht wahr?»

«Ich finde das sehr eigenartig, Sir.» Das war alles, was der Inspektor dazu äußerte. «Ich würde jetzt gerne diesen Mr. Roydon sprechen, bitte.»

«Gewiß, aber ich bin überzeugt, er weiß über das Verbrechen nichts. Soll ich ihn hierherschicken?»

«Ich bitte darum.»

Die Gesellschaft befand sich noch im Speisezimmer, wo Stephen, unbewegt durch die schaurigen Ereignisse, sein Dinner beendete. Die anderen waren bereits beim Kaffee angelangt, und mit Ausnahme von Maud stellten sie ihm neugierige Fragen. Alle drehten sich nach Joseph um, als er hereinkam. Paula wollte wissen, ob die Polizei mit ihrer Arbeit fertig sei.

«Ach Gott, mein armes Kind, ich fürchte, das wird noch lange dauern, bevor es soweit ist», seufzte Joseph. «Sie begannen eben erst. Willoughby, der Inspektor möchte Sie sprechen. Er ist im Frühstückszimmer.»

Roydon errötete, und seine Stimme erhob sich um eine Oktave. «Was in aller Welt will er denn von mir? Ich kann ihm nichts sagen.»

«Eben, das versicherte ich ihm auch. Ich fürchte, er ist ein primitiver Mensch. Es kam heraus, daß Sie uns Ihr Stück vortrugen.»

«Sagtest du ihm das?» fragte Stephen und sah ihn von unten herauf an.

Josephs einfältiges Gesicht legte sich in Kummerfalten. «Nun ja, aber im Traum wäre mir nicht eingefallen, daß er mich so vornehmen würde.»

Paulas Blick durchbohrte ihn. «Sagtest du ihm, daß Willoughby von Onkel Nat Geld haben wollte?»

«Natürlich nicht. Es ist ganz irrelevant, und ich fand, daß nicht die geringste Notwendigkeit bestand, das zu erwähnen.»

Roydon drückte seine Zigarette aus und erhob sich. «Ich denke, ich gehe jetzt und spreche mit dem Mann.»

Er ging hinaus, und Stephen, der ihn kritisch beobachtet hatte, sagte zu seiner Schwester: «Bist du besonders interessiert am Schicksal deines Freundes? Mit etwas Glück, möchte ich sagen, wird er brav und sauber daraus hervorgehen.»

«Er hat damit nichts zu tun», sagte Paula.

«Woher weißt du das?» fragte Stephen.

«Das kann ich nicht sagen. Ich weiß nicht, wer es getan hat.»

«Ich würde so gerne glauben, daß jemand ganz Unbeteiligter, jemand, der mit uns nichts zu tun hat, der Schuldige ist», sagte Joseph. «Dürfen wir das nicht annehmen, Kinder, und aufhören, einander verletzende Worte zu sagen?»

Valerie, die nervös mit ihrem Kaffeelöffel gespielt hatte, ließ ihn auf die Tasse fallen und rief aus: «Wenn die Polizei mich ausfragen will, dann hat das nicht den geringsten Zweck, weil ich nichts weiß. Meine Nerven halten das nicht aus. Ich habe das Gefühl, ich werde wahnsinnig.»

«Halten Sie doch den Mund!» herrschte Paula sie an.

«Ich will nicht den Mund halten. Ich kam nicht hierher, um mich beleidigen zu lassen. Und ich sehe nicht ein, warum man glaubt, daß ich mit der Sache etwas zu tun habe.»

«Laß sie in Ruhe, Paula», befahl Stephen.

«Ich tue ihr nichts. Wenn ihr mein Gehabe nicht paßt, kann sie das Zimmer verlassen, oder nicht?» sagte Paula kampfbereit.

«Ich wollte, ich könnte das Haus verlassen!» schrie Valerie.

«Ich glaube, es schneit noch immer», bemerkte Maud, die das Gezänk genauso unberührt ließ wie alle anderen Ereignisse des Tages.

«Meinetwegen soll es schneien. Lieber ginge ich den ganzen Weg nach London zu Fuß, als daß ich hierbliebe.»

«Nun, ich glaube nicht, daß das sehr vernünftig wäre», meinte Mathilda. «Was glauben Sie denn, was Ihnen geschehen wird?»

«Sie wollen mich nicht verstehen», entgegnete Valerie und fügte hochmütig hinzu: «Ich nehme an, Sie gehören zu jenen glücklichen Menschen, die einfach keine Nerven haben und nichts empfinden. Aber der Gedanke an Mr. Herriard, der dort oben in dem Zimmer liegt – oh, ich kann es einfach nicht ertragen!»

«Du mußt es ja auch nicht. Die Leiche wird von der Polizei entfernt. Vielleicht geschieht das jetzt gerade.»

«Ich glaube», sagte Maud und erhob sich, «ich werde mich mit meinem Buch in den Salon setzen.»

Kaum daß sie das Zimmer verlassen hatte, stieß Paula hervor: «Wenn ich jetzt als Krönung alles dessen auch noch Auszüge aus diesem schrecklichen Buch mit anhören muß, dann gehen mir die Nerven durch!»

«Beruhige dich, Schwester. Tante hat das Buch verloren.»

«Stephen!» rief Joseph aus. «Nein, das wäre zu garstig von dir. Wenn du es versteckt hast, mußt du es ihr sofort geben.»

«Ich habe es nicht angerührt», sagte Stephen kurz.

Weder Mathilda noch Paula glaubten seinen Worten, aber da Joseph Anstalten machte, weiter in Stephen zu dringen, schalteten sie sich ein, um einen neuerlichen Ausbruch zu verhindern. Mathilda sagte, daß sich das Buch ohne Zweifel wiederfinden würde, und Paula brachte das Gespräch auf Roydon und stellte Überlegungen an, wie er wohl mit dem Inspektor zurechtkommen mochte.

Er kam nicht sehr gut zurecht. Er betrachtete Polizisten ganz unsinnigerweise als seine persönlichen Feinde. Um sein Mißbehagen zu verbergen, trat er sehr großartig auf und übertrieb seine Gleichgültigkeit. Er sagte: «Ach, Inspektor, Sie wollten mich sprechen? Sie finden mich bereit, Ihnen alles zu sagen, was ich weiß, selbstverständlich. Nur, fürchte ich, wird es nicht viel sein. Ich bin bloß über das Wochenende hier, wie Sie ja wahrscheinlich schon hörten. Ich kannte Mr. Herriard kaum.»

Er schloß mit einem nervösen Lachen. Um seine Hände zu beschäftigen, zündete er sich eine Zigarette an und begann zu rauchen; fast etwas zu hastig. Er wünschte, der Inspektor würde aufhören, ihn so unverwandt anzublicken, als wäre er eine wilde Bestie im Zoo.

Der Inspektor fragte ihn nach Namen und Adresse und schrieb die

Angaben langsam in sein Notizbuch. «Kannten Sie den Ermordeten, bevor Sie hierherkamen?» fragte er.

«Nein. Ich kam mit Miss Herriard hierher. Sie lud mich ein.»

«Soviel ich weiß, sind Sie in einem Zimmer neben dem Verstorbenen untergebracht.»

«Jaja, gewiß. Das stimmt wohl», räumte Roydon ein. «Es ist nur – dazwischen liegt das Badezimmer. So hörte ich natürlich nichts. Wenn Sie darauf hinauswollen.»

«Als Sie nach dem Tee den Salon verließen, gingen Sie da sofort auf Ihr Zimmer?»

«Ja, das heißt nein; es fällt mir jetzt erst ein: Miss Clare und ich begaben uns zunächst in die Bibliothek. Soweit ich mich erinnere, gesellte sich dort Miss Herriard zu uns. Dann erst ging ich hinauf, mich umzuziehen. Ich habe keine Ahnung, wo Mr. Herriard sich um diese Zeit aufhielt. Ich sah ihn nicht wieder, nachdem ich den Salon verlassen hatte.»

Der Inspektor dankte und bat ihn, Miss Herriard zu ihm zu schikken.

Paula hatte vor Polizisten keine Angst. Sie antwortete dem Inspektor ungeduldig, und als er sie fragte, ob sie mit Nathaniel gestritten habe, erklärte sie, daß niemand auch nur einen halben Tag mit Nathaniel leben konnte, ohne mit ihm zu streiten. Damit trug sie nichts dazu bei, sich bei ihm in ein besseres Licht zu setzen. Da sie aber unter seinem gefühllosen Bohren und Ausfragen sehr bald die Haltung verlor, erfuhr er sehr rasch, daß sie für einen bestimmten Zweck von Nathaniel Geld verlangt hatte, von ihm jedoch abgewiesen worden sei.

«Aber wenn Sie glauben, daß das irgend etwas mit dem Mord zu tun hat, dann sind Sie verrückt. Ich hätte Ihnen davon nichts erzählt, aber das ganze Haus weiß ja davon, und so hätten Sie es später oder früher doch erfahren. Wünschen Sie sonst noch etwas?»

«Ja, gnädiges Fräulein, ich möchte wissen, was Sie taten, als Sie den Salon nach dem Tee verließen. Gingen Sie sofort hinauf?»

«Nein, ich ging in die Bibliothek. Ich ging später mit Mr. Roydon hinauf.»

«Begaben Sie sich auf Ihr eigenes Zimmer?»

«Natürlich, wohin denn sonst?»

«Und kamen Sie nicht wieder heraus, bevor Sie sich den anderen Gästen unten wieder anschlossen?»

«Nein», erwiderte sie kurz.

Er ließ sie gehen und schickte nach Edgar Mottisfont. Er war mit Nathaniel seit dreißig Jahren befreundet, hatte Weihnachten seit vielen Jahren mit Nathaniel verbracht, aber etwas Ähnliches wie dieses hier, sagte er, sich dieser Albernheit nicht bewußt, hatte sich nie zuvor ereignet.

«Soviel mir bekannt ist, gab es hier einige Unannehmlichkeiten», sagte der Inspektor.

«Er war ein harter Mensch. Ohne Kontakt mit der jüngeren Generation. Verstehen Sie? Es war Miss Herriards Fehler, Mr. Roydon hierhergebracht zu haben. Sie hätte es besser wissen müssen. Aber das ist nicht meine Sache. Ich gab niemals vor, dieses Geschwisterpaar zu verstehen. Sie scheinen sich einen Spaß daraus gemacht zu haben, ihren Onkel zu ärgern. Ich weiß nicht, warum Herriard mit ihnen zankte, aber eines weiß ich, er hatte sie auf seine Art gerne.»

«Sie selbst hatten mit Mr. Herriard keinen Streit?»

In dem Augenblick, als er die Frage stellte, wußte der Inspektor, daß es einen Streit gegeben hatte. Es war, als wäre ein Vorhang über Mottisfonts Gesicht herabgefallen. Er hatte seiner Unzufriedenheit über die jungen Herriards ein wenig unbedacht zu freien Lauf gelassen, aber jetzt war er auf der Hut und überlegte, was er sagen sollte.

Die schwachen grauen Augen Mottisfonts wanderten hinter der Brille hin und her. «Kein Streit, o nein, nichts Derartiges. Warum auch? Wir waren fünfundzwanzig Jahre lang Geschäftspartner. Welch ein Gedanke! Wir waren uns bloß über eine rein geschäftliche Angelegenheit nicht einig. Herriard war mehr oder weniger stiller Teilhaber. Verstehen Sie? Er mischte sich aber gerne ein, wenn man ihm dazu Gelegenheit gab. Ein wenig altmodisch. Er ging nicht mit der Zeit. So manchen Kampf fochten wir gemeinsam durch, aber ich glaube, ich darf behaupten, imstande gewesen zu sein, mit ihm umzugehen.»

Der Inspektor betrachtete ihn: schwache Augen, besorgte Miene, vergrämter Mund, und wenn er sich Nathaniels dominierende Persönlichkeit daneben vorstellte, dann glaubte er ihm nicht. Aber er drang nicht weiter in ihn. Er fand, dieses ganze Pack hier log, so oder so, die einen, um andere zu schützen, die anderen aus Furcht. Es hatte keinen Sinn, sich in einen Sumpf falscher Darstellungen hineintreiben zu lassen, bevor er nicht wußte, was die Experten festgestellt hatten, die in Nathaniels Zimmer oben an der Arbeit waren. Er schien daher Mottisfonts Feststellungen zu akzeptieren und stellte die unvermeidliche Frage: «Wann verließen Sie den Salon, und wohin gingen Sie?» Die Antwort wußte er im voraus. Natürlich, Mottisfont war auf sein Zimmer gegangen, um sich für das Dinner umzuziehen, und hatte es erst wieder verlassen, als er sich zu den anderen in den Salon begab.

Der Inspektor warf einen Blick in sein Notizbuch und ließ Miss Dean bitten.

Als Valerie das Zimmer betrat, erkannte er sofort, daß sie sich schrecklich fürchtete. Er beobachtete sie kritisch und fand, daß sie nicht imstande wäre, jemanden zu erdolchen, aber er fand auch, daß man aus ihr etwas herausholen konnte, und er wurde hoffnungsvoller.

Gleich mit ihren ersten Worten leugnete sie aufs heftigste, von dem Verbrechen überhaupt etwas zu wissen, und bat, sofort nach Hause gehen zu dürfen. Er versicherte ihr, daß sie nichts zu befürchten brauche, wenn sie ganz offen zu ihm spräche.

«Aber ich weiß nichts. Ich ging sofort hinauf auf mein Zimmer, um mich umzuziehen. Ich hatte niemals Zank mit Mr. Herriard. Ich kann mir nicht vorstellen, warum Sie mich überhaupt ausfragen wollen. Ich halte Miss Herriard für die Person, die Ihnen am meisten hätte sagen können. Sie allein ist an allem schuld.»

«Wie können Sie das sagen, Miss?»

«Weil es so war. Sie verlangte von Mr. Herriard zweitausend Pfund zur Finanzierung von Mr. Roydons Stück – obgleich ich absolut sicher bin, daß er damit nichts zu tun hat, weil er überhaupt nicht diese Art von Mensch ist. Aber Paula war wütend, weil Willoughbys Stück Mr. Herriard nicht gefiel, und sie stritt deshalb heftig mit ihm. Sie ging höchst aufgebracht aus dem Zimmer. In Wirklichkeit ist es ein wunderbares Stück, aber Mr. Herriard war einfach verbiestert, und es ekelte ihn davor. Abgesehen davon war er bereits in einer Stinkwut, weil er, wie ich annehme, vorher Zank mit Mr. Mottisfont gehabt hatte.»

«Worüber?» fragte der Inspektor schnell.

«Oh, das weiß ich nicht. Ich weiß nur, daß Mr. Mottisfont äußerst bedrückt war, und alles war schauderhaft, in jeder Beziehung.»

«In welcher Beziehung, gnädiges Fräulein?»

«Ach, wegen Stephen, der auch schlechte Laune hatte, und wegen Paula, die nichts anderes tat, als mißgestimmt herumzugehen, und wegen Mathilda, die sich für sehr gescheit hält und Stephen völlig für sich in Beschlag nahm, so als ob sie dachte, *sie* wäre die einzige Person, die zählt. Die einzige Person, die anständig war, ist Onkel Joseph. Ich wollte, ich wäre niemals gekommen, und ich weiß, meine Mutter wird sich schrecklich aufregen, wenn sie erfährt, was passiert ist. Nicht daß mit meinem Kommen irgendeine Absicht verbunden gewesen wäre, aber ich hätte ja niemals Gelegenheit gehabt, Mr. Herriard sonst kennenzulernen, und das war der Sinn bei der ganzen Sache. Ich glaube, er war ein Frauenhasser.»

«Tatsächlich? Kamen Sie nicht gut mit ihm aus?»

«Nun, wir hatten keine Berührungspunkte. Ich muß gestehen, er war furchtbar grob, aber Stephen war genauso – so taktlos wie nur möglich.»

Sie jammerte noch eine Weile weiter und weckte in dem Inspektor den Eindruck, daß es in diesem Haus wohl kaum jemanden gab, der nicht bereit gewesen wäre, Nathaniel zu ermorden.

Diesen etwas voreiligen Schluß widerlegte Maud, die, nachdem man sie in das Frühstückszimmer gerufen hatte, mit dem bedächtigen Gang aller beleibten Menschen eintrat und weder Aufregung noch irgendein besonderes Interesse verriet.

Maud setzte den Inspektor in Verwirrung. Sie beantwortete jede ihr gestellte Frage, aber ihr Gesicht sagte ihm nichts, und er kam zu der Überlegung, daß sie entweder sehr dumm oder sehr gescheit sein müsse. Sie gab an, sie hätte sich von dem Zeitpunkt an, da sie den Salon verließ, bis zu ihrer Rückkehr dorthin, was unmittelbar vor dem angesetzten Dinner gewesen sei, in ihrem Schlafzimmer aufgehalten. Maud erklärte, daß ihr Gatte ihre Aussage zweifellos bezeugen könne, denn er wäre in seinem Ankleidezimmer gewesen, nächst dem ihren. Der Inspektor nickte und fragte sie, ob Unstimmigkeiten im Haus geherrscht hätten.

Mauds farblose Augen starrten ihn an. «Ich bemerkte nichts.»

Nach dem, was der Inspektor von den anderen Zeugen gehört hatte, versetzte ihn Mauds Antwort in Staunen. Er blickte sie mißtrauisch an und sagte: «Nun also, Mrs. Herriard, ist es nicht erwiesen, daß es zwischen dem Verstorbenen und gewissen Mitgliedern der Hausgemeinschaft sehr viele Streitigkeiten gab?»

«Ich kann nur sagen», meinte Maud gleichgültig, «ich schenkte dem niemals Beachtung. Mein Schwager war ein sehr streitsüchtiger Mensch.»

Der Inspektor hustete. «Sie leben hier schon längere Zeit, Madam?»

«Zwei Jahre», antwortete sie.

«Dann kann ich wohl annehmen, daß Sie über das Kommen und Gehen im Hause unterrichtet waren, wie man so sagt?»

«Ich mischte mich niemals ein», sagte Maud.

«Nein, Madam, davon bin ich überzeugt... Könnten Sie sagen, daß zwischen dem Ermordeten und einem seiner Gäste irgendwelche ernsthaften Schwierigkeiten bestanden?»

«Nein. Es gibt gewöhnlich Schwierigkeiten, wenn meines Mannes Neffe und Nichte Lexham besuchen. Sie bemühen sich nicht, ihrem Onkel gefällig zu sein. Die Herriards sind so.»

«Streitsüchtig, meinen Sie?»

«Ja. Mr. Herriard gefiel das.»

«Es gefiel ihm, wenn seine Verwandten mit ihm stritten?» fragte der Inspektor ungläubig.

«Es dürfte ihm nichts ausgemacht haben. Er war selbst sehr grob, sehr. Es machte ihm gar nichts aus.»

«Könnten Sie sagen, daß es wegen dieses Stückes, für das Miss Herriard von ihrem Onkel finanzielle Unterstützung haben wollte, eine ernste Auseinandersetzung gab?»

«O nein», entgegnete Maud ruhig. «Das Stück war ihm egal, das ist alles. Mir ist es auch egal.»

«Weigerte er sich, Geld herzugeben?»

«Ich denke, ja. Aber ich glaube, er würde es letztlich trotzdem hergegeben haben. Er hatte Paula sehr gerne. Sie hatte einen dummen Augenblick dafür gewählt, sonst gar nichts.»

«Warum war der Augenblick dumm, Madam?»

Ihr Blick wandte sich ihm langsam zu. «Mr. Herriard war über die Party verärgert.»

«Wieso?»

«Er wollte sie nicht.»

«Aber wenn er sie nicht wollte, warum veranstaltete er sie dann?»

«Es war das Betreiben meines Mannes. Er ist seinem Bruder überhaupt nicht ähnlich. Er hielt das Ganze für eine gute Sache, aber Mr. Herriard war außerordentlich gegen Miss Dean eingenommen, deshalb regte er sich auf.»

Der Inspektor spitzte die Ohren. «Miss Dean mißfiel ihm? Wollte er nicht, daß sein Neffe sie heiratet?»

«Nein. Ich glaube aber, er wird sie gar nicht heiraten. Ich fand schon immer, daß er einen Mißgriff tat. Er schien daran nur festzuhalten, um seinen Onkel zu ärgern.»

Dem Inspektor war das unverständlich. «Er hielt daran nur fest, um seinen Onkel zu ärgern?»

«Er ärgert gerne Leute», sagte Maud.

Diese festgefaßte Meinung wurde mit einer solchen Einfachheit vorgebracht, daß sie nicht anders als schwer wiegen konnte; sie verwirrte den Inspektor. Er begann zu erkennen, daß er es mit außergewöhnlichen Leuten zu tun hatte, und mit Bedenken nahm er als nächste Mathilda Clare vor. Sein erster Gedanke war: eine Schönheit ist sie nicht; sein zweiter: sie hat sehr kluge Augen. Er sah bald, daß sie nicht nur sehr leicht zu behandeln, sondern auch recht hilfreich war.

Sie bestätigte Mauds Aussage. Sie hatte niemals, gab sie zu, in Lexham Manor geweilt, ohne daß es Zank gegeben hätte. «Obgleich ich sagen muß, daß die Dinge gewöhnlich nicht so drückend waren wie diese Weihnachten. Und das war die Schuld Joseph Herriards. Weil es ihm nicht genügte, Miss Dean einzuladen, erlaubte er auch noch Miss Herriard, Mr. Roydon hierherzubringen.»

«Mr. Roydon kam hierher, um Mr. Herriard dazu zu bewegen, sein Stück zu finanzieren?»

«Das war geplant», gab Mathilda zu. «Aber Mr. Herriard dachte nicht daran.»

«Oh! Und wie reagierte Miss Herriard?»

«Miss Herriard», antwortete Mathilda kühl, «machte die versammelte Gesellschaft zum Mittelpunkt einer dramatischen Szene – sie ist Schauspielerin, gut in tragischen Rollen. Ich war nicht anwesend, aber man sagte mir, daß sie und Mr. Herriard einen wirklich glanzvollen Streit hatten und sich selbst dabei riesig amüsierten.»

«Scheint mir eine sehr seltsame Art, sich zu amüsieren.»

Er schüttelte zweifelnd den Kopf und fragte wenig hoffnungsvoll, wo sie zwischen halb acht und dem Dinner gewesen sei.

«Auf meinem Zimmer, um mich umzuziehen. Joseph Herriard wird es Ihnen bestätigen. Sein Ankleideraum stößt an mein Badezimmer. Wir gingen nicht nur gemeinsam hinauf, sondern er redete mit mir die ganze Zeit, während ich mich umzog, ja, noch mehr, wir kamen auch wieder gemeinsam hinunter. Das ist mein Alibi, Inspektor.»

Er dankte und sagte, er wolle jetzt die Dienerschaft vornehmen.

«Läuten Sie nur», sagte Mathilda, erhob sich und ging zur Tür. «Sie werden dann mit dem Butler beginnen können.»

Sie schloß sich wieder den anderen im Salon an.

«Nun?» erkundigte sich Stephen.

«Ich tat für dich, was ich konnte», erwiderte sie. «Er ist gerade dabei, Sturry zu vernehmen.»

«Das wird uns den Rest geben», sagte er grimmig. «Sturry hat draußen an der Tür gehorcht, als der Sturm losging.»

7

Dem Inspektor war von Roydon Herablassung und von Paula Feindseligkeit entgegengebracht worden, aber Sturry, der in majestätischer Würde das Frühstückszimmer betrat, bekundete eine derart hochmütige Verachtung, daß ein Mensch mit einem etwas empfindsameren Gemüt in sich zusammengesunken wäre.

«Sie läuteten, Inspektor?» fragte Sturry mit dem Ausdruck eines andeutungsweisen Staunens.

Irgendwie fühlte der Inspektor, daß er etwas Ungehöriges gemacht hatte, aber er war sich seiner Pflicht bewußt und erwiderte fest: «Ja, ich läutete. Ich möchte Ihnen einige Fragen stellen. Sie heißen Albert Sturry?»

«Mein Name, Inspektor, ist Albert Reginald Sturry.»

Der Inspektor unterdrückte den Wunsch, ihn um Verzeihung zu bitten, und schrieb den Namen in sein Notizbuch. «Sie sind hier als Butler beschäftigt?»

«Ich diente Mr. Herriard im Zeitausmaß von vier Jahren und sieben Monaten», erwiderte Sturry.

Der Inspektor machte sich eine Notiz und sagte: «Nun, was wissen Sie über die Angelegenheit?»

Das kalte Licht in Sturrys Augen informierte ihn darüber, daß er sich sehr täuschte, wenn er glaubte, er könne einen hochachtbaren Butler in dieser Weise ansprechen. «Ich bedaure, außerstande zu sein, Ihnen beistehen zu können. Es gehört nicht zu meinen Aufgaben, in den Angelegenheiten meiner Herrschaft herumzuschnüffeln.»

«Natürlich nicht, aber ein Mann in Ihrer Position muß doch wissen, was in einem Haus vor sich geht. Wie man hört, war der Ermordete ein Mensch, mit dem schwer umzugehen war, hm?»

«Ich hatte nie Schwierigkeiten, Inspektor. Mr. Herriard hatte seine Abneigungen, ohne Zweifel. Zuletzt wurde seine Laune durch rheumatische Beschwerden beeinträchtigt.»

«Das machte ihn streitsüchtig?»

«Ich würde nicht so weit gehen, die Streitigkeiten, die unter seinem Dach stattfanden, ganz Mr. Herriards Rheuma zuzuschreiben.»

«Ach», sagte der Inspektor und nickte, «ich kann wohl annehmen, Sie kannten ihn ebensogut wie die anderen. Versteht sich von selbst, bei Ihrer Position und bei vier Jahren Tätigkeit in diesem Haus.»

«Ich glaube, Mr. Herriard hatte keine Ursache, mit mir unzufrieden zu sein», antwortete Sturry und lockerte sich ein wenig. «Es war stets mein Bestreben, meine Aufgaben nach bestem Können zu erfüllen, ungeachtet des Benehmens gewisser Leute unter Mr. Herriards Gästen.»

«Muß für Sie sehr schwierig gewesen sein, vermute ich.»

«Nicht so sehr schwierig als unangenehm», entgegnete Sturry und zog sich wieder auf sein Postament zurück. «Wenn man wie ich fünfunddreißig Jahre lang nur in besten Häusern diente, dann kann man Vorfälle, wie sie sich in Lexham Manor ereigneten, nur als höchst bedauerlich empfinden.»

Der Inspektor machte «Hm, hm, hm» und versuchte, mitfühlend auszusehen.

«Ich brauche wohl kaum zu erwähnen», fuhr Sturry fort, «daß ich bei der ersten Gelegenheit kündigen werde.»

«Das müssen Sie selbst am besten wissen. Aber wahrscheinlich wird das Haus weitergeführt werden, nicht wahr? Es wird doch einen Erben geben?»

«Ich werde keine Anstrengungen machen», sagte Sturry, bebend vor Abscheu, «und mich dermaßen erniedrigen, in einem Haus zu bleiben, in welchem ein Mord begangen wurde. Derartiges bin ich nicht gewohnt.» Er zog den Atem durch die Zähne ein. «Außerdem, das möchte ich hinzufügen, wäre es mir weder genehm, für Mr. Joseph Herriard noch für Mr. Stephen Herriard zu arbeiten.»

«Oh?» machte der Inspektor und versuchte sein großes Interesse zu verbergen. «Nicht Ihr Fall, eh?»

Des Inspektors vulgäre Ausdrucksweise veranlaßte Sturry zu einem gequälten Blick, aber da er nun schon einmal auf dem Höhepunkt seiner Eröffnungen angelangt war, beschloß er, das zu übersehen. «Mr. Joseph Herriard ist ein Gentleman, der es zwar gut meint, dem jedoch infolge besonderer Lebensumstände – ich bedaure dies sagen zu müssen – das Gefühl für Würde abhanden kam. Er ist sogar mit Dienstboten vertraulich.»

Der Inspektor nickte verständig. «Ich weiß, was Sie meinen. Wie steht es mit dem jungen Mann? Ein widerspenstig aussehender Bursche, finde ich.»

«Mr. Stephen Herriard ist nicht der Mann, bei dem zu dienen mir jemals in den Sinn käme. Mr. Stephen besitzt ein ebenso heftiges Temperament wie sein verstorbener Onkel, und sein Auftreten ist in einem Grade nachlässig, den zu übersehen ich nicht über mich bringe. Außerdem hat er sich mit einer jungen Dame verlobt, die nach meiner

Ansicht einem Haus wie diesem nicht vorstehen könnte. Auch würde ich es mit meiner Auffassung auf keinen Fall in Einklang bringen, irgendeinem Gentleman zu dienen, der in einem so feindseligen Verhältnis zu dem verstorbenen Mr. Herriard stand.»

Jetzt also kommt es, dachte der Inspektor. «Ich hörte, daß sie ganz ordentlich miteinander stritten», sagte er. «Schlimm, nicht wahr?»

Sturry schloß bedeutungsvoll die Augen. «Zuweilen, Inspektor, war es so, daß ich es schockierend nennen würde. Mr. Stephen und Mr. Herriard hoben ihre Stimmen in einer Art, die ihrem Stand sehr wenig zukam, und es war ihnen gleichgültig, wer sie hören konnte. Tatsächlich stritten sie sogar einmal in Gegenwart des Küchenpersonals.»

Der Inspektor bemühte sich, so entsetzt wie nur möglich zu erscheinen, und sagte, es wundere ihn, warum Stephen dann sooft nach Lexham kam.

«Wenn Sie mich fragen, Inspektor», sagte Sturry, «ich würde sagen, daß Mr. Stephen und auch Miss Paula nur kamen, um aus Mr. Herriard herauszuholen, was möglich war.»

«Ist Stephen Herriard der Erbe?»

«Das zu behaupten, Inspektor, könnte ich nicht auf mich nehmen, aber innerhalb der Dienerschaft wird es allgemein angenommen, da Mr. Herriard für ihn eine unverständliche Vorliebe hegte. Allerdings gab es zuletzt eine Menge Unannehmlichkeiten wegen Mr. Stephens Verlobung. Es kam zu einer Szene zwischen ihnen nach dem Tee.»

«Wegen Miss Dean?»

«Als ich heute abend den Cocktail in den Salon bringen wollte, hörte ich, wie Mr. Herriard seinem Neffen zuschrie, er sei genauso schlecht wie seine Schwester, und es sei das letzte Mal, daß beide nach Lexham gekommen seien.»

«So, so», sagte der Inspektor behutsam. «Er hatte also auch mit Miss Herriard einen Streit?»

«Mr. Herriard war mit Miss Paula im allgemeinen sehr nachsichtig. Obgleich ich Grund habe zu glauben, daß ihm ihre Bühnentätigkeit mißfiel. Und nun brachte Miss Paula zum größten Leidwesen auch noch einen Mann namens Roydon mit hierher, damit er hier die Weihnachtsfeiertage verbringe.»

Der Inspektor wußte, was diese Methode, auf Roydon überzugehen, bedeutete, und neigte dazu, Sturry sympathisch zu finden. «Er mochte Roydon nicht?»

«Ich gewann den Eindruck, Inspektor, daß er die Freundschaft Miss Paulas zu dem jungen Mann unpassend fand. Mr. Roydon ist ein sehr schätzenswerter junger Mann, davon bin ich überzeugt, aber in einem Haus, in dem acht Diener beschäftigt werden, ist er fehl am Platz.»

Des Inspektors Sympathie wandte sich für den Augenblick Roydon zu. «Soviel ich weiß, wollte er, daß der Verstorbene ein Stück finanziere, oder so etwas Ähnliches?»

«Das, Inspektor, war der Grund, weshalb Miss Paula ihn nach Lexham brachte. Zweitausend Pfund war der Betrag, den ich Mr. Herriard nennen hörte.»

«Eine Menge Geld», sagte der Inspektor. «Mr. Herriard dürfte sich geweigert haben, ihr das Geld zu geben?»

«Mr. Herriard sagte, Miss Paula bekomme von ihm kein Geld, damit sie es an Mr. Roydon verschwenden könne. Worauf Miss Paula erwiderte, wenn er tot wäre, würde sie jeden Groschen, den er ihr hinterlasse, zur Finanzierung unmoralischer Stücke verwenden.»

Der Inspektor zeigte sich betroffen. «Eine nette Art! Was erwiderte Mr. Herriard darauf?»

«Mr. Herriard sagte, sie möge lieber nicht mit ihren Küken rechnen, bevor sie ausgeschlüpft wären, da er möglicherweise einige Änderungen vornehmen würde.»

«Oh, er sprach davon, sein Testament zu ändern? Wie nahm die junge Dame das auf?»

«Wütend, wie man wohl behaupten kann. Miss Paula sagte, es sei ihr gleichgültig und sie wünsche Mr. Herriards Geld nicht. Worauf Mr. Herriard meinte, er hätte gedacht, daß sie gerade das wollte, eben zweitausend Pfund davon.» Sturry schaltete eine Pause ein, und dann kam die effektvolle Schlußbemerkung: «‹Und du wärst bereit, mich umzubringen, um es zu bekommen›, sagte Mr. Herriard.»

«Er gebrauchte tatsächlich diese Worte?» verlangte der Inspektor zu wissen.

«Genau das waren seine Worte», wiederholte Sturry feierlich.

«Ich hörte es mit eigenen Ohren, da ich, wie ich Ihnen bereits sagte, eben den Cocktail hineintragen wollte.»

«Sagte Mr. Herriard bei dieser Gelegenheit auch, daß Mr. Stephen ebenso schlecht sei wie seine Schwester?»

«Unmittelbar darauf, nachdem Mr. Stephen sich geweigert hatte, für seine Schwester Partei zu ergreifen.»

«Oh, er war also nicht auf ihrer Seite?» fragte der Inspektor mit dem Ausdruck eines Terriers vor dem Rattenloch.

«Zu meiner Überraschung, nein, Inspektor. Mr. Herriard, der sich eben verschiedenes hatte sagen lassen müssen, ging dann auf Mr. Stephen los, wenn es gestattet ist, diesen Ausdruck zu verwenden.»

«Was geschah dann?»

«Ich könnte es nicht sagen. Nach meinem Eintritt in den Salon ging Mr. Stephen hinaus.»

«Und Mr. Herriard hatte ihm gesagt, er wünsche ihn hier nicht mehr zu sehen?»

«Das war es, was Mr. Herriard sagte.»

«Sagte er so etwas jemals zuvor?»

«Niemals, Inspektor, soviel mir bekannt ist.»

Der Inspektor sah ihn nachdenklich an. «Wo waren Sie zwischen dem Zeitpunkt, da Mr. Herriard hinaufgegangen war, und dem, da er tot in seinem Zimmer aufgefunden wurde?»

«Ich hatte zu tun; im Speisesaal und in der Küche.»

«Sahen Sie während dieser Zeitspanne einen der Gäste?»

«Nein, Inspektor. Aber ich habe Ursache zu glauben, daß Mr. Herriards Diener und das zweite Hausmädchen Ihnen in dieser Beziehung einige Informationen geben können.»

«Gut. Sie können sie zu mir schicken. Zuerst den Diener. Ist er schon lange hier?»

«Erst einige Monate. Die Kammerdiener pflegten niemals lange in den Diensten des verstorbenen Mr. Herriard zu bleiben.»

«Ein schwieriger Herr?»

«Mr. Herriard war sehr eigenartig, nicht zuletzt, ich bedaure, dies zu sagen, weil er mit seinen Schuhen herumwarf oder gelegentlich auch schwerere Gegenstände nach seinem Diener schmiß, sobald ihm seine rheumatischen Beschwerden Ungelegenheiten machten», sagte

Sturry, verbeugte sich, zog sich in sehr aufrechter Haltung zurück und schloß leise die Tür hinter sich.

Ford, der sich einige Minuten später einfand, sah ein wenig verschreckt aus. Schluckend, als würde sich etwas in ihm dagegen wehren, berichtete er, daß er zwischen sieben Uhr dreißig und acht Uhr dreißig – wahrscheinlich zehn Minuten vor acht oder auch etwas später – oben gewesen sei. Er hatte vorher für Mr. Herriard ein Bad eingelassen, wie es seine Gewohnheit war, und den Abendanzug herausgelegt.

«Warum gingen Sie noch einmal hinauf?» fragte der Inspektor.

«Mr. Herriard verlangte sehr oft, daß ich ihm nach dem Bad beim Ankleiden half.»

«Fanden Sie die Tür verschlossen?»

«Ja, Inspektor.»

«Klopften Sie an?»

«Nur einmal», stammelte der Diener.

«Erhielten Sie Antwort?»

«Nein. Aber ich dachte mir nichts dabei, weil ich glaubte, Mr. Herriard sei noch im Bad.»

«War es üblich, daß Mr. Herriard die Tür versperrte?»

«Es kam vor, daß er es tat, wenn er nicht angekleidet war oder wenn er nicht gestört werden wollte.»

«Schön. Was taten Sie dann?»

«Ich ging die obere Halle entlang zum Nähzimmer, in der Absicht, ein wenig zu warten. Maggie – das ist das zweite Hausmädchen – war dort und bügelte. Und als ich die Bemerkung fallenließ, daß der Herr die Tür verschlossen habe, sagte sie, sie hätte erst eine oder zwei Minuten zuvor Miss Paula in ihrem Morgenrock von der Tür weggehen sehen.»

«So, so? Sahen Sie jemanden in der oberen Halle?»

«Gesehen nicht, Inspektor, aber als ich über die hintere Stiege heraufkam, hörte ich jemanden in die Halle gehen, und während ich durch den Bogengang kam, der zu dem hinteren Treppenabgang führt, sah ich, wie Mr. Roydons Tür geschlossen wurde.»

«Wollen Sie damit sagen, daß Mr. Roydon gerade heraufgekommen war, um sich umzuziehen?»

«O nein, Inspektor. Mr. Roydon war schon eine Zeitlang in seinem Zimmer gewesen. Maggie sah nämlich, wie er mit Miss Paula heraufkam und dann mit ihr in deren Zimmer bei offener Tür plauderte.»

«Ich muß sofort diese Maggie sprechen. Wie lange blieben Sie im Nähzimmer?»

«Das könnte ich nicht so genau angeben, Inspektor, aber es mochten vielleicht zwanzig Minuten gewesen sein.»

«Und während dieser Zeit sahen Sie niemanden in der oberen Halle?»

«Ich achtete nicht darauf. Ich erinnere mich aber, Mrs. Joseph Herriard aus ihrem Zimmer kommen gehört zu haben, auch Miss Paula, weil sie nach Mr. Roydon rief und sie zusammen hinuntergingen. Einige Minuten später hörte ich Miss Clare und Mr. Joseph miteinander Witze machen. Nun muß ich einmal nachdenken: ich erinnere mich nicht, Mr. Mottisfont hinuntergehen gehört zu haben, auch Miss Dean nicht, aber ich hörte Mr. Stephen, denn er warf seine Tür zu. Das war kurz danach, als ich anfing, mir Gedanken darüber zu machen, daß Mr. Herriard noch nicht aus seinem Zimmer gekommen war. Ich hatte, wie man so sagt, mit halbem Ohr gelauscht, ob er läuten würde, was ich im Nähzimmer hätte hören können, da ich die Tür offengelassen hatte und der Raum unmittelbar an der Hintertreppe liegt. So ging ich also hin, um es nochmals an der Tür zu versuchen. Nachdem ich festgestellt hatte, daß sie noch immer verschlossen war, nahm ich mir die Freiheit, nach Mr. Herriard zu rufen. Mehrere Male rief ich und bekam keine Antwort. Und dann kam Mr. Joseph herauf, und er rief nach Mr. Stephen, mit dem ich sodann gemeinsam die Tür aufbrach, und wir fanden Mr. Herriard dort liegen.» Er schloß mit einem Schauder und preßte das Taschentuch an die Lippen. «Schrecklich war es.»

«Was machten Mr. Joseph und Mr. Stephen?»

«Sie glaubten zuerst, er sei ohnmächtig geworden. Mr. Stephen schickte mich fort, einen Brandy zu holen. Als ich zurückkam, hatten sie bereits festgestellt, daß Mr. Herriard tot war. ‹Das ist nicht mehr nötig›, sagte Mr. Stephen und meinte damit den Brandy. ‹Er ist tot.›»

«Für Mr. Stephen und Mr. Joseph muß es ebenfalls ein Schock gewesen sein?»

«Oh, gewiß, das war es. Mr. Joseph war ganz entsetzt. Er rieb des armen Mr. Herriard Hand und sah aus, als könnte er nicht glauben, daß er tot sei. Er war Mr. Herriard sehr ergeben.»

«War Mr. Stephen sehr aufgeregt?»

«Nun, Inspektor, Mr. Stephen gehört nicht zu jenen, die ihr Herz auf der Zunge tragen, wie man so sagt, aber es muß ihn sehr aufgeregt haben, besonders deshalb, weil er mit Mr. Herriard keineswegs auf gutem Fuß stand. Er war sehr bleich und sprach mit mir sehr kurz angebunden. Er sagte mir, er könne den Brandy selbst gebrauchen, und trug mir auf, den Arzt anzurufen. Mr. Joseph war dem Weinen nahe und befahl mir, zu niemandem von Mr. Herriards Tod zu sprechen. Er war ein wenig aufgebracht über Mr. Stephen, der eine lose Zunge hat, aber es gibt viele, die ihre Gefühle hinter einer gewissen Grobheit verbergen, und ich maß dem, was Mr. Stephen sagte, gar nichts bei, denn ich sah seine Hände zittern. Außerdem verträgt sich Mr. Stephen nicht mit Mr. Joseph; er kann ihn nicht ausstehen und war mit Mr. Josephs Kommen nach Lexham nicht einverstanden.»

«Eifersüchtig, nicht wahr, war er das?»

«Ich würde es nicht so bezeichnen, Inspektor, obgleich ich sagen hörte, daß Mr. Stephen fürchte, Mr. Joseph würde ihn aus dem Sattel heben. Aber ich glaubte nie daran, weil Mr. Stephen kein Narr ist und jedermann sehen konnte, daß Mr. Joseph so unschuldig ist wie ein neugeborenes Kind und überhaupt keine Absicht verfolgt. Nach meiner Meinung war es einfach Mr. Josephs Art, die Mr. Stephen so in Wut brachte.»

«Hm», machte der Inspektor. «Sie mögen Mr. Stephen, nicht wahr?»

«Ich hatte niemals Ursache, ihn nicht zu mögen. Er behandelte mich stets freundlich, wann immer ich ihn bediente, was oft der Fall war.»

«Er ist sehr hitzig, wie ich höre?»

«Ja, so ähnlich wie Mr. Herriard es war, gewissermaßen, nur daß er nicht offen sagt, was er sich denkt; auf keinen Fall. Bei Mr. Herriard wußte man, wo man dran war, aber Mr. Stephen redet nicht viel und ist nicht so leicht zu ergründen.»

Der Inspektor beendete die Unterhaltung.

Maggie drehte einen Schürzenzipfel zwischen den Fingern, als sie das Frühstückszimmer betrat, und beteuerte angstvoll, sie wolle niemanden in Schwierigkeiten bringen. Nachdem sich aber ihre Aufregung etwas gelegt hatte, gab sie endlich zu, daß sie Miss Paula und Mr. Roydon in Paulas Zimmer gesehen und das Murmeln ihrer Stimmen gehört habe, weil die Tür offengeblieben sei. Später, als sie die Hintertreppe heraufgekommen sei, da sah sie, wie Miss Paula eben von der Tür zum Zimmer des Herrn weggegangen sei, so als wäre sie von drinnen herausgekommen.

Mehr war aus ihr nicht herauszuholen. Auch durch die Befragung der übrigen Hausangestellten erfuhr man nichts, außer daß Mrs. Fratton, die Wirtschafterin, keine Hoffnung habe, sich jemals von dem Schrecken erholen zu können, und daß das Küchenmädchen den ganzen Abend hysterische Anfälle gehabt habe, weil sie ein Siebenmonatskind und von Geburt an von zarter Gesundheit war.

Zur gleichen Zeit, da der Inspektor mit dem heftig schluchzenden Küchenmädchen zu tun hatte und er Mrs. Fratton etwas hastig aufforderte, dem Mädchen beizustehen, hatten die Experten oben ihre Arbeiten abgeschlossen, und Nathaniels Leiche war weggebracht worden.

Man hatte an der Türfüllung und auf dem Türgriff von Nathaniels Schlafzimmer sowie auf verschiedenen Gegenständen und Möbeln mehrere Fingerabdrücke entdeckt. Einige davon waren, wie zu erwarten gewesen, Nathaniels eigene, und obgleich die anderen zu identifizieren waren, schien nicht viel Hoffnung zu bestehen, daß man in dieser Richtung sehr viel weiterkommen würde. Sergeant Capel meldete dem Inspektor, daß der Experte eben damit beschäftigt sei, die Fingerabdrücke aller Hausbewohner abzunehmen – eine Aufgabe, die sehr viel Takt und Geduld verlangte.

Die beiden Ärzte stimmten überein, daß der Stich mit einem dünnen Messer ausgeführt worden und der Tod innerhalb weniger Minuten eingetreten sei. Von der Waffe fehlte bis jetzt jede Spur. Eine sorgfältige Untersuchung der Fenster hatte keinen Beweis erbracht, daß an den Riegeln herummanipuliert worden wäre. Die Türschlüssel zum Schlafzimmer und zum Bad würden noch einer genauen Untersuchung unterzogen werden, und das Oberlicht im Badezimmer war bereits genau geprüft worden, ohne jedoch irgendeinen Anhaltspunkt zu geben. Der einzige Gegenstand von Interesse, der in Nathaniels Zimmer entdeckt wurde, war eine flache goldene Zigarettendose, die, halb unter dem Lehnstuhl verborgen, auf dem Boden neben dem Kamin gelegen und die man bei der ersten flüchtigen Untersuchung nicht gesehen hatte.

Der Inspektor sah sie aufmerksam an. Sie trug das Monogramm «S. H.». «Irgendwelche Fingerabdrücke?» fragte er.

«Nein, Sir, ich nehme an, sie wurden abgewischt.»

«Sie müssen abgewischt worden sein. Schön, ich werde der Sache nachgehen. Und dann werde ich mir noch einmal Miss Paula Herriard vornehmen. Holen Sie sie.»

Diese zweite Aufforderung verwirrte Paula offensichtlich, denn sie erschien unverzüglich. Sie ließ den Inspektor gar nicht zu Wort kommen und begehrte zornig zu wissen, was er denn noch von ihr wolle. «Ich finde das unerhört!» sagte sie, und ihre Stimme bebte vor Zorn.

Den Inspektor ließ diese kritische Bemerkung unbewegt. Seiner Meinung nach versuchten viele Leute, ihre Furcht hinter einem möglichst aufbrausenden Gehabe zu verbergen. Und während er ihre rastlosen Hände und die glänzenden Augen betrachtete, sah er, daß Paula ganz offensichtlich Furcht hatte. «Ich würde Ihre Aussage gerne noch einmal durchgehen», sagte er und blätterte in seinem Notizbuch. «Sie behaupteten, daß Sie Ihr Zimmer, in dem Sie sich für das Dinner umzogen, erst wieder verließen, als Sie sich zu den anderen in den Salon hinunterbegaben.»

Ihr Blick wich nicht von seinem Gesicht, aber er meinte sie hastiger atmen zu sehen. «Nun?»

«Wünschen Sie dem etwas hinzuzufügen?» fragte der Inspektor.

Jetzt hatte er sie gefangen, genau wie er sich das vorgestellt hatte. Er sah das unsichere Flackern in ihren Augen, die halbverborgene Alarmbereitschaft. Er hätte schwören können, sie würde versuchen, Zeit zu gewinnen, und sie tat es auch, indem sie sagte: «Warum sollte ich das?»

«Nach meinen Informationen wurden Sie dabei gesehen, wie Sie im Morgenrock von der Tür zu des Ermordeten Zimmer weggingen», antwortete er höchst gleichmütig.

Das plötzliche Aufflammen ihrer Augen und ihr Erröten überraschten ihn. Eine gefährliche Person, darüber gab es keinen Zweifel.

«Mein Gott, was macht dieses Haus aus den Menschen? Wer spioniert mir nach? Habe ich vielleicht auch ein blutbeflecktes Messer, einen Dolch in der Hand gehabt?»

«Nein, Miss.»

«Ich bin direkt erstaunt! Nun sagen Sie mir das eine: Sah man, daß ich aus dem Zimmer des Onkels herauskam? Sah man das?»

«Bemühen Sie sich nicht, mir Fragen zu stellen, Miss. Gingen Sie in das Zimmer Ihres Onkels, nachdem Sie hinaufgegangen waren, sich für das Dinner umzuziehen?»

«Nein. Ich ging an die Tür und nicht weiter.»

«Wie war das genau?»

Sie hob die eine Schulter. «Er wollte mich nicht hineinlassen. Wahrscheinlich war er schon tot.»

«Wenn Sie sagen, er wollte Sie nicht hineinlassen, was meinen Sie damit?»

«Die Tür war versperrt; er antwortete nicht, als ich anklopfte.»

«Sprachen Sie zu ihm?»

«Ich weiß nicht. Ja, ich glaube schon. Ich sagte: ‹Ich bin es, Paula›, oder so etwas Ähnliches.»

«Und er antwortete nicht?»

«Das sagte ich Ihnen bereits.»

«Berührte Sie das nicht ein wenig eigenartig?»

«Nein. Ich wußte, er wollte nicht mit mir sprechen.»

«Warum nicht?»

«Das geht Sie nichts an.»

«O doch! Tatsache ist, daß Sie von Ihrem Onkel Geld verlangten, daß er es Ihnen nicht geben wollte und Sie deswegen mit ihm Streit hatten. Stimmt das?»

«Was Sie nicht alles wissen!» höhnte sie.

«Ich rate Ihnen, sich in acht zu nehmen», sagte er.

«Ich brauche mich nicht in acht zu nehmen. Sie können mir nicht beweisen, daß ich je in meines Onkels Zimmer war. Alles, was Sie beweisen können, ist, daß wir stritten, und wenn Sie sich die Mühe nehmen, noch ein wenig tiefer in unsere Privatangelegenheiten einzudringen, werden Sie feststellen, daß wir uns vorher Hunderte Male stritten.»

«Lassen Sie mich Ihnen in Erinnerung bringen, Miss, daß Sie kein Wort davon erwähnten, zum Zimmer Ihres Onkels gegangen zu sein, als ich Sie das erste Mal fragte, was Sie taten, nachdem Sie hinaufgegangen waren.»

«Nein, weil ich an Ihrem Blick erkannte, welchen Narren Sie aus sich selbst machen würden, wenn ich es Ihnen sagte.»

Nun war es ihr doch gelungen, ihn zu ärgern, aber er schluckte den Ärger klugerweise hinunter und erwiderte gleichmütig, sie könne gehen.

Der junge Detektiv, der diese Szene beobachtet hatte, bemerkte, daß sie eine hartgesottene Dame sei. «Ich hätte sie ein bißchen härter angefaßt, Sir», meinte er.

«Ohne Zweifel hätten Sie das getan. Aber der Unterschied zwischen uns ist, daß ich nicht von gestern bin. Es ist kein Zurechtkommen mit solchen Leuten. Holen Sie mir Roydon!»

Willoughby erschien sofort. Er hielt eine Zigarre in der Hand und sprach den Inspektor mit einer übertriebenen Herablassung an: «Tja, Inspektor, was ist jetzt los?»

Als ihm die Aussage des Dieners vorgehalten wurde, wechselte er die Farbe, sagte aber mehr verärgert als schuldbewußt: «Hören Sie mal, worauf wollen sie damit hinaus?»

«Als ich Ihnen zuvor die Frage stellte, Sir, behaupteten Sie, Ihr Zimmer nicht verlassen zu haben, ehe Sie zum Dinner hinuntergingen. Ich habe Grund, anzunehmen, daß Sie das doch taten.»

«Als Sie mich das fragten, dachte ich natürlich, Sie wollten wissen, ob ich in Mr. Herriards Zimmer ging.»

«Das fragte ich Sie nicht, Sir. Verließen Sie Ihr Zimmer, bevor Sie zum Dinner hinuntergingen, oder nicht?»

«Nun, wenn Sie auf solchen Kleinigkeiten bestehen: Ja, ich verließ es. Für den Fall hat das nicht die geringste Bedeutung, und deshalb erwähnte ich es auch nicht.»

«Das habe ich zu beurteilen. Danke, Sir. Warum verließen Sie Ihr Zimmer? Wohin gingen Sie?»

«Guter Gott! Wohin glauben Sie, daß ich ging? Ihr Polizisten müßt um Anhaltspunkte sehr verlegen sein, wenn Sie es nötig haben, einen Mann nur deshalb zu verdächtigen, weil er ein Mann ist und kein Engel.»

«Oh», entfuhr es dem Inspektor ziemlich verwundert. «Ich finde, das hätten Sie mir aber zuvor sagen können, Sir.»

«Wahrscheinlich hätte ich es getan, wenn ich mich daran erinnert hätte», sagte Roydon, «und wenn das alles ist, was Sie wissen wollen.»

«Vor einer Minute, Sir, sagten Sie, Sie würden es mir gesagt haben, wenn Sie gedacht hätten, es wäre für den Fall von irgendeiner Bedeutung.»

«Hätte ich ja auch, aber es hatte eben keine Bedeutung, und aus diesem Grund vergaß ich es wahrscheinlich. Gibt es sonst noch etwas?»

«Das ist im Augenblick alles», sagte der Inspektor.

Roydon verließ das Zimmer. Der junge Detektiv sah ihm prüfend nach. «Erzählt grundlos Lügen.»

«Die Leute tun das aus Angst, in etwas hineingezogen zu werden. Ich weiß, was ich jetzt zu tun habe.» Sein Blick heftete sich auf die goldene Zigarettendose. Er nahm sie zur Hand. «Wo nimmt Esher die Fingerabdrücke auf?»

«In der Bibliothek. Der alte Herr zeigte ihm den Weg dorthin. Miss Dean regte sich ganz gewaltig darüber auf. Der alte Herr hatte seine liebe Not, sie dazu zu überreden. Esher müßte jetzt schon fertig sein.»

«Dann wollen wir gehen», sagte der Inspektor und wandte sich zur Tür.

Sie kamen gerade zurecht, um zu sehen, wie Mathilda ihre gut manikürte Hand dem Experten hinreichte.

Joseph erhob sich, ging zu dem Inspektor und sagte: «Kommen Sie weiter, Inspektor. Wir sind gerade fertig, wie Sie sehen können.»

«Tut mir leid, daß ich Sie dem unterziehen mußte, Sir, aber –»

«Ich finde es absolut entwürdigend», fiel Valerie ihm ins Wort. «Es ist geradeso, als wäre man ein gemeiner Verbrecher oder sonst etwas.»

Selbst Joseph schien mit seiner Geduld am Ende. Er sagte mit einer Spur von Härte: «Mein liebes Kind, seien Sie doch keine alberne kleine Gans. Können Sie mir schon etwas sagen, Inspektor, oder darf ich nicht fragen?»

«Bis jetzt gibt es nichts zu sagen, Sir. Ich würde gerne wissen, welchem der Herren dies hier gehört, wenn Sie die Freundlichkeit hätten.»

Alle blickten auf die Zigarettendose; das Monogramm war deutlich zu sehen. Des Inspektors Blick heftete sich auf Stephen. Stephen sah die Dose an, aber sein mürrisches Gesicht verriet nichts.

«Sie gehört mir», sagte Stephen kühl und hob den Blick zu dem Inspektor. «Wo fanden Sie sie?»

«Hatten Sie sie verlegt, Sir?»

Stephen zögerte nur einen Augenblick mit der Antwort, aber doch lange genug, um Joseph zu Wort kommen zu lassen, der mit gekünstelter Lustigkeit sagte: «Ich glaube nicht, daß er weiß, ob er sie verlegt hat. Mein Neffe läßt immer Sachen herumliegen. Ist es nicht so, Stephen? Wo fanden Sie sie, Inspektor?»

«Sie wurde im Zimmer des Ermordeten gefunden, Sir.»

Josephs Munterkeit verließ ihn jäh. Er japste und sagte hastig: «Oh, dafür mag es ein Dutzend Erklärungen geben. Nun – mein Neffe hat die Dose wahrscheinlich dort niedergelegt, als wir zusammen im Zimmer waren, oder zumindest – ganz wahrscheinlich – fand sie mein Bruder, als er sie irgendwo herumliegen sah, nahm sie an sich, mit der Absicht, sie ihm zurückzugeben.»

«Rede doch nicht herum», herrschte Stephen ihn undankbar an. «Haben Sie etwas dagegen, wenn ich Sie frage, wo die Dose genau gefunden wurde, Inspektor?»

«Sie wurde auf dem Boden gefunden, halb verborgen unter dem Sessel beim Kamin.»

«Aber dann sind die Dinge doch vollkommen klar», rief Joseph, der noch immer für Stephens Verteidigung arbeitete. «Ich nehme an, sie rutschte dir aus der Tasche, alter Junge, als du dich über den armen Nat beugtest.»

«Die Dose wurde nicht in der Nähe der Leiche gefunden», unterbrach der Inspektor.

«So? Nun, dann würde ich sagen, sie wurde vielleicht mit dem Fuß beiseite gestoßen. Wir waren doch alle so aufgeregt, daß alles hätte passieren können. Stephen, warum sagst du denn nichts? Alles, was der Inspektor wissen will, ist –»

«Genug! Ich habe verdammt wenig Gelegenheit, etwas zu sagen. Wenn du fertig bist mit deinem Vortrag, möchte ich zwei Tatsachen feststellen: Ich weiß nicht, wie die Dose in meines Onkels Zimmer kam. Sie fiel mir nicht aus der Tasche, und zwar deshalb nicht, weil ich sie gar nicht bei mir hatte, als ich das Zimmer betrat.»

Der Inspektor bemühte sich gar nicht, seine Zweifel zu verbergen. Joseph planschte wieder in tiefen Gewässern. «Nehmen Sie an, mein Bruder nahm sie mit hinauf. Wirklich, es besteht keine Notwendigkeit –»

«Und ließ sie dort auf den Boden fallen, Sir?»

«Und stieß sie dann unter den Sessel», fügte Stephen hinzu. «Oder wird vielleicht angenommen, daß ich es tat?»

«Das will ich nicht sagen», antwortete der Inspektor. «Sie könnte vom Sessel gefallen sein – wenn jemand dort saß, der glaubte, er stecke sie in seine Tasche, sie fiel aber statt dessen in den Sessel, und der stand dann auf, etwas sorglos vielleicht –»

Stephen sagte: «Ich gebe zu, es ist meine Dose; ich nehme zur Kenntnis, daß sie in meines Onkels Zimmer gefunden wurde. So, und was ist nun, Inspektor?»

«Sie sollten sich Ihrer Lage besser bewußt werden, Sir.»

Mathilda, die während des ganzen Wortwechsels ein etwas ominöses Schweigen bewahrt hatte, bewegte sich nach vorn. «Ganz fertig?» erkundigte sie sich. «Wenn dem so ist, dann hätte ich etwas zu sagen. Ich sah, daß Mr. Stephen Herriard seine Zigarettendose Miss Dean gab, bevor er nach dem Tee den Salon verließ.»

Stephen lachte. Valerie sagte wütend: «Sie werden das nicht auf mich abwälzen. Ich nahm diese verdammte Dose niemals an mich. Ich ließ sie auf dem Tisch liegen. Sie sind die gröbste und gemeinste Bestie, die mir jemals begegnete, Mathilda Clare!»

«Und Sie, mein kleines Schätzchen», sagte Mathilda mit großer Herzlichkeit, «sind eine Hure.»

8

Der Inspektor war über diesen freimütigen Austausch von Komplimenten sehr überrascht. Roydon schien seine Gefühle zu teilen, aber Paula, die während des feindseligen Wortwechsels in die Bibliothek gekommen war, rief beifällig aus: «Ein Gutpunkt für dich, Mathilda!»

Wie gewöhnlich war es Joseph, der intervenieren mußte. Kopfschüttelnd, aber augenzwinkernd sah er Mathilda an und bedeutete Valerie, daß Mathilda überreizt sei.

«Sie will Sie glauben machen, ich hätte Mr. Herriard ermordet», sagte Valerie tränenerstickt.

«Mein liebes Kind, ich glaube kaum, daß jemand so etwas Absurdes denken würde», versicherte er ihr. «Jemanden, der so hübsch ist wie Sie, würde man nicht einmal verdächtigen, daß er einer Fliege etwas zuleide tun könnte.»

Diese Beteuerung befriedigte sie ein wenig, und als Roydon nachdenklich «Hört, hört!» sagte, warf sie ihm ein pathetisches Lächeln zu und sagte: «Ich weiß wirklich nichts darüber. Ich erinnere mich nicht einmal, daß Stephen mir seine Dose gab. Ich nahm sie bestimmt nicht aus dem Zimmer. Es ist viel wahrscheinlicher, daß ich sie ihm zurückwarf.»

«Oh, ist es so?» fragte Mathilda. «Warum warf?»

Valeries Gesicht wurde purpurrot. «Ich weiß nicht, ich –» Valerie wandte sich nach Stephen um. «Und du stehst da herum und erlaubst dieser Frau, mich zu beleidigen?»

«Mathilda, ich verbiete dir, meine Verlobte zu beleidigen», sagte Stephen.

«Du, und wer sonst noch?» erwiderte Mathilda grob.

Der Inspektor räusperte sich. «Miss Dean, gab Ihnen Mr. Stephen Herriard seine Zigarettendose, bevor er hinaufging, sich umzukleiden?»

«Ich sage Ihnen, ich weiß es nicht. Auf jeden Fall nahm ich sie nicht aus dem Zimmer mit.»

Maud, die hinter Paula in die Bibliothek gekommen war, sagte mit ihrer tonlosen Stimme: «Sie baten ihn um eine Zigarette, Liebe, und er warf Ihnen seine Dose zu.»

«Ihr seid alle gegen mich», rief Valerie, die Augen voll Tränen.

«Nein, meine Liebe, aber es ist immer besser, die Wahrheit zu sprechen.»

Der Inspektor, der möglicherweise erkannte, daß Maud von allen anwesenden Frauen die vernünftigste war, wandte sich an sie und fragte: «Sahen Sie, was Miss Dean mit der Dose tat, Madam?»

«Nein.»

«Wenn sie die Dose Mr. Herriard zurückgegeben hätte, glauben Sie, daß Sie das bemerkt haben würden?»

«Nein, ich glaube nicht.»

«Sie gab sie ihm nicht zurück», erklärte Mathilda.

«Was tat sie dann damit?»

«Das weiß ich nicht. Ich beobachtete es, ebenso wie Mrs. Herriard, nicht weiter.»

«Ich legte sie einfach auf den Tisch», sagte Valerie. «Willoughby war mitten im Lesen. Ich weiß nicht, was nachher aus der Dose wurde.»

«Sehen Sie, Miss», sagte der Inspektor geduldig. «Wir wollen das ein für allemal klarstellen, wenn Sie gestatten. Gab Ihnen Mr. Herriard seine Dose oder nicht?»

«Ich nenne das nicht *geben*, wenn ich jemanden um eine Zigarette bitte und er nicht soviel Anstand besitzt aufzustehen, um mir eine anzubieten, sondern mir einfach seine Dose zuwirft.»

«Er *warf* Ihnen seine Dose zu?»

«Ja, aber –»

«Dann behaupten Sie also nicht weiter, Sie erinnerten sich nicht», sagte der Inspektor streng. «Also, Sir, Sie sind sicher, daß Sie die Dose nicht bei sich hatten, als Sie das Zimmer verließen?»

«Vollkommen sicher.»

«Das ist wahr», rief Joseph aus. «Jetzt erinnere ich mich, *du* batest ihn um eine Zigarette, Paula, als wir aus des armen Nat Zimmer heruntergekommen waren, und er steckte seine Hand in die Tasche, so als wolle er die Dose herausholen, und dann deutete er bloß auf den Tisch.» Der Inspektor wandte sich von ihm wieder Valerie zu. «Sie sagen, Sie legten die Dose wieder auf den Tisch, Miss?»

«Ich sagte nicht, daß ich es *tatsächlich* tat. Ich sagte nur, ich müsse es *wahrscheinlich* getan haben», erwiderte Valerie, «und es hat keinen Sinn, mich zu quälen.»

«Valerie, mein Kind», sagte Joseph. «Der Inspektor wünscht doch nur die Wahrheit über das, was geschah, zu erfahren. Sie dürfen nicht denken, daß Sie diskriminiert werden, bloß dadurch, daß Sie ihm ganz offen erzählen, was Sie mit Stephens Dose taten.»

«Ich kümmerte mich nicht darum», sagte Valerie, damit eine Selbstverständlichkeit konstatierend. «Aber ich weiß sehr genau, daß Mathilda versucht, alles auf mich abzuwälzen, und das ist nicht fair.»

«Nein, nein, das wollte Tilda niemals. Nicht wahr, Tilda? Sie weiß, Sie könnten es nicht getan haben.»

Paula hielt es für angebracht, Öl in das ersterbende Feuer zu gießen. «Tatsächlich!» rief sie aus. «Wieso, darf ich fragen, weiß sie das?»

«Guter Gott, Paula, sie hätte doch gar nicht den Mut dazu. Laß diese Spitzfindigkeiten», erwiderte Mathilda.

«O ja. Ich zweifle nicht, Sie beide halten mich für verrückt», sagte Valerie, «bloß weil ich nicht das tue, was Sie tun, aber Tatsache ist, daß ich beinahe aufs *College* gegangen wäre, und ich hätte es auch getan, nur schien es eine fürchterliche Zeitverschwendung zu sein.»

«Ich glaube, das war sehr vernünftig von Ihnen», bemerkte Maud, ohne im geringsten maliziös zu sein. «Ich zum Beispiel ging niemals ins College, und sehen Sie mich an.»

Sämtliche Anwesende kamen dieser Aufforderung in einer faszinierenden Art und Weise nach. Der Inspektor räusperte sich und sagte laut: «Niemand, am wenigsten die Polizei, möchte einer unschuldigen Person etwas zuschieben; aber ich warne Sie, Miss Dean, Sie erweisen sich keinen guten Dienst, wenn Sie sich weigern, die Wahrheit zu sprechen. Legten Sie Mr. Herriards Dose auf den Tisch?»

Nachdem Joseph diese Frage in einer freundlicheren Tonart wiederholt hatte, fühlte sich Valerie veranlaßt zuzugeben, daß sie die Dose auf den Tisch gelegt habe. Niemand erinnerte sich, sie dort gesehen zu haben, aber das war, wie Mathilda es vornehm ausdrückte, kaum überraschend, da doch jedermanns Aufmerksamkeit von Roydons Vortrag und dem aufregenden Geschehnis, das darauf folgte, in Anspruch genommen war.

Der Inspektor nahm den in Frage stehenden Tisch in Augenschein, während die anderen hinter ihm standen. Es war ein Chippendale-Tisch. Eine kleine Schale mit Blumen, ein Aschenbecher und eine silberne Zündholzdose befanden sich darauf. Der danach befragte Sturry stellte fest, daß er, bevor er den Salon vor dem Dinner betrat, um sich zu überzeugen, ob der Diener James alles zurechtgemacht hätte, keine Zigarettendose gesehen habe. James war gleichfalls sicher, daß sie nicht auf dem Tisch gelegen habe, als er den Aschenbecher leerte. Somit war man, wie Mathilda freundlich bemerkte, genau wieder dort angelangt, wo man sich vor dieser anstrengenden Vernehmung befunden hatte.

«Nein, gnädiges Fräulein, da kann ich nicht zustimmen», sagte der Inspektor dunkel.

«Tatsache ist, daß sie jedermann, ohne die geringste Aufmerksamkeit zu erregen, an sich genommen haben konnte», sagte sie.

Edgar Mottisfont erhob sofort Einspruch. «Ich verwahre mich dagegen! Wollen Sie damit sagen, daß jemand versuchte, Stephens Dose zu stehlen? Warum sollte jemand außer Stephen sie genommen haben? Wir alle wußten, daß sie uns nicht gehörte.»

Joseph sagte, so ärgerlich, wie es seine Sanftmut nur zuließ: «Edgar, überlegen Sie, bevor Sie sprechen. Was – ich fragte Sie – wollen Sie damit zu verstehen geben? Ich hätte gedacht, daß Sie nach all den Jahren, die Sie Stephen kannten –»

«Ich sagte ja nicht, daß er Nat erdolcht hat. Es ist nicht meine Aufgabe, herauszufinden, wer es tat. Ich sage nur, daß die Person, welche die Dose nahm, höchstwahrscheinlich ihr Eigentümer war, und ich verwahre mich gegen den ungeheuerlichen Gedanken, daß irgend jemand eine wertvolle Dose eingesteckt haben sollte, die ihm nicht gehörte.»

«Edgar, alter Freund, wenn irgend etwas, was ich sagte, Ihnen den Eindruck vermittelte, ich würde gemeinsam mit Stephen gegen Sie –»

«Nichts, was *ich* sagte, könnte Ihnen diesen Eindruck vermittelt haben», unterbrach Stephen.

«Pst, Stephen! Wenn ich diesen Eindruck erweckte, dann bitte ich Sie herzlich um Verzeihung. Ich dachte nicht einen Augenblick daran, darauf anzuspielen, daß *Sie* die Dose berührten.»

Alle hatten sie nun das Gefühl, daß Joseph sich jetzt selbst übertroffen hatte. Aber nach seiner arglosen Miene zu schließen, schien er keine Ahnung zu haben, daß er etwas gesagt hatte, das man bedeutend glücklicher hätte ausdrücken können. Stephen sagte sardonisch: «Warum jetzt aufhören? Wen verdächtigst du denn also, meine Dose genommen zu haben?»

«Stephen, warum willst du mich falsch verstehen? Ich verdächtige niemanden. Gütiger Gott, wie konnte ich möglicherweise –»

«Dies ist die nutzloseste Diskussion, an der ich jemals teilnahm», erklärte Paula. «Sollen wir die ganze Nacht hier sitzen, während du und Joe Narren aus euch macht? Ich bin todmüde und gehe zu Bett.»

Diese Ankündigung war für den Inspektor bestimmt. Er wandte nichts dagegen ein. Er war ebenfalls müde. Er wollte die Sache in Ruhe überlegen und konnte sich nicht vorstellen, daß es zu besonders wertvollen Ergebnissen führen würde, wenn er die Untersuchungen bis in die tiefe Nacht hinein fortsetzte. Er erklärte formell, daß er keine weiteren Fragen zu stellen habe.

Valerie wiederholte sofort ihren Wunsch, nach Hause gehen zu dürfen, aber der Inspektor klärte sie darüber auf, daß ihre Anwesenheit zur Weiterführung der Untersuchungen erforderlich sei. Da er sah, daß die übrigen alle davon überzeugt waren, eine Reise von Lexham nach London wäre am Weihnachtsabend um elf Uhr eine nahezu undurchführbare Sache, rief er seine Begleiter im Frühstückszimmer zusammen. Zwanzig Minuten später hörte man die Polizeiautos abfahren, und Valerie schien ihr Gleichgewicht allmählich wiederzugewinnen.

Maud hatte sich von keinem der furchtbaren Ereignisse des Tages aus der Ruhe bringen lassen, aber es gelang ihr, die anderen neuerlich in Aufregung zu stürzen, weil sie wieder damit anfing, nach dem «Leben der Kaiserin von Österreich» zu suchen. Paula, die erklärte, sie müsse allein sein, oder sie würde wahnsinnig werden, begab sich auf ihr Zimmer. Stephen sprach zwar im Sinne Mathildas, brachte jedoch alle anderen auf, weil er vorschlug, etwas zu trinken. Joseph gab zu bedenken, es wäre kaum der geeignete Augenblick für ein Zechgelage – ein Ausdruck, der bewirkte, daß die anderen alle sofort Stephens Partei ergriffen.

Überzeugt, seine Herrschaft würde unausweichlich in ihr eigenes Verderben rennen, entschuldigte sich Sturry in übertriebener Weise, daß er in Anbetracht der aufregenden Geschehnisse vergessen habe, wie gewöhnlich die Getränke in den Salon zu bringen, und begab sich weg, um das Versäumte nachzuholen.

Valerie war für ganze zehn Minuten still gewesen. Jetzt bekundete sie plötzlich die Absicht, ihre Mutter anzurufen. Niemand hatte dagegen etwas einzuwenden, nur an Stephens Miene konnte man deutlich lesen, wie wenig dieser Entschluß ihn begeisterte.

Nachdem Valerie das Zimmer verlassen hatte, ging Mathilda zu Stephen hin und fragte weich: «Wer ist der Erbe?»

Er zuckte die Achseln.

«Du?»

«Ich weiß es nicht. Ich glaube nicht, daß er ein Testament hinterließ.»

«Joe deutete aber des öfteren an, er hätte eines gemacht.»

«Ach, Joe!»

«Wenn es jemand weiß, dann ist er es.»

«Das heißt soviel wie: niemand weiß es. Tut mir leid, daß du dich damit bemühtest.»

«Verschwende kein Mitleid an mich: Ich habe ein unantastbares Alibi», antwortete sie leichthin. «Es liegt mir fern, dein Wort irgendwie zu bezweifeln, Stephen, aber es gibt etwas, das ich dir gerne im Namen von uns allen ans Herz legen möchte.»

Er sah sie plötzlich ganz verwundert an. «Nun?»

«Wenn du Mauds Buch gemaust hast, gib es ihr um Gottes willen wieder zurück.»

«Das verdammte Buch macht mich nervenkrank», fuhr er auf. «Ich erklärte euch bereits, daß ich nicht weiß, wo es ist.»

Er erhob sich und ging an das andere Ende des Zimmers. Sie sah, daß seine Nerven aufs äußerste gespannt waren, und es tat ihr leid, ihn geärgert zu haben. Sturry erschien mit einem Tablett voll Getränken und stellte es auf der Anrichte ab. Maud fragte ihn, ob er ihr Buch gesehen habe. Sturry erwiderte verächtlich, er habe es nicht bemerkt, werde sich aber danach erkundigen.

«Es ist ein Verhängnis», stellte Maud fest. «Wenn ich mich nur erinnern könnte, wohin ich es legte. Ich war gerade bei dem Kapitel über Rudolf angelangt; jenen Rudolf, der Selbstmord verübte.»

Mathilda fand es rührend, daß Joseph sich von seinem Stuhl erhob und sich anbot, das Buch zu suchen. Es war nicht einzusehen, daß gerade er verpflichtet sein sollte, diese nichtige Suche allein zu unternehmen. So erhob sich denn Mathilda und bot sich an, ihm zu helfen.

«Vielleicht ließ sie es im Billardzimmer», sagte sie. «Sie kam doch kurz vor dem Tee dorthin, nicht wahr?»

Im Billardzimmer fand sich das Buch nicht, aber der Anblick des Christbaums, der dort glitzerte und funkelte, brachte Mathilda und Joseph die ganze Grausamkeit der Geschehnisse zum Bewußtsein. Joseph schluckte zweimal und wies mit tragischer Geste auf die bunten Kugeln und den flimmernden Flitter.

«Was sollen wir damit anfangen?» fragte Mathilda.

Joseph schneuzte sich. «Man muß ihn wegnehmen. Oh, Tilda, ist das alles meine Schuld? War es falsch von mir, Nat zu dieser Party zu überreden?»

«Du konntest ja schließlich nicht wissen, daß Nat ermordet werden würde», antwortete sie.

Er schüttelte den Kopf und streckte eine Hand aus, um nach einem Eiszapfen zu langen, der von einem überladenen Zweig herabhing.

«Joe, hat er ein Testament gemacht?»

Er hob die Augen. «Ja. Ich weiß allerdings nicht, ob es noch existiert. Vielleicht wäre es besser, er würde es vernichtet haben.»

«Warum?»

«Im Frühling, als er die Rippenfellentzündung hatte, überredete ich ihn dazu, ein Testament zu machen. Ich dachte damals, es wäre richtig so, Tilda. Wenn man doch nur in die Zukunft sehen könnte.»

«War es zu Stephens Gunsten?»

Er nickte. Nach einer Weile sagte sie: «Nun, gleichwohl, Stephen wußte ja nichts davon.»

Er sah rasch auf und senkte dann wieder den Blick.

«Es sei denn, du hättest es ihm gesagt», fügte sie hinzu.

«Ich? Nein. Ich sagte nie etwas davon. Nicht direkt. Aber als ich sah, in welcher Stimmung er war, machte ich Valerie eine Andeutung, weil ich glaubte, sie könnte ihn günstig beeinflussen. Es könnte sein, daß sie das dem Inspektor erzählt, sie ist ja so gedankenlos.»

Mathilda schwieg einen Augenblick. «Wollte die Polizei von dir wissen, wer der Erbe ist?» fragte sie plötzlich.

«Ja, aber ich glaube, ich ließ die Frage unbeantwortet. Ich gab ihnen die Anschrift von Nats Anwalt.»

«Glaubst du, daß er das Testament verwahrt?»

«Ich weiß es nicht», antwortete er widerstrebend. «Wenn dem nicht so ist, dann werde ich sagen müssen, wo ich es vermute; ich kann doch Stephen schließlich nicht um sein Erbe bringen. Ach, wenn du ihn doch beeinflussen würdest, Tilda! Laß es nicht zu, daß er sich mit seiner Störrigkeit der Polizei verdächtig macht. Auf mich will er nicht hören.»

«Ich denke, er wird selbst am besten wissen, was er zu tun hat», sagte sie kurz. «Ich habe jedenfalls keinen Einfluß auf ihn.»

«Manchmal fürchte ich, niemand kann ihn beeinflussen», sagte Joseph mit einem tiefen Seufzer. «Es ist wie verhext mit ihm. Was in aller Welt kann ihn nur bewogen haben, das Buch der armen Maud zu verstecken. Das ist die Dummheit, der kindische Unfug, mit dem er es sich bei allen Leuten verscherzt.»

Mathilda fand zwar, es würde sich schwerlich jemand finden, der weniger kindisch als Stephen sei, aber sie stellte bloß fest, daß Stephen jede Kenntnis von dem Verbleib des Buches abgeleugnet hatte.

«Nun, ja, vielleicht tue ich ihm unrecht», sagte Joseph fast heiter. «Jedenfalls, hier befindet sich das Buch nicht.»

Sie kehrten in die Bibliothek zurück und trafen dort gleichzeitig mit Valerie ein, die das ausgiebige und sicherlich kostspielige Telefonat mit ihrer Mutter offenbar recht erfolgreich geführt zu haben schien. Sie verkündete, daß Mama am nächsten Tag nach Lexham kommen würde.

«Ich kann verstehen, daß sie jetzt bei Ihnen sein möchte», sagte Joseph hastig. «Wir werden uns sehr freuen, sie hier begrüßen zu können. Es wäre nur zu wünschen, ihr Besuch fände unter glücklicheren Umständen statt.»

«Mama sagt, sie sei überzeugt, es würde alles zufriedenstellend aufgeklärt werden, und wir brauchten uns keine Sorgen zu machen.»

Mottisfont sagte, er könnte sich nicht vorstellen, wie die Sache zufriedenstellend aufgeklärt werden könnte.

«Nein», erwiderte Stephen herzlich, «nicht, wenn Sie in Betracht ziehen, daß einer unter uns der Mörder ist.»

«Aber, aber», intervenierte Joseph. «Wir dürfen nicht die Nerven verlieren. Ich selbst bin überzeugt, Nat wurde von jemandem ermordet, der nicht zum Haus gehört.»

«Glaubst du?» fragte Stephen.

«Verdammt noch mal, warum auch nicht?» begehrte Mathilda auf.

Er zuckte die Achseln. «Die Fenster waren alle von innen verriegelt.»

«Aber das Oberlicht stand offen», erinnerte ihn Joseph. «Ein wendiger Mann könnte auf diesem Weg hereingekommen sein. Natürlich wird es nicht leicht gewesen sein. Ich war in meinen jüngeren Tagen ein bißchen so etwas wie ein Athlet, und ich bin überzeugt, ich hätte das geschafft.»

«Heute aber nicht mehr, Joe», sagte Mathilda. «Bei deinem Embonpoint.»

«Ach, du machst dich lustig über deinen armen alten Onkel. Maud, meine Liebe, morgen werden wir aufmerksam nach deinem Buch suchen, das verspreche ich dir. Du hattest einen anstrengenden Tag. Du gehörst ins Bett. Du weißt.»

«Ich glaube, ich habe es oben gelassen», sagte sie und wickelte ihre Strickwolle auf. «Ich möchte niemanden damit belästigen, es wird sich bestimmt wiederfinden.» Sie erhob sich, sagte allgemein gute Nacht und ging aus dem Zimmer.

«Ich folge ihrem Beispiel», erklärte Mathilda. «Kommen Sie mit hinauf, Valerie?»

Valerie meinte ein wenig widerstrebend, sie werde wohl keine andere Wahl haben, aber der Gedanke, einen Polizisten im Haus zu haben, rege sie dermaßen auf, daß sie die ganze Nacht kein Auge schließen werde.

«Ich glaube nicht, daß einer von uns viel schlafen wird», bemerkte Mottisfont, nachdem die beiden das Zimmer verlassen hatten. «Ich bestimmt nicht. Mir ist, als hätte mich einer k. o. geschlagen. Nat! Ich kann es noch immer nicht fassen.»

«Ich fühle mich auch ziemlich hergenommen», sagte Roydon mit schlechtgespielter Gleichgültigkeit, «aber ich werde wie ein Stück Holz schlafen. Schließlich liegen die Dinge für mich ganz anders. Ich meine, ich *kannte* Mr. Herriard ja nicht.»

Diese Behauptung, mit der er sich abseits des Verbrechens und seiner Folgen stellte, trug nicht dazu bei, ihn bei den anderen drei Männern beliebter zu machen. Sogar Joseph schüttelte den Kopf, und Mottisfont ging so weit, zu sagen, daß sie alle darin verwickelt wären, der eine so gut wie der andere.

«Ich fürchte, ich kann Ihnen kaum zustimmen», sagte Roydon im Falsett. «Ich will niemanden anschwärzen, aber *ich* hatte keinen Streit mit Mr. Herriard.»

«Wie meinen Sie das, junger Mann?» verlangte Mottisfont zu wissen. Seine Augen funkelten hinter der Brille.

Stephen gähnte. «Daß Sie oder ich es taten. Joe, wie hieß Onkel Nats Anwalt?»

«Filey, Blyth und Blyth», antwortete Joseph. «Aber John Blyth regelte immer des armen Nat Angelegenheiten.»

«Weißt du seine Privatadresse?»

«Nein, aber ich nehme an, sie steht im Telefonbuch. Warum? Glaubst du, wir sollten –»

«Ich werde ihn morgen früh anrufen», sagte Stephen und schlenderte hinaus.

Mottisfont sah ihm mit offenem Mißfallen nach. «Bildet sich eine Menge ein, nicht wahr?» sagte er verärgert.

Joseph, der ein wenig überrascht dreingeblickt hatte, sammelte sich wieder und sagte brüsk: «Unsinn! Stephen weiß, was für ein verworrener alter Bursche ich bin. Er und ich verstehen einander. Nun, ich denke, wir sollten lieber alle zu Bett gehen. Meinen Sie nicht auch? Wir sind wirklich ein wenig überbeansprucht, wie könnte es denn anders sein. Vielleicht wird die Nacht einen Rat bringen.» Er begab sich zur Tür, blickte aber noch einmal zurück und sagte mit sinnendem Lächeln: «Der Verlust macht sich bereits bemerkbar, nicht wahr? Ich empfinde es vielleicht mehr als sonst jemand. Zu Bett zu gehen, ohne Nat gute Nacht zu sagen! Es wird lange dauern, ehe ich mich daran gewöhnen werde.»

Mottisfont und Roydon reagierten beide mit der dem Engländer eigenen Abneigung gegen ein derart unangebrachtes Pathos. Mottisfont errötete und hustete. Roydon starrte seine Füße an. Beide wollten sich nicht herbeilassen, ihm darauf etwas zu erwidern. So ging Joseph mit schwerem Schritt und einem weiteren Seufzer weg.

«Tja, wenn ich bedenke, daß Mr. Herriard für ihn kein gutes Wort übrig hatte –», begann Roydon.

Mottisfont verabscheute das Getue Josephs ebensosehr wie Roydon, aber er kannte die Herriards schon sehr lange. «Sich bei den Herriards auszukennen, bedarf es sehr viel», sagte er. «Sie haben alle eine scharfe Zunge, mit Ausnahme von Joseph, aber auf den gab ich nie etwas. Sie können nicht nach dem Äußeren urteilen.»

«Es scheint mir, sie spielen einander alle in die Hand. Es würde mich wirklich nicht überraschen, wenn Stephens Grobheit gegenüber Joseph Herriard nur eine Augenwischerei wäre. Man kann es nicht übersehen, wie sie alle aneinander hängen, sobald sie einmal in der Zwickmühle sind.»

Mottisfont empfand wohl ähnlich, aber er wollte das nicht zugeben. Er sagte bloß, es sei nichts Überraschendes, wenn Familienmitglieder zusammenhalten, und machte sich auf den Weg zur Tür.

Roydon folgte ihm hinauf und bemerkte mürrisch, diese Weihnachtsparty sei schließlich nicht seine Idee gewesen.

Aber nicht er allein war mürrisch. Der Chef-Constabler, der Inspektor Colwalls Bericht über den Fall entgegennahm, stellte fest, daß solche Dinge ausgerechnet dann passieren müßten, wenn Bradford krank sei.

«Ja, Sir», stimmte Inspektor Colwall zu und schluckte die Beleidigung.

«Noch dazu am Heiligen Abend», sagte der Chef-Constabler erbittert. «Nach meiner Ansicht ist es ein Fall für Scotland Yard.»

«Vielleicht haben Sie recht, Sir», erwiderte der Inspektor und dachte an die Verwicklungen, an den Mangel an Beweisen und an die

Schwierigkeiten mit den Zeugen, die er in Lexham Manor vorgefunden hatte.

«Und nachdem die Dinge nun einmal so liegen», sagte der Chef-Constabler, «werde ich sofort London anrufen.»

Der Chef-Constabler meldete also ein Gespräch mit London an und wurde in kürzester Zeit mit einem sehr gelassenen Herrn verbunden, der sich als Superintendent Hannasyde vorstellte. Der Chef-Constabler gab ihm die Einzelheiten durch, und nachdem Superintendent Hannasyde mehrere Fragen gestellt hatte, versprach er, am nächsten Morgen einen tüchtigen Mann zu schicken.

Das war von dem Superintendent zwar in freundlichster Art gemeint, aber als Inspektor Colwall davon unterrichtet wurde, sagte er niedergeschlagen bloß: «Ja.» Natürlich, der «tüchtige Mann» von Scotland Yard würde den Fall übernehmen und obendrein sehr wahrscheinlich jedermann vor den Kopf stoßen, dachte er, sich seiner eigenen Unzulänglichkeiten als Detektiv zutiefst bewußt. So verließ er seinen Dienst beinahe ebenso bedrückt, wie es die Leute in Lexham Manor waren, und grollte seinem Schicksal genauso, wie es auch jener «tüchtige Mann» von Scotland Yard tat. Weit davon entfernt, begeistert zu sein, daß er den vielversprechenden Fall behandeln müsse, sagte er zu seinem Untergebenen, er betrachte es geradezu als einen Glücksfall, am Weihnachtstag in die Wildnis von Hampshire beordert zu werden.

Sergeant Ware, ein ernster junger Mann, meinte, der Fall sähe aus, als könnte er interessant sein.

«Interessant!» knurrte Inspektor Hemingway. «Sieht mir eher nach einem Durcheinander aus. Mir paßt der ganze Bericht nicht; ich liebe solche Schauplätze nicht, und wenn ich nicht eine ganze Menge Verdächtiger vorfinde, die ohne die geringste Begründung nichts als Lügen von sich geben, dann hat mich mein Instinkt betrogen.»

«Vielleicht betrügt er Sie eben diesmal», meinte Ware.

Der Inspektor fixierte ihn mit klarem, strengen Blick. «Widersprechen Sie mir nicht. Ich habe niemals unrecht.»

Der Sergeant grinste. Er hatte mit dem Inspektor oft zusammengearbeitet und besaß vor seinen Schwächen einen beinahe ebenso großen Respekt wie vor seiner unzweifelhaften Tüchtigkeit.

9

Nichts wies darauf hin, daß Inspektor Hemingway am nächsten Morgen mit weniger Voreingenommenheit an seine neue Aufgabe heranging. Auf der Reise nach Hampshire äußerte er sich erbittert darüber und kam zuletzt auf eine Theateraufführung in seiner Heimatgemeinde zu sprechen, die zu veranstalten er mitgeholfen hatte und die am zweiten Weihnachtsfeiertag stattfinden sollte. Und nun konnte er bei dieser wichtigen Sache nicht dabeisein! Die Art seiner Bemerkungen veranlaßte Ware festzustellen, daß die Aufführung ohne seine meisterliche Leitung wenig Chancen auf Erfolg habe, wenn man sie überhaupt veranstaltete.

Der Ausdruck des Interesses, hinter dem Ware seine Unaufmerksamkeit verbarg, konnte den Inspektor nicht einen Augenblick lang täuschen. «Ja, ich weiß, Sie hören nicht zu», sagte er. «Wenn Sie mehr zuhörten, würden Sie einen besseren Detektiv abgeben, abgesehen davon, daß Sie Ihrem Vorgesetzten entschieden mehr Respekt entgegenbringen sollten. Das Unglück mit euch jungen Leuten ist, daß ihr glaubt, ihr hättet nichts mehr zu lernen.»

Der Sergeant war in seinem ganzen untadeligen Leben seinem Vorgesetzten gegenüber niemals respektlos gewesen, und seine unermüdlichen Anstrengungen, sein Wissen zu vertiefen, waren notorisch, aber er versuchte jetzt nicht zu widersprechen.

Nach einer angemessenen Pause erlaubte sich der Sergeant zu fragen, wie sein Chef über den Fall denke, den sie jetzt in Angriff nehmen sollten.

«Es ist ein großer Fehler, mit einer vorgefaßten Meinung loszufahren», erwiderte Hemingway. «Bei mir werden Sie daher so etwas auch nie erleben. Ich finde noch immer Zeit genug, mir ein Bild zu machen, sobald ich die Beteiligten vor mir sehe.»

«Es sieht danach aus, als wäre der Fall nicht unbedeutend», meinte der Sergeant einladend. «Sicher ist die Sache knifflig, sonst würden uns die Lokalbehörden nicht gerufen haben.»

«Sehen Sie, gerade damit haben Sie wahrscheinlich unrecht», erwiderte der Inspektor nüchtern. «Wann immer wir zu einem Kriminalfall in erstklassige Grafschaften gerufen werden, können Sie darauf wetten, es ist nur deswegen, weil der Chef-Constabler mit der Hälfte der Verdächtigen Golf spielt und die Sache nicht selbst in die Hand nehmen will.»

Es sollte sich erweisen, daß er bis zu einem gewissen Grad recht hatte. Beinahe das erste, was der Chef-Constabler ihm mitzuteilen hatte, war: «Eine sehr dumme Geschichte. Höchst befremdend. Ich kannte den Ermordeten seit Jahren. Kenne auch seinen Bruder. Die Sache ist verdammt delikat. Ich kann mir nicht erklären, wie der Mord ausgeführt wurde. Natürlich, unser Kriminalinspektor ist nicht da – krank. Dies ist Inspektor Colwall, der den Fall bis jetzt leitete.»

«Freut mich, Sie kennenzulernen», sagte Hemingway und taxierte Colwall als einen fleißigen Mann, der wahrscheinlich jeden lebenswichtigen Punkt an der Sache übersehen hatte.

«Wir täten besser, das Ganze noch einmal von Anfang an durchzugehen. Nehmen Sie Platz», sagte Major Bolton.

Hemingway kam der Einladung nach, bedeutete dem Sergeant, seinem Beispiel zu folgen, und wandte einen klaren, fragenden Blick auf den Major.

«Der Ermordete», berichtete Major Bolton, «war ein reicher Junggeselle. Er erwarb Lexham Manor vor einigen Jahren. Der Schauplatz: getäfelte Hallen und was sonst dazu gehört. Kostete eine Stange. Konnte niemals herausfinden, warum er es überhaupt haben wollte. War keiner von denen, die sich viel in der Öffentlichkeit zeigten. Machte sein Geld im Handel, Chef einer Importfirma, war aber jetzt schon seit Jahren nur noch stiller Teilhaber. Ostindisches Zeug, Gewürze und so weiter. Vollkommen ehrenwerte Familie. Über seine Eltern weiß ich nichts: glaube, der Vater war Provinzanwalt. Es waren drei Kinder da: Nathaniel, der Ermordete, Matthew und Joseph. Matthew ist schon seit Jahren tot. Seine Witwe lebt in Amerika mit ihrem dritten Gatten. Die Dame selbst kenne ich nicht, aber ihre Kinder. Sie sind in die Affäre bis zum Hals hinein verstrickt. Dann ist da Joseph, ein ein bißchen unsteter Mensch, tut niemandem etwas zuleid, aber ein geistloser Kerl – kam von Was-weiß-ich-Wo vor zwei Jahren nach Hause und schlug seine Zelte in Lexham Manor auf. Ich selbst konnte niemals viel mit Nat Herriard anfangen, aber, um der Wahrheit die Ehre zu geben, zu seinen Verwandten war er gut, besser, als es alle zusammen verdienten. Nicht daß gegen Joseph irgend etwas zu sagen wäre. Er ist das, was man einen gutmütigen Esel nennen könnte. So eine Art Peter Pan, wenn Sie mich verstehen. Hat eine Frau. Das Gerücht besagt, er holte sie von der Bühne weg. Darüber weiß ich nichts. Farblose Frau. Einmal hübsch gewesen, jetzt wird sie fett. Konnte mit ihr nie etwas anfangen. Entweder ist sie abgründig wie der Teufel oder von Geburt an blöde. Kennen Sie den Typ?»

Der Inspektor nickte.

Major Bolton lachte. «Niemand in der Gegend konnte jemals begreifen, daß sie damit einverstanden war, in Lexham zu leben und bei Nat zu schmarotzen. Aber sie ist eine sanfte Frau, und ich glaube wohl, sie hatte das Herumstreifen in der Welt mit Joseph satt. Ermüdend, dieser Joseph. Keinen Geschäftssinn, kein bißchen Verstand, wenn Sie mich fragen. Kennen Sie vielleicht das Theaterstück ‹Lieber Brutus›?»

«Von Barrie», erwiderte der Inspektor. «Dieses Stück ist eines seiner besten. Ich selbst –»

«Nun, Joseph erinnert mich immer an eine Type in diesem Stück», unterbrach der Chef-Constabler unbarmherzig eine Rede, die, wie Sergeant Ware wußte, in eine kernige Lektion über das Drama ausgeartet wäre. «Ein alter, alberner Kindskopf, der in einem Wald herumtanzt. Nun: Kommen wir zu Stephen und Paula Herriard, Nats Neffen und Nichte, Matthews Kindern; sie betrachteten Lexham Manor immer wie ein zweites Heim. Ich kenne sie beide, und ich mag sie beide nicht. Stephen ist ein scharfzüngiger junger Mann ohne Manieren und hat zuwenig zu tun, und Paula – ein nett aussehendes Mädchen, wenn man den stürmischen Typ liebt – ist Schauspielerin. Beide verfügen über ein kleines Vermögen, groß genug, um sich unabhängig zu machen, aber nicht genug, um sich besonders hervortun zu können. Man hielt Stephen immer für Nats Erben. Könnte ein Grund sein, daß er es tat. Erst vor einigen Monaten verlobte er sich mit einem Mädchen. Kenne sie selbst nicht, aber Nat konnte sie nicht ausstehen. Sagte, sie sei nur hinter dem Geld her. Wahrscheinlich hatte er recht. Sie hatten keinen anderen Eindruck von ihr, Colwall?»

«Nein, Sir. Albernes kleines Ding und meiner Meinung nach nicht die richtige Frau für einen Gentleman.»

«Sie ist jedenfalls auch in die Sache verstrickt. Will nicht sagen, sie hätte den Mord begangen, aber sie befand sich zu dem Zeitpunkt des Mordes im Haus. Stephen brachte sie mit, wahrscheinlich, um sie bei Nat einzuführen. Nach Aussagen der Diener kam sie mit ihm überhaupt nicht voran. Ganz gut möglich, daß Nats Verärgerung über sie die Ursache zu den überstürzten Ereignissen war.»

«Überstürzte Ereignisse?» wiederholte Hemingway.

«Ich weiß nicht, ob man es so nennen kann», fügte der Major hinzu, «aber es dürfte zwischen Nat und Stephen einen Streit gegeben haben. Natürlich, wenn Nat gedroht hat, Stephen mit einem Butterbrot abzuspeisen, falls er dieses Mädchen heiratet... Ich würde es ganz gut für möglich halten, daß Stephen jemandem ein Messer hineinstößt. Ich hielt ihn schon immer für einen harten jungen Teufel. Dann ist hier dieser Roydon.» Des Majors Ausdruck ließ darauf schließen, daß er Mr. Roydon zutiefst mißbilligte. Der Grund wurde sofort offenbar. «Er nennt sich selbst einen Bühnenschriftsteller oder sonstwas Unsinniges.»

«So, so. Tut er das?» sagte Hemingway. «Nun, das ist sehr interessant, Sir. Wie, sagten Sie, war sein Name?»

«Willoughby Roydon. Ich glaube nicht, daß Sie schon von ihm hörten. Ich jedenfalls nicht. Soviel ich herausfand, konnte er noch mit nichts aufwarten – wirklich mit nichts.»

Der Inspektor schien diese Einstufung zur Kenntnis zu nehmen, nickte und sagte weise: «Sonntag abends, eh? Erhebung und Modernismus? Ja, kenn ich. Was hat er mit der Sache zu tun, Sir?»

«Freund Paulas. Er schrieb ein Stück, und ihr Onkel sollte es finanzieren. Weiß nicht, wovon es handelt. Mir würde es wohl auch egal sein. Mich interessieren solche Dinge nicht. Kann Intellektuelle um keinen Preis ausstehen. Tatsache ist, Nat gefiel das Stück nicht. Dieser Roydon scheint ihm gestern nachmittag vorgelesen zu haben, Nat ärgerte sich darüber, und es kam zu einem Streit.»

«Stritt Mr. Herriard mit Mr. Roydon?» fragte Hemingway.

«Nun, Sir, es ist ein bißchen mehr als das», sagte Colwall. «Keiner von ihnen sagte aus, daß Mr. Herriard tatsächlich mit Mr. Roydon eine Auseinandersetzung hatte. Es war Miss Herriard, mit der er stritt. Nach dem, was mir der Butler erzählte, drohte Mr. Herriard, sie aus dem Testament zu streichen, und sagte, er wünsche, daß weder sie noch Mr. Stephen jemals wieder zu ihm kämen. Es läßt sich natürlich nicht leugnen, daß er ein heftiger Mensch war. Es ist nicht erwiesen, ob er es tatsächlich so meinte oder nicht.»

«Jaja», sagte der Major und drängte ihn grob aus der Diskussion, «alles sehr schön und gut, aber wir dürfen die anderen Möglichkeiten nicht außer acht lassen. Da ist zum Beispiel Mottisfont. Er war jahrelang Nats Partner, Inspektor, und es gibt genügend Beweise dafür, daß er irgend etwas getrieben haben muß, das Nat nicht paßt. Die Diener sagen, er habe gestern mit Nat hinter verschlossenen Türen verhandelt, und es sei zu einem Streit gekommen. Ihnen gefällt er doch nicht, ist es nicht so, Colwall?»

«Nein, Sir, nicht im mindesten. Sehr nervös für einen Herrn in seinen Jahren. Er sagte mir nicht die Wahrheit oder zumindest nicht die ganze. Davon bin ich überzeugt.»

«Das tun sie nie», sagte Hemingway. «Gibt es noch andere Verdächtige?»

«Aufrichtig gesagt, nein», antwortete Colwall. «Da ist noch Miss Clare, aber sie hat ein Alibi. Außerdem scheint es für sie kein Motiv zu geben. Sie ist so eine Art Cousine. Bleiben nur noch die Hausangestellten. Mr. Herriard war zu seinem Diener sehr grob; das erzählte mir der Butler. Warf Gegenstände nach ihm, wenn er in Rage war. Ganz die alte Schule, wie man so sagt.»

Hemingway war unbeeindruckt. «Hinderte ihn ja niemand daran, zu kündigen, wenn er Mr. Herriard nicht ausstehen konnte. Es sei denn natürlich, es wäre ihm ein Legat zugekommen.»

«Das weiß ich nicht, da ich das Testament nicht kenne. Aber nicht *er* sagt, Mr. Herriard wäre ein harter Herr gewesen, sondern der Butler. Ford sprach sehr nett über seinen Herrn. Sprach auch über Mr. Stephen sehr nett.»

«Was ist er für ein Mensch?» verlangte Hemingway zu wissen.

«Ein sehr kleiner Bursche, etwa fünfunddreißig oder sechsunddreißig Jahre alt. Er hatte etwas Angst vor mir, redete aber ganz ehrlich und offen und versuchte niemanden zu verdächtigen.»

«Wie steht es mit dem Butler?»

«Ich möchte wohl sagen, er ist in Ordnung. Er gibt sich sehr förmlich, ist aber nicht darüber erhaben, an der Tür zu horchen. Er mag Mr. Stephen nicht, aber das hat nichts zu sagen. Er arbeitet schon längere Zeit bei Mr. Herriard.»

«Könnte eventuell für ein Legat in Frage kommen», sagte der Major. «Er würde deswegen jedoch kaum einen Mord begehen. Ein Mann wie Sturry nicht. Nebenbei ist das gar nicht der springende Punkt. Die Verdächtigen machen mir keine Sorgen, sondern die Frage, wie der Mord überhaupt begangen wurde.»

«Was, Sie werden mir doch nicht erzählen wollen, daß dies einer jener mysteriösen Fälle ist, wie sie in Kriminalromanen vorkommen, Sir?» rief Hemingway ungläubig aus.

«Es ist so; genau das. Hören Sie sich einmal die Fakten an, so wie wir sie kennen. Roydon las der Gesellschaft gestern nach dem Tee sein Stück vor. Es endete mit einem allgemeinen Streit. Die Gesellschaft splitterte sich auf; man ging hinauf, um sich für das Dinner umzuziehen. Miss Clare blieb in der Bibliothek, und Joseph Herriard versuchte seinen Bruder unten im Salon zu besänftigen. Nat begab sich dann, noch immer ganz wütend, in sein Zimmer. Miss Clare hörte ihn seine Schlafzimmertür zuschlagen, als sie eben aus der Bibliothek kam. Sie und Joseph gingen dann gemeinsam hinauf, sie waren die letzten – außer dem Mörder natürlich –, die Nat lebend sahen. Irgendwann zwischen diesem Zeitpunkt und jenem, da sich die Gesellschaft zum Cocktail im Salon einfand – was zwischen halb acht und acht Uhr gewesen sein muß –, wurde Nat in seinem Schlafzimmer erdolcht. Als er nicht herunterkam, ging Joseph hinauf, um ihm zu sagen, daß sie alle auf ihn warteten. Er fand Ford an Nats Tür, ziemlich besorgt, weil er auf sein Klopfen keine Antwort erhielt. Die Tür war versperrt, und nachdem Ford und Stephen das Schloß aufgedrückt hatten, sahen sie Nat tot auf dem Fußboden liegen. Die Fenster waren fest verriegelt, beide Türen, sowohl die ins Schlafzimmer als auch die ins Badezimmer, waren von innen versperrt. Nur das Oberlicht im Badezimmer stand offen.»

«Was für ein Oberlicht?» fragte Hemingway.

«Ein gewöhnliches Oberlicht, das sich nach außen öffnet, wie man es oft oberhalb eines Fensters hat.»

«Groß genug, daß jemand hereinkommen konnte?»

Der Major sah Inspektor Colwall an, während dieser langsam sagte: «Es wäre nur einer ziemlich kleinen Person möglich; außerdem müßte sie sehr geschickt sein. Das Zimmer liegt nicht ebenerdig, müssen Sie wissen. Was soviel heißt, daß man hinaufklettern und dann, ohne Lärm zu machen, hineinkriechen müßte. Ich kann mir nicht vorstellen, wie das einer gemacht haben sollte. Ich konnte auch keine Fußspuren auf dem Sims entdecken, was aber insofern nicht maßgebend ist, da es gestern den ganzen Abend schneite.»

«Irgendwelche Fingerabdrücke?»

«Nur auf der Innenseite der Fenster, und die stammen von Ford. So wie man es eben erwarten mußte, denn er hatte nach dem Tee die Fenster geschlossen und die Vorhänge vorgezogen.»

«Wie steht es mit den Türschlüsseln?»

«Das ist es ja gerade», sagte der Major. «Wir prüften sie sorgfältig und konnten keinen Kratzer daran feststellen.»

«Seltsam», sagte Hemingway, und sein Ausdruck bekam etwas Vogelähnliches. Sergeant Ware wußte, daß Hemingways Interesse erwacht war. «Klingt ganz nach einem klassischen Fall. Irgendwelche Anzeichen eines Kampfes in dem Zimmer, Sir?»

«Keine.»

«Sieht so aus, als hätte er von seinem Besucher nichts Böses erwartet. Sind das die Fotos, Sir? Danke.» Er betrachtete sie ein paar Sekunden lang und bemerkte: «Noch im Tagesanzug.»

«Ja. Es deutete nichts darauf hin, daß er begonnen hätte, sich umzuziehen. Ford hatte das Bad vorbereitet und den Abendanzug herausgelegt.»

«Hatte er diesen Ford nicht dazu, daß er ihm beim Ankleiden half?»

«Offenbar geschah das manchmal, aber nicht immer. Er läutete, wenn er Ford brauchte.»

«Oh! Und die Waffe?»

«Die Ärzte waren sich darüber einig, daß der Stich mit einem dünnen scharfen Instrument, wahrscheinlich mit einem Messer, geführt wurde.»

«Die Waffe wurde nicht gefunden?»

«Nein, bis jetzt nicht. Aber ich glaube, es wurde danach noch nicht gesucht», sagte der Major und warf einen strengen Blick auf Inspektor Colwall.

Der Inspektor errötete. «Es wurde danach gesucht; im Zimmer des Ermordeten, Sir. Aber Sie wissen so gut wie ich, es ist ein sehr großes Haus, und das ganze Drum und Dran und die vielen Leute, die alle Gepäck mithaben...»

Hemingway sagte: «Sie würden die ganze Nacht und den heutigen halben Tag dazu gebraucht haben, denke ich.»

«Ja, so ist es», sagte Colwall dankbar.

«Ich weiß überhaupt nicht, ob mich der Verbleib der Waffe sehr interessiert», fuhr Hemingway fort. «Bei all den Schauergeschichten, die heutzutage geschrieben werden, besteht keine Aussicht, daß ein Mörder vergißt, seine Fingerspuren zu verwischen. Nun, was glauben Sie, Inspektor, wie der Mörder in das Zimmer gelangte?»

Colwall schüttelte den Kopf. «Ich stehe vor einem Rätsel.»

«Aber wir besitzen immerhin einen Beweis, den wir nicht übersehen dürfen», unterbrach der Chef-Constabler. «Stephen Herriards Zigarettendose wurde auf dem Fußboden beim Kamin, halb durch den Lehnstuhl verborgen, vorgefunden.»

«Das sieht für Stephen Herriard nicht besonders gut aus», sagte Hemingway. «Gehört sie ihm?»

«Ja, sie gehört ihm. Aber Miss Clare behauptet, er habe sie Miss Dean gegeben, bevor er hinaufging, um sich für das Dinner umzuziehen.

«Was sagte sie dazu?» fragte Hemingway und wandte sich an Colwall.

Inspektor Colwall seufzte. «Sie bildete sich ein, jedermann wolle sie des Mordes beschuldigen, wenn sie eingestand, die Dose gehabt zu haben. Schließlich gab sie zu, sie wohl genommen, aber nicht aus dem Salon weggetragen zu haben. Sie meint, Mr. Stephen selbst müsse sie genommen haben.»

«Was sagt er dazu?»

«Nicht viel», antwortete Colwall überlegend. «Er hatte nicht viel Gelegenheit, sich zu äußern, sozusagen, denn Miss Clare fuhr dazwischen und sprach Miss Dean alles Gute und Saubere ab und was so dazugehört. Mr. Joseph wiederum versuchte mich glauben zu machen, die Dose könnte Mr. Stephen aus der Tasche gerutscht sein, als er sich, nachdem der Mord entdeckt worden war, über die Leiche beugte –»

«Wäre das möglich?» unterbrach Hemingway.

«Nach dem zu schließen, wie man sie fand, nein, Sir. Es sei denn, er hätte in einem Sessel beim Kamin gesessen, hätte sich eine Zigarette herausgenommen und die Dose so nachlässig eingesteckt, daß sie nicht in seine Tasche, sondern daneben, in den Sessel, rutschte und herabfiel, als er aufstand – das wäre eine Möglichkeit.»

«Setzt sich mit seinem Onkel zu einem Plausch zusammen, raucht friedlich eine Zigarette und ermordet ihn dann, wenn er gerade nicht herschaut?» fragte Hemingway. «Kaltblütiger Bursche müßte das sein!»

«Das ist er», bestätigte der Major kurz.

«Das stimmt», pflichtete Colwall bei. «Kalt wie ein Fisch. Soviel ich feststellte, kümmert er sich nicht im geringsten um sein Mädchen. Er zuckte mit keiner Wimper, als Miss Clare sagte, daß Miss Dean die Zigarettendose gehabt habe.»

«Sind das alle Beweise, die wir haben, Inspektor?»

«Nicht ganz. Eines der Hausmädchen sah Miss Herriard, wie sie im Morgenrock aus ihres Onkels Zimmer kam. Ein bißchen später hörte der Diener, als er die Hintertreppe heraufkam, in der Vorhalle Schritte. Er sah gerade noch Mr. Roydons Tür zugehen. Aber Mr. Roydon gab dafür eine vollkommen plausible Erklärung, und was Miss Herriard betrifft, machte sie kein Hehl daraus, daß sie versucht hätte, in ihres Onkels Zimmer zu gehen, um einen Streit mit ihm zu schlichten. Sie sagt, sie habe die Tür verschlossen gefunden und keine Antwort auf ihr Klopfen erhalten.»

«Kam ihr das nicht eigenartig vor?»

«Keinem kam es eigenartig vor. Sie alle, der eine wie der andere, behaupteten, es sei für Mr. Herriard typisch gewesen, nicht zu antworten, wenn er in schlechter Laune war.»

«Scheint mir eine sehr feine Familie zu sein», bemerkte Hemingway.

Der Inspektor erlaubte sich zu lächeln. «So ist es, ohne Zweifel. Sie werden ja sehen.»

«Ich glaube, ich sollte lieber unverzüglich hingehen», sagte Hemingway. «Ich möchte nur noch gerne mit dem Polizeiarzt sprechen, wenn Sie gestatten, Sir.»

«Ja, selbstverständlich. Sie werden wohl auch die Fingerabdrücke sehen wollen, nehme ich an», sagte der Major und verwies ihn an Inspektor Colwall.

«Die halbe Sippe in Lexham», vertraute Colwall ihm an, als er die Tür hinter dem Zimmer des Constablers geschlossen hatte, «wird Anfälle bekommen, wenn sie erfahren, daß Sie von Scotland Yard sind.»

«Aufregende Leute, nicht wahr?»

«Das will ich meinen. Miss Herriard ist ganz die große Tragödin, und Miss Dean ist so veranlagt, daß sie wegen jeder Nichtigkeit hysterisch wird.»

«Das ist die Blondine des jungen Herriard, nicht wahr? Ich bin schon gespannt, sie zu sehen.»

«Sie werden aus ihr nichts herausbekommen. Man kann sich auf sie nicht verlassen», sagte Colwall.

«Ah, ich hatte schon immer eine Schwäche für Blondinen», erwiderte Hemingway. «Solange eine Blondine dabei ist, machen mir Schwierigkeiten nichts aus.»

Hemingway konnte nicht ahnen, daß ihn in Lexham gleich zwei Blondinen erwarteten, da Mrs. Dean zu einer überraschend frühen Stunde in einem Mietwagen angekommen war.

Die Bewohner von Lexham Manor hatten sich, nach ihrem Aussehen zu schließen, keiner angenehmen Nachtruhe erfreut. Valerie erklärte, sie habe kein Auge zugetan, und Stephen erschien noch mürrischer als sonst. Die Gesellschaft fand sich am Frühstückstisch ein. Joseph, der als letzter kam, begrüßte sie alle mit zitterndem Lächeln. «Mein Gott, daß ich nicht euch allen fröhliche Weihnachten wünschen kann!»

«Wenn jemand zur Kirche gehen will», verkündete Maud, «Ledbury bringt etwa zwanzig Minuten vor elf den Wagen.»

«Ich fürchte, keiner von uns wird für den Weihnachtsgottesdienst in Stimmung sein», warf Joseph freundlich ein. «Aber du mußt natürlich gehen, wenn du das willst, meine Liebe.»

«Ich gehe am Weihnachtstag immer zur Kirche», erwiderte Maud, «und an Sonntagen ebenfalls.»

«Nicht zu glauben, daß es noch Leute gibt, die in die Kirche gehen», sagte Roydon und gab sich wie einer, der sich für die Lebensgewohnheiten eines Urmenschen interessiert.

Man empfand dies als derart geschmacklos, daß sich Mathilda mit einemmal anbot, Maud zu begleiten. Auch Stephen – der zwar nicht soweit wie Mathilda ging – stellte sich auf Mauds Seite und herrschte Roydon an, er möge den Mund halten und mit dem Frühstück fortfahren.

«Pst! Stephen!» mahnte Joseph.

«Du halt ebenfalls den Mund!» rief Stephen. «Wir mußten genug brechreizerregendes Geschwätz und Geplapper über uns ergehen lassen, daß es uns für vierzehn Tage reicht. Falls es jemanden interessiert, Onkel Nats Anwalt kommt mit dem Elf-Uhr-Zug von Waterloo. Wenn Ledbury dich von der Kirche abholt, Tante Maud, dann wirst du weiterfahren müssen und Blyth mitbringen.»

Maud zeigte sich mit dem Plan vollkommen einverstanden, aber Mottisfont, der die ganze Zeit nur so getan hatte, als äße er, sagte mit einer ziemlich deutlichen Anspielung: «Sehr anmaßend. Wollen wir hoffen, daß niemand enttäuscht wird.»

Stephen entblößte sein wunderbares Gebiß zu einem einmalig widerwärtigen Lächeln. «Gilt das mir?»

Mottisfont zuckte die Achseln. «Wenn die Kappe sitzt –!»

«Um Himmels willen, Edgar», unterbrach Joseph. «Gewiß, wenn jemand das Recht hat, gegen Stephens selbständiges Vorgehen einen Einwand zu erheben, dann bin ich es.»

«Nun, ich an Ihrer Stelle würde nicht einen Augenblick damit zögern.»

Joseph versuchte mit Stephen ein Lächeln auszutauschen.

Paula, die völlig zerstreut ein Brötchen zerkrümelt hatte, fragte plötzlich: «Wie lange wird es dauern, bis das Testament bestätigt ist?»

Sie löste damit allgemeine Überraschung aus, und da niemand geneigt schien, ihr zu antworten, sagte Joseph: «Meine Liebe, ich denke, mit solchen Dingen befassen wir uns jetzt nicht.»

Sie warf ihm einen ihrer zornigen, ungeduldigen Blicke zu. «Ich schon. Wenn Onkel Nat mir Geld hinterließ, wie er immer sagte, dann werde ich damit die ‹Bitternis› herausbringen.»

Roydon errötete und brummte etwas Unverständliches. Valerie beteuerte, sie würde sich das Stück ganz bestimmt ansehen, da es nach ihrer Meinung wunderbar sei. Mathilda erhob sich vom Tisch und ging in die Bibliothek, um eine Zigarette zu rauchen. Mottisfont folgte ihr.

Nach einigen Minuten legte Mathilda ihr Buch beiseite. «Sie scheinen in Sorge zu sein, Mr. Mottisfont.»

«Ja. Wer würde es nicht sein?» fragte er und kam an den Kamin. «Ich verstehe nicht, wie Sie so weitermachen können, als ob nichts geschehen wäre. Dazu noch dieses Benehmen von Stephen –»

«Ach, Stephen! Sie sollten ihn doch wohl jetzt schon kennen.»

«Ein Mensch mit schlechten Manieren», murrte er. «Veranlaßt Dinge, ohne dazu befugt zu sein. Ich finde es ausgesprochen aufdringlich, Nats Testament sehen zu wollen.»

«Der Anwalt mußte ja schließlich kommen», erwiderte sie ziemlich kurz. «Die Polizei wird Gründe haben, Nats Papiere durchzugehen.»

Zu ihrem Erstaunen sah sie ihn auf diese Bemerkung hin ein wenig zusammenzucken. Er sagte: «Sie werden wahrscheinlich nichts finden.»

«Das weiß man nie.»

«Jeder kannte Nat als einen heftigen Alten, der eine Menge Dinge sagte, die er nicht so meinte. Nun, ich zum Beispiel stritt Dutzende Male mit ihm. Es ging immer wieder vorüber. Und das will die Polizei nicht verstehen. Sie bohrt in Dingen herum, die ohne Belang sind, und versucht sie gegen einige unglückliche Personen auszuwerten, die mit dem Mord nichts zu tun haben.»

Mathilda hegte den starken Verdacht, daß er sich selbst zu den unglücklichen Personen, von denen er sprach, zählte. «Oh, dieser Ansicht bin ich nicht», versicherte sie. «Schließlich müssen Sie bis jetzt erkannt haben, daß Nat mit jedem stritt.»

«Ja, aber –», er hielt inne, errötete, nahm seine Brille ab und begann sie zu polieren. «Ich halte nichts von diesem Inspektor, der gestern hier war. Ein Narr ohne Vorstellungsvermögen und ziemlich angriffslustig dazu. Was sagen Sie dazu, daß er Nats Arbeitszimmer abschloß, so als würde es einem von uns auch nur im Traum einfallen, dort irgend etwas zu berühren. Sehr überflüssig. Bloße Wichtigtuerei!»

Mathilda war jetzt nahezu überzeugt, daß es irgendein Dokument gab, das Mottisfont gerne in die Hände bekommen wollte. Sie gab eine unverbindliche Antwort und sah mit Erleichterung Roydon ins Zimmer treten, wodurch sie der Fortführung des anstrengenden Gesprächs enthoben wurde.

Edgar Mottisfont musterte ihn böse, aber Roydon, der nach Mathilda gesucht zu haben schien, nahm keine Notiz von ihm. «Ach, da sind Sie ja, Miss Clare! Gehen Sie wirklich zur Kirche?»

«Ja», erwiderte Mathilda bestimmt.

«Ich hätte Sie gerne gesprochen, ehe Sie gehen.»

«Schön, solange es nichts mit dem Mord zu tun hat», sagte Mathilda.

«O nein, damit hat es nichts zu tun.»

«Das soll wohl heißen, daß ich überflüssig bin», sagte Mottisfont und ging hinaus.

«Nun?» fragte Mathilda.

«Es ist nicht viel, aber Sie nahmen an meinem Werk ein so verständiges Interesse, daß ich den Wunsch habe, Ihnen folgendes zu sagen: ich dachte über Ihre Worte von gestern nach und kam zu dem Schluß, daß Sie recht haben. Entweder ist die ‹Bitternis› gut genug, um auf eigenen Füßen zu stehen, oder es ist besser, sie in den Ofen zu stekken. Ich nehme wohl an, Sie hörten Paula sagen, daß sie das Stück herausbringen will. Das werde ich nicht zulassen. Die ganze Idee, dafür einen Finanzier zu suchen, war schlecht.»

«Ich verstehe», erwiderte Mathilda trocken.

«Ich hatte das Bedürfnis, Ihnen das mitzuteilen.»

«Ja, ich verstehe sehr gut.»

«Paula versteht das natürlich nicht. Sie ist darauf versessen, die Rolle zu spielen. Ich dachte, daß Sie imstande wären, ihr meine Ansicht verständlich zu machen, ich meine, falls sie mit Ihnen darüber spricht.»

«Ich denke», erwiderte Mathilda und entfernte den Rest ihrer Zigarette aus ihrem Halter und warf den Stummel ins Feuer, «daß sie Ihre Ansicht auch ohne meinen Beistand würdigen wird.»

Er sah sie scharf an. Sie hielt seinem herausfordernden Blick jedoch stand. Nach einer Weile wandte er die Augen von ihr ab und sagte lahm: «Sie verstehen, sie ist so furchtbar versessen auf das Stück. Für mich ist es sehr schwierig, etwas zu sagen.»

«Ja, das dürfte der Fall sein», stimmte sie zu.

Verletzt sagte er: «Ich glaubte, Sie würden mir das nachempfinden können.»

«Das tue ich.»

«Nun, dann...» begann er unsicher. Er schien nicht zu wissen, wie fortzufahren, und begann abermals: «Abgesehen davon halte ich es nicht für sehr klug, so offen darüber zu sprechen, was sie mit ihrem Legat zu tun beabsichtigt. Meinen Sie nicht? Es könnte doch so leicht einen vollkommen falschen Eindruck erwecken.»

«Von ihr oder von Ihnen?»

Die Farbe schoß ihm ins Gesicht. Er sah sehr verwirrt um sich und platzte dann unüberlegt heraus: «Von uns beiden, denke ich.»

«Ja», sagte Mathilda. «Sie gefallen mir um vieles besser, wenn Sie aufrichtig sind, Mr. Roydon.»

«Es ist mir nicht bewußt, jemals anders gewesen zu sein», entgegnete er förmlich.

Sie erkannte, daß sie ihn zutiefst beleidigt hatte, und war froh, daß Paula in diesem Augenblick ins Zimmer kam.

«Warum läßt uns die Polizei heute in Ruhe?» fragte Paula in ihrem herausfordernden Tonfall.

«Darüber zerbreche ich mir noch nicht den Kopf. Ich war nur dankbar», erwiderte Mathilda.

«Keine Ursache, dankbar zu sein. Ich glaube, es bedeutet Scotland Yard.»

Roydon hatte etwas von dem Ausdruck eines hypnotisierten Hasen an sich, als er sie anblickte und sagte: «Nun, wenn dem so ist, dann sollten Sie meiner Meinung nach vorsichtiger sein mit dem, was Sie sprechen, Paula.»

«Warum? In welcher Weise?»

«Über mein Stück zum Beispiel. Ich sagte eben zu Miss Clare, daß

Sie bei den Leuten einen falschen Eindruck erwecken könnten, wenn Sie von der Finanzierung reden. Außerdem, obgleich ich furchtbar dankbar bin, änderte ich meine Ansicht. Miss Clare ließ mich gestern erkennen, daß es ein Fehler ist, sich auf einen Finanzier zu verlassen.»

Der Ausdruck der Verachtung, der über Paulas Gesicht zog, machte sie plötzlich Stephen sehr ähnlich. «Sie haben kalte Füße bekommen», sagte sie. «Ob es Ihnen jetzt paßt oder nicht, ich werde Ihr Stück herausbringen. Ich tue es nicht aus irgendwelchen persönlichen Motiven, sondern weil ich an das Stück glaube.»

«Ja, aber es ist der reine Wahnsinn, jedem zu erzählen, was Sie zu tun beabsichtigen.»

«Jedermann weiß, daß ich mich verzweifelt um die ‹Bitternis› bemühe. Ich machte kein Geheimnis daraus. Sie hörten, was ich zu Onkel Nat sagte. Ich wäre ja verrückt, meine Ansicht zu ändern, jetzt, da Onkel Nat tot ist. Was sind Sie doch für ein großer Narr, Willoughby!»

«Ich bedaure sehr, daß Sie zu diesem Schluß kommen», sagte er.

«Ach, gehen Sie zur Hölle», warf ihm Paula über die Schulter hinweg zu.

Er verließ das Zimmer mit dem Ausdruck der verletzten Würde und machte ganz den Eindruck, daß er ihr noch tagelang grollen würde.

Aber Paula kümmerte sich um die Empfindlichkeit anderer ebensowenig wie Stephen, und sie sagte: «Er ist dumm. Komisch, wie gescheit er sich auf dem Papier ausdrücken kann und wie albern in der Konversation.»

«Er ist ein wenig außer Rand und Band. Zu erschreckt.»

«Furchtbar verschreckt. Ich hätte wissen müssen, daß er die Nerven verliert. Ich kann Männer nicht ausstehen, die angesichts einer Krise zusammenklappen.»

Als sie den überraschten Blick Mathildas sah, fügte sie hinzu: «Keine Angst, ich wollte damit nicht ausdrücken, daß Willoughby mein Komplize war.»

«Um Gottes willen, überlege dir doch, was du sagst», empfahl ihr Mathilda verdrossen.

Paula lachte. «Du fängst an, mißtrauisch zu werden; du suchst nach den Motiven, die hinter allem stecken, was wir sagen. Fragst du dich, wer es von uns tat? Kreisen deine Gedanken um diese Frage, so sehr du auch versuchst, sie nicht um sich greifen zu lassen?»

«Ja», gab Mathilda zu.

Paula warf sich auf das Sofa, stützte die Ellenbogen auf die Knie und versenkte das Kinn in die offenen Hände. «Psychologisch gesehen, ist daran nicht etwas Faszinierendes, unser Benehmen zu beobachten, die verschreckte Redeweise zu belauschen – die gereizten Stimmen? Hast du das gemerkt? Die Menschen sind solche Narren. Sie geben Dinge preis, lassen sich gehen, sagen zuviel.»

«Die Schwierigkeit mit dir, mein Mädchen, liegt darin, daß du eine krankhafte Phantasie hast», sagte Mathilda. «Was ist das?»

Das Klirren der Schneeketten an einem Auto hatte diesen Ausruf hervorgerufen. Paula erhob sich und ging zum Fenster. Es hatte einige Stunden zuvor zu schneien aufgehört. Einzig zwei Räderspuren durchfurchten das glatte Weiß auf der Straße und auf dem Rasen dahinter. Eine große Limousine war vor dem Haupteingang vorgefahren, und als Paula das Fenster erreicht hatte, stieg eine Gestalt in einem Persianermantel und mit einem kühnen Hut auf sorgfältig gewelltem goldenem Haar aus.

«Ich glaube», sagte Paula, «ich glaube, das ist Mrs. Dean.»

«Guter Gott, schon jetzt?» rief Mathilda aus und stand auf. «Wie sieht sie aus?»

«Genau, wie du sie dir vorgestellt haben wirst. Joe empfängt sie eben.»

«Wie nicht anders zu erwarten», sagte Mathilda.

Nicht nur Joseph war hinausgegangen, um den neuen Gast zu empfangen, sondern auch Valerie. Und noch ehe Joseph seine kleine Willkommensrede anbringen konnte, hatte sie sich schon an den ehrfurchtgebietenden Busen ihrer Mutter geworfen und weinte. «Oh, Mammie, Gott sei Dank, daß du gekommen bist.»

«Mein Schätzchen, natürlich, Mammie ist gekommen», sagte Mrs. Dean mit weithin vernehmbarer Stimme. «Mammie mußte doch bei ihrem kleinen Mädchen sein.» Sie streckte eine engbehandschuhte Hand nach Joseph aus und sagte mit einem schalkhaften Lächeln: «Ich weiß, Sie sind Stephens Onkel Joe. Val erzählte mir von Ihnen am Telefon und wie freundlich Sie zu ihr waren.»

Joseph lief vor Freude rosig an und erwiderte galant, daß es eine Selbstverständlichkeit sei, zu Valerie freundlich zu sein, die keinen Dank erforderte.

«Oh, Mammie, es war einfach furchtbar. Ich konnte die ganze Nacht nicht einen Augenblick schlafen.»

«Ich fürchte, wir sind überempfindlich», gestand Mrs. Dean Joseph ein. «Wir gehörten immer zu den Zartbesaiteten und sind ungewöhnlich empfindsam.»

«Ach», sagte Joseph, «darf ich erwähnen, daß man heutzutage die Blüte der Unschuld leider nur allzu selten mehr antrifft?»

Während er so sprach, hatte er Mrs. Dean ins Haus geführt, und Mathilda und Paula, die aus der Bibliothek in die Halle gekommen waren, genossen den Vorzug, seine letzten Worte zu hören. Sie wußten sofort, daß Joseph eine Seelenfreundin gefunden hatte, denn Mrs. Dean warf ihm ein warmes Lächeln zu und sagte: «Ich war immer bemüht, meinen beiden Mädchen diese Blüte zu erhalten. Wenn nur meine Val gestern nicht hiergewesen wäre.» Mrs. Dean hatte offenbar nur dieses eine gegen den Mord einzuwenden.

Joseph fand an ihrer Bemerkung nichts Lächerliches, sondern schüttelte den Kopf und seufzte schwer.

«Sie haben gewiß selbst Kinder, nehme ich an», sagte Mrs. Dean, öffnete den Mantel und gab den Blick auf einen formidablen Busen frei, den eine enganliegende Spitzenbluse, geziert von einer großen Brosche aus imitierten Edelsteinen, bedeckte.

«Mein Gott, nein, keine eigenen, aber ich betrachte Stephen und Paula als die meinen. Sie sind mir sehr teuer», sagte Joseph, der gut in Fahrt kam.

«Als ich Sie sah, wußte ich sogleich, Sie sind der gute Geist des Hauses.»

«O nein, nein, nein», protestierte Joseph. «Ich fürchte, ich bin nur ein verrückter, sentimentaler alter Bursche, den es freut, die Leute um sich glücklich zu sehen. Ah, hier ist Paula. Komm und sag Mrs. Dean guten Tag.»

«Meine Liebe!» rief Mrs. Dean und wandte sich auf ihren hohen

Absätzen um, als Paula herankam. Sie streckte ihr die Hände entgegen. «Das also ist Stephens geliebte Schwester! Lassen Sie sich ansehen, Kindchen. Ja, ich kann etwas von Stephen in Ihnen erkennen. Mein armes Kind, das ist eine schreckliche Zeit für Sie, und dabei ist Ihre Mutter so viele, viele Meilen weit fort. Ich werde die Rechte von Stephens Schwiegermutter in Anspruch nehmen und auch seine Schwester unter meine Fittiche nehmen.»

Die Vorstellung, Stephen unter Mrs. Deans Fittichen zu sehen, lähmte Paula für einen Augenblick. Unterdessen hatte Joseph Mathilda nach vorne gezogen und stellte sie vor. Dann sagte er, es müsse Mrs. Dean auf ihrer langen Fahrt kalt geworden sein, und bat sie, am Kamin Platz zu nehmen, während er seine Frau holen wolle.

«Sie dürfen keine Umstände mit mir machen, mein lieber Mr. Herriard. Ich möchte niemandem auch nur die geringste Ungelegenheit bereiten. Sie dürfen einfach von mir nicht die geringste Notiz nehmen.»

«Sie müssen eine Tasse Kaffee und ein Brötchen haben», widersprach Joseph.

«Nun, wenn Sie darauf bestehen.»

Paula, die keine andere Möglichkeit zu entkommen sah, sagte, sie müsse die nötigen Anordnungen treffen, und verschwand. Damit überließ sie es Mathilda, mit einer Situation fertig zu werden, die sie als schrecklich empfand. Joseph trottete hinauf, um Maud zu suchen, und Mrs. Dean setzte sich in einen Sessel beim Kamin und begann ihre Handschuhe abzustreifen.

Mathilda, die Zeit gehabt hatte, die Dame zu beobachten, war das Berechnende in den blauen Augen nicht entgangen. Mit maliziösem Vergnügen bemerkte sie den raschen, abschätzenden Blick, mit dem Mrs. Dean ihre Umgebung maß.

«Mammie, ich will einfach von diesen garstigen Polizisten nicht weiter belästigt werden», sagte Valerie.

«Niemand wird dich tyrannisieren, wenn Mammie hier ist, um dich zu beschützen, mein Schätzchen», erwiderte die Mutter. «Aber Kindchen, Liebes, du mußt hinaufeilen und dieses Kleid ausziehen. Du hättest heute dieses cremefarbene Kleid nicht anziehen sollen. Es ist unpassend.»

«Ich weiß. Aber ich habe nichts Schwarzes.»

«Nein, Liebes, Mammie weiß, du hast kein schwarzes, aber du hast ein blaues. Nun streite nicht mit Mammie, eile hinauf und ziehe dich um.»

Valerie erklärte, das Ganze sei ihr zuwider, und in dem blauen Kleid sähe sie aus wie eine alte Hexe, aber Mathilda beobachtete interessiert, wie sie letztlich doch dem Befehl Mrs. Deans gehorchte. Sie begann zu vermuten, daß hinter dem Lächeln und dem Zuckerguß der Dame ein eiserner Wille steckte, und ein Gefühl der Besorgnis beschlich sie.

Nachdem sie ihre Handschuhe geglättet hatte, schälte sich Mrs. Dean nun aus ihrem Pelzmantel und enthüllte damit eine derart in ein Korsett geschnürte Figur, daß es schon ein wenig grotesk aussah. Dort, wo das unsichtbare Gebilde aus Satin und Fischbeinen endete, wölbte sich ihre Brust nach vorne wie eine Plattform. Ein kurzer Hals trug einen Kopf, den eine sorgfältige Löckchenfrisur krönte. In die Ohrläppchen waren große Perlenknöpfe eingeschraubt, und der Hut, der in einem gewagten Winkel über dem einen Auge saß, war zwar sehr nett, aber für eine Frau von ihrer Wucht entschieden zu klein. Sie war genauso toll aufgemacht wie ihre Tochter, konnte aber, so überlegte Mathilda, niemals so hübsch wie Valerie gewesen sein.

Mrs. Dean sagte, nachdem sie Mathilda heimlich abgeschätzt hatte: «Ein schreckliches Wetter. Nicht wahr? Obwohl ich finde, man darf sich nicht beklagen.»

«Nein», stimmte Mathilda zu und bot ihr eine Zigarette an. «Wir haben das saisonbedingte übliche Wetter.»

«Ich vermute», sagte Mrs. Dean, «Sie sind alle sehr durcheinander. Kein Wunder, und noch dazu am Heiligen Abend! Erzählen Sie mir alles darüber. Sie müssen wissen, daß mir Val am Telefon nur die nacktesten Details mitteilen konnte.»

Zum Glück für Mathilda kam Joseph gerade wieder die Treppe herunter und sagte, daß Maud sich eben für den Kirchgang ankleide und in einigen Minuten bei ihnen sein würde. Mathilda erklärte, sie müsse sich ebenfalls für die Kirche fertigmachen, und schuf sich damit einen guten Abgang. Während sie die Treppe hinaufging, hörte sie Mrs. Dean in vertraulichem Ton sagen: «Und nun, lieber Mr. Herriard, erzählen Sie mir genau, was passiert ist.»

10

Als Maud sich eben anschickte, ausgehbereit die Treppe zur Halle hinunterzugehen, saß Mrs. Dean, die von Joseph mittlerweile in die Vorgänge um Nathaniels Ermordung eingeweiht worden war, mit ziemlich überraschtem Gesichtsausdruck da. Es schien klar, daß sie Valeries aufgeregten Mitteilungen am Telefon nicht entnommen hatte, wie sehr Stephen in das Verbrechen verstrickt war.

«Ich bin bereit, die Hand dafür ins Feuer zu legen, daß Stephen nicht das geringste damit zu tun hat», beteuerte ihr Joseph.

«Selbstverständlich», erwiderte sie mechanisch. «Welch ein Gedanke! Trotzdem, es ist alles furchtbar. Wirklich. Ich hatte keine Ahnung. Wir müssen einfach abwarten und zusehen. Nicht wahr?»

In diesem Augenblick erschien Maud, gemächlich die Treppe herunterkommend. Ein größerer Kontrast zu Mrs. Deans irgendwie strahlendem Aussehen als die plumpe, nette, saubere Erscheinung Mauds war kaum denkbar. Sie mochte in den Tagen ihrer Jugend eine Zierde der Bühne gewesen sein, aber jetzt sah sie aus wie eine Dame von strengster Erziehung aus der Viktorianischen Zeit. Da gab es nichts Leichtfertiges, weder im Stil ihres Hutes noch in der Art, wie er aufgesetzt war. Sie hielt ein Gebetbuch in der einen und einen Schirm in der anderen Hand. Die Füße steckten in einem Paar praktischer schwarzer Trotteurschuhe mit Schnürsenkeln.

«Ah!» rief Joseph aus und sprang auf. «Hier ist meine Frau! Maud, das ist die Mutter der lieben kleinen Valerie.»

Maud steckte den Schirm unter den Arm und streckte matt ihre Hand aus. «Guten Tag», sagte sie freundlich und ohne Begeisterung. «Ich bin gerade auf dem Weg zur Kirche, aber Joseph wird sich um alles kümmern.»

Auf Josephs Bitte, den Kirchgang zu unterlassen und an ihre Pflichten als Gastgeberin zu denken, erwiderte sie, sie betrachte sich nicht als Gastgeberin.

«Aber, meine Liebe», sagte er vorwurfsvoll. «In deiner Position! Du bist die einzige verheiratete Frau hier, abgesehen davon, daß es dein Heim ist.»

«Ich betrachtete Lexham nie als mein Heim, Joseph», erwiderte Maud bestimmt.

Mathilda beleuchtete die Angelegenheit von einer anderen Seite. Sie meinte, Maud als Doyenne könne das Haus nicht verlassen und ihre Aufgaben gewissermaßen Mrs. Dean überantworten. Maud jedoch sagte, sie wisse nicht, was eine Doyenne sei, sie habe es sich aber immer zum Leitsatz gemacht, sich in Lexham in nichts einzumischen.

«Liebling, Maud, das ist keine Einmischung. Wer soll sich um die Dame kümmern?»

«Ich denke, Joseph, du wirst das sehr gut erledigen», erwiderte Maud gelassen. «Des Nachts fiel mir ein, ich könnte mein Buch im Frühstückszimmer gelassen haben, aber als ich heute danach sah, war es nicht dort. Es ist ermüdend.»

So stand denn Maud angezogen zum Kirchgang da, während Mrs. Dean ihre Hand umfaßt hielt und sagte: «Verstehen Sie, ich gehe am Weihnachtsfeiertag immer in die Kirche.»

«Sie dürfen gar nicht daran denken, sich durch mich in Ihren Plänen stören zu lassen. Das wäre mir unerträglich», sagte Mrs. Dean.

«Keineswegs», erwiderte Maud, die das als selbstverständlich hinnahm.

«Es liegt an mir, mich zu entschuldigen, daß ich zu solch einer Zeit hier eindrang», fuhr Mrs. Dean fort. «Aber ich weiß, daß Sie die Gefühle einer Mutter verstehen werden, liebe Mrs. Herriard.»

«Ich habe keine Kinder», versetzte Maud. «Ich bin überzeugt, niemand hat das geringste dagegen, daß Sie hier sind. Es ist ein so großes Haus, und es gibt immer freie Zimmer.»

«Ach», sagte Mrs. Dean, «welche Freude, immer ein Zimmer für einen Freund bereit zu haben! Wie ich Sie beneide, in solch einem schönen Haus zu wohnen.»

«Ich glaube, das Haus wird allgemein sehr bewundert», entgegnete Maud. «Ich selbst mache mir nichts aus alten Häusern.»

Da ein Kommentar dazu nicht möglich schien, senkte Mrs. Dean ihre Stimme und sagte: «Sie müssen mich Ihnen sagen lassen, wie sehr ich mit Ihnen fühle bei Ihrem tragischen Verlust.»

Die Verteidigungsbarriere blieb intakt. «Es war sehr erschütternd», sagte Maud. «Aber mein Schwager bedeutete mir nichts. So spüre ich nicht viel von dem Verlust.»

Joseph wand sich innerlich und warf einen gequälten flehenden Blick auf Mathilda, die sich Maud gerade angeschlossen hatte. Aber es war Sturry, der die Situation rettete. «Der Wagen, gnädige Frau, ist vorgefahren», kündigte er an.

«Oh!» rief Mrs. Dean aus. «Da fällt mir ein, was geschah mit meinem Wagen? Es sind noch ein Koffer, eine Hutschachtel und ein Schrankkoffer darin. Könnte das jemand hereinbringen, glauben Sie?»

«Der Chauffeur, gnädige Frau», erwiderte Sturry, der übertrieben zurechtgemachte Damen verachtete, die erwarteten, daß man ihr Gepäck beim Hauptportal hereintrüge, «fuhr zum hinteren Eingang. Walter brachte das Gepäck in das Blaue Zimmer», fügte er an Joseph gerichtet hinzu.

Sturrys Großartigkeit schüchterte Mrs. Dean ein. Bescheiden sagte sie: «Danke schön.»

Sturry bewegte sich dann mit gemessenen Schritten zum Haupteingang und hielt für Maud und Mathilda die Tür offen. Unkluger weise fragte ihn Joseph, ob er Mr. Stephen irgendwo gesehen hätte.

«Mr. Stephen, Sir, spielt zur Zeit Billard.»

«Aber, aber», entfuhr es Joseph unfreiwillig.

Mrs. Dean erklärte mit einem breiten Lächeln: «Ich weiß, was für ein seltsames, eigenwilliges Geschöpf Stephen ist. Stöbern wir ihn auf, ja?»

Joseph war zunächst etwas unschlüssig, aber wahrscheinlich dachte er, Stephen müsse sich an die Taktiken seiner zukünftigen Schwiegermutter und an den frischen Wind, den sie mitbrachte, gewöhnen, denn er wandte nichts dagegen ein, sondern führte sie in das Billardzimmer.

Der geschmückte Christbaum zog sofort Mrs. Deans Aufmerksamkeit auf sich, und sie bewunderte ihn laut, bevor sie auf Stephen zueilte, um ihn zu begrüßen. «Mein lieber Junge», äußerte sie sich. «Ich kam so rasch, als es mir nur möglich war.»

Stephen, der in Hemdsärmeln Karambolageserien übte, sagte: «Das sehe ich. Wie geht es?»

«Oh, *mir* geht es sehr gut», antwortete sie. «Aber Sie, mein armer Junge, was müssen Sie durchmachen! Glauben Sie nicht, daß ich kein Verständnis habe.»

«Ja, es war für Stephen ein größerer Schock, als er selbst vielleicht annimmt», sagte Joseph.

Stephen ging nicht darauf ein. Er fragte Mrs. Dean, ob sie schon mit Valerie gesprochen habe.

«Mein armes Mädchen. Ja, sie lief mir geradewegs in die Arme, als ich ankam. Das war ein furchtbares Erlebnis für sie. Sie wissen, was für ein empfindsames Kätzchen sie ist, Stevie! Wir müssen alles daransetzen, sie vor noch mehr Ungelegenheiten zu bewahren.»

«Das dürfte nicht schwierig sein», erwiderte er. «Die Polizei wird sie kaum verdächtigen, meinen Onkel ermordet zu haben.»

Mrs. Dean schauderte. «Ich muß sagen, Stephen, wenn ich eine Ahnung gehabt hätte, was hier passieren würde, ich hätte es ihr niemals erlaubt, hierherzukommen.»

«Wenn Sie mit diesem Vorwurf andeuten wollen, daß ich Sie hätte warnen sollen, muß ich darauf hinweisen, daß die Ermordung meines Onkels nicht zu den geplanten Unterhaltungen dieser Party gehörte.»

«Ungezogener Junge», schalt Mrs. Dean und gab ihm einen Klaps auf die Hand. «Aber ich verstehe. Ich sagte schon immer, Sie seien einer von jenen schüchternen Leuten, die ihre wahren Gefühle unter einer gewissen Prahlerei verbergen.»

«Ganz recht», stimmte Joseph zu. «Stephen versucht gerne, uns alle zu schockieren. Nur sein alter Onkel läßt sich nicht erschüttern.»

«Ach, so geben sich viele junge Menschen», sagte Mrs. Dean und schüttelte den Kopf.

«Darf ich darauf aufmerksam machen, daß es hier kalt ist und Sie beide über mich bedeutend bequemer woanders sprechen können?» fuhr Stephen sie an.

Mrs. Deans Blick mochte sich etwas verhärtet haben, aber ihr Lächeln blieb. «Ich habe viel wichtigere Dinge zu tun, ich muß meine Sachen auspacken und mich nach der Reise ein wenig zurechtmachen.»

Joseph bot sich sofort an, sie auf ihr Zimmer zu bringen. In der Halle war Valerie, nunmehr im marineblauen Kleid, eben dabei, mit Roydon ein wenig zu flirten. Da Roydons Gedanken um die möglichen Folgen des Mordes kreisten, war er nicht ganz bei der Sache. Der Anblick ihrer Tochter im Tête-à-tête mit einem jungen Mann, den sie auf den ersten Blick als ihrer Tochter unwürdig befand, veranlaßte Mrs. Dean, sofort einzugreifen. Sie sprach den Wunsch aus, ihr Töchterchen möge mit hinaufkommen und ihr beim Auspacken helfen.

Einmal in der Abgeschlossenheit des Blauen Zimmers, das ein weiträumiges, wenn auch etwas dunkles Appartement oberhalb der Bibliothek war, verschwendete Mrs. Dean keine Zeit mehr, um den heißen Brei zu schleichen, sondern fragte abrupt: «Wer ist dieser junge Mann, Val?»

«Willoughby? Ein Bühnenschriftsteller. Er schrieb das wunderbare Stück ‹Bitternis›. Er las es uns gestern vor. Er ist unheimlich brillant, und ich sehe schon, daß ‹Bitternis› jahrelang laufen wird.»

«Ich hoffe, daß das eintrifft», erwiderte Mrs. Dean. «Aber du weißt, du kannst es dir nicht leisten, deine Zeit mit armseligen Schreibern zu vergeuden, mein Schätzchen. Und es paßt mir einfach nicht, dich mit ihm so vertraut zu sehen. Du willst doch Stephen nicht eifersüchtig machen? Oder?»

«Was schert mich das!» sagte Valerie starrköpfig. «Abgesehen davon glaube ich nicht, daß es mir gelänge; er beachtet mich überhaupt nicht. Das einzige Wesen, demgegenüber er sich mehr oder weniger anständig benimmt, ist dieses ermüdende Frauenzimmer Clare. Und sie sieht nicht einmal *mittelmäßig* gut aus, Mammie.»

«Ist das die, welche mit Mrs. Herriard zur Kirche ging? Ich bin überzeugt, mein liebes kleines Mädchen hat nichts zu befürchten von jemandem, der so unansehnlich ist wie Miss Clare. Aber Stephen ist nicht der Mann, mit dem du spielen kannst.»

«Ach, ich glaube, wenn er nicht so furchtbar reich wäre, würde ich ihn nicht heiraten», sagte Valerie in einem Ausbruch von Offenheit.

«Pst, Liebling. Ich nehme an, er wird doch dies hier alles erben.»

«Oh, ich weiß nichts, außer daß Onkel Joe mir tatsächlich sagte, er würde es erben.»

«Sein Onkel muß ein Vermögen wert gewesen sein. Man kann ein Haus wie dieses nicht mit ein paar Groschen im Jahr führen. Doch mir gefällt das mit dem Mord nicht, Val. Natürlich, wir wissen nichts, und sehr wahrscheinlich wird sich alles zufriedenstellend lösen, aber ich könnte mein kleines Mädchen nicht einen Mörder heiraten lassen.»

«Ich wäre dazu nicht imstande. Oder glaubst du?» fragte Valerie und öffnete ihre lieblichen Augen weit.

«Natürlich nicht, mein Schätzchen. Aber wir dürfen nicht vergessen, daß du mit ihm verlobt bist. Andererseits will man nichts übereilen. Mutter hat auch an Mavis zu denken. Du weißt.»

«Ich verstehe nicht, was Mavis damit zu tun hat, wenn ich Stephen heirate.»

«Nun, sei nicht dumm, Kindchen», sagte Mrs. Dean etwas schroff. «Der Himmel weiß, wie schwer es ist, für eine Tochter einen passenden Gatten zu finden, und erst recht schwer bei zweien. Daß du Stephen bei den Crewes kennenlerntest, war ein ausgesprochener Glücksfall – nicht daß ich wünschte, eines meiner Küken würde ohne Liebe heiraten, natürlich –, und junge Männer, die ein Vermögen erben, wachsen nicht auf den Bäumen. Wir werden warten müssen.»

«Ich glaube nicht, daß sich Stephen jemals mit mir verlobt hätte, wenn du ihn nicht dazu gebracht hättest», sagte Valerie unzufrieden. «Tatsächlich, irgendwie wünschte ich, er hätte es nicht getan.»

«Unsinn», wies Mrs. Dean sie zurecht. «Geh jetzt, und laß Mutter nichts mehr von solchem Geschwätz hören.»

Valerie verließ sie ziemlich ungehalten, erschien aber eine Minute später wieder mit bleichen Wangen und fliegendem Atem. «Mama», keuchte sie. «Furchtbar! Es kamen zwei Männer an, ich sah sie von hier oben.»

«Gütiger Gott, Val, warum auch nicht. Wer sind die Leute?»

«Ein Inspektor von Scotland Yard. Ich hörte ihn das zu Sturry sagen. Oh, Mammie, können wir nicht nach Hause gehen? Kannst du mich nicht aus dem heraushalten?»

«Komm herein und schließ die Tür», befahl Mrs. Dean. «Es überrascht mich überhaupt nicht, daß Scotland Yard gerufen wurde. Hier gibt es gar nichts, worüber du dich aufzuregen brauchst. Niemand denkt daran, daß du mit dem Mord etwas zu tun hast.»

«Ja, sie tun es, wegen dieser dummen Zigarettendose.»

«Wegen welcher Zigarettendose?»

«Der von Stephen. Er warf sie mir im Salon zu, und später wurde sie in Mr. Herriards Schlafzimmer gefunden. Aber ich habe sie niemals dort hingebracht.»

«Natürlich hast du das nicht, und die Polizei wird das ebenso erkennen, wie die Mutter das tut. Du mußt ihnen nur alles sagen, was du weißt, und aufhören, dir Sorgen zu machen. Denke daran, Mutter ist hier, um sich um dich zu kümmern.»

«Ich weiß, ich sterbe, wenn ich noch mehr Fragen beantworten muß. Der Polizist gestern war äußerst brutal, und diese sind bestimmt noch ärger.»

Valeries Schreckgespenster beschäftigten sich in diesem Augenblick mit Joseph und Stephen, die beide aus dem Billardzimmer gekommen waren.

Der Inspektor wandte sich an Stephen. «Mr. Stephen Herriard?» fragte er.

Stephen nickte. «Ja. Was wollen Sie tun? Den Schauplatz des Verbrechens sehen oder uns alle noch einmal ausfragen?»

«Wenn es Ihnen egal ist, Sir, würde ich gerne zuerst den Schauplatz sehen. Vielleicht würden Sie mich hinaufbringen. Wie ich erfuhr, waren Sie es, der Mr. Herriards Leichnam entdeckte.»

«Gehen Sie mit meinem Onkel», sagte Stephen. «Er war auch dabei und kann Ihnen ebensoviel sagen wie ich.»

«Stephen!» bat Joseph.

«Oh, das ist mir auch recht, Sir», sagte Hemingway fröhlich. «Sehr verständlich, daß der Herr nicht noch einmal in das Zimmer zu gehen wünscht.»

Joseph seufzte. «Sehr wohl, Inspektor, ich bringe Sie hinauf.»

Joseph führte ihn die Treppe hinauf. Der Inspektor sah anerkennend um sich und bemerkte, daß er sich nicht erinnern könne, jemals ein so prächtiges Haus gesehen zu haben.

«Man hält es für ein Musterbeispiel des Stils der Cromwell-Zeit», sagte Joseph mit Anstrengung. «Mein Bruder war sehr stolz auf das Haus.»

«Interessierte er sich für historische Dinge?»

«Ja, es war ein richtiges Steckenpferd von ihm.» Joseph blickte über seine Schulter und bemerkte mit tapferem Lächeln: «Ich pflegte ihn damit immer zu necken. Und nun ist das passiert.»

«Ich nehme an, es trifft Sie härter als die meisten anderen», sagte der Inspektor mitfühlend.

«Vielleicht. Man ist nicht gerne egoistisch, aber die jungen Leute haben ihr Leben noch vor sich. Ich fühle mich jetzt sehr allein.»

Sie waren nun am Ende der Treppe angelangt, und während ein Beamter das Siegel an der Tür zu Nathaniels Zimmer entfernte, begann der Inspektor bereits seine Untersuchungen. Er wollte wissen, wer die einzelnen Räume bewohnte, die sich zur Haupthalle hin öffneten, und er verlangte, daß man ihm die Hintertreppe und das Nähzimmer zeige. Mittlerweile war Nathaniels Zimmer geöffnet worden, und der Beamte wartete, daß Hemingway hineinginge.

Niemand hatte seit der Entfernung der Leiche das Zimmer betreten. Joseph zuckte beim Anblick der Kleider, die noch auf dem Sessel lagen, sichtlich zurück.

Der Inspektor hatte die Fotos studiert, die von der Leiche aufgenommen worden waren, aber als Joseph sich von seiner inneren Bewegung ein wenig erholt zu haben schien, bat er ihn, die Lage zu beschreiben, in welcher er seinen Bruder gefunden hatte. Er stellte mehrere Fragen, und Joseph wurde bald gesprächig; er hatte ein gutes Gedächtnis und war imstande, die Situation sehr rasch zu rekonstruieren. Er präsentierte dem Inspektor sogar zwei verschiedene Theorien in bezug auf Stephens Zigarettendose. Wie Hemingway nachher seinem Sergeant gegenüber bemerkte, hielt er sie beide für übertrieben.

«Netter alter Herr», sagte der Sergeant.

«Er ist zwar nett, aber er wird mich sehr wahrscheinlich verrückt machen, bevor ich hier mit der Sache fertig bin», erwiderte Hemingway. «Ist Ihnen schon irgend etwas aufgefallen?»

Der Sergeant rieb sich das Kinn. «Eine richtig faule Sache», meinte er unverblümt.

«Ja, und solche faulen Sachen erwecken in mir den Wunsch, ich wäre niemals Kriminalinspektor geworden», sagte Hemingway. Er ging in das Badezimmer und blickte zum Oberlicht hinauf. «Wenn das hier das einzige offene Ding war, und darin stimmen alle überein, dann sieht es aus, als ob es von größter Bedeutung wäre. Reichen Sie mir den Sessel, ja?»

Der Sergeant brachte den verlangten Sessel, und Hemingway stieg hinauf, das Oberlicht näher zu untersuchen.

«Wenn jemand auf diesem Weg hereinkam, dann muß es ein kleiner Mensch gewesen sein», sagte Ware. «Der junge Mann, den wir unten sahen, könnte es nicht gewesen sein.»

«Sie mögen recht haben. Angenommen, irgend jemand kam auf diesem Weg herein. Wie?»

«Ich überlegte, er könnte von außen auf einer Leiter heraufgeklettert sein. In dem Schuppen des Gärtners gibt es bestimmt eine, die beim Beschneiden der Obstbäume verwendet wird.»

«Das interessiert mich nicht. Was ich wissen will, ist, wie er es anstellte, durch diese hochgelegene unmögliche Öffnung einzudringen, nachdem er einmal die Leiter heraufgekommen war.»

Der Sergeant betrachtete das Oberlicht und seufzte. «Ich verstehe, was Sie meinen, Sir.»

«Gut. Immerhin schon etwas. Mit dem Kopf voran mußte er hereingekommen sein und fand innen nichts, woran er Halt fassen konnte. Folglich wand er sich wie ein Regenwurm herein, fiel kopfüber auf den Fußboden, erhob sich, nicht im geringsten angeschlagen, marschierte weiter und ermordete den alten Mann, der nicht einen Ton von alledem gehört hatte.»

«Ich kann mir nicht vorstellen, wie hier jemand hätte hereinkommen können, Sir», sagte der Sergeant, nachdem er nachgedacht hatte. «Es sieht so aus, als wäre er doch durch die Tür gekommen.»

Hemingway stieg vom Sessel herab und ging in das Schlafzimmer zurück. «Sehr richtig. Wir werden also annehmen, daß es so war, denn was besagt es, daß die Leiche mit dem Rücken zur Tür gefunden wurde?»

Der Sergeant runzelte die Stirn. «Nun, Sir, was besagt es?»

«Überhaupt nichts», erwiderte Hemingway. «Könnte sein, daß sich jemand unbemerkt in das Zimmer stahl und ihn hinterrücks erstach; könnte aber ebenso leicht sein, daß der Überfallene noch herumging, bevor er zusammenbrach. Somit hilft uns die Lage der Leiche nicht viel.»

«Wurde die Tür vor dem Mord versperrt, Sir?»

«Das weiß man nicht, da niemand den Zeitpunkt des Mordes kennt. Wenn ich zu jenen gehörte, die ihrer Phantasie freien Lauf lassen – was jedoch nicht der Fall ist –, dann würde ich sagen, Nathaniel schloß die Tür selbst ab.»

«Warum, Sir?»

«Aufgrund der Aussagen. Sie sollten Aussagen immer Gehör schenken. Die Hälfte davon ist zwar erlogen, aber man weiß ja nie. In diesem Fall behaupteten alle, daß Nathaniel wütend war, und Bruder Joseph gibt zu, er habe versucht, den Alten zu beruhigen, habe jedoch wegen dessen Schmerzanfall eine Abfuhr bekommen. Er folgte ihm den halben Weg die Treppe hinauf; das tat er. Nun, wenn mir einer mit leerem Geschwätz nachliefe, würde ich meine Tür versperren und sehr wahrscheinlich noch ein schweres Möbelstück davorschieben.»

Der Sergeant lächelte, erlaubte sich aber einzuwenden: «Das sind Vermutungen, Sir.»

«Jawohl, und deshalb wollen wir sie auch nur als eine Möglichkeit behandeln», erwiderte Hemingway und ging zur Tür. «Wenn ich recht habe und Nathaniel seine Tür selbst absperrte, dann brauchen wir gar nicht in Erwägung zu ziehen, ob der Mörder das Schloß hinter sich mit Hilfe eines Bleistifts und eines Stücks Schnur wieder versperrte, weil er auf diese Weise ja nicht aufgeschlossen haben konnte. Außerdem wurde die Tür ja nach Abschürfungen untersucht. Was einen vermuten ließe, daß der Mörder die Tür verschlossen fand und den Schlüssel von außen umdrehte.»

«Mit einem *Oustiti*», nickte der Sergeant. «Ich erwog das bereits, aber der Schlüssel weist keine Kratzer auf. Wäre das nicht der Fall, dann würde ich sagen, es mußte ein *Oustiti* verwendet worden sein.»

«Nicht nur das; es gibt mehr als ein halbes Dutzend anderer Gründe, die dagegen sprechen», unterbrach ihn sein Vorgesetzter scharf. «Sie haben es nicht mit einem professionellen Einbrecher zu tun, mein Junge. Das ist Amateurarbeit, und wer hat jemals gehört, daß ein Amateur ein Werkzeug aus der Kiste eines Professionals besitzt.»

«Daran dachte ich auch, aber ich weiß nicht, wie er sonst mit dem Schloß hätte fertig werden können», argumentierte der Sergeant.

«Es könnte so sein, aber alles spricht dagegen. Nicht einer von hundert Laien würde wissen, daß es ein Werkzeug gibt, mit dem man Schlüssel von der verkehrten Seite drehen kann. Davon, daß er den Namen kennt, gar nicht zu sprechen.»

«Schön und gut, Sir. Aber wenn kein *Oustiti* verwendet wurde, was dann? Irgendwie gelangte der Mörder in das Zimmer, das wissen wir. Angenommen, die Tür war vor dem Mord nicht versperrt, so war sie es danach, und es gibt keine Spur, daß der Schlüssel mit Hilfe des alten Bleistift-Tricks umgedreht wurde; das frappiert mich.»

«Sie sind eine große Hilfe», sagte Hemingway. «Haben Sie schon einmal überlegt, warum der Mörder sich solche Mühe nahm, die Tür hinter sich zu versperren?»

Der Sergeant überlegte. «Darüber habe ich noch nicht nachgedacht», gab er zu. «Jetzt, da Sie mich daran erinnern, Sir, finde ich es eigenartig. Ich sehe überhaupt keinen Zusammenhang, es sei denn, es geschah nur deshalb, um uns hereinzulegen.»

«Was wahrscheinlich der Fall ist», bestätigte Hemingway. «Und ich muß sagen, es ist bis jetzt erfolgreich gelungen.»

«Ein gewisses Risiko, das er auf sich nahm, nicht wahr, an dem Türschloß herumzuarbeiten, wenn ihn jeder sehen konnte?»

«Wer behauptete jemals, daß der Mörder überhaupt ein großes Risiko auf sich nahm? Wenn ich mich recht erinnere, wurde Miss Herriard in ihrem Morgenrock vor der Tür gesehen.»

«Sie glauben doch nicht, daß das die Arbeit einer Frau war, Sir, oder?»

«Möglicherweise. Eines scheint ziemlich sicher: Nathaniel erwartete nicht, überfallen zu werden. Es gibt keine Spuren eines Kampfes; nicht einmal ein Sessel wurde von seinem Platz gerückt. Er war ahnungslos und hegte keinen Verdacht, seinen Mörder vor sich zu sehen.»

«So betrachtet», hielt ihm der Sergeant entgegen, «weist das nicht ausgerechnet auf Miss Herriard hin. Verdächtigt würde er doch keinen im Haus haben, oder?»

«Er würde jeden sehr bald verdächtigt haben, der damit anfing, am Schloß seiner Tür herumzuwerken. Nein, dem Anschein nach kam der Mörder auf ganz natürlichem Weg herein, offen, ohne Arg, erdolchte den alten Mann, ging wieder hinaus und versperrte die Tür mit irgendeinem Werkzeug, das wir bis jetzt noch nicht entdeckt haben. Aber irgendwie glaube ich das nicht.»

Der Sergeant sah seinen Vorgesetzten die Stirn runzeln und fragte: «Warum nicht, Sir?»

«Irgendein Gefühl sagt mir, daß es nicht auf diese Art geschah. Wozu verschloß der Mörder die Tür überhaupt? Es hat keinen Sinn zu sagen, um die Polizei hereinzulegen; das wäre zu schwach. Wenn Sie eine Leiche in einem versperrten Raum finden, was liegt nahe?»

«Selbstmord», erwiderte der Sergeant prompt.

«Genau. Und wenn man will, daß ein Mord wie ein Selbstmord aussieht, dann sticht man das Opfer weder in den Rücken, noch entfernt man das Messer. Es war nicht beabsichtigt, es als Selbstmord hinzustellen. So hat also die versperrte Tür überhaupt keine entscheidende Bedeutung.» Er betrachtete aufmerksam die Platte in dem Türpfosten, die losgerissen worden war. «Wahrhaftig, ich beginne mich zu fragen, ob die Tür überhaupt versperrt war. Der Diener sagte, er hätte auf sein Klopfen keine Antwort erhalten. Ich erinnere mich nicht, daß er gesagt hätte, er habe die Tür zu öffnen versucht.»

«Sie wollen damit ausdrücken», sagte der Sergeant langsam, «daß er Ihrer Meinung nach vielleicht nur anklopfte, und als Stephen Herriard heraufkam, war er es, der die Klinke versuchte und den Schlüssel nachher schnell und unbemerkt umdrehte?»

«Ich denke nichts dergleichen», sagte Hemingway. «Ich habe ein offenes Gemüt.»

«Was schließen Sie aus der Zigarettendose, Sir?»

«Sieht für Mister Stephen nicht gut aus, zumindest nach außen hin.»

«Nein, aber auch das ist kompliziert, nicht wahr, Sir? Ich meine, es scheint genug Beweise dafür zu geben, daß die letzte bekannte Person, die im Besitz der Dose war, Miss Dean gewesen ist.»

«Sehen Sie mal», sagte Hemingway. «Ich bin bereit, die Theorie zu akzeptieren, daß Stephen hier war, um mit seinem Onkel ein wenig zu plaudern, und dabei eine Zigarette rauchte (obgleich, merken Sie wohl, es nach den Aussagen nicht so war), aber was ich nicht schlucken kann, ist die Ansicht, daß Miss Dean es tat. Holen Sie mir den Diener, bitte, ja?»

Als Ford gleich darauf in Begleitung Wares erschien, war ihm ein gewisses Widerstreben, das Zimmer zu betreten, anzumerken. Außerdem schien er ein wenig nervös zu sein.

Als Hemingway ihn fragte, ob er versucht hatte, die Tür zu seines Herrn Zimmer zu öffnen, mußte er einen Augenblick nachdenken, ehe er erwiderte, daß er nur die Klinke berührt habe.

«Was meinen Sie mit: nur die Klinke berührt?» wollte Hemingway wissen.

«Nur ganz leicht, Inspektor, falls Mr. Herriard nicht gestört zu werden wünschte. Die Tür ging nicht auf.»

«So. Was taten Sie dann?»

«Nichts. Ich meine, ich wartete bloß an der Hintertreppe, so wie ich es dem anderen Inspektor bereits sagte.»

«So, taten Sie das, wirklich? Na schön, ich finde es komisch, daß ein Diener, der erwartete, sein Herr würde ihn beim Ankleiden brauchen, wieder weggeht, wenn er auf sein Klopfen keine Antwort erhält *und* die Tür verschlossen vorfindet. Kam Ihnen das nicht wenigstens ein bißchen ungewöhnlich vor?»

Ford stammelte: «Mr. Herriard brauchte mich nicht immer beim Ankleiden, nur wenn ihn sein Hexenschuß plagte, gewissermaßen.»

«Was, wie mir gesagt wurde, gestern der Fall war», sagte Hemingway rasch. «So konnten Sie doch wohl mit Sicherheit annehmen, daß er Sie wünschen würde, nicht wahr? Ein Mann mit einem Hexenschuß wird sich zum Beispiel doch nicht hinabbeugen, um seine Schnürsenkel zu binden.»

«Nein», gab Ford verdrossen zu, «aber ich glaube, Mr. Herriard war dazu imstande.»

«Weil er überhaupt keinen Hexenschuß gehabt hat?»

«Ich würde nicht so weit gehen, dies zu behaupten. Er hatte manchmal ziemliche Schmerzen, aber es war nie so schlimm, wie er es darzustellen beliebte. Wenn ihn etwas außer Rand und Band brachte, pflegte er zu tun, als wäre er ein Krüppel.»

«Halfen Sie ihm gestern morgen beim Ankleiden?»

«Ja, aber –»

«Aber was?»

«Nichts, Sir, nur – er machte mir nicht den Eindruck, als ob er große Schmerzen litte. Er war nur schlechter Laune.»

«Ein übelgelaunter Mensch, das war er doch?»

«Ja, das stimmt, Inspektor. Er war ein richtiger Tartar, wenn ihn jemand in Wut brachte. Man wußte niemals, wie man ihn nehmen sollte», erklärte Ford eifrig. «Wenn er in guter Laune war, konnte man ein- und ausgehen, soweit das für jemanden in meiner Stellung erforderlich ist. Aber wenn er seinen schwarzen Tag hatte, konnte man ihm nichts recht machen, und das ist eine Tatsache.»

Hemingway sagte mitfühlend: «Ich verstehe. Ein heftiger Mensch, nicht wahr?»

Der Diener grinste. «Das kann man wohl sagen.»

Der Inspektor, der Fords erste Aussage bereits gelesen hatte, besaß ein beängstigend gutes Gedächtnis, und, nachdem er den Diener zu diesem Eingeständnis verlockt hatte, stürzte er sich auch darauf. «Hm, wie kommt es dann, daß Sie gegenüber Inspektor Colwall aussagten, er sei kein harter Herr gewesen, sondern Sie wären gut mit ihm ausgekommen und gerne in dieser Stellung gewesen?»

Ford wechselte die Farbe, sagte aber aufrecht: «Nun, das stimmt auch. Ich würde ihn nicht gerade hart nennen. Er war in Ordnung, solange ihn niemand ärgerte. Ich arbeitete immerhin seit neun Monaten hier und kündigte nicht, was auf jeden Fall etwas besagt im Vergleich zu jedem anderen Diener vor mir.»

«Er warf niemals seine Schuhe nach Ihnen?»

«So etwas macht mir nichts aus», antwortete Ford. «Ich meine, es geschah nicht oft. Ich kam im allgemeinen gut mit ihm aus.»

«Sie kamen im allgemeinen gut mit ihm aus, aber Sie hatten Furcht, sein Zimmer zu betreten, ohne daß er Sie rief?»

«Er hatte das nicht gerne. Ich wußte, er war schlechter Laune. Es ärgerte ihn, daß Miss Paula diesen Mr. Roydon hierhergebracht hatte.»

«War das die Ursache seiner Erregung?»

«Das und etwas, was Mr. Mottisfont angestellt hatte. Er brummte darüber gestern morgen, als ich ihm beim Ankleiden half.»

«Er sprach zu Ihnen darüber?»

«Nicht zu mir, als vielmehr zu sich selbst. Es gehörte zu seinen Gewohnheiten, den Dampf auf mich abzulassen, wenn ihn jemand von der Familie geärgert hatte.»

«Es scheint mir, als hätte ihn diesmal die ganze Familie geärgert, hm?»

Der Diener zögerte. «Ja, natürlich, Mr. Joseph hat ihn richtiggehend in Wut versetzt, weil er die Leute hierher über Weihnachten einlud, Miss Dean mißfiel ihm ausgesprochen. Dann ärgerte er sich über Miss Paula, weil sie sich wegen eines langhaarigen Stückeschreibers selbst zum Narren machte. Aber es wäre unrichtig zu sagen, daß er auch gegen Mr. Stephen verbittert war.»

«Wollen Sie damit sagen, daß er mit Mr. Stephen nicht stritt?»

«Nein, das sage ich nicht. Ich wollte damit nur sagen, daß er sich mit Mr. Stephen verstand, und er war ihm kein bißchen gram.»

«Oh», sagte Hemingway befremdet, «so hatten Sie also keine Ursache, anzunehmen, daß es zwischen ihnen wegen Miss Dean zum Bruch gekommen wäre?»

«Es wäre vorübergegangen», antwortete Ford und gab ihm seinen Blick zurück.

«Geht in Ordnung, das ist alles», sagte Hemingway kurz.

Der Sergeant, der dem ganzen Wortwechsel still gelauscht hatte, sagte, sobald Ford gegangen war: «Ich fand es ein bißchen hart, wie Sie ihn anfaßten, Chef.»

«Wenn es nicht wegen der Landesgesetze wäre, hätte ich ihn noch härter angefaßt. Mir gefällt seine Geschichte nicht.»

«Es fiel mir auf, daß er mit Ausnahme von Mr. Joseph Herriard die einzige Person ist, die sich bemüht, Stephen Herriard in einem guten Licht erscheinen zu lassen.»

«Freut mich, daß Ihnen wenigstens etwas auffiel», sagte Hemingway gereizt. «Was mir aber von Anfang an auffiel, ist, daß die Fingerabdrücke, die man an dem Fenster und an dem Badezimmerschlüssel fand, ausschließlich von Ford stammen.»

«Wenn er erst seit neun Monaten hier ist, verstehe ich nicht, was er mit der Ermordung seines Herrn erreicht haben könnte.»

«Wer sagt, daß er ihn ermordete? Er könnte eine ganze Menge erreichen, wenn er dem jungen Herriard seine Hilfe angedeihen ließ.

Mich würde interessieren, wer des alten Mannes Geld erbt. Lassen Sie uns hinuntergehen.»

Joseph empfing sie in der Halle und erklärte, daß sich Nathaniels Anwalt auf dem Weg nach Lexham befände. Er sagte ferner, daß die Polizei das Arbeitszimmer verschlossen habe. Hemingway erwiderte sofort, er möge das Zimmer nicht öffnen, bevor der Anwalt hier sei.

Er brauchte nicht lange zu warten. Um etwa halb eins fuhr der Wagen vor, der Maud und Mathilda zur Kirche gebracht hatte, und die beiden Damen kamen, gefolgt von einem kleinen stämmigen Mann, herein. Er sah verfroren und ziemlich verstimmt drein. Als man ihn Hemingway vorstellte, nickte er und sagte guten Morgen, aber seine erste Sorge war, möglichst nahe an den Kamin heranzukommen, um seine klammen Finger aufzutauen.

Seine Ankunft lockte die meisten Hausbewohner in die Halle. So konnte Hemingway ungestört Roydon, Paula, Valerie und Mrs. Dean beobachten, während Mr. Blyth sich am Feuer aufwärmte. Stephen und Edgar Mottisfont waren im Billardzimmer geblieben. Maud begab sich hinauf, um Mantel und Hut abzulegen.

Paula, die plötzlich die Anwesenheit Hemingways gewahrte, starrte ihn einen Augenblick lang an, ging zu ihm und fragte unvermittelt: «Sind Sie der Inspektor von Scotland Yard?»

«Ja, mein Fräulein, der bin ich.»

«Das dachte ich mir. Ich bin Paula Herriard. Ich wünsche Ihnen Glück», sagte sie mit kurzem Auflachen.

«Das ist sehr lieb von Ihnen, Miss. Ich darf wohl sagen, ich kann es gebrauchen», sagte Hemingway gleichmütig.

«Ich möchte Sie gleich darauf aufmerksam machen, daß Sie jetzt mit einer der Hauptverdächtigen sprechen.»

«Sieh mal einer an.»

«Doch, doch», bestätigte sie. «Mein Onkel beschuldigte mich, bereit zu sein, ihn für zweitausend Pfund zu ermorden.»

«Und waren Sie bereit?» erkundigte sich Hemingway interessiert.

«Natürlich nicht. Abgesehen davon, wie hätte ich es denn tun können?»

«Das ist es, was ich mich frage.»

Der Klang von Paulas unbeherrschter Stimme rief Joseph auf den

Plan. Er trat ängstlich blickend an ihre Seite, sagte aber leichthin: «Welchen Unsinn höre ich unsere ungezogene Paula reden! Sie dürfen diese junge Frau nicht zu ernst nehmen, Inspektor. Ich fürchte, sie versucht Sie zu schockieren.»

«Geht in Ordnung, Sir. Ich bin sehr weitherzig.»

«Geht ebenfalls in Ordnung», sagte Paula, befreite sich von dem onkelhaften Griff um ihre Taille und ging weg.

«Meine Nichte ist sehr aufgewühlt durch diese schreckliche Sache», vertraute Joseph ihm an. «Sie hatte meinen Bruder sehr gern. Nun, Inspektor, da Mr. Blyth hier ist, nehme ich an, Sie werden die Papiere und all die übrigen Sachen so bald wie möglich durchgehen wollen. Mr. Blyth ist bereit. Sie werden doch nichts dagegen haben, wenn mein Neffe mit dabei ist. Ich glaube, er hat ein Recht, dabeizusein.»

«Überhaupt keinen Einwand», sagte Hemingway. «Es wäre mir sogar erwünscht.»

11

Man holte Stephen aus dem Billardzimmer. Sehr ungnädig kam er herbei und bestritt das geringste Interesse an dem Inhalt von seines Onkels Schreibtisch. Mottisfont, der ihm gefolgt war, überraschte sie alle durch seine Erklärung, er hielte sich als Nathaniels Geschäftspartner für berechtigt, mit dabeizusein. Der Inspektor, dessen zuvorkommendes Benehmen Valerie veranlaßte, ihre Augen weiter und weiter aufzureißen, sagte, er habe auch gegen Mottisfonts Anwesenheit nichts einzuwenden.

«Ich finde, daß ich es bin, dessen Anwesenheit gänzlich überflüssig ist», bemerkte Stephen.

«Nein, nein, Stephen, du mußt natürlich anwesend sein», bestimmte Joseph und ergriff seinen Arm.

Sobald sie außer Hörweite waren, sagte Valerie: «Ich hätte nie gedacht, daß ein Mensch von Scotland Yard so anständig sein kann.»

«Zu anständig, um wahr zu sein», ergänzte Paula wütend.

«Ja», sagte Roydon. «Man wird sich sehr in acht nehmen müssen vor diesen glattzüngigen Kerlen. Sie versuchen einen bloß in eine Falle zu locken.»

Mittlerweile war Nathaniels Arbeitszimmer aufgesperrt worden. Es lag im westlichen Flügel, zu dem man durch einen langen Korridor gelangte. Man trat ein. Stephen steckte den elektrischen Ofen an und begann sich die Pfeife zu stopfen. Joseph wandte sich an Blyth und sagte: «Ich glaube, Sie wissen, warum Sie mein Neffe rief. Es gibt eine sehr wichtige Sache –»

«Ich kann Ihnen gleich sagen, daß durch meine Firma niemals ein Testament Ihres Bruders, Mr. Herriard, aufgezeichnet wurde», unterbrach ihn der Anwalt.

«So, da haben wir es», brummte Stephen.

«Aber es gibt ein Testament», widersprach Joseph.

Alle sahen ihn an, Hemingway nicht weniger aufmerksam als die anderen.

«Wieso wissen Sie das?» fragte Mottisfont. «*Ich* weiß nur, daß Nat eine ganz unsinnige Abscheu davor hatte, ein Testament zu machen.»

«Jaja, aber er machte eines. Ich half es ihm aufzeichnen.» Joseph blickte auf den Inspektor und fügte hinzu: «Ich muß vielleicht erwähnen, daß mich mein Vater als jungen Mann für den Beruf eines Anwalts bestimmte. Ich fürchte, ich war immer ein nutzloses Geschöpf, immerhin, und –»

«Du kannst uns deine Lebensgeschichte ersparen», fuhr Stephen dazwischen. «Wann hast du Onkel Nat geholfen, ein Testament aufzuzeichnen?»

«Als er im Frühling die schlimme Rippenfellentzündung hatte», erwiderte Joseph. «Du darfst nicht denken, ich hätte ihn in irgendeiner Weise dazu überredet. Ich setzte ihm nur auseinander, daß die Sache getan werden sollte, und achtete darauf, soweit es meine geringen Kenntnisse zuließen, daß alles gesetzlich sei.»

«Nun, das spricht für seine dunklen Andeutungen gestern», bemerkte Stephen.

«Was waren das für Andeutungen, Sir?» erkundigte sich Hemingway.

Stephen warf ihm einen kurzen spöttischen Blick zu. «Irgend etwas über die Absicht, eine Änderung vorzunehmen. Ich deutete es als rein rhetorisch.»

«Es erhebt sich die Frage, wenn Mr. Blyth das Testament nicht hat, wo ist es dann?» warf Mottisfont ein.

Stephen zuckte die Achseln. «Möglicherweise im Ofen.»

«Nein, nein, das hätte er nicht getan», sagte Joseph. «Stephen, du weißt, niemand, nicht einmal ich, stand ihm näher als du.»

«Willst du damit behaupten, ich hätte gewußt, daß ein Testament zu meinen Gunsten existierte?» verlangte Stephen zu wissen.

«Sie sollten das zumindest vermutet haben, nach meiner Ansicht», sagte Mottisfont gehässig. «Joseph machte die ganze Zeit, seit *ich* hier bin, genug Andeutungen. Alles, was ich sagen kann, ist, daß ich den Eindruck gewann, Stephen sei Nats Erbe. Und ich gewann den Eindruck aus Bemerkungen, die Sie fallenließen, Joe.»

Der Inspektor intervenierte und sagte: «Ich möchte hier nicht eingreifen, meine Herren, aber wenn es ein Testament gibt, würde ich es gerne sehen.»

«Es gibt keines», sagte Stephen kurz.

Des Inspektors Augen hefteten sich auf Josephs sorgenvolles Antlitz. «Was sagen Sie dazu, Sir?»

«Mein Bruder machte ein Testament», antwortete Joseph. «Vielleicht vernichtete er es hinterher wieder. Ich weiß es nicht. Aber es gibt ein Safe in diesem Zimmer, hinter diesem Bild dort. Ich nehme nicht an, daß jemand davon weiß. Nat sagte es nur mir, als er krank war und mich bat, ihm etwas herauszugeben.»

«Können Sie es öffnen?»

«Ja, wenn die Kombination nicht geändert wurde.»

Stephen ging zu dem von Joseph bezeichneten Bild hinüber und nahm es herab. Ein kleines Mauer-Safe wurde sichtbar. Nachdem Joseph eine gute Weile daran herumhantiert hatte, gelang es ihm, es zu öffnen. Er lud dann Blyth ein, nachzusehen, was es enthielt.

Blyth entnahm dem Safe zwei Bündel Dokumente und brachte sie auf den Schreibtisch, wo er und Hemingway sie durchblätterten. Mottisfont, dem es anscheinend schwerfiel stillzusitzen, polierte seine Brille.

Nach einer Pause sagte Blyth in seiner bestimmten Art: «Ich stelle fest, daß es ein Testament gibt.» Geringschätzig fügte er hinzu: «Es dürfte in Ordnung sein.»

«Um Gottes willen», sagte Stephen gereizt, «wenn es ein Testament gibt, lassen Sie uns wissen, was darinsteht. Wer ist der Erbe?»

Der Anwalt sah ihn über den oberen Rand seines Kneifers streng an. «Es ist, wie Sie zweifellos erkennen, ein kurzes Dokument», sagte er. «Wenn man mich konsultiert hätte – aber man tat es nicht.»

«Wer – ist – der – Erbe?» begehrte Stephen zu wissen.

Blyth machte ein beleidigtes Gesicht, und Mottisfont murmelte etwas über die Wahrung eines gewissen Anstands. Der Inspektor jedoch unterstützte Stephen und sagte, er würde ebenfalls gerne wissen, wer der Erbe sei.

«Es sind da zwei Legate ausgeschrieben», sagte Blyth. «Miss Paula Herriard erbt 15000 Pfund, Mr. Joseph Herriard 10000 Pfund. Das übrige, einschließlich Haus und Besitz, geht bedingungslos auf Mr. Stephen Herriard über.»

Einen Augenblick lang herrschte Schweigen. Stephen warf den Kopf herum und starrte seinen Onkel an. «Wozu in des Teufels Namen hast du das getan?»

Sogar Blyth zeigte sich überrascht. Der Inspektor stand dort und beobachtete Stephen mit dem Interesse des Kenners. Joseph sagte: «Es war Nat, alter Junge, nicht ich. Ich half ihm nur, es niederzuschreiben.»

«Du brachtest ihn dazu, mir ein Vermögen zu hinterlassen.»

Der wilde, höhnende Ton in Stephens Stimme veranlaßte Mottisfont, den Mund vor Staunen weit aufzusperren. Der Inspektor wandte sich von Stephens wütendem Gesicht dem besorgten Joseph zu und wartete.

«Stephen, ich kann es nicht ertragen, daß du so bitter sprichst. Du weißt, du warst Nat alles. Ich brauchte ihn nicht dazu zu bringen, dich als Erben einzusetzen. Es war immer seine Absicht gewesen. Das einzige, was ich tat, war, ihn zu überreden, ein richtiges Testament zu machen.»

«Ich finde das sehr anständig von Ihnen, Joe», sagte Mottisfont, unfähig, sich zu beherrschen. «Sie waren ja schließlich Nats Bruder. Zehntausend nur! Nun, das hätte ich nie gedacht.»

Joseph lächelte eines seiner merkwürdigen Lächeln. «Für mich ist das ein furchtbar großer Betrag. Ich konnte niemals mit Geld umgehen. Man kann mich einen unpraktischen alten Narren nennen, wenn man will, aber es wäre mir sehr unangenehm, wenn Nat mir mehr hinterlassen hätte.»

Auf diese so ungewöhnliche Darlegung wußte niemand etwas zu sagen. Nach einer Pause räusperte sich Blyth und erkundigte sich, ob der Inspektor seines verstorbenen Klienten Papiere durchsehen wolle.

«Ich kann nicht den geringsten Sinn darin erkennen», gab Mottisfont zu bedenken. «Sie werden doch wohl kaum irgendein Licht auf den Mordfall werfen.»

«Das weiß man nie, Sir», sagte Hemingway freundlich, aber sehr bestimmt.

Der Inhalt von Nathaniels Schreibtisch erwies sich als unwichtig. Ganz offensichtlich war Nathaniel ein methodischer Mensch gewesen, der seine Papiere ordentlich beisammenhielt und keine Korrespondenz hortete. Man fand einen Brief jüngsten Datums von Paulas Hand. Ihre ungezügelte Schrift bedeckte vier Seiten, aber abgesehen von der gereizten Bemerkung, es sei gemein von ihrem Onkel, Willoughby Roydons Werk nicht unterstützen zu wollen, enthielt der Brief nichts, was darauf hinwies, daß sie gegen ihn irgendwelche Feindseligkeit hege. Keiner der anderen privaten Briefe schien für den Fall von Bedeutung zu sein, und nachdem der Inspektor sie flüchtig durchgesehen hatte, wandte er sich den Geschäftsbriefen zu, die Blyth eben sortierte. Auch diese waren nach Hemingways Ansicht uninteressant. Während er sie durchging, blickte Blyth, der einige zusammengeheftete Blätter studierte, immer wieder auf Mottisfont. Schließlich legte er sie stillschweigend vor den Inspektor.

Hemingway nahm die Blätter auf und begann den ersten Brief zu lesen. Er stellte offensichtlich die Antwort auf ein Ersuchen um eine Information dar. Er war so zurückhaltend abgefaßt, daß der Inspektor sich daraus kein genaues Bild über die Geschäfte machen konnte, welche die Firma Herriard und Mottisfont betrieben hatte. Diesem Schreiben war der Rohentwurf eines weiteren Briefes von Nathaniel angefügt. Wütende Ausdrücke wie *krasse Narretei, unnötige Risiken* und *tollpatschige Dummheit* kamen reichlich vor und hatten einen zweiten Brief von Mottisfont bewirkt, in welchem er ziemlich förmlich darauf hinwies, sein Partner ginge nicht mit der Zeit, sei praktisch schon zu lange dem Geschäftsleben fern gewesen, um die Erfordernisse der modernen Zeit zu erkennen.

Der vierte und letzte Brief war wieder eine Kopie in Nathaniels Handschrift. Er war ganz kurz. Es wurde darin mit vernichtender Endgültigkeit festgestellt, mit «diesem Geschäft» sei unverzüglich Schluß zu machen. Wenngleich Nathaniel während der letzten Jahre auch nur wenig aktiven Anteil an dem Geschäft, das seinen Namen trug, genommen hatte, war sein Veto doch endgültig und ließ kein Argument mehr zu.

Der Inspektor legte diese Papiere gesondert zur Seite und würde den kleiner werdenden Stoß vor sich weiter durchgesehen haben, hätte nicht Mottisfont mit dem ihm eigenen freudlosen Lachen gesagt: «Nun, wenn das meine Korrespondenz mit Mr. Herriard über das Chinageschäft ist, und wie ich sehen kann, ist sie das, zweifle ich nicht daran, daß Sie wissen wollen, wie das Ganze zusammenhängt, Inspektor.»

«Wenn Sie dieser Ansicht sind, Sir, nun, was hat das Ganze für eine Bewandtnis?» fragte Hemingway.

Mottisfont holte Atem. «Meine Firma – eine private Gesellschaft – handelt mit ostindischen Waren.»

«Wie setzt sich die Gesellschaft zusammen, Sir?»

«Eine private Gesellschaft mit beschränkter Haftung. Die Anteile gehörten uns dreien: Nathaniel Herriard, Stephen Herriard und mir.»

«In welchem Verhältnis, Sir?»

«Nathaniel besaß 70 Prozent von den Anteilen, ich 20 und Stephen Herriard 10. Als sich Nathaniel tatsächlich von der aktiven Mitarbeit zurückzog, wurde ich leitender Direktor.»

«Und Sie, Sir?» fragte Hemingway und blickte auf Stephen.

«Hatte damit nichts zu tun. Die Anteile fielen mir zu, als ich einundzwanzig Jahre alt war.»

«Das Geschäft wurde nur von Nathaniel und mir geführt», erklärte Mottisfont. «Nun, er zog sich vor einigen Jahren mehr oder weniger zurück und überließ mir die Leitung.»

«Was heißt mehr oder weniger, Sir?»

«Weniger», sagte Stephen.

Mottisfont überging diese Unterbrechung geflissentlich. «Ich glaube nicht, daß jemand, der Nathaniel kannte, seine Herrschsucht bestreiten will. Er mußte seine Hände immer im Spiel haben.»

Joseph protestierte dagegen. «Edgar, ich muß Sie darauf hinweisen, daß dieses Spiel von Ihnen selbst arrangiert war.»

«Oh, ich spreche es ihm nicht ab, zu seiner Zeit ein sehr kluger Geschäftsmann gewesen zu sein. Aber Sie wissen so gut wie ich, daß er in der Vergangenheit steckengeblieben war. Er konnte nicht mit der Zeit gehen. Verlor den Überblick.»

«Irgendwelche Differenzen zwischen Ihnen und Mr. Herriard bezüglich der Führung der Firma?» fragte Hemingway.

«Ja, viele. Der Handel ging während der letzten Jahre sehr zurück, besonders in unserer Branche. Ich mußte mir die Möglichkeit, meine eigenen Wege zu gehen, immer erkämpfen. Die Briefe, die Sie eben in Händen haben, beziehen sich auf ein Geschäft, das ich durchdrücken wollte und vor dem er Angst hatte. Ich könnte Ihnen Dutzende anderer Briefe von der gleichen Art zeigen, wenn ich sie nicht vernichtet hätte.»

«Um was für ein Geschäft handelte es sich hier?»

«Nun, wenn Sie kein Geschäftsmann sind, glaube ich, werden Sie das nicht verstehen», sagte Mottisfont.

Stephens Lippen kräuselten sich. «Nichts daran, das man nicht verstehen könnte», sagte er derart barsch, daß Mottisfont überrascht aufsah.

«Es war mir nicht bekannt, daß Nathaniel Sie ins Vertrauen gezogen hätte», sagte Mottisfont, wobei seine Augenlider hinter der Brille zuckten.

Stephen lachte. Joseph legte eine Hand auf seinen Arm. «Sei ruhig, alter Junge, wir wollen keinen Unfrieden machen. Nicht wahr?»

«Verdammt noch mal! Faß mich nicht an!» rief Stephen und schüttelte ihn ab. «Ich hab genug von Mottisfonts hübscher Schilderung über seinen nicht existierenden totalen Einfluß auf Onkel Nat. Sie lebten in tödlicher Furcht vor ihm, und Sie wissen das sehr gut!»

«Wie wagen Sie, mit mir zu sprechen?» stammelte Mottisfont.

«Sie wußten nichts über meine Beziehungen zu Nat. Nichts! Weil Sie zu nichts Besserem taugten, als mit ihm zu streiten, deshalb glauben Sie, niemand sonst hat Verstand.»

«Edgar! Stephen!» flehte Joseph und rang die Hände. «Das ist euer nicht würdig. Was muß der Inspektor denken!»

Die Nichtigkeit dieser gequälten Frage entlockte Stephen ein Knurren, veranlaßte aber Hemingway, heiter zu sagen: «Ach, Sie brauchen auf mich keine Rücksicht zu nehmen, Sir. Vielleicht würde mir Mr. Stephen Herriard, da er über alles informiert zu sein scheint, erklären, was das für ein Geschäft war, bei dem sein Onkel nicht mithalten wollte.»

«Waffenschmuggel», sagte Stephen.

Mottisfont umklammerte die Sessellehne, als wollte er aufspringen, ließ sich jedoch wieder zurückfallen. «Es ist nicht schwierig, sich vorzustellen, daß Sie einem Menschen ein Messer in den Rücken stoßen», sagte er bebend.

«Das war unverzeihlich von Ihnen, Edgar, unverzeihlich», sagte Joseph.

«Jaja, was ich sage, ist unverzeihlich. Aber was Ihr kostbarer Neffe sagt, ist etwas ganz anderes. Nicht wahr?» schnarrte Mottisfont.

«Edgar, Sie wissen ebensogut wie ich, wie Stephen ist. Ich entschuldige ihn nicht, aber ihn derart aufzubringen, wegen dieses absurden Unsinns über den Waffenschmuggel! – Schämen Sie sich, Edgar. Natürlich glaubt niemand, daß Sie mit einer solchen Sache etwas zu tun haben. Es ist ja beinahe wie in einem dieser düsteren Filme, für welche ich, ach Gott, zu alt bin, um daran Gefallen zu finden.»

«Nur mit dem Unterschied, daß es wahr ist», sagte Stephen.

«Wirklich, Stephen! Ich habe für einen Scherz ebensoviel übrig wie sonst jemand. Aber ist das jetzt der gegebene Augenblick dafür, mein Junge?»

Der Inspektor, der Mottisfont beobachtet hatte, sagte: «Ich möchte Sie, meine Herren, nicht unterbrechen, aber vielleicht kommen wir alle besser voran, wenn ich klarstelle, daß ich zur Zeit an dem, was ich mir unter Ihrem Chinageschäft vorstelle, Mr. Mottisfont, nicht interessiert bin.»

Joseph erhob die Hand. «Edgar, ist das denn möglich?»

«Gerechter Himmel, Joseph, das ist doch nicht so tragisch», sagte Mottisfont. «Es gibt sehr viele Menschen, die es als einen Justizirrtum bezeichnen, daß die Versendung von Waffen nach China untersagt ist.»

«Aber es ist doch illegal», sagte Joseph ganz verschreckt. «Sie wollen sagen, Sie hatten die Absicht, sich in einem illegalen Geschäft zu engagieren?»

«War engagiert und ist engagiert», sagte Stephen. «Ein sehr lukratives Geschäft, der Waffenschmuggel.»

«Ja denn, es ist ein lukratives Geschäft», sagte Mottisfont mit plötzlicher Freimütigkeit. «Man kann eine Sache immer von zwei Seiten betrachten, und ich schäme mich keineswegs, Waffen nach China zu verkaufen. Ja noch mehr: Nat wäre bald meiner Ansicht geworden.»

«Nat», sagte Joseph mit tiefer Stimme, «war die Ehrbarkeit in Person. Er hätte niemals zugestimmt.»

Der Inspektor blickte ihn an. «Hatte er Sie nicht ins Vertrauen gezogen, Sir?»

«Nicht was geschäftliche Dinge anlangte», bekannte Joseph. «Ich hatte niemals auch nur den geringsten Sinn für das Kaufmännische.»

«Und Sie, Sir?» Hemingway wandte sich an Stephen. «Was wissen Sie eigentlich darüber?»

«Die Tatsachen. Mein Onkel erfuhr von dem Waffenschmuggel und war darüber nicht erfreut. Das heißt, er war verdammt ärgerlich.»

Der Inspektor sagte: «Wenn es Ihnen nichts ausmacht, Sir, dann würde ich gerne wissen, wie die Dinge wirklich lagen. Wie lauten die Statuten der Gesellschaft? Was geschieht mit Mr. Herriards Anteilen?»

«Sie sind den verbleibenden Aktienbesitzern anteilig anzubieten», erwiderte Mottisfont. «Eine durchaus übliche Anordnung.»

«Das heißt, daß Sie somit in den Besitz von zwei Dritteln der Anteile in der Gesellschaft kämen und Mr. Stephen ein Drittel erhalten würde.»

«Gewiß.»

«Wie steht es mit dem Gewinn?»

Stephen entfernte die Pfeife aus dem Mund. «Aus der Gebarung der letzten drei Jahre. Schürzt sich der Knoten nicht?»

«Ich hoffe, Sie wissen, wie das gemeint ist. Ich kann nur sagen, ich weiß es nicht», fuhr Mottisfont auf.

Stephen lächelte. «Ich meine bloß, daß sich die Dinge für Sie sehr glücklich entwickeln.»

Diese Bemerkung rief bei Mottisfont einen solchen Zornesausbruch hervor, daß nicht nur Joseph, sondern auch Blyth intervenierte. Während diese drei Stimmen durcheinanderredeten, stand Stephen, seine Pfeife rauchend und sardonisch grinsend, da. Der Inspektor teilte seine Aufmerksamkeit zwischen ihm und den gereizten Äußerungen Mottisfonts. Joseph bat wieder und wieder, Mottisfont möge doch nichts sagen, was er später bedauern müßte. Er erreichte damit jedoch nur, daß Mottisfont schrie, er hätte genug von Josephs unberufener Einmischung, und es würde ihn nicht überraschen festzustellen, daß er von Anbeginn an mit Stephen gemeinsame Sache gemacht habe.

Der Inspektor hielt es für an der Zeit, diesem Auftritt ein Ende zu bereiten. Er sagte, er wolle die Akteure nicht länger bemühen. Stephen entfernte sich sofort, und nachdem Mottisfont einige Bemerkungen über die ganze Familie Herriard gemacht hatte, ging auch er ab. Der Inspektor blickte auf Joseph, der jedoch keine Anstalten machte, den anderen zu folgen. Sobald sich die Tür hinter Mottisfont geschlossen hatte, sagte er: «Die Nerven spielen uns armen Menschen manch seltsamen Streich. Ich glaube, Inspektor, Sie sahen gewiß schon zuviel, um den verrückten Dingen, die ein Mensch unter nervlicher Anspannung sagt, eine Bedeutung beizumessen. Es war dies ein schwerer Schock für meinen alten Freund Mottisfont. Es warf ihn aus dem Gleichgewicht. Sie müssen das glauben.»

«Ich glaube es», erwiderte Hemingway.

«Meiner Meinung nach war es eine ziemliche Herausforderung», bemerkte Blyth trocken.

«Jaja, ich weiß. Das war es», stimmte Joseph zu. «Stephen hat eine verdammte Zunge. Ich entschuldige ihn nicht. Aber ich glaube, ich kann mir zugute halten, ihn besser zu kennen als sonst jemand, und ich möchte die Gelegenheit nicht versäumen, zu sagen, daß seine Bemerkungen vorhin auf keinen Fall ohne Veranlassung gemacht wurden. Mottisfonts Haltung ihm gegenüber grenzt seit meines armen Bruders Tod nahezu an Feindschaft.»

«Wissen Sie, weshalb?» fragte Hemingway.

Joseph schüttelte den Kopf. «Es gibt keinen Grund, ausgenommen den, daß Mottisfont auf Stephen eifersüchtig zu sein scheint.»

«Würden Sie behaupten, daß Mr. Stephen auf Ihren Bruder einen Einfluß hatte?»

«Kaum. Aber mein Bruder hatte ihn sehr gern. Und Stephen hatte auch sehr viel für meinen Bruder übrig, wie immer Mottisfont das auslegen mag. Sie wissen, wie das ist, Inspektor. Mein Neffe gehört nicht zu den Menschen, die zeigen, was sie fühlen. Den armen Mottisfont wühlte der Tod meines Bruders sehr auf. Stephen natürlich auch, aber er zeigte es nicht. Und das verleitete Mottisfont zu der Ansicht – nun, ich weiß keinesfalls, was er denkt, aber jene unglückliche Sache mit der Zigarettendose veranlaßte ihn, eine oder zwei Bemerkungen zu machen, die nicht ganz erwünscht waren.»

«Mr. Mottisfont bezeichnete es als verdächtig, daß die Zigarettendose in Mr. Herriards Zimmer gefunden wurde?»

«Oh, ich weiß nicht, ob er so weit ging. Ich bin jedenfalls überzeugt, die Zigarettendose hat überhaupt nichts zu bedeuten. Es gibt wahrscheinlich ein Dutzend Erklärungen dafür, daß man sie in meines Bruders Zimmer fand.»

«Mr. Herriard», fragte der Inspektor, «sprachen Sie jemals Ihrem Neffen gegenüber von dem Testament, das Sie Ihrem Bruder aufsetzen halfen?»

«Nein, ich erzählte nichts», sagte Joseph rasch. «Warum denn? Das wäre nicht richtig gewesen. Sie dürfen dem, was Mr. Mottisfont sagte – daß ich Stephen eine Andeutung gemacht hätte, er wäre der Erbe –, keine Bedeutung beimessen. Ich kann Ihnen versichern, Inspektor, daß ich das niemals tat. Die einzige Person, zu der ich jemals etwas sprach – und das nur in ganz allgemeinen Worten –, war Miss Dean.»

«Was sagten Sie zu ihr, Sir?»

«Es war nichts, dem sie etwas Bestimmtes hätte entnehmen können – ja, ich sagte ihr, meine Lippen wären versiegelt. Ach, und ich hätte ihr das nicht sagen sollen; nicht einmal das. Sie werden mich für einen sentimentalen alten Narren halten, nehme ich an, aber mein einziger Wunsch war, einige Unebenheiten zu glätten, wenn ich konnte.»

«Zwischen Mr. Stephen und dem Verstorbenen?»

«Nun ja», gab Joseph zu. «Es hat keinen Sinn, Ihnen zu verheimlichen, daß mein armer Bruder in einer sehr schlechten Laune war. Ich tat mein Bestes, Öl auf die Wogen zu gießen, und ich will offen zugeben, daß ich wie auf glühenden Kohlen saß, weil ich fürchtete, Stephen könnte alle seine Chancen aufs Spiel setzen, indem – indem er seinen Onkel reizte. Deshalb sprach ich mit Miss Dean.»

«So meinen Sie also, er hatte keine Kenntnisse von diesem Testament, außer Miss Dean erzählte ihm davon?»

«Von mir erfuhr er nichts. Ich weiß nicht, was mein Bruder ihm gesagt hatte, aber ich kann Ihnen versichern, ich erwähnte niemals etwas darüber.»

Des Inspektors ausgezeichnetes Gedächtnis erwies sich wieder einmal als unüberwindlich. «Aber als Mr. Herriard und sein Neffe nach der Vorlesung von Mr. Roydons Stück die Auseinandersetzung hatten, sprach da Mr. Herriard nicht davon, einige Änderungen vornehmen zu wollen?»

«Wirklich, ich glaube nicht, so etwas gehört zu haben. Es wäre jedenfalls eine Bemerkung, zu der er sich hätte können hinreißen lassen, wenn er schlecht gelaunt war.»

«Aber es würde andeuten, nicht wahr, daß er Ursache hatte zu glauben, Mr. Stephen wußte von dem Vorhandensein des Testaments.»

«Es könnte so sein», stimmte Joseph unglücklich zu. «Aber Sie können nicht annehmen, daß Stephen – o nein! Nein! Ich weiß, daß die Dinge für meinen Neffen schlechtstehen, aber ich persönlich bin überzeugt, der Mord wurde von niemandem, den dieses Dach beherbergt, begangen.»

«Wie das, Sir? Welche Gründe haben Sie für diese Ansicht?» fragte der Inspektor rasch.

«Manchmal», antwortete Joseph, «erweist sich Intuition nützlicher als verstandesmäßige Überlegung, Inspektor.»

«Ich werde mich dafür mit Ihrem Wort begnügen müssen, Sir», erwiderte der enttäuschte Inspektor. «Ich selbst kam noch nicht zu diesem Schluß.»

«Versuchen Sie, vorurteilslos zu sein», bat Joseph.

«Dazu bin ich verpflichtet», sagte Hemingway etwas säuerlich. «Wenn Sie gestatten, dann möchte ich jetzt beenden, was ich mit Mr. Blyth hier noch zu tun habe.»

Joseph ging weg, die Stirn in kummervollen Falten. Blyth sagte mit leichtem Lächeln: «Er meint es gut, Inspektor.»

«Ja, das ist eine Untugend, mit welcher mehr Ungelegenheiten geschaffen werden als durch sonst etwas. Wenn Sie mich fragen: sehr wahrscheinlich würde es überhaupt zu keinem Mord gekommen sein, wenn er nicht die Idee mit dem Frieden, dem guten Willen und der Versammlung all dieser höchst ungleichen Menschen unter ein und demselben Dach zur gleichen Zeit gehabt hätte.»

Die Durchsicht der restlichen Papiere dauerte nicht lange. Es fand sich nichts Wichtiges darunter. Der Anwalt konnte sich daher bald den übrigen in der Bibliothek anschließen, und Hemingway ging fort, seinen Sergeant zu suchen.

Ware empfing ihn mit einem fragenden Blick in der Halle.

«Nicht viel», sagte Hemingway. «Der junge Stephen ist der Erbe. Es geht in Ordnung. Hatten Sie Erfolg?»

«Könnte ich nicht gerade sagen», erwiderte Ware. «Aus dem Personal ist nicht viel herauszubekommen – nichts Gescheites, meine ich. Aber eine etwas eigenartige Sache fiel mir auf. Ich sah mich so ein bißchen um und ging in das Billardzimmer. Dort traf ich eine alte Dame an, Mrs. Herriard, glaube ich. Sie war dabei, das Zimmer förmlich auf den Kopf zu stellen. Sie suchte etwas. Ich beobachtete sie eine ganze Minute, bevor sie mich gewahrte. Eine Ecke des Raumes ist mit einer Sitzgruppe ausgestattet, und dort suchte sie unter den Polstern, tastete mit der Hand die Seiten des Sessels hinab, so, als glaubte sie, irgend etwas wäre zwischen der Polsterung hinabgerutscht. Sie stieß einen kleinen Überraschungsruf aus, als sie mich sah.

«Eine Nachforschung also! Könnte vielleicht interessant sein.»

«Ja. Aber als ich sie fragte, ob sie etwas verloren habe, schien sie keineswegs verlegen. Sie sagte, sie habe ein Buch verloren.»

«Nun, dann wird sie es eben tatsächlich verloren haben. Aber ich möchte sie gerne sprechen», sagte Hemingway.

«Sie ist noch dort, Sir.»

Als Joseph damit begonnen hatte, den Weihnachtsbaum abzuräumen, hatte er einen kleinen hölzernen Eimer in das Billardzimmer gebracht. Er war halb gefüllt mit Flitter und Knallbonbons, und als Hemingway, von Sergeant Ware geführt, in das Zimmer kam, beschäftigte sich Maud damit, in diesem Eimer herumzuwühlen. Sie nahm des Inspektors Kommen mit einem Nicken und einem kleinen Lächeln zur Kenntnis und sagte, man würde es nicht für möglich halten, wie leicht man Dinge verlegen könne.

«Ein Buch ist es, Madam?» fragte Hemingway.

«Ja, und es ist ein Buch aus der Leihbücherei; also muß es gefunden werden. Natürlich wird es auftauchen, wie das zumeist so ist, und dann immer an Plätzen, wo man es am wenigsten erwartet.»

«Wie zum Beispiel in einem Kübel voll von Weihnachtsdekorationen», meinte Hemingway mit fragendem Blick.

«Man kann nie wissen», sagte Maud unbestimmt. «Ich verlegte einmal einen Schuhlöffel. Nach drei Tagen fand man ihn zufällig in einem Kohleneimer, und ich weiß bis heute nicht, wie er dort hinkam. Ich nehme wohl an, Sie werden das Haus ebenfalls durchsuchen, und sollten Sie dabei auf mein Buch stoßen, wäre ich Ihnen sehr dankbar, wenn Sie es mir sagen wollten. Es heißt: ‹Das Leben der Kaiserin Elisabeth von Österreich›. Nein, das Buch ist nicht hier. Es ist ermüdend.»

Sie lächelte, nickte wieder und begab sich aus dem Zimmer, kehrte jedoch einige Minuten später wieder zurück, um dem Inspektor zu sagen, er möge sich wegen ihres Buches nicht eigens bemühen; sie wüßte, er hätte andere Dinge im Kopf.

Der erstaunte Sergeant wechselte einen Blick mit seinem Vorgesetzten, aber Hemingway versicherte Maud, er würde die Augen offenhalten.

«Nun», stieß der Sergeant hervor, als Maud wieder gegangen war. «Was halten Sie davon?»

«Ich würde sagen, sie suchte ihr Buch.»

Der Sergeant war enttäuscht. «Ich dachte, sie könnte nach der

Waffe gesucht haben, mit der der alte Mann ermordet wurde. Die Sache schien mir faul.»

«Sie brauchte gar nicht soviel zu suchen», sagte der Inspektor. «Nicht, wenn sich die Waffe in diesem Raum befinden soll. Was ist los mit Ihren Augen, mein Freund?»

Der Sergeant sah herum. Hemingway wies mit dem Finger auf die Wand oberhalb des Kamins. Dort hing ein Hirschgeweih, flankiert von zwei alten Steinschloßpistolen, einigen Dolchen in verzierten Scheiden und ein paar anderen Waffen, wie zum Beispiel einer Zulukeule und einer Hellebarde aus dem 17. Jahrhundert.

«Steigen Sie auf den Sessel und sehen Sie sich einmal diese zwei Dolche an. Und rühren Sie sie bloß nicht an», sagte Hemingway wütend.

Der Sergeant schluckte die Beleidigung und zog einen Sessel herbei.

«Befindet sich auf diesen Dolchen Staub?» fragte Hemingway.

Der Sergeant, der auf dem Sessel stand, streckte sich empor und stützte sich mit einer Hand gegen die Mauer. «Nein, das heißt ja, an den Unterseiten.»

«Beide frei von Staub auf der äußeren Seite?»

«Ziemlich. Auch die Hellebarde, sorgfältiges Personal in diesem Haus.»

«Reichen Sie mir diese Dolche herunter.»

Der Sergeant gehorchte und verwendete dabei sein Taschentuch. Hemingway nahm die Dolche entgegen und prüfte sie sorgfältig. Es war offenkundig, daß die Scheiden zumindest nicht vor kurzem heruntergenommen worden waren, denn es lag Staub an den Unterseiten, und an der Mauer zeigten sich dort, wo sie gesteckt hatten, einige strähnige Spinnweben.

Nachdem er vom Sessel heruntergestiegen war und die Messer studiert hatte, gab der Sergeant zu verstehen, daß nach seiner Meinung keines der beiden benutzt worden sei.

«Sehen Sie nochmals hin», befahl Hemingway. «Bemerken Sie etwas an den Griffen?»

Der Sergeant blickte Hemingway rasch an, dann beugte er sich nochmals über die Dolche. Als Hemingway sie hochhielt, war der

Staub darauf klar sichtbar. Jede Scheide war dort, wo sie gegen die Mauer gelegen hatte, mit einer dünnen Staubschicht bedeckt, und so verhielt es sich auch bei dem einen Griff, der andere aber zeigte nicht ein Stäubchen, auf keiner Seite.

Der Sergeant holte tief Atem. «Du lieber Gott, Chef, Sie sind aber schnell», sagte er respektvoll.

«Sie können diesen einen wieder zurückstecken», sagte Hemingway. «Er wurde nicht berührt, aber dieser kleine Bursche hier wurde erst vor kurzem aus der Scheide herausgezogen, oder ich will Meier heißen.» Er hielt ihn zum Licht empor und prüfte den Griff sorgfältig nach Fingerabdrücken. «Wenn die Experten ihn untersuchen, werden sie feststellen, daß die Fingerabdrücke sorgfältig abgewischt wurden. Borgen Sie mir Ihr Taschentuch, ja?»

Der Sergeant gab es ihm. Behutsam nahm Hemingway den Dolch zwischen Klinge und Griff mit Hilfe des Taschentuchs auf und zog ihn aus der Scheide. Er glitt leicht heraus. Die dünne Klinge wies nahe dem Griff einen kleinen Fleck auf. Der Sergeant wies mit einem Finger darauf, und Hemingway nickte. «Den übersah er! Nun, ich glaube, wir haben hier die Waffe, mit der Nathaniel Herriard ermordet wurde.» Als er im Gesicht seines Untergebenen einen Ausdruck froher Erregung bemerkte, sagte er abdämpfend: «Wahrscheinlich wird es uns nicht sehr viel weiterhelfen, aber es ist sehr gut, es zu wissen.»

«Ich sehe nicht ein, warum es uns nicht weiterhelfen sollte?» warf Ware ein. «Es beweist zumindest, daß jemand aus dem Haus den Mord beging.»

«Wenn Sie das als Hilfe bezeichnen, ich tue es nicht», sagte Hemingway. «Natürlich tat es jemand vom Hause. Und ein hübsches hochklassiges Stück Arbeit dazu! Hier werden sich keine Fingerabdrücke finden. Das müssen Sie unserem unbekannten Freund schon einräumen. Er denkt an alles. Er wählt eine Waffe, welche neun von zehn Leuten Tag für Tag anstarren, ohne sich ihrer bewußt zu werden. Er wählt eine Zeit, da das Haus voll von Gästen ist, die alle ihre Gründe haben, den alten Herriard aus dem Weg zu wünschen, und wählt den Moment, da jedermann sich zum Dinner umzieht, um seinen Feind zu ermorden. Dann steckt er das Messer wieder an seinen Platz. Sehr lehrreich, mit diesem Vogel zu tun zu haben.»

Der Sergeant sah sinnend die Mauer hoch. «Ja, und mehr noch: Er konnte das Messer jederzeit genommen haben. Er ließ ja die Scheide an ihrem Platz.»

«Noch wichtiger aber ist, daß das Messer jederzeit wieder zurückgesteckt werden konnte, nachdem alle zu Bett gegangen waren.»

12

Der Inspektor hatte den Dolch und die Scheide kaum in einer Schachtel verwahrt, als Sturry eintrat, mit einem Ausdruck erhabener Resignation auf der Türschwelle stehenblieb und sagte: «Mr. Joseph, Inspektor, bat mich anzufragen, ob Sie und der andere Polizist etwas zu speisen wünschen.»

«Nein, danke», sagte Hemingway. Sturry verbeugte sich leicht. Sein eiskalter Blick ging zunächst in Richtung des Sessels, den der Sergeant verwendet hatte, um die Messer herunterzuholen, und hob sich dann aufwärts. Ein Heben seiner Brauen deutete an, daß er das Fehlen des einen Messers bemerkt hatte. Er ging nach vorne und stellte den Sessel wieder an seinen Platz an der Wand. Dann brachte er einige Polster in Ordnung und zog sich schließlich wieder zurück.

Der Sergeant hatte sein Tun mißbilligend beobachtet und sagte nun: «Der Kerl gefällt mir nicht.»

«Sie haben bloß Minderwertigkeitskomplexe», meinte Hemingway. «Es paßt Ihnen nicht, daß er Sie den ‹anderen Polizisten› nannte.»

«Schnüffelt herum», sagte der Sergeant finster. «Er sah, daß der Dolch weg ist. Er wird diese Neuigkeit im ganzen Haus herumerzählen.»

«Dann können wir einige interessante Reaktionen erwarten», erwiderte Hemingway. «Kommen Sie, wir nehmen den Dolch mit und gehen etwas essen. Ich brauche Zeit, um nachzudenken.»

Er war ungewöhnlich still während des heißen, kräftigen Mahls, mit dem sie der Koch vom Wirtshaus «Zum Blauen Hund» versorgte. Der Sergeant, der seinen Chef kannte, versuchte nicht, mit ihm zu sprechen. Erst als sie beim Käse angelangt waren, erlaubte er sich zu sagen: «Ich dachte über die Waffe nach.»

«Ich nicht», entgegnete Hemingway. «Ich dachte über die verschlossene Tür nach. Es muß dafür einen Grund geben. Einen ziemlich bedeutenden sogar. Wer immer Nathaniel Herriard ermordete und die Tür hinter sich versperrte, mußte mit dem teuflischen Zufall rechnen, dabei gesehen zu werden. Er tat es nicht zum Spaß.»

«Nein», stimmte der Sergeant zu und dachte darüber nach. «Sie dürften recht haben. Aber welchen Grund hatte er denn?»

Hemingway antwortete nicht. Nach einer Weile begann der Sergeant langsam: «Wäre es nicht möglich, daß der Mörder das Zimmer betrat und hinter sich die Tür abschloß –»

«Dann würde der alte Herriard Lärm geschlagen haben.»

«Nicht, wenn es sein Neffe war. Er könnte gedacht haben, Stephen wolle mit ihm plaudern und verhindern, daß sie der Diener störe.»

«Und weiter?» fragte Hemingway mit schwachem Interesse.

«Nun, Stephen oder sonst jemand ermordete ihn. Sie erinnern sich, daß uns der Diener sagte, er sei vorbeigekommen, habe an der Tür probiert und sie versperrt gefunden. Nehmen Sie an, der Mörder befand sich zu diesem Zeitpunkt noch im Zimmer.»

«Gut, ich nehme es an. Was weiter?»

Der Sergeant rieb sich das Kinn. «Er könnte gedacht haben, er müsse die Tür dann eben wieder absperren, wenn er das Zimmer verließ.»

«Warum?»

«Möglicherweise, um Zeit zu gewinnen. Nicht wahr? Er mag davon ausgegangen sein, daß sich die in Frage kommende Tatzeit gefährlich einengen würde, wenn etwa ein oder zwei Minuten später abermals jemand an der Tür probierte und sie dann unversperrt fände. Ich will nicht sagen, daß ich ganz klar sehe –»

«Nein, das sagt auch sonst niemand», unterbrach Hemingway.

«Es könnte aber einen Grund gegeben haben», beharrte der Sergeant störrisch.

«Es könnte ein halbes Dutzend Gründe gegeben haben, aber was Sie zu vergessen scheinen, ist, daß es gar nicht so leicht ist, Schlüssel von der anderen Seite der Tür umzudrehen.»

«Er konnte es, indem er durch den Schlüsselring einen Bleistift steckte, an dem eine Schnur angebracht war.»

«Ja, aber dazu fehlen uns die Beweise. Im Gegenteil, wir besitzen genug Beweise dafür, daß er es nicht tat.»

«Gab es auf dem Schlüssel irgendwelche Fingerabdrücke?» erkundigte sich der Sergeant.

«Die des alten Herriard und die des Dieners; allerdings beträchtlich verwischt. Wie es zu erwarten war.»

Der Sergeant seufzte.

«Gehen wir zur Polizeistation», bestimmte Hemingway. «Ich werde mir den Schlüssel noch einmal ansehen.»

Aber auch die Untersuchung des Schlüssels führte zu keinen neuen Ergebnissen. Es war ein großer Schlüssel und erst vor kurzem eingefettet worden. «Was es noch unwahrscheinlicher macht, daß er von außen umgedreht wurde», sagte Hemingway. «Um damit zu beginnen: Ich bezweifle, daß ein *Oustiti* auf einer solchen fetten Oberfläche gegriffen hätte. Und um damit weiterzugehen: wir müßten auf dem Fett den Eindruck der Nute sehen.» Er betrachtete den Schlüsselring sorgfältig durch ein Vergrößerungsglas und schüttelte den Kopf. «Nichts, nichts. Ich bin überzeugt, damit wurde nicht manipuliert.»

«Was bedeutet», sagte der Sergeant nachdrücklich, «daß, wer immer diese Tür versperrte, es von innen tat.»

«Und sich dann entmaterialisierte wie ein Gespenst aus einer Gruselgeschichte. Reden Sie doch vernünftig!»

«Was hätte ihn davon abhalten können, sich im Zimmer zu verstecken, bis die Leiche gefunden wurde, und dann unbemerkt hinauszuschlüpfen, Sir?»

«Überhaupt nichts. Angenommen, Sie mögen hierin recht haben, aber Sie übersehen einen Umstand: Alle Mitglieder des Haushalts besitzen für die Zeit der Entdeckung ein Alibi. Denken Sie noch einmal nach.»

«Ich kann nicht», sagte der Sergeant offenherzig. «Es scheint mir, als müßten wir wieder auf das Oberlicht zurückkommen.»

«Es befindet sich erstens gute zwei Meter über dem Fußboden und ist zweitens so klein, daß ein mittelgroßer Mann Mühe hätte, sich durchzuzwängen.»

«Der Diener», sagte der Sergeant.

«Selbst wenn ich annehme, daß er durchkam, wie erreichte er den Fußboden?»

«Angenommen, er kam diesen Weg nicht herein, sondern war die ganze Zeit dort und entwich durch das Oberlicht?»

«Schlecht!» sagte Hemingway. «Ging er mit dem Kopf voran die Leiter hinunter?»

«Nein, so stelle ich es mir nicht vor», antwortete der Sergeant. «Es kam mir der Gedanke, er und Stephen könnten zusammengearbeitet haben. Stephen mochte, wenn er einen Sessel zu Hilfe nahm und wenn er gewandt war, durch das Oberlicht entkommen. Sobald er einmal mit den Schultern durch war, konnte er sich herauswinden und vielleicht an der Dachrinne einen Halt finden, bis er einen Fuß herausbekam. Sobald er einen Fuß auf der Leiter hatte, war alles geschafft.»

«Und was geschah mit dem Sessel unter dem Fenster?»

«Er könnte ihn wieder an seinen Platz gestellt haben, nachdem die Tür gewaltsam geöffnet worden war. Wem wäre das schon aufgefallen?»

«Mir leuchtet nicht ein, was Sie mit Stephen in Ihrem Märchen aus Tausendundeiner Nacht wollen. Warum überlassen Sie den ganzen Auftritt nicht dem Diener?» wollte der skeptische Inspektor wissen.

«Weil es ohne Stephen kein Motiv gibt», erwiderte der Sergeant. «Mein Gedanke ist der, daß Stephen den Diener bestach, ihm zu helfen. Ich sage nicht, daß der Diener den Mord verübte, das ginge zu weit.»

«Ich bin nur froh, zu wissen, daß Sie irgendwo eine Grenze ziehen», sagte Hemingway. «Gäbe es nicht so viele Umstände, die Sie alle übersehen haben, dann wäre es eine gute Theorie.»

Der Sergeant sagte resigniert: «Ich weiß, es gibt einige Ungereimtheiten, aber –»

«Wer stellte die Leiter auf?»

«Einer der beiden.»

«Wann?»

«Irgendwann», antwortete der Sergeant, fügte aber nach kurzem

Überlegen hinzu: «Nein. Nicht irgendwann, sondern erst, nachdem es dunkel geworden war.»

«Versuchten Sie jemals in der Dunkelheit eine Leiter an einem bestimmten Fenster anzulegen?»

«Nein, Sir. Aber wenn in dem bestimmten Fenster Licht brannte, würde es mir ohne weiteres gelingen.»

«Gewonnen», sagte Hemingway großmütig. «Ich werde Ihnen die Leiter geben. Wenn Sie mir jetzt noch sagen können, wie es Ford anstellte, sich in seines Herrn Zimmer aufzuhalten und gleichzeitig mit einem der Hausmädchen im Nähzimmer zu flirten, dann gehe ich schnurstracks hin und verhafte ihn.»

«Nach meiner Ansicht war der Mord zu der Zeit, da er die Hintertreppe heraufkam und in das Nähzimmer ging, schon verübt gewesen.»

«Mag sein, aber nicht durch ihn.»

«Ich muß immer wieder daran denken, daß er in des Ermordeten Zimmer nach Belieben ein und aus gehen konnte wie kein anderer. Darüber hinaus durfte er seine Fingerabdrücke überall hinterlassen, ohne irgendeinen Verdacht zu erregen. Ich nehme an, niemand sonst konnte die Fenster ohne besondere Vorsichtsmaßnahme berühren.»

Hemingway schüttelte den Kopf. «Bei diesen Fenstern kann man keine Messerklinge zwischen Flügel und Rahmen stecken, wenn es das ist, was Sie meinen.» Er runzelte plötzlich die Stirn. «Ich frage mich allerdings... Mein Junge, wir gehen zurück zum Haus. Dort können Sie sich nach einer handfesten Gartenleiter umsehen, und ich werde den alten Joseph Herriard auf Herz und Nieren prüfen.»

Joseph hatte während des ganzen Mittagessens versucht, Mrs. Dean dabei zu unterstützen, eine normale Konversation, wie sie es nannte, in Gang zu bringen. Nachdem sie heiter verkündet hatte, man müßte alle ungesunden Gedanken von sich weisen, gab sie einige Erinnerungen über einen Winteraufenthalt in Südfrankreich zum besten. Maud trug ihr Scherflein zur Unterhaltung bei, indem sie berichtete, daß Erzherzogin Sophie der Kaiserin die Kinder weggenommen und diese in einem Flügel des Schlosses eingesperrt hätte.

Aber niemand konnte verhindern, daß das Gespräch immer wieder auf den Mord gelenkt wurde. Zu sehr erfüllte der Gedanke daran ihren Sinn, und obgleich Stephen schweigsam und Maud geistesabwesend war, dauerte es nicht lange, bis das Verbrechen wieder zum beherrschenden Thema geworden war. Joseph ließ sich mitreißen. Er sagte vielleicht zum sechstenmal, er glaube fest, daß jemand von außerhalb des Hauses den Mord begangen habe. Daraufhin begann man zu erwägen, wie der Betreffende in Nathaniels Zimmer gelangt sein könnte. Valerie äußerte die Vermutung, es gäbe bestimmt einen geheimen Gang hinter der Eichentäfelung. Dieser aus einer momentanen Eingebung geborene Gedanke nahm sofort Besitz von ihr, und sie erklärte nochmals, daß sie zu große Angst habe, um noch eine Nacht unter diesem Dach zu verbringen.

Etwas unvermittelt ließ Paula sich vernehmen. «Ich möchte wissen, ob in das Zimmer des Onkels ein Weg führt, den wir nicht kennen. Weißt du etwas, Joe?»

«Mein Liebes, frage mich nicht», erwiderte Joseph und lachte. «Du weißt, dein alter Onkel hat für Altertümer nichts übrig. Ich könnte mir denken, daß dieses Haus geheime Gänge, Winkel und verborgene Türen hat. Oder gehört es vielleicht nicht einer solch netten und romantischen Epoche an? Stephen, du bist doch so eine Art Altertumsforscher – kläre du deine Schwester auf.»

Stephen warf ihm einen schwelenden Blick zu. «Ich habe keine Ahnung», sagte er kurz.

Mottisfont beeilte sich, in einem versöhnlichen Ton zu sagen: «Ich bin überzeugt, wenn es zu Nats Zimmer einen geheimen Zugang gäbe, Stephen würde das wissen.»

«Ich weiß gar nichts», erwiderte Stephen.

Josephs freundliches Lächeln verschwand. «Was meinen Sie damit, Edgar?»

Mottisfont hob die Brauen. «Nichts, als daß es allgemein bekannt ist, daß Stephen das Haus ebenso liebt, wie Nat es getan hat. Da dachte ich natürlich, er müßte die Geheimnisse kennen, wenn es welche gibt. Sie sind sehr empfindlich, Joe.»

«Ich stoße mich nicht an Ihrer spitzen Bemerkung», sagte Joseph. «Ich weiß, alles dies bedeutet eine große nervliche Belastung, Edgar, für uns alle und für einige von uns vielleicht mehr als für Sie. Wir könnten doch zumindest damit aufhören, einander gehässige Dinge zu sagen.»

«Ich wünschte, du könntest dich endlich von dem Gedanken befreien, daß ich deine Unterstützung brauche», sagte Stephen.

Mrs. Dean glaubte ihren besänftigenden Einfluß als Frau geltend machen zu müssen, hob einen Finger und sagte: «Nun, Stevie, ich muß Ihnen etwas sagen, was ich meinen Mädchen zu sagen pflegte, als sie noch klein waren: Nesthäkchen haben immer ja zu sagen.»

«Ich glaube nicht, daß sie das tun», bemerkte Roydon.

Wenn irgend etwas gefehlt hatte, um Mrs. Deans Abneigung gegen einen mittellosen Stückeschreiber vollkommen zu machen, dann war es dies. Mr. Blyth sah, wie ihre Wangen anliefen, blickte auf seine Uhr und gab die ungewöhnlich weise Bemerkung von sich, er dürfe seinen Zug nicht versäumen.

Somit erhob man sich vom Mittagstisch. Joseph machte sich geschäftig auf, um nachzusehen, ob der Wagen vorgefahren sei. Mrs. Dean meinte, die jungen Leute brauchten einen ordentlichen Marsch in frischer Luft. Valerie protestierte jedoch und sagte, es sei zu kalt, und überhaupt halte sie Spaziergänge im Schnee für ein lausiges Vergnügen. Während ihre Mutter sie beiseite nahm, um sie wegen ihrer Ausdrucksweise zu rügen, war Stephen verschwunden und Paula mit Roydon weggegangen, um die geplante Aufführung der «Bitternis» zu besprechen.

Maud sagte, sie nehme an, Mrs. Dean würde sich nach dem ermüdenden Vormittag gewiß gerne hinlegen.

«O nein, meine Liebe, nein», erklärte Mrs. Dean mit ihrem breiten Lächeln. «Ich sage Ihnen, mich kann nichts ermüden.»

«Dann können Sie sich glücklich schätzen», sagte Maud und raffte ihr Strickzeug und ein Magazin zusammen. «Ich komme ohne meinen Nachmittagsschlaf nicht aus.»

So war das also. Maud ging fort, und Mrs. Dean war der Gesellschaft von Edgar Mottisfont überlassen.

Mathilda war inzwischen Stephen in das Billardzimmer gefolgt und hatte mit ihm eine Partie auf hundert Punkte zu spielen begonnen. Während sie die Spitze ihres Queues einkreidete, sagte sie: «Ich wollte, du würdest Joseph in Ruhe lassen. Du weißt, er meint es so gut.»

«Mit diesen fünf Worten verdammst du ihn. Spiel die Rote an.»

«Laß mich auf meine Weise spielen», sagte Mathilda ernst, befolgte aber seine Anweisung. «Ich finde Joseph ziemlich rührend.»

«Ein gestrandeter Schauspieler.»

«Danke, das wissen wir alle. Ich aber wüßte gerne, warum er dich so gut leiden mag.»

«Ich kann ehrlich behaupten, daß ich ihm dazu niemals Anlaß gab. Wenn du die Weiße gut triffst und ihr genügend Effet gibst –»

«Schweig. Warum magst du ihn so gar nicht?»

«Verdammter alter Heuchler», sagte Stephen wild. «Du mußtest es nicht mit ansehen, wie er Onkel Nat zwei Jahre lang einseifte.»

«Wenn er dich aus deiner Erbschaft verdrängt hätte, dann wäre das ein Grund für dich, ihn nicht zu mögen.»

«Ach, der Teufel hol ihn. Ich wünschte, er hätte das getan.»

Sie konnte sich des Lachens nicht erwehren. «Ja, ich verstehe, aber wirklich, es ist sehr undankbar von dir, Stephen. Ich gebe zu, seine Art fordert einen heraus, und seine Gewohnheit, dich einen alten Brummbären zu nennen, entschuldigt einigermaßen deine schlechte Laune, aber, um ihm die Ehre zu geben, er behandelte dich bemerkenswert gut. Ich stelle mir vor, Nat würde das Testament niemals ohne seine Überredung niedergeschrieben haben. Wenn er richtig scheinheilig wäre, würde er versucht haben, Nat zu veranlassen, ihm das ganze Geld zu vermachen.»

Er hob ungeduldig die Schulter. «Der Bursche schauspielert dauernd. Ich kann ihn nicht ausstehen. Hast du gehört, wie er auf meine Gutmütigkeit pochte, damit ihm das Armenhaus erspart bleibe?»

«Werden er und Maud in Lexham bleiben?»

«Nein, nicht daß ich wüßte. Ja, was gibt's?»

Dieser letzte Satz galt Sturry, der das Zimmer betreten hatte und in geduldiger Resignation an der Tür wartete.

«Verzeihung, Sir, aber ich dachte, Sie wünschten darüber informiert zu sein, daß der Inspektor von Scotland Yard wieder hier ist.»

«Gut. In Ordnung. Sie können gehen», sagte Stephen gereizt.

Sturry verbeugte sich. «Sehr wohl, Sir. Vielleicht sollte ich noch erwähnen, daß ich glaube annehmen zu dürfen, der Inspektor habe einen der fremdländischen Dolche aus diesem Raum entfernt und ihn vor dem Mittagessen mit sich genommen.»

Nachdem er sich von der drückenden Last dieser Neuigkeit befreit hatte, wartete er die Wirkung ab. Sie war enttäuschend, denn Stephen warf zwar einen raschen Blick auf die Mauer oberhalb des Kamins, machte jedoch keine Bemerkung. Mathilda sagte ebenfalls nichts, aber sie schauderte leicht. Sturry zog sich in seine eigene Domäne zurück, um dort die bevorzugteren unter seinen Kollegen mit einem höchst übertriebenen und völlig fiktiven Bericht über Mr. Stephens Reaktion auf seine Eröffnung zu erfreuen.

Eine Weile nachdem er das Zimmer verlassen hatte, sagten weder Stephen noch Mathilda etwas. Stephen schien ganz in das Spiel vertieft. Er beendete seine Serie früher, als Mathilda es erwartet hatte, denn er war ein guter Spieler. «Seltsam, daß es einem so schauderhaft sein kann, die Waffe zu kennen», sagte sie leichthin. «Ich glaube, wir hätten an diese Dolche denken sollen.»

Er erwiderte nichts. Sie sagte unvermittelt: «Wer nahm deine Zigarettendose?»

«Keine Ahnung.»

«Ich weiß, Valerie hatte sie, aber kein Mensch würde sie verdächtigen, in Nats Zimmer gegangen zu sein, noch viel weniger, ihn ermordet zu haben, und je mehr ich darüber nachdenke, um so unglaublicher erscheint es mir, daß sonst jemand die Dose mit hinaufgenommen haben sollte.»

«Onkel Nat selbst», meinte er.

«Das glaube ich nicht. Warum auch?»

«Möglicherweise, um sie mir zurückzugeben.»

«Dazu war er nicht in Stimmung, als ich ihn das letzte Mal sah», erwiderte Mathilda. «Und – wenn Valerie die Dose wirklich auf dem Tisch neben ihrem Sessel liegen ließ, würde sie ganz bestimmt dort geblieben sein. Ich sage dir etwas, Stephen: Mit der Dose hat es eine mysteriöse Bewandtnis. Und ich vermag es nicht zu ergründen.»

Er schien nicht geneigt, über die Angelegenheit weiterzusprechen. Er brummte bloß, wandte sich ab und markierte ihre Punktzahl auf der Tafel. Ein furchtbarer kleiner Verdacht befiel sie. Was wußte sie denn schon von ihm? Vielleicht hatte er finanzielle Schwierigkeiten, vielleicht hatte er Nats Drohung ernst genommen, vielleicht hegte er geheime Wünsche, die zu erfüllen ihm nur der Besitz eines Vermögens gestatten würde. Es war ein Zug von Grausamkeit an ihm, ein Zug harter Unbarmherzigkeit. Die Art, wie er mit Joseph und Valerie umging, verriet das.

Mathildas Gedanken wandten sich seiner Schwester zu. Würde Paula dazu imstande sein, einen alten Mann, der sie liebte, zu töten, nur damit sie in dem Stück eines unbekannten Dramatikers auftreten konnte? Mathilda fand keine Antwort. Sie vermochte auch Paula nicht zu ergründen.

Ja, aber wenn Paula schon vor Nats Tür gesehen worden war, wie hatte sie es bewerkstelligt, in das versperrte Zimmer einzudringen oder, was noch schwieriger gewesen sein mochte, es hinter sich wieder abzusperren? Mathilda wußte nicht, mit welchen Mitteln man Türen von der verkehrten Seite versperren oder aufsperren konnte, aber sie wußte, daß es solche Mittel gab. Doch es schien ihr unwahrscheinlich, daß Paula ein solches Mittel benützt hatte, denn wie hätte sie sich die notwendigen Werkzeuge beschafft?

«Ich möchte wissen, was dieser Mann von Scotland Yard vorhat», sagte Stephen unruhig.

«Er versucht der Person auf die Spur zu kommen, die den Dolch benutzte», vermutete sie.

«Das wird ihm nicht gelingen.»

Sein überzeugter Ton überraschte sie. Fast ängstlich sah sie ihn an. «Wie willst du das wissen?»

Er beugte sich über das Billard, um seinen Stoß zu machen. «Sicherlich wurden die Fingerabdrücke daran abgewischt», erwiderte er. «Jeder Narr hätte das getan.»

«Ich nehme es auch an», stimmte sie zu. «Wer immer es tat, er war ziemlich ingeniös. Wie gelangte er in das Zimmer? Und wie wurde die Tür nachher verschlossen?»

«Wie soll ich das wissen?»

«Wie sollte es überhaupt einer von uns wissen?» fragte sie. «Dies ist doch kein Haus von Verbrechern. Wir sind alle gewöhnliche Menschen.»

«Obgleich einer von uns ein Mörder ist», warf Stephen ein.

«Richtig, aber wenn ich auch persönlich mit keinem Mörder bekannt bin –»

«Du bist persönlich mit einem Mörder bekannt, mein Mädchen.» Er sah, wie sich ihr Blick rasch auf ihn heftete, und fügte mit seinem spöttischen Lächeln hinzu: «Weil jemand in diesem Haus einer ist.»

«Natürlich», sagte sie. «Aber wer von uns wüßte sich zu helfen, wenn er ohne Schlüssel eine versperrte Tür öffnen müßte? Könnte an der Idee von Valerie etwas dran sein? Gibt es einen geheimen Zugang oder etwas von dieser Art?»

«Ich habe nie etwas davon gehört.»

Sie seufzte. «Nein, es scheint eher phantastisch. Aber irgend jemand ist irgendwie in das Zimmer gelangt, und wenn nicht durch die Tür oder das Fenster, wie dann?»

«Geh und erzähle dem Inspektor von Valeries Idee. Sie müßte sich leicht überprüfen lassen, nehme ich an.»

Das hatte zwar ironisch geklungen, aber der Inspektor hatte angesichts der Eichentäfelung diese Möglichkeit ebenfalls erwogen und war im gleichen Augenblick damit beschäftigt, die Füllungen in Nathaniels Zimmer abzuklopfen. Da zwei der Wände Außenwände waren und eine das Zimmer bloß vom Badezimmer trennte, brauchte er nur jene zu untersuchen, die an die obere Halle grenzte. Die aufmerksamste Prüfung und das sorgfältigste Abklopfen brachten nichts zutage; nirgends eine Vertiefung, die eine Feder zum Verschieben einer der Holzplatten hätte verbergen können. Der Inspektor war gezwungen, die Untersuchung aufzugeben und seine Aufmerksamkeit dem Fenster zuzuwenden.

Er sah, daß die Flügel mit den Butzenscheiben streng in die Rahmen paßten und diese ein gutes Stück überlappten. Es wäre demnach unmöglich gewesen, von außen ein Messer einzuschieben und damit die Riegel zu bewegen. Die Fenster befanden sich nicht allzuhoch über dem Erdboden, und der Inspektor urteilte, daß man sie mit einer Gartenleiter gewiß erreichen würde. Sie bildeten einen quadratischen Erker mit einer Fensterbank, der während der Nacht durch einen Vorhang vom übrigen Zimmer abgeschlossen wurde. Gedankenvoll begab sich der Inspektor in das untere Stockwerk, um Joseph zu suchen.

Der Diener erbot sich, ihn zu holen, und führte Hemingway in das Frühstückszimmer. Bald darauf erschien Joseph mit einem besorgten Ausdruck auf seinem rötlichen Gesicht.

«Bedaure, Sie wieder stören zu müssen, Sir, aber ich würde gerne ein wenig mit Ihnen sprechen, wenn Sie nichts dagegen haben», sagte Hemingway.

«Selbstverständlich. Können Sie mir schon etwas sagen, Inspektor? Haben Sie schon irgend etwas entdeckt?»

«Ja, ich entdeckte die Waffe, mit welcher Ihr Bruder ermordet wurde», erwiderte Hemingway.

Joseph griff nach der Armlehne des Sessels. «Wo? Bitte, verbergen Sie mir nichts.»

«Oberhalb des Kamins im Billardzimmer. Einer der beiden Dolche neben dem Hirschgeweih.»

«Oh, jaja, ich weiß. Dann hatte also niemand den Dolch bei sich?»

«Nein.»

«Man kann einfach nicht umhin, vor dem Gedanken zurückzuschrecken, daß dieses Ding nur hierhergebracht wurde, um von jemandem, den man kennt – von einem der Gäste vielleicht –»

«Das ist alles recht gut und schön, Sir, aber Sie wollen doch wissen, wer Ihren Bruder ermordete, nicht wahr?» unterbrach Hemingway nüchtern.

Joseph warf ihm ein schwaches Lächeln zu. «Mein Gott, das ist leicht gesagt, Inspektor. Der eine Mensch in mir dürstet danach, meines Bruders Mörder der Gerechtigkeit zu überliefern, der andere aber, dieser unheilbar sentimentale, närrische Mensch in mir, fürchtet die unausbleibliche Entdeckung. Sie versichern mir, daß der Mord von jemandem, der im Hause weilt, begangen wurde. Können Sie ermessen, welch furchtbare Möglichkeiten das in sich bergen muß? Die Hausangestellten? Daran kann ich nicht glauben. Mein Neffe? Meine Nichte? Bei dem bloßen Gedanken daran sträubt sich alles in mir. Ein jahrelanger Freund also? Ein unschuldiges Kind, kaum der Schule entwachsen, oder ein unglücklicher junger Schriftsteller, der tapfer kämpft, um seine Bestimmung zu erfüllen? Wie kann ich auch nur einem davon wünschen, er möge des Mordes für schuldig befunden werden?»

Der Inspektor erkannte, daß Joseph das Verhör unweigerlich zu einer hochdramatischen Szene mit sich selbst als Mittelpunkt gestalten würde, wenn er ihn nur einigermaßen dazu ermutigte. Er nahm daher sofort eine feste Haltung an und sagte nüchtern: «Sehr wohl. Aber es hat keinen Sinn, darüber zu debattieren, wer es war oder von wem Sie denken, daß er es nicht getan haben könnte. Alles, was ich jetzt möchte, ist, daß Sie sich zurückerinnern, was geschah, als Sie und Ihr Neffe Mr. Herriards Zimmer betraten, nachdem der Mord begangen worden war.»

Joseph schauderte, und er bedeckte die Augen mit der Hand. «Nein, nein, ich kann nicht.»

«Nun, Sie können es versuchen, nicht wahr, Sir? Schließlich ereignete es sich erst gestern.»

Joseph ließ die Hand fallen. «Oh, erst gestern! Ist das möglich? Es scheint, als wäre ein Menschenalter vergangen zwischen gestern und heute.»

«Sie können mir glauben, daß dies nicht der Fall ist», sagte Hemingway etwas scharf. «Also, Sie gingen hinauf, um Ihren Bruder zum Dinner zu rufen, und fanden seinen Diener vor dem Zimmer stehen. Nicht wahr?»

«Ja. Er war es, der mir die erste Andeutung machte, es müsse etwas nicht in Ordnung sein. Er sagte mir, er bekäme auf sein Klopfen keine Antwort, und die Tür sei versperrt.»

«Und was taten Sie dann?»

Joseph setzte sich auf einen Sessel und stützte einen Ellenbogen auf den Tisch. «Was tat ich? Ich probierte an der Tür, ich rief nach meinem Bruder. Es kam keine Antwort. Ich war bestürzt. Ich dachte, es sei ihm nicht wohl, er sei vielleicht ohnmächtig geworden. Ich rief nach Stephen.»

«Warum ausgerechnet nach ihm, Sir?»

«Ich weiß es nicht. Instinktiv wünschte ich eine Unterstützung. Ich wußte auch, daß meine Kräfte nicht ausgereicht hätten, die Tür einzubrechen. Er und Ford brachen das Schloß auf, und ich sah meinen armen Bruder auf dem Fußboden liegen, als schliefe er.»

«Was geschah dann, Sir?»

«Wie kann ich Ihnen das sagen?» fragte Joseph. «Ich glaube, man wußte intuitiv, daß das Schlimmste geschehen war, doch man klammerte sich an einen schwachen Faden von Hoffnung.»

«Und wie stand es mit Mr. Stephen? Klammerte er sich auch daran?» fragte Hemingway unbeeindruckt.

«Ich glaube wohl; ich erinnere mich, daß er Ford sofort nach einem Brandy schickte, aber einen Augenblick später erkannte er die schreckliche Wahrheit. Als ich mich an die Seite meines Bruders kniete, sagte er: ‹Er ist tot.›»

«Er brauchte nicht lange, um das zu erkennen, wie?»

«Ich denke, sein Instinkt muß ihm das gesagt haben. Ich konnte es zuerst nicht glauben. Ich sagte zu Stephen, ich *könne* es nicht glauben. Aber Stephen hatte recht, nur dachte er, Nat hätte einen Schlaganfall erlitten.»

«Und dann?»

«Lassen Sie mich nachdenken», bat Joseph und preßte die Finger gegen die Schläfen. «Ford kam mit dem Brandy zurück, den Stephen ihm abnahm. Er trug ihm auf, den Arzt anzurufen.»

«Also hielt sich Ford kaum im Zimmer auf?»

«Nein. Während er noch im Zimmer war, hatte ich meine gräßliche Entdeckung gemacht. Ich war daher froh, Stephen sagen zu hören, er möge uns allein lassen.»

«Welche Entdeckung war das, Sir?»

«Ich hatte Blut an meiner Hand», sagte Joseph erschauernd. «Blut von meines Bruders Rock, von dort, wo ich ihn berührt hatte. Dann, ja dann erst sah ich den kleinen Riß und wußte, daß Nat zu Tode gebracht worden war.»

Ganz unter dem Eindruck des eben Gehörten murmelte der Inspektor, noch ehe er sich zurückhalten konnte: «Gemein zu Tode gebracht.» Glücklicherweise schien Joseph ihn nicht gehört zu haben. Verloren in der Bewunderung seiner eigenen Darbietung, dachte Hemingway und fragte sich, wie ein Mann, der von den Ereignissen zweifellos mitgenommen war, seine Gefühle jetzt mit einem solch krankhaften Wohlgefallen dramatisieren konnte.

«Sehr erschütternd für Sie, Sir», sagte er. «Seien Sie versichert, ich möchte nicht, daß Sie länger als notwendig dabei verweilen, aber ich möchte wissen, was sich ereignete, nachdem Ford gegangen war, den

Arzt anzurufen. Als Inspektor Colwall hier eintraf, fand er die Türen und alle Fenster verschlossen.»

«Ja, das ist es, was alles so unerklärlich macht», sagte Joseph.

«Überzeugten Sie sich selbst, ob die Fenster geschlossen waren, Sir?»

«Nein, aber mein Neffe; ich war zu sehr erschüttert. Es fiel mir nicht einmal ein, nach den Fenstern zu sehen, aber mein Neffe war eine starke Stütze, er dachte an alles.»

«Er sah also nach den Fenstern. War es so, Sir?»

«Ja, gewiß. Ich glaube mich zu erinnern, daß er hinging und die Vorhänge zurückzog. Ach ja, und er fragte mich, ob ich mir vergegenwärtigt hätte, daß beide Türen versperrt und alle Fenster geschlossen seien.»

«Sie sahen nicht selbst nach den Fenstern, Sir?»

«Nein, warum auch? Es genügte, wenn einer von uns sich überzeugt hatte, daß sie geschlossen waren.»

«Dann nehme ich es als gegeben an, daß es auch nicht Sie waren, der feststellte, daß die Badezimmertür gleichfalls versperrt war.»

«Stephen kümmerte sich um alles», sagte Joseph.

Der Inspektor kam rasch zu dem Schluß, daß niemand im Hause jemals in die gegenwärtige mißliche Lage gekommen wäre, wenn Stephen seine eifrige Umsichtigkeit unterlassen hätte. Er sagte zu Joseph, er wolle ihn nicht mehr weiter belästigen. Dann ging er weg, um Ford zu suchen.

Ford, der bereits zweimal verhört worden war, zeigte sich nervös und mürrisch. Als er jedoch gefragt wurde, ob er am gestrigen Abend nicht versucht habe, durch die äußere Badezimmertür in das Zimmer seines Herrn zu gelangen, antwortete er unverzüglich, daß er das getan und sie ebenfalls verschlossen vorgefunden habe. Paula, von Hemingway befragt, sagte ungeduldig, daß sie natürlich nicht an der Badezimmertür probiert habe. Hemingway zog sich zurück und erhaschte zu seiner Freude Valerie, die eben durch die Halle kam.

«Sie sind es, auf die ich wartete. Ich hätte gerne mit Ihnen gesprochen, gnädiges Fräulein», sagte Hemingway freundlich.

«Es hat keinen Zweck, ich weiß gar nichts», versicherte Valerie.

«Nein, ich nehme auch nicht an, daß Sie etwas wissen», erwiderte er und überraschte sie damit genauso, wie er es beabsichtigt hatte. Sie gab einen hörbaren Seufzer der Erleichterung von sich, beobachtete ihn aber noch immer mißtrauisch. Er sagte: «Gestatten Sie zu erwähnen, daß es mich ein wenig überrascht, hier jemanden wie Sie anzutreffen.»

Sie erwiderte unwillkürlich: «Ich weiß nicht, was Sie meinen. Halten Sie mich für so außergewöhnlich?»

«Nun, es geschieht nicht alle Tage, daß ich rein dienstlich mit einer so schönen jungen Dame zu tun habe», sagte der Inspektor schamlos.

Sie kicherte. «Gütiger Gott, ich wußte nicht, daß Polizisten Komplimente machen.»

«Dazu haben Polizisten nicht oft Gelegenheit», erwiderte Hemingway. «Sie sind mit Mr. Stephen Herriard verlobt, nicht wahr?»

Eine Wolke des Unmuts flog über ihre Stirn. «Ja, in gewissem Sinn, glaube ich, ja.»

«Sie scheinen davon nicht sehr überzeugt zu sein», sagte er und zwinkerte verständnisvoll.

«Oh, ich weiß nicht. Ich dachte niemals daran, daß sich so etwas ereignen könnte. Das ändert alles. Außerdem ist mir dieses Haus verhaßt, und Stephen betet es an. Ich möchte hier nicht lebendig begraben sein.»

«Darüber würde ich mir keine Sorgen machen, an Ihrer Stelle, Miss. Ich glaube, Mr. Stephen wird mit Freuden überall dort leben, wo immer Sie es wünschen.»

Sie hob ihre Augen zu ihm auf. «Stephen? Ach du liebe Güte, nein. Wenn er einmal einen Entschluß gefaßt hat, läßt er sich davon durch nichts abbringen.»

«Ich kann verstehen, es war nicht angenehm für Sie hier», sagte Hemingway mitfühlend.

Valerie, die bereits unter dem Unrecht litt, das man ihr angetan hatte, war nur zu froh, jemanden gefunden zu haben, dem sie ihr Herz ausschütten konnte. Sie trat näher an den Inspektor heran und sagte: «Sie müssen wissen, ich bin furchtbar leicht erregbar.»

Der Inspektor wußte sofort, daß er hier einhaken mußte. «Ich konnte auf den ersten Blick sehen, daß Sie ein Nervenbündel sind», sagte er unverschämt.

«Genau das ist es», erwiderte Valerie ungeheuer dankbar. «Nur erkennt es von diesen Menschen niemand, oder sie scheren sich verdammt wenig darum. Ausgenommen Onkel Joe, der ist reizend. Auch mit Willoughby Roydon verstehe ich mich. Aber die anderen sind einfach schlecht zu mir gewesen.»

«Eifersüchtig, was mich nicht wundern würde», nickte Hemingway.

Sie lachte und richtete ihre Locken zurecht. «Nun, ich kann mir nicht vorstellen, warum sie das sein sollten. Außerdem ist Stephen genauso schlecht wie die anderen. Noch schlimmer, wenn möglich.»

«Vielleicht ist er auch eifersüchtig; auf eine andere Art. Ich weiß, ich würde es sein.»

«Oh, das sähe Stephen nicht im mindesten ähnlich», sagte sie und schob seine Vermutung beiseite. «Er benimmt sich in der Tat so, als würde ihm an mir nicht das geringste liegen, obwohl er mich hierherbrachte, damit ich seinen Onkel kennenlernte. Natürlich sollte ich Ihnen das gar nicht sagen», fügte sie hinzu, da sie sich plötzlich erinnerte, welche Stellung sie einmal in diesem Haus einnehmen sollte.

«Sie brauchen sich keine Sorgen über das zu machen, was Sie mir sagen. Es ist gewiß eine Erleichterung, sich aussprechen zu können.»

«Ich muß sagen, ich finde Sie schrecklich nett», sagte sie. «Es ist einfach die *Hölle* gewesen, seit Mr. Herriard ermordet wurde. Dieser andere Inspektor war so brutal, daß man es in Worten nicht ausdrükken kann – absolut letzte Klasse. Und alles wegen Stephens lausiger Zigarettendose.»

«Was hatten Sie mit der Dose zu tun? Wenn Sie erlauben, daß ich Sie das frage.»

«Ich hatte damit nichts zu tun. Ich meine, ich nahm mir bloß eine Zigarette heraus und legte die Dose auf den Tisch im Salon. Mathilda Clare beschuldigte mich dann, die Dose die ganze Zeit über bei mir gehabt zu haben. Natürlich, sie war nur darauf aus, Stephen zu schützen, so sagt Willoughby. Mr. Mottisfont behauptete, niemand anderer käme in Frage, die Dose genommen zu haben, außer Stephen selbst, was natürlich vollkommen stimmt, wenn Sie mich fragen. Daraufhin versuchte Mathilda Clare unverblümt, die Schuld auf mich zu schieben, weil sie wußte, daß mich Mr. Herriard nicht mochte.»

«Das kann ich einfach nicht glauben», sagte der Inspektor galant.

«Aber es war so. Und dabei kam ich nur seinetwegen hierher. Es war Mutters Gedanke, daß ich die Gelegenheit wahrnehmen sollte, Mr. Herriard kennenzulernen.»

«War er dagegen, daß sein Neffe heiratet?»

«Nun, nein, nicht direkt. Aber ich bin überzeugt, ich hätte ihn gewinnen können, wenn bloß Stephen nicht alles schlimmer gemacht hätte, indem er ihn ärgerte. Aber das ist eben *typisch* Stephen. Ich versuchte, ihn zur Vernunft zu bringen, weil Onkel Joe mir etwas gesteckt hatte, aber es hatte keinen Zweck.»

«Was sagte er Ihnen denn?» fragte Hemingway.

«Ach, etwas über Mr. Herriards Testament. Er sagte nicht wörtlich, daß Stephen alles erben würde, aber ich machte mir meinen Reim darauf.»

«Ich verstehe. Sagten Sie das zu Mr. Stephen?»

«Ja, aber er lachte nur und meinte, es kümmere ihn nicht.» Sie seufzte. «Ach Gott, wäre ich doch nie hierhergekommen.»

«Ich begreife Sie vollkommen», sagte Hemingway und fragte sich, wie er sie wieder loswerden könne.

Er wurde seiner Sorge durch Mathilda enthoben, die eben durch den Gang, der zum Billardzimmer führte, in die Halle kam. Valerie errötete schuldbewußt und rannte die Treppe hinauf. Mathildas kalter, wissender Blick folgte ihr und wandte sich dann fragend an den Inspektor. «Ich scheine Miss Dean verscheucht zu haben», bemerkte sie und schritt durch die Halle auf ihn zu. «War sie indiskret?»

Er war ein wenig aus der Fassung gebracht, verbarg es aber glaubwürdig. «Überhaupt nicht. Wir plauderten bloß ein bißchen angeregt.»

«Das kann ich mir vorstellen», sagte Mathilda.

13

Während all dieser Unterredungen nützte Mrs. Dean ihre Zeit recht ausgiebig im Gespräch mit Edgar Mottisfont. Ähnlich wie Valerie fühlte auch er sich ins Unrecht gesetzt, und Mrs. Dean brauchte sich nicht allzu lange zu bemühen, ihn zum Sprechen zu bringen. Was er über Stephen sagte, war nicht schmeichelhaft. Auch seine Stellungnahme zu den Begleitumständen des Mordes trug nichts dazu bei, ihre Hoffnung auf ein günstiges Ergebnis der polizeilichen Untersuchung zu stärken. Wirklich, es schien für Stephen viel schwärzer auszusehen, als Joseph sie hatte glauben lassen.

Für eine gewissenhafte Mutter war die Situation wirklich unangenehm. Niemand hatte sie über den wahren Wert von Nathaniels Vermögen aufgeklärt, aber sie hielt es für sehr beträchtlich; und wo fand man in diesen schlechten Zeiten schon leicht reiche junge Männer? Wenn Stephen jedoch wegen Mordes an seinem Onkel verurteilt werden sollte, dann würde er das Geld nie bekommen, und Valerie hätte nichts geerntet als das zweifelhafte Vergnügen, Braut eines Mörders zu sein.

Während Mottisfont sprach und ihre Lippen höfliche Antworten formten, kreisten ihre Gedanken um diese Fragen. Nicht einmal sich selbst hätte sie eingestanden, daß sie es gewesen war, die Stephen dazu brachte, um Valeries Hand anzuhalten. Aber bereits die wenigen Stunden ihres Aufenthalts in Lexham hatten sie gelehrt, daß es mit Stephens Verliebtheit vorbei war. Sie traute es ihm ohne weiteres zu, daß er, wenn er nicht vorher verhaftet wurde, Valerie sitzenlassen würde. Die Schwierigkeit lag darin, daß Valerie zwar bildhübsch, aber viel zu dumm war, um das Interesse eines Mannes vom Typ Stephens für längere Zeit zu fesseln. Mrs. Dean sah dieser Tatsache offen ins Auge. Das Kind besaß nicht genug Verstand, um zu erkennen, auf welcher Seite sein Brot gebuttert war.

Als Mrs. Dean kurz vor der Teezeit in ihr Zimmer kam, beschäftigte sie sich noch immer mit diesen Gedanken. Da hörte sie draußen die Stimme ihrer Tochter. Sie rief sie sofort herein und fragte sie, ob sie mit Stephen zusammengewesen sei.

«Nein. Ich weiß gar nicht, wo er ist», antwortete Valerie und betrachtete sich im Spiegel. «Ich hatte einen ziemlich schlechten Nachmittag; nichts getan als Paula zugehört, die Szenen aus Willoughbys Stück vorlas, und mit dem Inspektor gesprochen.»

«Mit dem Inspektor gesprochen? Was wollte er?»

«Oh, nicht viel. Ich muß sagen, er war bedeutend netter, als ich es erwartet hätte. Er hatte so absolutes Verständnis für die unangenehme Lage, in der ich mich befinde.»

«Stellte er dir Fragen?»

«Ja. Er wollte wissen, was ich mit Stephens dummer Zigarettendose machte.»

Mrs. Dean fühlte sofort, daß man sich vor Inspektor Hemingway in acht nehmen müsse, und versuchte herauszubekommen, welche Aussagen er ihrer Tochter entlockt hatte. Sobald sie von Valerie eine mehr oder weniger genaue Schilderung ihrer Unterhaltung mit dem Inspektor erhalten hatte, wurde sie noch gedankenvoller. Zweifellos konzentrierten sich die Verdachtsmomente des Inspektors auf Stephen. Wenn sie dazu noch die Bedingungen von Nathaniel Herriards Testament und den verdammten Beweis mit der Zigarettendose in Betracht zog, schien Stephen wenig Chancen zu haben, der Verhaftung zu entgehen.

Sie rühmte sich selbst, eine Frau der raschen Entschlüsse zu sein, und so faßte sie nun einen. «Du weißt, Liebling», begann sie, «ich bin nicht ganz glücklich über diese Verlobung.»

Valerie hörte jäh auf, ihre Lippen anzumalen, und starrte die Mutter erstaunt an. «Nanu? Du warst es doch, die darauf so scharf war!»

«Das war, als ich noch glaubte, es würde dein Glück sein.»

«Ich muß sagen, ich bin von dem Gedanken, ihn zu heiraten, ziemlich abgekommen», sagte Valerie. «Ich meine, Geld ist nicht alles. Nicht wahr? Jedenfalls mochte ich Jerry Tintern schon immer lieber als Stephen, und man kann nicht gerade sagen, daß er ein *Arme-Leute-Kind* wäre. Ich weiß nur nicht, wie ich hier herauskommen soll. Du vielleicht? Ich käme mir ziemlich lausig vor, jetzt alles abzubrechen, gerade jetzt, da er in der Klemme sitzt. Es würde sich herumsprechen, und die Leute könnten mich als schäbig bezeichnen.»

Diese Erkenntnis verleitete Mrs. Dean beinahe zu glauben, ihre Tochter hätte begonnen, ein bißchen Vernunft anzunehmen. Sie sagte mit Nachdruck: «Nein, Schätzchen, du könntest Stephen natürlich niemals den Laufpaß geben, aber ich könnte ihm erklären, daß ich, wie die Dinge nun einmal stehen, meinem Baby nicht erlauben darf, mit ihm verlobt zu sein.»

«Du meinst», sagte Valerie, «daß ich die Schuld auf dich abschieben kann?»

«Mit Schuld hat das überhaupt nichts zu tun, mein Schätzchen», sagte Mrs. Dean und gab die Hoffnung wieder auf, daß ihre Erstgeborene anfangen würde, vernünftig zu werden. «Mutter findet es bloß nicht richtig, daß du mit einem Mann verlobt bist, über dem eine dunkle Wolke schwebt.»

«Oh, Mammie, wie verzopft! *Das* macht mir nichts aus. Der springende Punkt ist vielmehr: ich *mag* Stephen wirklich nicht, und ich weiß, er würde ein scheußlicher Ehemann sein.»

«Gib Mutter einfach deinen Ring, und überlasse alles andere ihr.»

Nicht ohne Bedauern zog Valerie den Ring vom Finger und bemerkte: «Ich gebe ihn ziemlich ungern zurück. Wenn er sagt, er würde es wünschen, daß ich ihn behalte, darf ich das, Mammie?»

«Der Tag wird kommen, der für mein kleines Mädchen viele Ringe bereit haben wird, ebenso schöne wie dieser hier», sagte Mrs. Dean, nahm den Ring aus Valeries Hand und machte sich auf die Suche nach Stephen. Allen nur möglichen Takt und ihre ganze Beredsamkeit wollte sie bei dieser heiklen Mission aufwenden, aber sie mußte feststellen, daß keines von beidem nötig war. Beinahe wohlwollend kam ihr Stephen auf halbem Weg entgegen. Er stimmte ihr aus ganzem Herzen zu, daß er unter den herrschenden Umständen kein Recht habe zu erwarten, daß ein empfindsames Kind weiterhin mit ihm verlobt sei. Fröhlich steckte er den Ring in die Tasche und fügte sich mit aufreizender Bereitwilligkeit dem Wunsch Mrs. Deans, daß er und Valerie gute Freunde bleiben mögen. Mit einem unschuldigen Lächeln verkündete er, er würde zu Valerie wie ein Bruder sein. Eine Bemerkung, die Mrs. Dean überzeugte, daß – Vermögen oder nicht Vermögen – er einen erbärmlichen Schwiegersohn abgegeben hätte.

Da sie verpflichtet war, in Lexham zu bleiben, bis die Polizei klar sah und Valerie die Erlaubnis gab zu gehen, erschien sie zum Tee mit ihrem unbesiegbaren Lächeln auf den Lippen.

Die Neuigkeit von der auseinandergegangenen Verlobung hatte sich um diese Zeit bereits im Haus herumgesprochen und war von den Mitgliedern der Gesellschaft mit verschieden starkem Interesse aufgenommen worden. Mottisfont erklärte, er mache dem Mädchen keinen Vorwurf. Roydon, der zwar grimmige realistische Stücke schrieb, im Herzen jedoch ein Romantiker geblieben war, neigte dazu, eine derartige Treulosigkeit zu bedauern. Paula sagte gleichgültig, sie habe niemals erwartet, daß die Verlobung zu etwas führen würde. Maud nahm die Neuigkeit völlig apathisch hin, Mathilda beglückwünschte Stephen herzlich, und Joseph ging auf Stephen zu, ergriff seine Hand, ehe dieser ihn zurückweisen konnte, und sagte tief bewegt: «Mein Junge, was soll ich dir sagen?»

Stephen faßte die Frage ganz richtig als rein rhetorisch auf und erwiderte nichts. Nachdem er ihm auf sehr gefühlvolle Weise die Hand gedrückt hatte, sagte Joseph: «Sie war deiner niemals würdig. Nichts, was man sagen kann, würde dir *jetzt* ein Trost sein, mein armer Junge, aber du wirst sehen, die Zeit heilt Wunden.»

«Vielen Dank», erwiderte Stephen, «aber du vergeudest dein Mitgefühl. Zu deiner Beruhigung, Valerie und ich sind uns einig, daß wir nie zueinander paßten.»

Daraufhin schlug Joseph ihn leicht auf die Schulter und sagte: «Ja, so muß man es nehmen, alter Freund, Kopf hoch!»

Mathilda, die Zeugin dieser Szene war, fürchtete, daß Stephen entweder einen Nervenzusammenbruch bekommen oder seinen Onkel niederschlagen würde, und sagte, ihrer Meinung nach könnten sich die beiden zu ihrer Entlobung nur gratulieren.

Aber Joseph nahm es auch mit Mathilda auf. Er lächelte sie an und meinte freundlich: «Ach, Tilda, da spricht jemand, der nicht weiß, was leiden heißt.»

«Um Gottes willen, hör bloß damit auf», rief Stephen in einem plötzlichen Zornesausbruch.

Joseph zeigte sich nicht im mindesten beleidigt. «Wir müssen vergessen, daß es jemals eine Valerie gab, und unseren Sinn auf das Morgen richten.»

«Was mich betrifft», sagte Stephen, «wird mich der Morgen wahrscheinlich unter Mordanklage im Gefängnis sehen.»

Mathilda fand sich unfähig zu sprechen, so schrecklich war es ihr, ihre unausgesprochene Furcht in so grausame Worte gekleidet zu hören. Joseph jedoch sagte: «Aber, mein Junge, du bist überreizt, was ja kein Wunder ist. Wir denken nicht im entferntesten an eine so furchtbare Möglichkeit.»

Mathilda hatte sich wieder gefaßt. «Was veranlaßt dich, so zu denken, Stephen? Wie soll die Polizei wissen, wer Nat ermordete, solange sie nicht klären kann, wie jemand in jenes Zimmer gelangte?»

«Da mußt du sie schon selbst fragen», antwortete er. «Man wird mich wegen meiner eigenen Zigarettendose und wegen Onkel Nats Testament hängen. Ist doch lustig, nicht wahr?»

«Ich kann es nicht glauben», sagte Joseph. «So dumm sind die Polizisten nicht. Aufgrund so schwacher Beweise kann man dich nicht verhaften.»

«Nennst du 160000 Pfund einen schwachen Beweis?» fragte Stephen.

«Du wußtest davon nichts. Ich erklärte ihnen das immer und immer wieder.»

«Sicher, mein lieber Onkel, und wenn du nicht vorher zu Valerie gesagt hättest, daß ich der Erbe sei, dann würde dir der Inspektor das auch glauben. Ich mußte jedenfalls soeben ein Kreuzverhör über mich ergehen lassen und konnte die Überzeugung gewinnen, daß man mir kein Wort glaubt.»

«Aber noch bist du in Freiheit», verwies Mathilda.

«Zweifellos nur, um mir Gelegenheit zu geben, mich selbst aufzuhängen.»

«Mach dich nicht lächerlich», sagte sie hart. «Ich glaube das alles nicht. Erst müssen sie herausfinden, wie Nat hinter den versperrten Türen umgebracht wurde, bevor sie dich verhaften können.»

«Nach den Fragen zu schließen, die sie stellten», sagte Stephen, «gelangte ich durch eines der Fenster in das Zimmer.»

«Aber die waren doch alle geschlossen», warf Joseph ein.

«Leider kann ich dich für diese Tatsache nicht als Zeugen anführen. Die Polizei hat dafür nur meine Aussage.»

Joseph schlug sich mit der geballten Faust auf die Stirn. «Narr, der ich war. Aber ich hätte nie gedacht – nicht im Traum –, ach, wenn man nur in die Zukunft blicken könnte.»

In diesem Augenblick kam Maud herein. Sie hörte gerade noch Josephs letzte Worte und sagte: «Ich ließ mir einmal mein Schicksal vorhersagen, und ich weiß noch heute, wie sehr es mich aufregte, weil man mir sagte, ich würde weit über die Meere reisen. Und ich habe doch für Schiffsreisen überhaupt nichts übrig.»

«Das ist ein äußerst wertvoller Beitrag zu unserer Diskussion», bemerkte Stephen mit verdächtiger Liebenswürdigkeit. «Da ist mir das Leben der Kaiserin noch lieber.»

Mauds sanftes Antlitz umwölkte sich ein wenig. «Die Sache mit meinem Buch ist außerordentlich ungewöhnlich. Ich bin überzeugt, überall nachgesehen zu haben. Immerhin, der Inspektor, der ein sehr netter und anständiger Mensch ist, versprach mir, seine Augen offenzuhalten.»

Mathilda brach in Lachen aus. «Du sagtest dem Inspektor doch nicht wirklich, er möge dein Buch suchen?» fragte sie.

«Schließlich und endlich, meine Liebe», sagte Maud milde, «ist es die Aufgabe eines Detektivs, Dinge zu suchen.»

«Meine Liebe, wie konntest du den Inspektor mit einer solchen Nichtigkeit belästigen!» sagte Joseph.

Maud blieb davon unbeeindruckt. Sie nahm ihren angestammten Platz am Kamin ein und sagte: «Ich glaube, daß es niemandem etwas nützen wird zu wissen, wer Nat ermordete, Joe. Aber das ‹Leben der Kaiserin von Österreich› gehört der Leihbücherei, und wenn es verlorengegangen ist, dann muß ich es bezahlen.»

Darauf gab es nichts zu erwidern. Man versammelte sich im Teezimmer, und alles beobachtete gespannt, wie Valerie einfach, aber wirkungsvoll mit einer Situation fertig wurde, die man allgemein als schwierig betrachtete. Sie richtete ihre kornblumenblauen Augen mit einem Blick reinster Unschuld auf die Anwesenden und begann: «Ich nehme an, Sie halten es für sehr lausig, die Verlobung zu lösen, nur weil die Polizei denkt, Stephen hätte Mr. Herriard ermordet. Aber schließlich löste nicht ich die Verlobung auf, sondern Mammie.» Sie lächelte und fügte hinzu: «Seltsam ist nur, daß ich ihn jetzt, da wir nicht mehr verlobt sind, viel lieber habe. Tatsächlich, ich habe ihn vorher verabscheut.»

«Ich fürchte, meine Liebe», warf Joseph traurig ein, «Sie wissen noch nicht, was Lieben heißt.»

«Ach du lieber Gott, natürlich weiß ich das. Ich war oft und oft wahnsinnig verliebt; einfach Hals über Kopf.»

«Die jungen Leute von heute», sprach Maud, «legen einer Verlobung keine so große Bedeutung bei wie zu jener Zeit, da ich ein Mädchen war. Man betrachtete es als sehr nachteilig, öfter als einmal verlobt zu sein.»

«Ach, wie altmodisch», sagte Valerie. «Ich werde mich sicher ein dutzendmal verloben.»

Sie nahm Platz und begann mit Roydon zu flirten, welch angenehme Beschäftigung erst unterbrochen wurde, als ihre Mutter erschien – mit strahlendem, unerschütterlichem Humor und einem etwas überwältigenden Parfum.

Um Mrs. Dean daran zu hindern, sich zum Mittelpunkt der Gesellschaft zu machen, hätte es einer Gastgeberin von geistigem Format bedurft. Da Maud jedoch weder geistiges Format besaß noch gerne Gastgeberin sein wollte, riß diese wirkungsvolle Dame sofort die Funktionen einer Hausfrau an sich. Sie brachte die Konversation in Gang, dirigierte die Leute zu ihren Plätzen und schlug schließlich vor, daß man ungeachtet der tragischen Umstände versuchen solle, sich die Zeit nach dem Abendessen mit einigen ruhigen Gesellschaftsspielen zu vertreiben. «Schließlich dürfen wir nicht vergessen, daß Christtag ist, nicht wahr?» sagte sie lächelnd. «Ich kenne einige sehr nette Gesellschaftsspiele, die jungen Leuten immer Spaß bereiten.»

Dieser Vorschlag ließ jeden vor Bestürzung verstummen. Paula war die erste, die ihre Sprache wiederfand. Unverblümt wie immer sagte sie: «Ich verabscheue Gesellschaftsspiele.»

«Das sagen anfangs viele», entgegnete Mrs. Dean, «aber dann tun sie alle mit.»

Mathilda, die das Gefühl hatte, während der letzten achtundvierzig Stunden schon genug seelischen Belastungen ausgesetzt gewesen zu sein, murmelte eine Entschuldigung und verließ das Zimmer. Sie hatte kaum die Halle durchquert, als sich ihr Stephen anschloß.

«Haben dich die Nerven verlassen?» fragte er.

«Furchtbar! Eine unmögliche Person!»

«Paula wird es ihr schon geben», sagte er gleichgültig.

«Daran zweifle ich nicht, aber ich fühle mich nicht stark genug, dem Gefecht beizuwohnen. Wenn ruhige Gesellschaftsspiele veranstaltet werden sollten, dann gib bitte zu verstehen, daß ich mit Kopfschmerzen zu Bett gegangen bin.»

«Man wird keine veranstalten. Ich werde zwar nicht sehr lange Herr in diesem Haus sein, aber heute abend bin ich es.»

Er stieß die Tür zur Bibliothek auf. «Geh hinein, ich lasse uns den Tee hierherbringen.»

«Glaubst du, daß wir das tun können? Es würde ziemlich unhöflich wirken.»

«Wen kümmert das?»

«Dich nicht, ich weiß. Aber mir ist es auch egal.»

Er läutete und betrachtete sie mit einem Ausdruck, der schwer zu enträtseln war. «Erträgst du es nicht mehr, Mathilda?»

«Jedenfalls nicht mehr lange. Was hat der Inspektor zu dir gesagt?»

Er zuckte die Achseln. «Genau das, was zu erwarten war. Er dürfte zu mir ganz frisch von einem aufschlußreichen Geplauder mit Sturry gekommen sein.»

«Ich verabscheue Sturry», sagte Mathilda.

«Ich ertappte ihn dabei, wie er gestern an der Tür lauschte, als Onkel die Freundlichkeit hatte, uns seine Meinung über Roydons Stück zu sagen. Er wird mir das nicht so schnell vergessen.»

«Sturry gab dem Inspektor sicher einen völlig einseitigen und zurechtfrisierten Bericht über das, was Nat zu dir sagte.»

«Er brauchte gar nicht viel zu frisieren. Onkel sagte, er wolle mich nicht mehr wieder im Haus sehen.»

«Wir wissen alle, daß das nicht so gemeint war.»

«Versuche das dem Inspektor Hemingway klarzumachen. Ich glaube, es ist soweit mit mir, Mathilda.»

In plötzlich aufwallendem, unsinnigem Zorn sagte sie: «Man wird dich verurteilen, nur weil du ein so verdammter Narr bist. Warum, zum Teufel, mußt du mit jedem streiten?»

Er gab keine Antwort, denn eben kam der Diener herein. Er beauftragte ihn, Tee zu bringen, und nachdem der Mann gegangen war, blieb er am Kamin stehen und starrte ins Feuer.

«Tut mir leid», sagte Mathilda, überrascht, daß sie sich so seltsam bewegt fühlte. «Ich meinte es nicht so.»

Er lachte kurz auf, als messe er ihren Worten von vorhin keine Bedeutung bei. «Glaubst du, daß ich es getan habe, Mathilda?»

Sie nahm eine Zigarette aus ihrer Dose und zündete sie an. «Trotz aller Beweise, die sich gegen dich auftürmen, nein.»

«Danke. Aber ich denke, du stehst mit deiner Meinung praktisch allein da.»

«Du redest, als stünde die Grüne Minna schon vor der Tür. Ich aber bleibe dabei, daß sie zuwenig Beweise haben, um dich verhaften zu können.»

«Ich hoffe, du hast recht. Ich möchte nur so ganz nebenbei bemerken, wenn ich jemanden zu ermorden wünschte, dann hätte ich mit Joe angefangen.»

«Ich gebe zu, er kann einen einigermaßen in Versuchung bringen. Wenn du es richtig überlegst, so ist er an allem schuld. Eine schreckliche Wirkung guter Absichten. Ich glaube, daß Nat ohne Joseph weder sein Testament gemacht noch diese Party geschmissen hätte. Ohne ihn hätte Valerie nicht gewußt, daß du der Erbe bist, und Roydon hätte Nat nicht mit seinem Stück verrückt machen können. Es genügt, um einen zynisch zu machen, aber es genügt nicht, dich zu überführen, Stephen.»

Seltsam genug, Inspektor Hemingway war zu dem gleichen Schluß gekommen, obgleich er Mathildas Glauben an Stephen nicht teilte. Er hatte während seiner kurzen Unterredung mit ihm festgestellt, daß Stephen sehr auf der Hut war. Er war zurückhaltend und erwog jede Frage, ehe er sie beantwortete. Der Inspektor, kein schlechter Menschenkenner, hielt ihn für bemerkenswert kaltblütig und neigte zu der Ansicht, daß er von allen diesen schlecht zusammengewürfelten Personen, die hier in Lexham weilten, der fähigste war, einen Mord zu begehen. Wenn in des Inspektors Inneren auch eine gottlose Vorliebe für all die schwulstigen Aspekte der Psychologie nistete, war er doch ein viel zu guter Detektiv, um seinen Theorien zu erlauben, daß sie mit ihm durchgingen:

Die Beweise gegen Stephen Herriard befriedigten ihn überhaupt nicht. Er mißtraute dem Diener, und obwohl er bis jetzt nicht in der Lage war, es zu beweisen, mutmaßte er doch, daß die beiden zusammenarbeiteten. Er hatte daher auch bereits Fords Fingerabdrücke nach London geschickt und sich von ihm die Anschriften seiner letzten zwei Arbeitsstellen geben lassen. Er erhielt diese aber von Ford so bereitwillig, daß man in dieser Richtung keinen Aufschluß erwarten konnte.

Ford hatte behauptet, alle Fenster in Nathaniels Schlafzimmer am vorangegangenen Nachmittag fest verschlossen zu haben, und hatte hinzugefügt, daß er das täglich tat, weil der verstorbene Mr. Herriard von der wohltuenden Wirkung der Nachtluft nichts hielt. Von Sturry erfuhr er, daß die Fenster im Salon während des Winters pünktlich um fünf Uhr geschlossen wurden. «So lautete der Befehl des verstorbenen Mr. Herriard», sagte er.

Hemingway nahm diese Feststellung entgegen, erwog aber zwei bestimmte Möglichkeiten. Wenn der Diener Stephens Komplize war, durfte man seinen Aussagen nicht trauen; sofern es Stephen, der den Salon einige Zeit vor Nathaniel verließ, nicht gelungen war, unbeobachtet in seines Onkels Zimmer hinaufzugehen, konnte er dort eines der Fenster wieder geöffnet haben.

Daß das Fenster von außen nicht ohne Leiter zu erreichen war, hatte der Inspektor bereits festgestellt. Es galt nun, ausfindig zu machen, ob es auf dem Grundstück eine Leiter gab.

Er hatte Sergeant Ware beauftragt, danach zu suchen. Als die Unterredung mit Stephen beendet war, erschien der Sergeant, um über das Ergebnis seiner Nachforschungen zu berichten.

«Im Haus selbst gibt es keine Leiter, Sir; nur ein paar Stufenleitern für die Hausarbeit, aber die würden nicht gereicht haben, nicht annähernd. Ich schnüffelte aber auch außerhalb des Hauses herum, und ich fand eine passende.»

«Gut», sagte Hemingway. «Wo ist sie?»

«Neben der Garage liegt ein Stall, und der Chauffeur sagte mir, daß der Obergärtner darin seine Werkzeuge und ähnliches aufbewahrt. Der Obergärtner ist jedoch gestern mittag nach Hause gegangen und wird erst übermorgen zurückkommen, und niemand scheint zu wissen, wo er den Schlüssel aufhebt. Es gibt dort ein kleines Fenster, aber das ist verriegelt. Ich sah die Leiter, als ich durchschaute.»

«Wo wohnt der Gärtner?» fragte Hemingway.

«In einem Dorf, etwa zwei Meilen nördlich von hier.»

«Ich glaube, es ist besser, wenn ich noch einmal ein wenig mit Lord Hochhinaus plaudere.»

In der richtigen Annahme, daß sein Vorgesetzter den Butler meinte, ging Sergeant Ware weg, um Sturry zu holen. Man sagte ihm, daß Inspektor Hemingway aus gewissen Gründen eine Leiter brauche, aber er konnte damit nicht dienen. Er sagte, er bedaure, daß es so etwas im Haus nicht gäbe. Sein Ton deutete aber nicht Bedauern, sondern eher eine unerklärliche Mißachtung gegenüber Leitern an..

Der Inspektor wußte sehr gut, daß Sturry versuchte, ihn in die Schranken zu weisen, aber er dachte bei sich nur, Sturry würde wohl einen perfekten Bühnen-Butler abgeben und habe eindeutig seinen Beruf verfehlt. Er schenkte seinem abweisenden Gehaben wenig Beachtung. «Ich nahm nicht an, daß Sie eine im Haus haben», sagte er, «aber ich sah einen Obstgarten, und mein Verstand, der beachtlich größer ist, als Sie annehmen mögen, sagt mir, daß es hier auf dem Besitz irgendwo eine Leiter geben muß.»

«Da müßte man Mr. Galloways Leiter heranziehen, zweifellos», sagte Sturry mit Duldermiene.

«Zweifellos. Wer ist Mr. Galloway?»

«Mr. Galloway, Inspektor, ist der Obergärtner.»

Der Inspektor entnahm der huldreichen Titulierung, daß der Obergärtner ein Mann war, mit dem man rechnen mußte. Aber da ihn das komplizierte soziale Gefüge innerhalb der Dienerschaft nicht interessierte, sagte er geringschätzig: «Und wo bewahrt dieser Galloway seine Leiter auf?»

«Mr. Galloway», verbesserte Sturry und erstarrte zu einem Eisberg, «hält alle seine Werkzeuge hinter Schloß und Riegel. Er ist Schotte», fügte er erklärend hinzu.

«Wo bewahrt er den Schlüssel auf?»

«Ich bin leider nicht imstande, Ihnen das zu sagen», antwortete Sturry zurückhaltend.

«Nun, was geschieht, wenn er frei hat und jemand braucht eine Gartenschere oder sonst etwas?»

«Das ist eine Eventualität, auf die Mr. Galloway keine Rücksicht nehmen würde, denn er ist auf seine Sachen sehr heikel, und Herren gehen gewöhnlich mit Werkzeugen recht sorglos um.»

Sturry verbeugte sich und zog sich, wie Hemingway zugeben mußte, in einer vorbildlichen Haltung zurück.

«Tut mir leid, mein Junge», sagte Hemingway zu seinem Sergeant. «Es sieht ganz so aus, als ob Sie sich zu diesem Galloway bemühen müßten, um herauszufinden, ob er den Schlüssel der Stallungen bei sich hat. Ich will mir aber das Gebäude trotzdem einmal selbst ansehen.»

Sie verließen gemeinsam das Haus und gingen durch den weichen Schnee zum Stallhof. Dort befand sich eine moderne Garage und darüber die Wohnung des Chauffeurs. In rechtem Winkel dazu stand ein ziemlich verfallenes Gebäude, das abweisend verschlossene Türen zeigte; die kleinen Fenster waren an der Innenseite dicht verstaubt und mit Spinnweben bedeckt. Eines davon erlaubte einen Blick in eine ehemalige Zeugkammer. Durch ein anderes konnte der Inspektor einen Teil des Inneren ausnehmen und entdeckte ganz deutlich sichtbar eine richtiggehende Leiter, die liegend an der Wand lehnte und groß genug war, um an das obere Geschoß heranzureichen.

«Und jetzt», sagte Hemingway, «werden Sie feststellen, daß der Gärtner den Schlüssel seit gestern mittag bei sich hat. Ein feiner Fall ist das!»

Der Sergeant sagte, heimlich grinsend: «Ich dachte, Sie liebten die schwierigen Fälle, Sir.»

«Ja, das stimmt», entgegnete Hemingway, «aber ich habe gerne etwas, woran man sich halten kann. Hier entschlüpft mir einfach alles wie in einem bösen Traum, jedesmal, wenn ich glaube, ich hätte etwas. Ich esse meinen Hut, wenn es zu dem Zimmer da oben einen geheimen Zugang gibt. Ich lasse mich aufhängen, wenn jemand mit dem Türschlüssel herummanipulierte. Und jetzt beginnt es auch noch so auszusehen, als ob auch die Fenster nicht angerührt worden wären. Wenn das keine Hexerei ist, dann hänge ich meinen Beruf an den Nagel.»

«Es ist eine richtig faule Sache», stimmte der Sergeant zu. «Ich glaube, an den Kamin zu denken hat gar keinen Zweck.»

Der Inspektor warf ihm einen verächtlichen Blick zu.

«Oder das Dach», schlug der Sergeant vor. «Es gibt Dachstuben über den Schlafzimmern, und es gibt Dachfenster. Konnte nicht jemand durch ein Dachfenster über Mr. Herriards Zimmer gestiegen und so in das Fenster darunter gelangt sein?»

«Nein, das konnte er nicht», sagte Hemingway abweisend. «Ich habe das bereits überlegt, woran Sie erkennen mögen, in welchem Zustand ich mich schon befinde, denn eine dümmere Idee kam mir noch nicht unter. Fahren Sie jetzt los und sprechen Sie mit diesem Gärtner. Sie können mich vorher bei der Station absetzen.»

«Geht in Ordnung, Sir. Aber ich kann mir nicht helfen, mein Gefühl sagt mir, ich werde nichts anderes feststellen, als daß er den Schlüssel die ganze Zeit bei sich hatte.»

«Wenn es nicht der Fall sein sollte, dann wird mich wahrscheinlich der Schlag treffen», erwiderte Hemingway.

In bedrücktem Schweigen fuhren sie zurück zur Polizeistation. Hemingway stieg dort aus und begab sich ins Haus. Er traf Inspektor Colwall an, der sich gerade an einem sehr starken Tee gütlich tat. Dankbar ließ er sich eine Tasse davon aufwarten.

«Wie kommen Sie weiter?» erkundigte sich Colwall.

«Überhaupt nicht», erwiderte Hemingway offen.

«Ich gestehe Ihnen aufrichtig, ich war froh, den Fall Ihnen zu übergeben», sagte Colwall. «Beweisführung ist nicht meine Stärke.»

«Das wird sie auch bei mir nicht gewesen sein, wenn ich damit fertig bin», sagte Hemingway und schlürfte den Tee. «Hier habe ich vier Hauptverdächtige und zwei möglicherweise Verdächtige. Alle ohne Alibi, und die meisten mit sehr starken Motiven.»

«Vier Hauptverdächtige?» fragte Colwall und überlegte.

«Der junge Herriard, seine Schwester, Mottisfont und Roydon», zählte Hemingway auf.

«Wer sind die anderen beiden möglichen?»

«Der Diener und der Butler.»

Colwall schien ein wenig überrascht. «Sturry? Was veranlaßt Sie zu denken, er könnte seine Hand im Spiel haben?»

«Ganz gewöhnliches Vorurteil», erwiderte Hemingway gereizt. «Er warf mir heute nachmittag einen sehr schmutzigen Blick zu, und so werde ich ihm sehr wahrscheinlich den Mord in die Schuhe schieben, wenn alles fehlschlägt.»

Inspektor Colwall lachte über den Scherz. «Sie gefallen mir», sagte er. «Ich selbst hatte das Gefühl, der junge Herriard sei es gewesen. Er ist gefährlich veranlagt.»

«Er besitzt die stärksten Motive», pflichtete Hemingway bei.

«Ich dachte auch, Miss Herriard könnte es getan haben, die würde sich nicht viel dabei denken.»

«Ich bin auf der Stelle bereit, sie oder Mottisfont zu verhaften, wenn Sie mir bloß sagen, wie einer von den beiden in das Zimmer gelangte», sagte Hemingway.

Colwall schüttelte den Kopf. «Es ist ein Rätsel, tatsächlich. Glauben Sie, die alte Dame könnte irgend etwas damit zu tun haben?»

«Nur ist es bis jetzt nicht ans Licht gekommen», ergänzte Hemingway. «Nein, selbst wenn es so wäre, es würde mir auch nichts nützen. Ich habe bereits Motive genug und sogar noch einen Beweis in Form von Stephens Zigarettendose. Das hilft mir alles nicht weiter, solange ich nicht aufklären kann, *wie* der Mord begangen wurde.»

«Das sehe ich ein», stimmte Colwall zu. «Die Sache mit der Zigarettendose ist auch ziemlich unklar, nicht wahr? Der junge Herriard dürfte sie Miss Dean überlassen haben, und jemand nahm sie dann.»

«Ja, ich hörte das alles, aber ich halte nicht viel davon», sagte Hemingway. «Sie wurde als die Stephens identifiziert, und er hatte sie bei sich, und ich habe bis jetzt nicht gehört, daß fremde Fingerabdrücke darauf gefunden wurden.»

«Nein, es waren keine darauf», sagte Colwall. «Es waren überhaupt keine darauf, soviel ich mich erinnere.»

Hemingway setzte seine Tasse ab. «*Irgendwelche* müssen darauf gewesen sein. Meinen Sie, sie waren nur zu sehr verwischt, um identifiziert zu werden?»

Colwall rieb sich das Kinn. «Ich erinnere mich, das Gutachten darüber gestern abend gesehen zu haben, und ich bin ziemlich sicher, es hieß darin, daß überhaupt keine darauf waren.»

«Sehen Sie einmal», sagte Hemingway. «Nach ihrem eigenen Zugeständnis hatten der junge Herriard und Miss Dean beide die Dose in Händen. Wollen Sie mir weismachen, daß sie keine Fingerabdrücke hinterließen? Warum wurde mir das Gutachten nicht gezeigt?»

«Sie hätten es sehen können, wenn Sie danach verlangt hätten.»

«Fanden Sie es denn nicht höchst ungewöhnlich, um nicht zu sagen verdächtig, daß sich auf der Dose keine Abdrücke befanden?»

«Ich nehme an», sagte Colwall, dessen Gehirn langsam arbeitete, «sie müssen weggewischt worden sein.»

«Ja, genau das, was ich vermute. Wenn Sie glauben, der junge Herriard ließ sie ganz zufälligerweise fallen, nachdem er vorher recht sorgfältig seine Fingerabdrücke weggewischt hatte, dann kann ich nur sagen, daß Sie eine sehr arglose Natur haben, Inspektor.»

«Ich gebe zu, ich fand es nicht seltsam, daß auf der Dose keine Fingerabdrücke waren. Könnten sie nicht in der Tasche des jungen Herriards weggewischt worden sein?»

«Nein. Sie könnten sich ein wenig verwischt haben, aber es mußten Spuren bleiben. Haben Sie jemals ein Stück Silber gereinigt und versucht, Ihre eigenen Fingerabdrücke wegzubekommen? Sehr mühselig, darauf gebe ich Ihnen mein Wort.»

«Das stimmt», nickte Colwall. «Das gleiche bei Messingsachen. Aber diese war eine Golddose, eine von diesen großen, flachen mit einem Monogramm darauf.»

«Ich hätte sie mir gleich ansehen müssen», sagte Hemingway, über sich selbst verärgert. «Kommen Sie, und sprechen wir einmal mit Ihrem Experten.»

Er brauchte jedoch keinen Experten, um zu erkennen, daß von der Zigarettendose alle trügerischen Spuren weggewischt worden waren. Ihre glänzende Oberfläche zeigte kein Fleckchen.

«Könnte direkt aus dem Laden kommen», brummte Colwall. «Sieht aus wie neu, ohne einen Kratzer. Nun, meine Leute zerstörten keinen Abdruck daran, dafür kann ich einstehen.»

«Davon bin ich überzeugt. Diese Dose wurde sorgfältig poliert.»

«Glauben Sie, daß sie in das Zimmer gelegt wurde, um den Verdacht auf den jungen Herriard zu lenken?»

«So ungefähr. Eines steht fest, er selbst ließ sie nicht dort.»

«Dann spricht ihn das von Verdacht ziemlich frei», sagte Colwall bedauernd.

«Ich war schon nahe daran, in diesem Fall hier wäre der Schuldige kein einziges Mal ausgerutscht. Er rutschte aber aus», sagte Hemingway und deutete mit dem Finger auf die Zigarettendose. «Genau wie so viele andere vor ihm, die versuchten, besonders gescheit zu sein. So wie ich es sehe, gehörte das Hinlegen der Dose nicht in sein Programm. Wenn er daran gedacht hätte, als er die anderen Details ausarbeitete, würde er es für uns so arrangiert haben, daß wir Stephens Fingerabdrücke auf der Dose gefunden hätten. Wir können annehmen, daß Miss Deans Aussage stimmt. Sie legte die Dose auf den Tisch neben sich. Unser unbekannter Freund sah sie dort und dachte, das wäre ein guter Beweis gegen Stephen. Er nahm sie, steckte sie wahrscheinlich in seine eigene Tasche, übersah es aber entweder, daß er sie nicht mit der bloßen Hand berühren durfte, oder er hatte nicht die Zeit, sie mit dem Taschentuch anzufassen. Als er dann soweit war, sie hinzulegen, war er nicht der Mann, der vergißt, seine Abdrücke darauf zu entfernen, und so polierte er sie gut und gründlich. Immerhin, mein Glaube an die grundsätzliche Dummheit der Mörder ist wiederhergestellt. Sie rutschen alle früher oder später einmal aus. Obgleich ich zugebe, dieser Fall war härter als manch einer.»

«Das ist alles recht schön und gut, aber ich verstehe nicht, wie es Ihnen weiterhelfen soll.»

«Man weiß nie», sagte Hemingway, hob die Dose aus der Schachtel und betrachtete sie liebevoll.

«Was wollen Sie damit tun?» fragte Colwall.

«Sie dem jungen Herriard zurückgeben», erwiderte Hemingway kühl.

«Sie ihm zurückgeben?»

«Gewiß. Dann werde ich mich zurücklehnen und die Wirkungen beobachten. Denn bis jetzt mußte es für alle offensichtlich sein, daß der Anwärter auf den Neun-Uhr-Morgen-Galgen der junge Herriard war, was für den tatsächlichen Mörder ein höchst befriedigender Gedanke ist und von ihm keine besonderen Anstrengungen erforderte. Alles, was er zu tun hatte, war, sich abwartend zu verhalten und sich ganz ungezwungen zu geben. Jetzt zeige ich Ihnen aber, daß ich Stephen überhaupt nicht mehr verdächtige, und werfe sozusagen die Angel aus. Wenn ich etwas von der Geisteshaltung der Mörder verstehe, dann dürfte es zu einigen interessanten Reaktionen kommen.»

14

Der Sergeant kehrte von seinem Besuch in Galloways Häuschen recht gedrückt zurück und berichtete seinem Chef, er habe die Dinge genauso vorgefunden, wie sie befürchteten. Galloway hatte den Schlüssel mit nach Hause genommen, und er hing dort noch immer auf einem Haken an der Küchenanrichte.

«Es sieht demnach nicht so aus, als ob unser Mann überhaupt durch das Fenster gekommen wäre», sagte er. «Ich nehme an, Sie haben nichts Neues entdeckt, Sir, oder?»

Als er erfuhr, was der Inspektor Neues entdeckt hatte, war er sehr interessiert, neigte aber dazu, Colwalls Ansicht zuzustimmen, daß man mit der Ausschaltung eines Verdächtigen wahrscheinlich nicht viel gewinnen würde. «Wenn Sie mich fragen, Sir, der Mann, der diese Tat verübte, ist keiner, der den Kopf verliert», sagte er. «Wollen Sie heute abend nochmals hinaufgehen, Sir?»

«Nein», antwortete Hemingway. «Ich werde hier ein bißchen in Ruhe nachdenken. Die Leute im Herrenhaus sollen sich indessen den Kopf darüber zerbrechen, was ich wohl unternehmen werde. Nichts rüttelt besser an den Nerven als die Spannung.»

Der Sergeant grinste. «Über den Truthahn im ‹Blauen Hund› werden Sie wohl nicht nachdenken, Chef?»

«Wenn ich von Ihnen irgendwelche Unbotmäßigkeiten zu hören bekomme», sagte Hemingway streng, «dann gebe ich Ihnen im Herrenhaus oben eine Beschäftigung, die Sie bis Mitternacht in Anspruch nehmen wird. Überdies ist es nicht der Truthahn, über den ich nachdenke. Es ist der Schinken.»

Die Bewohner des Herrenhauses waren folglich sich selber überlassen, wenn sie auch keine Ruhe finden konnten. Dafür sorgte Mrs. Dean. Während sie Joseph, Mottisfont, Roydon und ihre Tochter bei einem Gesellschaftsspiel vereint, die beiden jungen Herriards und Mathilda aber dazu getrieben hatte, im Billardzimmer Zuflucht zu suchen, herrschte im ganzen Haus eine Atmosphäre noch größerer Unruhe als je zuvor.

Das Abendessen mit Truthahn und Plumpudding beschwor Gedanken an Weihnachten herauf und veranlaßte Maud zu bemerken, sie wünschte, Nathaniel wäre nicht gerade zu einer so unpassenden Zeit ermordet worden. Sie fügte hinzu, daß man dieses Jahr den Pudding nicht anzünden sollte, und Sturry, der diese Anordnung billigte, tat noch ein übriges, indem er den Stechpalmzweig aus dem Pudding nahm.

Man begab sich zeitig zu Bett, aber am nächsten Morgen sah keiner ausgeruht aus. Mottisfont sagte mehrere Male, er könne sich nicht vorstellen, was die Polizei zu unternehmen beabsichtige. Valerie beteuerte, sie hätte kein Auge zugedrückt und sei die ganze Nacht von schrecklichen Träumen verfolgt worden. Roydon sah bleich aus und fragte, wann man ihnen wohl gestatten würde, nach Hause zu gehen.

Das Frühstück wurde erst nach neun Uhr serviert, und ehe noch jemand richtig Platz genommen hatte, kam Sturry herein, mit dem Gehaben eines Choristen in der griechischen Tragödie, um das Verhängnis in Gestalt des Inspektors Hemingway anzukündigen. Der Inspektor, so sagte er mit einem Unterton, wolle gerne Mr. Stephen sprechen.

Mathildas Mund war plötzlich wie ausgetrocknet, und die Muskeln ihrer Kehle waren unangenehm angespannt. Joseph zog hörbar scharf den Atem an.

«Er hätte mich wenigstens mein Frühstück beenden lassen können», sagte Stephen. «Wo ist er?»

«Ich führte den Inspektor in die Bibliothek, Sir.»

«Ist gut», erwiderte Stephen und erhob sich.

Paula schob den Sessel zurück und stand ebenfalls auf, stürmisch wie immer. «Ich komme mit dir», sagte sie unvermittelt.

«Mach weiter mit deinem Frühstück. Ich will dich nicht dabeihaben.»

«Es ist mir verdammt gleichgültig, was du willst», erwiderte sie. «Ich bin schließlich deine Schwester.»

Er faßte sie an den Schultern und stieß sie in den Sessel zurück. «Da, iß und laß es dir gut schmecken», sagte er grob. «Du bist ein gutes Kind, aber dämlich.» Sein sardonischer Blick wanderte über die Anwesenden, nahm Josephs Geschlagenheit auf, Mathildas bleiche Starrheit, die kaum verhüllte Befriedigung in Mottisfonts Augen, die Erleichterung in Roydons Gesicht. Er lachte kurz auf und ging hinaus.

Der Inspektor blickte gerade aus dem Fenster, als Stephen das Zimmer betrat, aber er wandte sich beim Geräusch der sich öffnenden Tür sofort um und sagte: «Guten Morgen, Sir. Ich kam, um Ihnen Ihre Zigarettendose zurückzugeben.»

Er hielt sie ihm in der ausgestreckten Hand entgegen und sah mit Befriedigung, daß es doch etwas gab, womit man diesen ungemütlichen, brüsken jungen Menschen überraschen konnte.

«Was, zur Hölle?» rief Stephen, während er den Blick von der Dose zu Hemingways Gesicht emporhob. «Was treiben Sie für schlechte Scherze mit mir?»

«Oh, ich treibe keinen Scherz.»

Stephen nahm die Dose, stand da und wog sie in der Hand. «Ich dachte, das war Ihr wertvollster Beweis?»

«Das dachte ich auch», stimmte Hemingway zu. «Und ich gebe offen zu, daß es für mich sehr enttäuschend war, davon abzukommen. Aber so ist das nun mal. Das Leben eines Detektivs ist eine Kette von Enttäuschungen.»

Stephen mußte unwillkürlich lächeln. «Würden Sie mir einiges erklären? Warum bekomme ich die Dose zurück? Ich dachte, Sie wollten mich einsperren.»

«Ich leugne nicht, daß ich das ungefähr im Sinn hatte», gab Hemingway zu. «Und wenn ich auch nur einen Fingerabdruck darauf entdeckt hätte, dann würde ich Ihnen jetzt die Handschellen anlegen.»

«Waren keine Abdrücke darauf?» fragte Stephen und runzelte erstaunt die Stirn.

«Nicht einer», sagte Hemingway freundlich.

Stephen sah die Dose an und wandte sie hin und her. «Muß ich daraus schließen, daß meine Fingerabdrücke weggewischt wurden?»

«Ja, so ungefähr, Sir.»

Der Inspektor begegnete einem sehr harten, unverwandten Blick.

«Können Sie mir sagen, ob darauf überhaupt keine Fingerabdrücke waren?»

«Es waren keine darauf.»

«Oh», sagte Stephen. Er betrachtete wieder die Dose, und sein ungläubiger Ausdruck vertiefte sich. «Ein Dreh also?»

Der Inspektor fixierte ihn mit einem fragenden Blick. «Können Sie sich darüber irgendeine Vorstellung machen, Sir?»

Stephen steckte die Dose in die Tasche. Er zögerte eine Weile, dann sagte er: «Nein, im Augenblick nicht, aber wenn es soweit ist –»

«Nun, Sie werden doch nicht selbst den Richter machen wollen, Sir», unterbrach ihn der Inspektor. «Lassen Sie sich zu keinerlei Tätlichkeiten hinreißen, denn wenn ich Ihnen auch keinen Vorwurf machen kann, müßte ich Sie dann wegen Ruhestörung mitnehmen, was offen gesagt überhaupt nicht auf der Linie meiner Arbeit liegt.»

Stephen lachte. «Was würden Sie tun, wenn Sie herausfänden, daß jemand auf diese Weise den Dreck auf Sie zu schieben versuchte, Inspektor?»

Der Inspektor hustete. «Es der zuständigen Stelle melden», sagte er fest.

«Nun, ich würde lieber seine verdammte Nase darin reiben», erwiderte Stephen.

«Solange Sie nicht weiter gehen, habe ich nichts dagegen», sagte Hemingway mit äußerster Herzlichkeit.

«Wenn es Ihnen nichts ausmacht, dann würde ich gerne jetzt mein Frühstück beenden.»

Da der Inspektor nichts dagegen hatte, begab sich Stephen zu den anderen zurück, die noch bei Tisch saßen. Alle wandten sich ihm zu, als er eintrat; die einen mit einer stummen, ängstlichen Frage, die anderen mit unverhohlener Neugier in der Miene. Er setzte sich an seinen Platz und sagte zu Sturry, der einen Vorwand gefunden hatte, sich im Zimmer aufzuhalten, er möge ihm frischen Kaffee bringen.

«Du meine Güte, ich war der Meinung, sie hätten dich bereits verhaftet», sagte Valerie und sprach damit aus, was alle gedacht hatten.

«Ich weiß, daß du das glaubtest, meine Schöne», antwortete Stephen.

«Was hat es gegeben, Stephen?» fragte Mathilda leise.

Er schenkte ihr ein Lächeln, zog seine Zigarettendose hervor und entnahm ihr eine Zigarette. Aller Augen hefteten sich auf die Dose. Mathilda sah rasch zu ihm auf, bemerkte aber, daß er ihren Blick mied und herausfordernd die Runde musterte, wobei er einen Augenblick lang bei Roydon und dann bei Mottisfont verweilte.

Wieder war es Valerie, die als erste die Sprache wiederfand. «Das ist ja deine Zigarettendose! Die, welche die Polizei dir abnahm!»

«Genau.»

«Heißt das, man hat sie Ihnen zurückgegeben?» fragte Roydon.

«Ja», erwiderte Stephen.

«So etwas habe ich noch nie gehört», rief Mottisfont aus. «Es kann nicht dieselbe Dose sein. Sie versuchen uns ein Bein zu stellen, aus Gründen, die Ihnen selbst am besten bekannt sind. Die Polizei würde auf die Dose niemals verzichten.»

«Ich ließe sie Sie gerne ansehen, aber Dinge, die ich irgendwo herumliegen ließ, fingen auf geheimnisvolle Weise zu wandern an, und zwar in ganz andere Räume des Hauses.»

«Was zum Teufel wollen Sie damit sagen?» fragte Mottisfont und erhob sich halb aus dem Sessel.

«Stephen!» sagte Joseph mit vor Bewegung zitternder Stimme. «Stephen, mein Junge, soll das heißen, sie verdächtigen dich überhaupt nicht mehr?»

«Soviel ich erfuhr, bin ich von jedem Verdacht frei», antwortete Stephen.

Niemand hätte erwartet, daß Joseph eine solche Neuigkeit zurückhaltend aufnehmen würde. Er sprang von seinem Sessel empor, kam um den Tisch herum und ergriff seines Neffen Hände. «Ich wußte es die ganze Zeit», sagte er. «Gott sei Dank! Gott sei Dank, Stephen! Mein lieber Junge, wenn uns dieses eine große Leid nicht bedrückte, dann wäre heute ein Feiertag für uns, wirklich!»

«Aber ich verstehe nicht, wieso man dich nicht mehr verdächtigt. Wie kam die Dose in Onkels Zimmer?» fragte Paula, ohne von Joseph Notiz zu nehmen. «Du kannst es uns ruhig sagen, Stephen. Wir haben doch alle Möglichkeiten erwogen.»

«Ich erfuhr von dem Inspektor, daß sie seiner Meinung nach hineingeschmuggelt wurde.»

Paula warf einen Blick in die Tischrunde. «Ja, das war gerade noch zu erwarten.»

«Das glaube ich nicht», sagte Mottisfont, der vor Ärger errötete. «Wollen Sie anzudeuten wagen, daß einer von uns Nat ermordete und versuchte, die Schuld auf Sie zu schieben?»

«Das ist doch ganz offensichtlich. Oder nicht?» sagte Stephen.

Joseph, der mit einem Ausdruck fast übertriebenen Staunens von einem zum anderen geblickt hatte, erschrak so sehr, daß seine Stimme ganze drei Töne herabsank. «Es könnte niemals wahr sein», murmelte er, «es ist zu gemein, zu schrecklich, um es in Worte auszudrücken. Es war Nat selbst, der deine Dose nahm. Es muß so gewesen sein. Guter Gott, Stephen, du kannst doch etwas Derartiges nicht glauben, daß jemand hier, jemand, der mit uns hier verweilt, hier eingeladen ist – nein, ich sage dir, es ist zu schrecklich!»

«Wie kam der Inspektor zu dieser Ansicht?» fragte Mathilda.

«Auf der Dose gibt es keine Fingerabdrücke», erwiderte Stephen.

Es dauerte eine Weile, bis die anderen den Sinn dieser Feststellung begriffen, und nach Mauds leerem oder Josephs verwirrtem Gesichtsausdruck zu schließen, schienen diese die volle Bedeutung überhaupt nicht erfaßt zu haben. Aber Roydon hatte begriffen, und er sagte: «Das ist das Gemeinste, das ich jemals gehört habe. Ich hoffe, Sie glauben nicht, daß einer von *uns* so niederträchtig war.»

«Ich weiß überhaupt nichts», sagte Stephen. «Ich werde es dem Inspektor überlassen, das herauszufinden.»

«Das ist alles sehr schön und gut», warf Paula ein, «aber wenn keine Fingerabdrücke auf der Dose waren, was will er dann herausfinden?»

«Er scheint ganz optimistisch zu sein», erwiderte Stephen.

Nun lag es an Valerie, in gereiztem Ton zu erklären, daß sie sehen könne, worauf sie alle hinauswollten. Aber wenn jemand dächte, sie hätte Mr. Herriard ermordet, dann wären sie alle im Unrecht, und sie wünschte, sie wäre niemals geboren worden. Heftig aufweinend warf sich Valerie an den parfümierten Busen der Mutter und jammerte, man sei zu ihr grausam gewesen, seit sie den Fuß über die Schwelle dieses gräßlichen Hauses gesetzt habe. Mit Ausnahme von Joseph, der sich eifrig, aber völlig zwecklos um die Weinende bemühte, beeilten sich alle, möglichst rasch zu verschwinden.

Draußen sagte Maud in ihrer gelassenen Art zu Mathilda, es sei wirklich gut, wenn Stephen und Valerie einander nicht heirateten, denn sie wäre ein so unbeherrschtes Mädchen und würde ihm das Leben wahrscheinlich überhaupt nicht angenehm gemacht haben. Da Maud keine Anstalten machte, über die düsteren Aspekte zu sprechen, die neuerdings in der Mordsache aufgetaucht waren, ergriff Mathilda, die sich nicht zurückhalten konnte, das Wort und fragte sie, ob sie die Bedeutung dessen, was Stephen gesagt, begriffen habe.

«Gewiß», sagte Maud. «Ich vermutete immer so etwas Ähnliches.»

«Ich muß gestehen, mir wäre es nicht eingefallen, daß hier einer so gemein sein könnte», sagte Mathilda.

Mauds Gesicht war wie versteinert. «Es wäre dir nicht eingefallen?» fragte sie leichthin und gar nicht überrascht.

Die heftig weinende Valerie war indessen von ihrer Mutter hinausgeführt worden, und Mrs. Dean machte ihrem Ärger, daß sie Stephen so voreilig den Laufpaß gegeben hatte, dadurch Luft, daß sie zu Joseph sagte, sie bemühe sich zwar stets, niemandem Ungelegenheiten zu bereiten, könne jedoch nicht umhin festzustellen, man habe ihr Mädchen mit einem völligen Mangel an Achtung behandelt.

Den armen Joseph verwirrte diese Ungerechtigkeit dermaßen, daß er die Matrone nur erschreckt und verwundert anblicken konnte. Er fand erst wieder zu sich, als die Diener eintraten, um abzuservieren. So machte er sich denn auf die Suche nach jemandem, mit dem er die neueste Entwicklung des Falles besprechen konnte.

Überglücklich, Mathilda zu finden, ergriff er sofort ihren Arm und führte sie in die Bibliothek. «Tilda – wer, frage ich dich, konnte einen solchen Groll gegen Stephen hegen?»

«Das mag weniger eine Frage des Grolls als der reine Trieb nach *sauve qui peut* sein», antwortete sie.

«Nur ein Untier wäre dazu fähig.»

Sie sagte trocken: «Jemand, der fähig ist, seinem Gastgeber das Messer in den Rücken zu stoßen, wäre sicherlich auch dazu fähig, die Schuld einem anderen zuzuschieben.»

«Mottisfont? Roydon? Paula?» fragte er. «Wie kannst du so etwas denken?»

«Ich beneide dich um deinen rührenden Glauben an die Menschheit, Joe.»

Sie bedauerte jedoch sofort, das gesagt zu haben, denn Joseph betrachtete es als Stichwort, um großmütig festzustellen, er danke Gott, daß er sich den Glauben an die Menschheit bewahrt habe. Sie zweifelte nicht daran, daß sein Vertrauen einen schweren Schlag erlitten hatte, und seine Qual tat ihr sogar leid, aber sie war nicht in Stimmung, seine Schauspielerei zu ertragen, und machte sich von ihm bald frei.

Von den drei Personen, die jetzt gleicherweise des Mordes an Nathaniel verdächtig waren, zeigte Paula die größte Kälte. Sie diskutierte mit einer Kaltblütigkeit, die der Stephens gleichkam, Roydons Chancen. Sie sagte, vom künstlerischen Standpunkt aus gesehen wolle sie hoffen, er habe den Mord nicht begangen, da er eine Zukunft vor sich hätte.

«Ich glaube, ich muß aus dem Rennen sein», sagte sie und ging rastlos wie immer im Zimmer auf und ab. «Niemand wird annehmen, daß ich die Schuld meinem eigenen Bruder zuzuschieben versuchte. Wenn es in Onkels Testament Legate für die Diener gegeben hätte, würde ich gesagt haben, daß es einer von ihnen war, vielleicht Ford. Aber wie die Dinge stehen, besaß keiner von ihnen das geringste Motiv.»

Sie heftete ihren flammenden Blick auf Mathilda und fügte hinzu: «Für jemanden, der selbst noch nicht verdächtigt wurde, muß die Sache doch *interessant* sein, Mathilda. Ich, zum Beispiel, würde mich dabei wirklich unterhalten!»

«Weder Joseph noch ich sind verdächtig, aber ich kann dir versichern, wir unterhalten uns keineswegs dabei. Ich habe nicht das Bedürfnis, meine Freunde in der Klemme zu sehen.»

«Jedenfalls wird das ganze Erlebnis für mich als Künstlerin noch einmal sehr wertvoll sein», bemerkte Paula.

Es war nun beinahe elf Uhr geworden, und die unfreiwilligen Gäste in Lexham Manor mußten alle die Unannehmlichkeiten in Kauf nehmen, die der Aufenthalt in einem Landhaus mit sich bringt, wenn man keiner bestimmten Tätigkeit nachgehen kann. Der graue Himmel und der nasse Schnee boten wenig Anreiz zu Spaziergängen. Im Haus selbst lastete Stille, und jeder war sich der Anwesenheit des Mannes von Scotland Yard unangenehm bewußt. Solange sich der Verdacht auf Stephen konzentriert hatte, war jedermann sonst bereit gewesen, den Mord nach allen Gesichtspunkten hin zu diskutieren. Jetzt, da Stephen ganz offensichtlich entlastet und das Feld für seinen Nachfolger geräumt war, vermieden sie es ängstlich, irgend etwas im Zusammenhang mit dem Verbrechen zu erwähnen, ausgenommen Paula. Sogar Mrs. Dean sprach nicht mehr darüber. Sie folgte Maud ins Frühstückszimmer und beglückte sie, ohne auch nur im geringsten dazu ermutigt worden zu sein, mit ihrer Lebensgeschichte.

Roydon hatte etwas von «frischer Luft schöpfen» gemurmelt und war gleich nach dem Frühstück auf sein Zimmer gegangen. Damit hatte er sich die Feindschaft des zweiten Hausmädchens zugezogen, das eben erst sein Bett gemacht hatte und den Staubsauger hineinbringen wollte. Als guterzogenes Hausmädchen zog sie sich natürlich zurück, ging aber zu dem ersten Hausmädchen und beklagte sich bitterlich über die Gäste, die nichts Besseres wüßten, als hinaufzukommen, bevor man mit der Arbeit fertig sei. Das erste Hausmädchen sagte, sie fände es seltsam, daß er zu dieser ungewöhnlichen Stunde auf sein Zimmer gekommen sei, und aus diesen dürftigen Gründen geboren, verbreitete sich beim Personal rasch das Gerücht, daß dieser Mr. Roydon, der schon immer so komisch dreingesehen und sich so seltsam benommen habe, ganz leicht den Herrn ermordet haben könnte. Somit hatte man bei der Elf-Uhr-Pause in der Küche ein sehr angenehmes Gesprächsthema. Und als einer der Untergärtner einen Korb Gemüse für den Koch brachte, konnte er Wesentliches zur Diskussion beisteuern. Es sei eigenartig, sagte er, daß sie gerade von dem jungen Roydon sprächen, denn er habe ihn eben weggehen sehen. Er hatte ihn bei dem Schuppen für die Gartengeschirre nächst dem Misthaufen angetroffen und es irgendwie seltsam gefunden, daß er sich gerade dort aufhielt, und Roydon war nicht einmal zusammengefahren, als er den Gärtner um die Ecke des Schuppens kommen sah. Mit hervorquellenden Augen lauschten sie alle dem aufregenden Bericht des Gärtners. Zwei der Hausmädchen feuerten ihn an, doch fortzufahren, und so bekamen sie zu hören, daß Roydon etwas in den Abfallverbrenner gesteckt haben mußte, weil er ganz nahe davor gestanden habe. Außerdem war der Gärtner bereit zu beschwören, er habe gehört, wie jemand den Deckel auf den Ofen gelegt habe.

Es dauerte nicht lange, bis der Widerhall dieser Erzählungen an Inspektor Hemingways Ohr drang, und zwar dank Sergeant Ware, dem es mit ein paar schönen Worten gelungen war, das weibliche Personal sehr gefügig zu machen.

Der Inspektor hatte in der ganz einfachen Absicht, die Leute zu enervieren, den frühen Vormittag damit verbracht, mit tiefsinniger Miene und außerdem noch mit Notizbuch und Metermaß bewaffnet das Haus zu durchstreifen. Seine geheimnisvollen Untersuchungen waren an sich völlig wertlos, hatten aber den Erfolg, alle, außer Maud und Mrs. Dean, zutiefst zu beunruhigen. Mottisfont zum Beispiel erhob gegen die Anwesenheit des Inspektors in seinem Zimmer sofort heftigen Einwand und rannte nervös im Haus herum und beklagte sich. Im Frühstückszimmer stieß er auf die beiden Damen und versuchte sie als Unterstützung zu gewinnen. Mrs. Dean erklärte jedoch, sie habe nichts zu verbergen, und Maud drückte bloß die Hoffnung aus, der Inspektor würde im Verlauf seiner Untersuchungen ihr verlorengegangenes Buch finden.

Der Inspektor hatte das Buch nicht gefunden. Seit er Maud kannte, hatte er fünfmal mit ihr gesprochen, und jedesmal mußte er sich nicht nur anhören, wann und wo sie das Buch zum letztenmal in der Hand gehabt zu haben glaubte, sondern erfuhr auch noch Anekdoten daraus. Er hegte den dunklen Verdacht, daß es jemand versteckt habe, und wie er zu Sergeant Ware sagte, könne er daraus niemandem einen Vorwurf machen.

Als ihm das Küchengeschwätz über Roydon berichtet wurde, war er nicht geneigt, ihm viel Bedeutung beizumessen, aber er trug dem Sergeant auf, Roydon besser im Auge zu behalten.

Der Sergeant aber tat noch ein übriges. Er ging in den Garten zu dem Schuppen hinunter und untersuchte den Abfallverbrenner.

Es war dies ein großartiger galvanisierter Eisenzylinder auf kurzen Beinen und mit einem Abzugsrohr, das aus dem Deckel herausragte. Theoretisch sollte, sobald man ein kleines brennendes Stück Papier in die untere Öffnung hineinsteckte, jede Menge Müll, die man oben hineinwarf, langsam zu feinster Asche verbrennen. Praktisch starb das Feuer aber meist schon ab, bevor der halbe Inhalt des Zylinders verbrannt war.

Aus der schwachen Rauchfahne, die sich aus dem Abzugsrohr erhob, schloß der Sergeant richtig, daß das Feuer an diesem Morgen nur schwach brannte. Er hob den Deckel ab und stellte fest, daß der Ofen mit Küchenabfällen vollgestopft war. Der Sergeant sah sich nach einem Stock um, und nachdem er einen gefunden hatte, begann er in der Masse herumzustochern. Er brachte zuerst einige Grapefruitschalen nach oben, dann einige Papiersäckchen, Eierschalen und den Inhalt mehrerer Papierkörbe. Zuletzt aber grub sein Stock ein blutbeflecktes Taschentuch aus, das vom Feuer unversehrt geblieben war.

Das Taschentuch war nicht nur voll Blutflecken, sondern hatte in einer Ecke auch noch ein «R» eingestickt. Es war von Küchenabfällen beschmutzt, aber der Sergeant empfand keinen Widerwillen, es anzufassen. Er schüttelte einige Teeblätter heraus, faltete es sorgfältig und steckte es in die Tasche. Dann fuhr er fort, in dem Ofen herumzubohren, bis er sich sagen konnte, daß in den widerlichen Tiefen keine weiteren schauerlichen Funde mehr zu machen waren. Um aber ganz sicher zu gehen, zog er auch den Aschenzuber heraus, gerade rechtzeitig, nach dem Inhalt zu schließen. Das Feuer brannte nur einseitig, und so fielen von der einen Seite des Zylinders verkohlte Überreste in die Asche, unter anderem auch ein angesengtes und geschwärztes Buch. Der Einband war verbrannt, und die äußeren Seiten zerfielen, sobald man daran rührte. Nur aus müßiger Neugier nahm der Sergeant näher in Augenschein, was da an seinem Stock hängengeblieben war, und sah, daß die inneren Seiten noch vollkommen lesbar waren. *Krönung in Ungarn,* las er über dem Satzspiegel der rechten Seite, und über dem Satzspiegel der linken stand *Kaiserin Elisabeth.*

Ein Grinsen überzog sein ernstes Gesicht. Er nahm den traurigen Überrest von Mauds Buch an sich, um ihn dem Inspektor zu zeigen.

Als Hemingway das Taschentuch sah, zeigte er sich enttäuschend wenig begeistert.

«Es gehört eindeutig Roydon», verwies ihn der Sergeant. «Es trägt sein Monogramm in der Ecke, und er ist der einzige im Haus, dessen Name mit R beginnt. Das Blut ist getrocknet, wie Sie ebenfalls sehen können.»

«Blut ist allerdings genug daran», bemerkte Hemingway und betrachtete das Tuch leidenschaftslos.

«Ich nehme an, er hat damit das Messer abgewischt, Sir.»

«Möglich, daß Sie recht haben.»

«Und es gibt keinen Zweifel, daß er es heute früh in den Ofen steckte, genau wie der Gärtner berichtete.»

«Er dachte aber ziemlich spät daran, es loszuwerden.»

«Ja», gab der Sergeant zu, «aber vielleicht hielt er es nicht für so lebenswichtig, es zu vernichten, solange Stephen Herriard der Verdächtige war.»

«Ah», machte Hemingway und fuhr mit dem Bleistift auf dem Taschentuch herum.

Ein wenig enttäuscht fragte der Sergeant: «Sie halten es nicht für wichtig, Chef?»

«Das sage ich nicht. Es kann wichtig sein. Natürlich, ich bin kein Experte, aber ich hätte diese äußerst zahlreichen Blutflecken lieber ein bißchen brauner gehabt. Immerhin, ich werde mit Roydon sprechen, sobald er zurückkommt, und wenn ich aus ihm nichts herausbekomme, werden wir dieses Ding hier untersuchen lassen. Sonst noch etwas?»

«Ja», sagte der Sergeant, während sich langsam wieder ein Grinsen über sein Gesicht breitete, «dies hier!»

Hemingway sah das verstümmelte Buch in Wares Hand und rief aus: «Sie wollen mir doch nicht sagen – nun verdammt noch mal.» Er nahm das Buch aus der Hand des Sergeants und blickte auf die versengten Seiten. «Ich sagte Ihnen doch, irgend jemand in diesem Haus konnte es nicht mehr ertragen, und ich muß gestehen, ich auch nicht. Nun, es ist Ihr Fund, mein Junge, Sie können es der alten Dame zurückgeben und für sich ein Stück ordentlicher Detektivarbeit gutbuchen.»

Der Sergeant seufzte und begab sich zu Maud. Sie war kurz zuvor der Mitteilsamkeit von Mrs. Dean entronnen, saß eben strickend in der Bibliothek und tauschte mit Mathilda nichtige Bemerkungen aus.

Joseph saß auf dem breiten Fenstersitz neben Paula und versuchte sie mit Anekdoten aus seiner Bühnenlaufbahn zu unterhalten. Paula versuchte nicht einmal, den Anschein von Interessiertheit zu erwekken. Außer daß sie ab und zu ganz geistesabwesend «Oh» sagte, schenkte sie ihm keine Beachtung. Sie sah nachdenklich vor sich hin und war offensichtlich in Gedanken einzig mit ihrer eigenen Karriere beschäftigt.

Der Sergeant hustete, um die Aufmerksamkeit auf sich zu ziehen, und begab sich zu Mauds Sessel. – «Entschuldigen Sie, Madam, aber ich glaube, Sie sagten, Sie hätten ein Buch verloren?»

«Ja, natürlich, das sagte ich», antwortete Maud. «Ich erzählte es dem Inspektor, und er versprach mir, danach zu sehen.»

Der Sergeant fühlte sich unsinnigerweise ganz schuldbewußt. Er hielt ihr die kümmerlichen Reste des Buches entgegen. «War es dieses, Madam?»

Mathilda stellte fest, daß sie zum erstenmal, seit sie Maud kannte, in deren Gesicht eine Bewegung sah. Mauds farblose Augen starrten auf das Buch, und ihr Unterkiefer sackte herab. Es dauerte eine Weile, ehe sie zu sprechen fähig war. «Das?» sagte sie. «O nein.» Fast widerwillig nahm sie das Buch und betrachtete es. «O Gott!» rief sie bekümmert. «O Gott, o Gott! Es *ist* mein Buch! Joseph, sieh, was geschehen ist. Ich kann das nicht verstehen.»

Joseph sagte erschüttert: «Aber, aber!» und fragte den Sergeant, *wo* er es gefunden habe.

«Nun, Sir, ich weiß bestimmt nicht, wie es dort hinkam, aber es fiel aus dem Abfallverbrenner heraus.»

Ein erstickter Laut aus Mathildas Kehle veranlaßte Joseph, den Kopf nach ihr zu wenden; sein Ernst schwand, und er lachte kurz auf.

«Ich muß sagen, Joseph, ich weiß nicht, was du daran lächerlich findest», sagte Maud.

«Es tut mir leid, meine Liebe. Es war dumm von mir. Die Sache muß für dich sehr ärgerlich sein – wirklich sehr ärgerlich. Aber mach dir nichts daraus, schließlich gibt es viel ernstere Dinge, über die wir uns den Kopf zerbrechen müssen. Nicht wahr?»

Dieser gutgemeinte Zuspruch verfehlte gänzlich die Wirkung. «Nein, Joseph, ich kann dir nicht zustimmen. Ich war an dem Leben der Kaiserin besonders interessiert, und wie du siehst, sind die ersten und die letzten Seiten verbrannt, ja mehr noch, es ist ein Buch aus der Leihbücherei, und ich werde es ersetzen müssen.» Ihre dicken Wangen röteten sich ein wenig. Sie saß sehr aufrecht im Sessel und heftete einen anklagenden Blick auf Sergeant Ware. «Ich würde gerne wissen, wer mein Buch in den Ofen geworfen hat.»

«Ich wette, Stephen war es», sagte Paula.

Joseph warf ihr einen verärgerten Blick zu. «Paula! Muß das sein?»

Maud aber hielt an Paulas Bemerkung fest. «Stephen?» fragte sie. «Warum sollte Stephen mein Buch vernichten? Ich empfand ihn zwar stets als einen sehr anstrengenden jungen Mann, der mit seinem bösartigen Naturell nichts als Ungelegenheiten schafft, aber ich hätte nie gedacht, daß er aus Mutwillen etwas zerstören würde.»

In diesem Augenblick betrat Stephen das Zimmer. Paula fragte sofort: «Stephen, hast du Tante Mauds Buch in den Ofen gesteckt?»

«Nein, natürlich nicht. Wie oft muß ich dir das noch sagen!»

«Nun, irgend jemand hat es aber getan.»

Seine Lippen kräuselten sich. «O nein, nicht doch, wirklich?»

Maud hielt ihm das, was vom «Leben der Kaiserin Elisabeth» übriggeblieben war, stumm entgegen. Stephen warf einen Blick darauf und brach in Lachen aus. Der Sergeant nahm diese Gelegenheit wahr, um zu entkommen. Er ging zurück zu seinem Vorgesetzten und erzählte ihm, daß es allem Anschein nach doch Stephen Herriard getan habe.

«Junger Teufel», sagte Hemingway.

Inzwischen sagte die über sein Gelächter ganz entrüstete Maud Stephen die Meinung. Sie war offensichtlich sehr erbost. Stephen bekundete in ungewöhnlicher Zerknirschung, daß es ihm leid täte und daß er zwar gelacht, aber mit dem Buch wirklich nichts getan habe. Maud faßte daraufhin den Entschluß, das Personal zu befragen, und Paula sagte ungeduldig: «Wenn du Sturry fragst, ob er dein Buch in den Ofen geworfen hat, kündigt er auf der Stelle.»

«Geh und frag ihn», sagte Stephen zu Maud. «Du kannst keinen Schaden anrichten, weil er mir bereits gekündigt hat.»

Diese Ankündigung hatte einen Aufschrei zur Folge. Es war Joseph, der fragte, wie dieser Mensch denn dazu käme, so etwas Unsinniges zu tun. Mathilda rief: «So eine Schlange!», und Paula sagte, es wäre nur gut, ihn los zu sein.

«Ich halte es für niederträchtig, gerade jetzt zu kündigen», sagte Joseph. «Es ist ausgesprochen selbstsüchtig von ihm, sehr selbstsüchtig, wahrhaftig!»

«Es ist vor allem ärgerlich, weil ich ihm einen Tritt hätte geben wollen», sagte Stephen, «und außerdem wird man ihn zur Beglaubigung des Testaments noch brauchen.»

«Wieso?» fragte Paula.

Joseph sagte: «Ich fürchte, das ist mein Fehler. Ich vergaß dummerweise, daß es üblich ist, eine Beglaubigungsklausel einzufügen. Es spielt aber wirklich keine Rolle, nur bedeutet es, daß beide Zeugen erforderlich sind, bevor es approbiert werden kann.»

«Nun, er kann gehen und seinen Eid vor einem Notar ablegen», sagte Stephen. «Es muß ja nicht gleich sein. Solange wir wissen, wo wir ihn finden, kann er seinen Eid auch ablegen, wenn er hier nicht mehr beschäftigt ist.»

«Laß ihn schwören, bevor er geht», riet Mathilda. «Ich würde ihn im nachhinein zu keinem Dienst mehr heranziehen.»

«Meine Liebe, wie schrecklich, so etwas zu sagen», rief Joseph aus. «Er mag seine Fehler haben, aber man könnte ihn nicht als unehrenhaft bezeichnen.»

«Er verabscheut Stephen», sagte Mathilda halsstarrig.

«Unsinn, Tilda! So etwas darfst du wirklich nicht sagen.»

«Höre um Gottes willen auf, jeden durch deine rosarote Brille zu betrachten», sagte Stephen. «Sturry haßt mich, seit ich Onkel Nat erzählt habe, daß er den Portwein wässert, und du weißt das.»

«Alles das», warf Maud ein, «hat nichts mit dem ‹Leben der Kaiserin Elisabeth› zu tun.»

«Mit diesem dreimal verdammten Frauenzimmer hat es wirklich nichts zu tun», sagte Stephen.

«Ich weiß nicht, warum du über die Kaiserin in einer so gemeinen Art sprechen mußt», sagte Maud ungeheuer würdevoll. «Du weißt nichts über sie.»

«Niemand, der den Vorzug hatte, die letzten drei Tage mit dir unter einem Dach zu verbringen», sagte Stephen, «kann behaupten, daß er nichts über die Kaiserin wüßte.»

Diese wütende Bemerkung beschwor beinahe eine unerwartete Krise herauf. Mauds Brust schwoll an, und sie setzte zu einer Rede an, die, wie jeder der gebannt Lauschenden empfand, für Stephen vernichtend gewesen wäre, als Sturry mit einem Tablett Cocktails hereinkam. Selbst in ihrer ungeheuren Erregung war es Maud bewußt, daß sich eine Dame niemals dazu hinreißen läßt, vor der Dienerschaft zu streiten, und statt Stephen ordentlich in die Schranken zu weisen, hielt sie Sturry das «Leben der Kaiserin» entgegen und fragte ihn, ob er wisse, wie es in den Ofen gekommen sei.

Höchst beleidigt stellte dieser in Abrede, irgend etwas zu wissen.

«Einen Augenblick», sagte Stephen, als Sturry sich gerade zurückziehen wollte. «Wie ich höre, werden Sie und Ford die Unterschrift des verstorbenen Mr. Herriard auf seinem Testament zu beschwören haben. Ich werde Sie morgen in die Stadt mitnehmen, und dort können wir dann die Sache erledigen.»

Sturry warf ihm einen kalten Blick zu. «Darf ich fragen, Sir, was für einen Eid man von mir verlangt?»

«Es ist bloß eine Formalität», antwortete Stephen. «Sie haben nur zu schwören, daß Mr. Herriard sein Testament in Ihrer Gegenwart unterzeichnete.»

Sturry zog den Atem an und sagte im Tonfall eines heimlichen Triumphes: «Ich bedaure, Sir, aber ich sehe mich dazu außerstande.»

Niemand hatte Mathildas grimmiger Voraussage Glauben geschenkt. Jetzt verstummten sie alle verblüfft. Nach einer Weile sagte Joseph: «Seien Sie vernünftig, Sturry! Ist denn das Ihrer würdig? Natürlich müssen Sie das tun, das Gesetz verlangt es.»

«Ich bitte um Verzeihung», erwiderte Sturry betont höflich, «aber wie ich Mr. Stephen verstehe, soll ich beschwören, daß der verstorbene Mr. Herriard sein Testament in meiner Gegenwart unterzeichnete.»

«Na und?» sagte Stephen barsch.

«Ich bedaure, Sir, daß ich es mit meinem Gewissen nicht vereinbaren könnte, dies zu tun.»

«Aber, Sturry», sagte Joseph verblüfft.

«Was, zum Teufel, meinen Sie?» fragte Stephen. «Sie bezeugten doch die Unterschrift, nicht wahr?»

«In einem gewissen Sinne ja, Sir, aber wenn es darauf ankommt, einen Eid abzulegen, fühle ich mich gezwungen festzustellen, daß weder Ford noch ich gegenwärtig waren, als Mr. Herriard sein Testament unterzeichnete.»

«Aber, Sturry, das ist doch absurd», rief Joseph ganz verwirrt. «Sie mögen tatsächlich nicht im Zimmer gewesen sein, aber Sie wissen sehr gut, daß ich das Dokument geradewegs zu Ihnen herausbrachte in die obere Halle, und Sie beide wußten, was es war, als Sie es beide unterzeichneten. Das sind doch nur Redensarten, zu sagen, Mr. Herriard hätte es nicht in Ihrer Gegenwart unterschrieben. Sie wissen, wie krank er war und daß er niemanden in seinem Zimmer duldete. Ich sagte Ihnen genau, was Sie zu tun hätten, und Sie müssen genau gewußt haben, daß Mr. Herriard es unterzeichnet hatte, denn seine Unterschrift war für Sie deutlich sichtbar.»

«Ich war mir dessen nicht bewußt, Sir, daß ich jemals verpflichtet sein sollte, darauf einen Eid abzulegen. Ich bedaure, wenn ich ungehorsam erscheinen mag, Sir, aber ich hoffe, Sie haben Verständnis für meine Lage.»

Damit verbeugte er sich abermals, verließ das Zimmer und schloß leise die Tür hinter sich.

«Womit die Blase geplatzt ist», bemerkte Stephen.

«Joe, du Narr», rief Mathilda aus und sprang aus dem Sessel empor. «Weißt du nicht, wie wichtig es ist, daß die Zeugen bei der Unterzeichnung eines Testaments im wahrsten Sinne des Wortes *zugegen* sind?»

«Aber, Tilda – aber, Stephen! Ich dachte niemals – es war schwierig genug, Nat so weit zu bringen, überhaupt ein Testament aufzusetzen. Wenn ich von ihm noch verlangt hätte, daß er zustimmt, Ford und Sturry dabei zu haben – nun, ihr wißt, wie Nat war. Natürlich, ich weiß, daß man der Unterzeichnung tatsächlich beiwohnen soll, aber in diesem Fall – ich meine, niemand wird das Testament anfechten. Ich bin überzeugt, es wird in Ordnung gehen. Ich werde einfach die Umstände zu erklären haben und –»

«Du wirst dich als sehr gescheit erweisen müssen, wenn du erklären willst, wie Ford und Sturry durch die Mauer sehen konnten», unterbrach ihn Stephen.

«Glaubst du wirklich, daß das Testament nicht in Ordnung ist, bloß weil die Zeugen bei der Unterzeichnung nicht zugegen waren?» fragte Paula ungläubig.

«Ja, meine Süße, das ist genau, was ich meinte», antwortete Stephen. «Mit anderen Worten, unser Onkel Joe hat es versaut.»

15

Diese Worte erschreckten sie alle dermaßen, daß sogar Maud für einen Augenblick den Verlust ihres Buches vergaß. Paula verlangte zu wissen: «Wer bekommt dann Onkel Nats Geld?»

«Ich weiß es nicht», antwortete Stephen. «Sein nächster Blutsverwandter wahrscheinlich.»

«Aber sein nächster Blutsverwandter, das bin ja ich!» rief Joseph ganz außer sich. «Das ist ja absurd. Ich will das Geld nicht. Ich wüßte nicht, was ich damit anfangen sollte. Wirklich, Stephen, du nimmst einen höchst übertriebenen Standpunkt ein. Ich bin ganz überzeugt, wenn die Angelegenheit geklärt wird –»

«Nein, Stephen hat recht», sagte Mathilda. «Die Gesetze sind außerordentlich zäh, was Testamente anlangt. Abgesehen davon, wie kannst du diesen Anfall von Geistesgestörtheit erklären, die zwei Zeugen nicht in das Zimmer hineinzulassen?»

«Aber, Tilda, es war doch schwer genug, Nat überhaupt so weit zu bringen, daß er das Testament machte.»

«Darüber solltest du besser schweigen», sagte Mathilda unfreundlich. «*Wir* wissen, du überredetest ihn in der besten Absicht, aber für jemanden, der nicht das Vergnügen hat, die Herriard-Familie zu kennen, würde sich das nicht so gut anhören.»

Joseph war wie gelähmt und hatte mit einemmal die Sprache verloren. Mauds tonlose Stimme verschaffte sich Gehör. «Ich bin überzeugt, daß Nathaniel niemals die Absicht hatte, Joseph sein ganzes

Geld zu hinterlassen. Das hätte er nie gewollt, denn er wußte ja, daß Joseph mit Geld nicht umgehen kann.»

«Willst du damit sagen», erkundigte sich Paula, Böses ahnend, «daß ich nach alledem mein Legat nicht erhalten werde?»

«Nicht einen Pfennig», erwiderte Stephen. «Es sei denn, natürlich, es gelingt dir vielleicht, es von Joe herauszubekommen.»

Paula überraschte plötzlich alle dadurch, daß sie in ein schrilles Lachen ausbrach. «Wie verdammt komisch», sagte sie. «Nat wurde ermordet, wir wurden auseinandergerissen und gespalten durch Furcht und Verdächtigung, und das alles für nichts.»

Mathilda betrachtete sie mit Unmut. «Du magst das vielleicht für lustig halten. Ich nicht. Ich glaube nicht eine Sekunde lang, daß du meinen Rat wünschst, aber bevor ihr alle in Extreme verfallt, wäre es nicht besser, sich zu erkundigen, was das Gesetz im Fall des Fehlens eines Testaments vorschreibt?»

«Er starb doch nicht, ohne ein Testament zu hinterlassen», sagte Joseph. «Bloß weil es nicht ganz in Ordnung ist –»

«Das ist eine sehr gute Idee von dir, Mathilda», rief Stephen, als hätte Joseph überhaupt nichts gesagt. «Ich werde Blyth anrufen und ihn fragen.»

Er verließ das Zimmer. Paula lachte noch immer, und es klang schon fast hysterisch. Joseph versuchte seinen Arm um sie zu legen, wurde aber heftig abgeschüttelt. «Laß mich in Ruhe», sagte sie. «Ich hätte mir denken können, daß du alles durcheinanderbringst. Du Narr! Du Narr! Du tatest alles zu unserem Besten! O mein Gott! Was wäre das für ein Stoff für einen zweiten Akt! Ich muß es Willoughby erzählen. Er wenigstens wird das Ganze zu würdigen wissen.»

Roydon war jedoch nicht gleich zu finden. Aber selbst wenn Paula ihn gefunden hätte, würde er ihrer Idee zu einem zweiten Akt kaum größere Begeisterung entgegengebracht haben. Seine Gedanken waren weit entfernt vom Stückeschreiben. Er stand mit ziemlich bleichem Gesicht und zuckendem Adamsapfel Inspektor Hemingway gegenüber.

«Ich glaube», sagte Hemingway und legte das blutbefleckte Taschentuch auf den Tisch, «das gehört Ihnen.»

«Nein, das gehört nicht mir», erwiderte Roydon mit zitternder Stimme. «Ich habe es nie zuvor in meinem Leben gesehen.»

Hemingway starrte ihn einen Augenblick lang durchbohrend an, dann breitete er das Taschentuch auseinander und wies mit der Spitze seines Bleistifts auf den eingestickten Buchstaben in der Ecke.

«Ich weiß nichts davon», sagte Roydon verbissen. Er hatte furchtbare Angst und zeigte es auch.

«Sie steckten es in den Ofen beim Schuppen, nicht wahr?»

«Nein.»

«Nun, kommen Sie, kommen Sie. Sie schaden sich nur selbst, wenn Sie mich belügen. Ich weiß, Sie steckten es dort hinein.»

Roydon schien in sich zusammenzusinken. «Ich weiß, was Sie denken, aber Sie haben unrecht. Ich habe Mr. Herriard nicht ermordet. Ich tat es nicht, sage ich Ihnen.»

«Wie kam Ihr Taschentuch in diesen Zustand?»

«Ich hatte Nasenbluten», stieß Roydon hervor.

Der Sergeant, der ein stiller Zeuge des Verhörs war, wandte den Blick langsam zu Hemingway, um zu sehen, wie er diese Erklärung aufnahm.

«Verbrennen Sie jedesmal Ihre Taschentücher, wenn Sie Nasenbluten haben?» fragte Hemingway.

«Nein, natürlich nicht, aber ich wußte, was Sie denken würden, wenn Sie es fänden. Ich – verlor den Kopf.»

«Wann hatten Sie dieses Nasenbluten?»

«Gestern abend, nachdem ich zu Bett gegangen war. Ich steckte das Taschentuch in meinen Koffer, und dann dachte ich – ich dachte, wenn Sie es dort fänden, würde es verdächtig aussehen. Ich hörte, wie Sie im Haus herumsuchten und – und ich dachte, es wäre besser, mich dessen zu entledigen.»

«Erzählten Sie jemandem von Ihrem Nasenbluten?»

«Nein, nein, natürlich nicht. Davon macht man doch kein Aufhebens. Schließlich habe ich es öfter.»

«Aber heute morgen, als Sie fürchteten, ich könnte das Taschentuch finden, dachten Sie da auch nicht daran, es irgend jemand gegenüber zu erwähnen?»

«Ja, aber ich konnte es dann doch nicht sagen. Ich meine, es hätte seltsam geklungen; zumindest dachte ich so. Jedermann würde sich gefragt haben, ob es wirklich wahr sei oder ob ich bloß eine Ausrede suchte. Oh, ich weiß, ich benahm mich wie ein Idiot, aber ich schwöre, ich habe mit dem Mord nichts zu tun.»

«Also, wenn Ihre Geschichte wahr ist, dann haben Sie mir mit Ihrem verrückten Benehmen ganz schöne Schwierigkeiten gemacht.»

«Das tut mir leid. Natürlich, ich sehe jetzt ein, daß es dumm von mir war, aber ich schwöre, ich habe es nicht getan. Es ist nicht Mr. Herriards Blut, es ist das meine.»

«Das werden andere feststellen», sagte Hemingway.

Der Sergeant hielt den Atem an. «Glauben Sie ihm, Sir?»

«So ungefähr stellte ich es mir vor, gleich als Sie mir das Taschentuch zeigten», bekannte Hemingway.

«Aber die Geschichte, die er über seine Angst, Sie könnten es finden, aufbaute!»

«Könnte leicht wahr sein.»

Der Sergeant war enttäuscht. «Sie hoben, als Sie ihn fragten, besonders hervor, ob er von seinem Nasenbluten zu irgend jemandem gesprochen habe.»

«Nur scheinbar. Ich wollte nur sehen, was er tut, wenn ich ihn in die Zange nehme. Nasenbluten ist eine dumme Kinderkrankheit, und man rennt nicht herum und erzählt jedem davon.»

«Dann glauben Sie ihm also?»

«Ich habe etwas, das zu besitzen Ihnen nicht schaden würde, mein Junge, und zwar ein offenes Gemüt. Dies hier ist eine Aufgabe für die Wissenschaftler. Solange sie Ihnen nicht sagen, daß dieses Blut zu der Gruppe des alten Herriard gehört, gibt es nichts, was ich dabei tun kann. Aber nun kommen Sie lieber und lassen Sie uns etwas essen.»

Der Sergeant fühlte sich ziemlich unbefriedigt. Er folgte Hemingway hinaus in die Halle, wo Mottisfont über sie herfiel und jammerte, daß er den Inspektor schon seit langem sprechen wolle.

«Ja, Sir, worum handelt es sich?» fragte Hemingway und sah ihn leidenschaftslos an.

«Ich weiß nicht, wie lange Sie die Untersuchung noch zu führen gedenken», sagte Mottisfont sarkastisch, «aber ich muß darauf hinweisen, daß ich über meine Zeit nicht verfügen kann. Ich habe morgen eine wichtige geschäftliche Verabredung in der Stadt, und bei aller Ihnen gebührenden Hochachtung beabsichtige ich morgen früh hier abzufahren.»

«Ich habe nichts dagegen, Sir», sagte Hemingway ruhig. «Es hält Sie hier niemand auf.»

«Ich dachte, niemand dürfe das Haus verlassen?»

«So? Ich ordnete das bestimmt nicht an. Ich brauche natürlich Ihre Adresse, aber es würde mir nicht im Traum einfallen, Sie hier zurückzuhalten.»

In diesem Augenblick kam Paula die Treppe herunter.

«Ich nehme an, Sie haben die letzte Neuigkeit bereits vernommen?» sagte sie. Sie lachte jetzt nicht mehr. Ihr Blick war hart und verärgert, und es war offenbar, daß sie beabsichtigte, ihr Mißvergnügen an so vielen Menschen wie nur möglich auszulassen.

«Welche Neuigkeit?» erkundigte sich Mottisfont.

«Oh, so wissen Sie also noch nichts? Nun, es wird Sie interessieren zu hören, daß Stephen *nicht* der Erbe ist und daß ich mein Legat auch *nicht* erhalte.»

Mottisfont starrte sie an. «Soll das heißen, daß ein anderes Testament gefunden wurde?»

«O nein. Nichts Derartiges. Bloß daß das vorhandene nicht gültig ist», sagte Paula wild.

«Es tut mir wirklich leid, das zu hören, aber ich kann kaum annehmen, daß es mich betrifft», sagte Mottisfont.

Sie lachte kurz auf. «Interessiert Sie also nicht.»

Der Inspektor mengte sich ein: «Aber ich bin daran interessiert, gnädiges Fräulein – an allen Ereignissen. Wieso ist das Testament ungültig?»

Sie war zu sehr verärgert, um sich zu überlegen, was und zu wem sie sprach. «Es ist ungültig, weil es nicht in Gegenwart der Zeugen unterzeichnet wurde. Diese Tatsache wurde uns soeben von unserem reizenden Butler eröffnet.»

Mottisfont gab ein kleines Kichern von sich. «Typisch Joseph», bemerkte er.

«Ach, verschwinden Sie», sagte Paula grob.

Er zuckte die Achseln und ging weg. Der Inspektor sagte: «Ganz schöne Überraschung, muß ich sagen. Sehr unangenehm für alle, die es betrifft. Wieso wurde das Testament ohne Zeugen gemacht? Mr. Blyth sagte gar nichts davon.»

«Er wußte es nicht. Mein wunderbarer Onkel Joseph, der seine Laufbahn in einer Anwaltskanzlei begann, erinnerte sich zwar noch, daß dazu Zeugen erforderlich sind, und holte Sturry und Ford, damit sie als Zeugen unterschrieben, aber mein Onkel Nat wollte sie offensichtlich nicht in seinem Schlafzimmer haben, und so warteten sie draußen, um das Ihre dazuzutun. Nun scheint es, daß mein lieber Onkel die eine oder andere Klausel vergaß, und deshalb müssen die Zeugen jetzt unter Eid aussagen, daß sie Onkel Nat das Testament unterzeichnen sahen. Natürlich ergriff Sturry die Gelegenheit, meinem Bruder eins auszuwischen, und sagte, er könne keinen Meineid leisten.»

Der Inspektor, der mit einem Ausdruck größten Interesses zugehört hatte, sagte mitfühlend, das wäre ein schöner Schlag ins Gesicht. «Und was geschieht jetzt mit dem Vermögen des verstorbenen Mr. Herriard?» fragte er.

«Ich weiß es nicht, und es ist mir auch gleichgültig. Ich verstehe nichts von Gesetzen. Mein Bruder telefoniert eben mit Mr. Blyth. Er glaubt, Onkel Joseph als nächster Blutsverwandter wird alles erben, und wahrscheinlich hat er recht. Ironie des Schicksals!»

«Wenn es Ihnen nichts ausmacht, würde ich gerne das Ergebnis seines Telefongesprächs abwarten», sagte Hemingway und legte seinen Hut auf den Tisch.

Sie zuckte die Achseln. «Wie Sie meinen.»

Er brauchte nicht lange zu warten. Stephen erschien einige Augenblicke später. Obwohl sie gerade zuvor behauptet hatte, die Sache wäre ihr gleichgültig, stürzte sich Paula sofort auf ihn und wollte wissen, was Blyth gesagt habe.

Er sah den Inspektor an. «Scotland Yard ins Vertrauen gezogen?»

«Was, zum Teufel, hat das damit zu tun?» sagte sie ungeduldig.

«Stimmt», unterbrach Hemingway. «Sie werden mich doch nicht als Fremden bezeichnen wollen, Sir?»

«Es würde mir schwerfallen», sagte Stephen. «Sie fangen an, zur Familie zu gehören.»

Paula schüttelte seinen Arm. «Was sagte Blyth?»

«Laß mich los! Unter den neuen Umständen scheine ich der einzige Verlierer zu sein.»

«Onkel Joseph wird also nicht alles einstecken?»

«Keine Spur. Nach dem Gesetz wird, so es kein Testament gibt, Onkel Nats Vermögen gleichmäßig unter seinen nächsten Blutsverwandten aufgeteilt. Das bedeutet, daß Joseph die Hälfte bekommen wird. Du und ich erhalten die andere Hälfte, die an Vater gefallen wäre, wenn er heute noch lebte.»

Ihre Augen waren fest auf ihn gerichtet. «Bist du dessen sicher?»

«Sicher bin ich dessen nicht. Es ist nur das, was Blyth sagt.»

Sie hob die Hände an die Schläfen und stieß den dichten Haarschopf zurück. «Guter Gott, dann werden wir ja alle reich sein.»

«Das hängt davon ab, wie du es betrachtest. Du und Joe, ihr werdet verhältnismäßig reich sein, während ich verhältnismäßig schlecht abschneide. Die Erbschaftssteuer wird sehr hoch sein. Ich bezweifle, ob mehr als 80000 Pfund für Joseph und je 40000 für dich und mich abfallen.»

«Wirst du das Haus behalten können?» fragte sie.

«Kaum. Man wird es verkaufen und den Erlös zusammenwerfen.»

«Oh, das tut mir aber leid», sagte sie mechanisch.

«Wie süß von dir», spottete er. Er sah Hemingway an. «Interessiert Sie das, Inspektor?»

«Ich bin immer interessiert», antwortete Hemingway.

In diesem Augenblick tauchte Maud in dem großen Korridor auf, der vom Aufenthaltsraum der Dienstboten am Billardzimmer vorbei zur Halle führte. Sie hielt ihr verstümmeltes Buch in Händen, und offensichtlich beschäftigte es sie noch immer, denn sie sagte ohne Einleitung: «Sie behaupten alle, sie wüßten nichts davon. Stephen, wenn du es getan hast, dann wäre es männlicher, es einzugestehen.»

«Verdammt, wie oft willst du noch hören, daß ich dein Buch niemals anrührte», sagte Stephen.

«Du brauchst nicht zu fluchen», erwiderte Maud. «Ich bin davon überzeugt, daß jemand dieses Buch mutwillig zerstörte.»

Ihr ausdrucksloser Blick traf den Inspektor. «Sie unternehmen auch nichts, wie es scheint», sagte sie streng.

«Du lieber Himmel, Tante, du wirst doch nicht im Ernst erwarten, daß Scotland Yard sich mit deinem elenden Buch beschäftigt», rief Paula. «Wir sind alle schon krank davon.»

«Und mich», erklärte Maud mit Schärfe, «macht es krank, dauernd von Nats Ermordung und Nats Testament zu hören.»

«Somit ist kaum anzunehmen, daß es dich interessiert, was Blyth sagte», bemerkte Stephen.

«Nein, es interessiert mich nicht», erwiderte Maud. «Ich brauche das Geld nicht, und ich will auch weiterhin nicht in diesem Haus leben müssen. Ich werde sofort ein anderes Exemplar des ‹Lebens der Kaiserin› kaufen und werde es, wenn ich es gelesen habe, der Leihbücherei anstelle von diesem geben.»

Joseph kam eben die Treppe herunter und hörte Mauds Worte. Er warf seine Hände empor. «Oh, meine Liebe, werden wir niemals zum letztenmal von diesem Buch gehört haben! Ich dachte, wir hätten uns entschlossen, darüber nicht mehr zu sprechen.»

«Du magst dich dazu entschlossen haben, Joseph, aber es war nicht dein Buch. Es interessierte mich sehr, und ich möchte den Schluß kennen», sagte Maud und ging weg.

Der Inspektor nahm seinen Hut wieder auf. Joseph sagte: «Ach, Inspektor, Sie gehen gerade? Ich darf Sie wohl nicht fragen, ob Sie etwas entdeckten? Ich weiß, Sie würden uns nicht länger in Ungewißheit lassen, als Sie es für nötig befinden.»

«Gewiß nicht, Sir. Soviel ich hörte, kann man Ihnen gratulieren.»

Joseph wich zurück. «Bitte nicht, Inspektor. Was geschehen ist, lag nicht im geringsten in meiner Absicht. Aber es wird schon noch alles ins rechte Gleis kommen.»

«Ich hoffe es bestimmt, Sir. Ich bedaure die Sache mit Mrs. Herriards Buch, aber ich fürchte, sie denkt, ich müßte deswegen jemanden vor Gericht bringen.»

Joseph lächelte milde. «Je weniger man darüber spricht, desto besser; sie wird es bald vergessen.»

Der Inspektor verließ hierauf mit Sergeant Ware das Haus. Während der Fahrt durch die Ortschaft war er ungewöhnlich schweigsam, und der Sergeant, der ihn verstohlen anblickte, sah, daß er die Stirn runzelte. Im «Blauen Hund» aßen sie kalten Truthahn und Schinken;

Hemingway runzelte weiterhin die Stirn. Endlich wagte es der Sergeant, ihn zu fragen, was er über die Arbeit am Morgen denke.

«Mir kommen schon langsam sehr eigenartige Gedanken», erwiderte Hemingway und grub das Messer in den feinen Stilton-Käse. «Sehr eigenartige. Es würde mich nicht wundern, wenn ich die Dinge bald klar sehe.»

«Ich mußte über etwas nachdenken, das Sie mir einmal sagten», warf der Sergeant langsam ein.

«Wenn Sie über das, was ich Ihnen sage, öfter nachdächten, würden Sie sehr wahrscheinlich eines Tages Inspektor sein», erwiderte Hemingway. «Also, was sagte ich?»

«Sie sagten mir, daß Sie Fälle gerne hätten, die so verworren seien, daß sie hoffnungslos aussehen, weil dann meistens irgend etwas platzt.»

«Ich will nicht sagen, daß das nicht stimmt, weil es sehr oft zutrifft, aber es wäre besser für Sie, sich nicht gerade dieser Bemerkung zu erinnern.»

«Nun, Sir, ist dieser Fall jetzt für Sie verworren genug?»

«Ja», sagte Hemingway, «das ist er.»

«Haben Sie schon etwas?»

«Ich habe das starke Gefühl, daß sich die Dinge heute morgen für jemanden ein bißchen zu rasch entwickelt haben. Es hat keinen Sinn, mich zu fragen, wie ich darauf kam, es war mein *flair*, wie man so sagt, um dessentwillen sie mich ja auch zum Inspektor machten.»

Der Sergeant seufzte und wartete geduldig.

«Während ich heute im Haus herumstöberte, einem Pfadfinder ähnlicher als einem Polizisten, hatte ich genug Muße, den Fall in Ruhe zu überdenken.» Hemingway nahm ein Stück Käse und hob es zum Mund. «Und als ich so das eine gegen das andere abwog, da kam ich zu dem Schluß, daß man mich an der Nase herumführt.» Er steckte das Stück Käse in den Mund und kaute daran.

«Wer führt Sie an der Nase herum?» fragte der Sergeant gespannt, aber überrascht.

«Der freundliche alte Onkel Joe.»

Der Sergeant runzelte die Stirn. «Er versuchte Sie von Stephens Fährte wegzulenken, aber –»

«Nein. Er versuchte mich von seiner eigenen Fährte abzulenken.»

«Aber, guter Gott, Chef, Sie denken doch nicht, daß er es tat?» staunte der Sergeant.

Hemingway betrachtete ihn mitleidig. «Es ist leider nichts dagegen zu machen, wenn einer kein *flair* hat. Schließlich ist es Französisch, und das verstehen Sie eben nicht. Aber ganz einfache Rechenaufgaben, die sollten Sie zumindest lösen können.»

«Aber, Chef, er *konnte* es nicht getan haben», meinte der Sergeant.

«Wenn es darauf ankommt, dann könnte es keiner von ihnen allen getan haben.»

«Ich weiß. Aber er ist doch gerade der Mann, der von dem Moment an, da Herriard die Treppe hinaufging, bis zu dem Augenblick, da er tot aufgefunden wurde, ein Alibi hat.»

«Wenn Sie das so schildern, kann ich mir nicht erklären, warum ich ihn nicht von allem Anfang an verdächtigte», sagte Hemingway gelassen.

Beinahe verzweifelt sagte der Sergeant: «Er sprach mit Miss Clare durch die Verbindungstür im Badezimmer. Sie werden doch nicht behaupten wollen, daß sie auch mit im Spiel war?»

«Nein, das nicht. Was ich Ihnen sagen will, ist folgendes: Wenn Sie eine Anzahl von Verdächtigen haben, von denen nur einer die Möglichkeit hatte, sich ein Alibi zu verschaffen, dann müssen Sie auf diesen einen ein sehr wachsames Auge werfen. Ich gebe zu, ich tat es nicht, aber sehr wahrscheinlich nur deshalb, weil Sie mich auf eine falsche Spur führten.»

Der Sergeant schluckte. «Sehr wahrscheinlich», stimmte er bitter zu.

«Geht in Ordnung», sagte Hemingway. «Hören Sie auf, mir zu widersprechen, und überlegen Sie: Was immer Sie für einen Weg in diesem Fall einschlagen, Sie stoßen auf Joseph. Das müssen Sie doch bemerkt haben. Nehmen Sie einmal die Party als solche. Wessen glänzende Idee war sie? Ich bin dem verstorbenen Nathaniel niemals begegnet, während er noch am Leben war, aber ich hörte genug über ihn, um ziemlich sicher zu sein, daß er nicht der Mensch war, der Weihnachtspartys liebte. Nein, es war der alte Onkel Joe, der dachte, es würde doch sehr nett sein, Weihnachten nach wirklich altem

Brauch zu feiern, mit ein paar lieben Menschen. Jeder begräbt seine alten Streitigkeiten und ist glücklich und zufrieden. Nathaniel war auf Stephen wegen der Sache mit dem Mädchen nicht gut zu sprechen. Paula hatte ihn mit Roydons Stück angeödet, Mottisfont hatte ihn wegen des illegalen Verkaufes von Waffen nach China äußerst verärgert. So kommt nun Joseph auf den glänzenden Einfall, alle drei nach Lexham einzuladen, und bittet auch noch zwei andere Personen dazu, welche die eigentlichen Ursachen der Schwierigkeiten sind. Sie können sehen, er meinte es gut, aber es war taktlos, wenn Sie es so nennen wollen. Andererseits können Sie sich fragen, ob er all diese Menschen nicht vielleicht nur deshalb zusammenrief, damit sie mit Nathaniel stritten und für ihn selbst als Deckung dienten.»

«Aber Sir, er ist nichts weiter als ein harmloser Narr», protestierte der Sergeant. «Ich kenne diese Art.»

«Was Sie vergessen, ist, daß er Schauspieler war», sagte Hemingway. «Nun, ich kenne mich ein bißchen aus in dieser Branche, das heißt, ich weiß sehr viel davon. Joseph kann mir, soviel er will, darüber erzählen, daß er Hamlet, Othello und Romeo gespielt hätte, ich glaube ihm nicht. Er spielte die Charakterrollen, die ihm alle auf den Leib geschrieben waren. Er war der arme alte Vater, der die Miete nicht bezahlen konnte, er war der Butler in etwa einem halben Hundert von Komödien. Und wenn ich mich nicht täusche, dann war seine erfolgreichste Rolle die des freundlichen alten Onkels in einem Melodrama mit dem Titel ‹Weihnachten in Lexham Manor› oder ‹Wer ermordete Nat Herriard›. Ich muß gestehen, eine höchst gekonnte Darbietung!»

«Ich verstehe nicht, wie Sie darauf kommen, Sir, wirklich, ich verstehe das nicht. Wenn er seinen Bruder veranlaßt hätte, ein Testament ganz zu seinen Gunsten zu hinterlassen, dann mag es einige Gründe geben, ihn zu verdächtigen, aber das tat er nicht. Er veranlaßte ihn im Gegenteil, das Geld Stephen Herriard zu vermachen.»

«Das ist es, worin er klüger war, als Sie zu sein scheinen, mein Junge. Obwohl er seine Laufbahn in einer Anwaltskanzlei begann, vergaß er die kleine Formalität, Zeugen herbeizuschaffen, damit diese bei der Unterzeichnung des Testaments anwesend seien. Sie brauchen kein Rechtsgelehrter zu sein, um zu wissen, daß die Unterschrift auf einem Testament richtig bezeugt werden muß. So hatte Joseph, für den Fall, daß Stephen nicht wegen des Mordes verurteilt wurde, noch immer eine Trumphkarte in seinem Ärmel. Eines Tages, vorausgesetzt, daß sich der Fall auf diese oder jene hübsche Weise geklärt hätte, wäre es aufgefallen, daß das Testament nicht in Ordnung war.»

«Ja, aber es wird nicht eines Tages auffallen», warf der Sergeant ein. «Es kam bereits heute zutage, und der Fall ist noch keineswegs geklärt.»

«Nein», sagte Hemingway. «Darum sage ich Ihnen ja, daß ich das Gefühl hatte, für jemanden haben sich die Dinge ein bißchen zu rasch entwickelt. Der freundliche Onkel Joseph hatte nicht mit dem Lord Hochhinaus gerechnet. Es war ihm nicht angenehm, daß Sturry sofort auf sein Stichwort erschien.»

Der Sergeant kratzte sich den Kopf. «Das klingt plausibel, so wie Sie es sagen, Sir. Aber ich finde, es wäre zu gerissen für einen Burschen wie Joseph Herriard.»

«Das glauben Sie, weil Sie ihn für einen schlechten Schauspieler mit einem goldenen Herzen halten. Was Sie in Erwägung ziehen sollten, ist, daß er möglicherweise ein guter Schauspieler ist, ohne Herz. Überdenken Sie einmal alles, was wir über die Weihnachtsparty hörten. Sie sprachen doch selbst mit der Dienerschaft.»

«Mir ist nicht bewußt, daß ich irgendeiner Aussage, die sie machte, Bedeutung beimaß», sagte der Sergeant zweifelnd.

«Ich messe keiner Information Bedeutung bei, welche die Leute selbst für wichtig halten. Aber sie sagten eine Menge Dinge, die sie selbst für unwichtig hielten, und das war wertvoll. Wie steht es damit, daß Joseph das ganze Haus mit Papierketten und Stechpalmzweigen dekorierte, bis es soweit war, Nathaniel zu ermorden?»

«Nun, wie steht es damit?» fragte der Sergeant und starrte ihn an.

«Es paßt alles zusammen», sagte Hemingway. «Der liebe alte Onkel Joseph macht sich eine Menge Arbeit, um alles fein und fröhlich zu gestalten; und das für eine Anzahl von Menschen, von denen selbst er wissen mußte, daß sie dafür nicht mehr übrig hatten als Nathaniel. Der nette alte Onkel Joseph bringt also seinen Bruder in einen Zustand ziemlich schlechter Laune. Er ging Nathaniel auf die Nerven, und das beabsichtigte er gerade. Er tat nur Dinge, von denen er wußte, daß sie Nathaniel nicht mochte, angefangen von der Dekoration des Hauses bis zu den Klapsen, die er seinem Bruder versetzte, wenn ihn sein Hexenschuß plagte.»

«Ja, aber er gehört zu jenen, die immer ins Fettnäpfchen treten», unterbrach ihn der Sergeant.

«Das war es, was man von ihm denken sollte. Warten Sie ein wenig, denn ich werde Ihnen zeigen, daß die Taktlosigkeit des netten Onkels Joseph ein vorherrschender Zug in dieser ganzen Sache ist. Wenn wir alle Informationen zusammenfügen, was für einen Eindruck gewinnen wir dann?»

«Daß Joseph Frieden stiften will», antwortete der Sergeant prompt.

«Bei Ihrem Leben, nein! Joseph schüttet Öl auf die Flammen, diese Formulierung wäre zutreffender. Ein Mann, der Frieden stiften will, lädt nicht eine Reihe höchst unverträglicher Menschen hierher ein, damit sie ihre Tage in Gesellschaft eines schlechtgelaunten alten Geizhalses verbringen, der bereits so weit ist, daß er sie alle erschlagen könnte. Und nachdem er die Gesellschaft in einen Zustand gebracht hat, in dem alles passieren konnte, vergießt er noch ein bißchen mehr scheinbaren Balsam, indem er Stephens Blondine andeutet, daß Stephen das Vermögen des Onkels erben wird und es nun an ihr liegt, Stephen zu besänftigen. Von Ihrer Warte aus betrachtet ist das mehr als Friedenstiften. Von meiner Warte aus gesehen ist es ein Nagel zu Stephens Sarg. Niemand kann so dumm sein anzunehmen, das Mädchen würde mit dem, was man ihm sagte, nicht im unrichtigen Augenblick herausrücken. So schuf er sich die Gewähr, daß wir entdekken würden, Stephen hätte Ursache gehabt zu glauben, er wäre der Erbe.»

«Aber, Sir, das geht doch etwas zu weit!» rief der Sergeant aus. «Auf die Entfernung von einer Meile sieht man, wie er in seinen Neffen vernarrt ist. Bedenken Sie doch, wie er immer wieder sagte, sein Bruder müsse Stephens Zigarettendose selbst mit auf sein Zimmer genommen haben.»

«Ich bedenke es», sagte Hemingway grimmig, «und komme dabei zu dem Ergebnis, daß dies die zwei albernsten Theorien sind, die ich jemals hörte; nicht einmal ein Säugling würde sie ernst nehmen.»

«Aber Sie kommen nicht darum herum, daß er Stephen gern hat.»

«Ich habe nicht die Absicht, darum herumzukommen», erwiderte Hemingway. «Ich hielt es mir dauernd vor Augen. Das einzige, was mir nicht gelang herauszufinden, ist ein Grund für diese überströmende Zuneigung. Ich erlebte ja den reizenden Onkel Joseph und seinen Neffen eine Zeitlang, aber seit ich hier bin, sah ich Stephen seinen Onkel nur miserabel behandeln. Dem jungen Mann ist allein der Anblick Josephs widerwärtig, und er nimmt sich keine Mühe, das zu verbergen. Aber egal, Joseph nimmt an nichts den geringsten Anstoß. Er liebt seinen teuren Neffen auch weiterhin.»

«Schließlich *ist* er sein Neffe, und wenn Sie jemanden von seiner Kindheit an kennen –»

«Jetzt sind Sie aber ganz auf dem Holzweg», sagte Hemingway. «Als Stephen ein Kind war, trieb sich Joseph in der Welt herum und war etliche tausend Meilen von diesem Land entfernt. Wenn er erfuhr, daß er einen Neffen bekommen hatte, dann war das auch schon alles, was er über Stephen wußte, bevor er sich vor einigen Jahren hier bei Nathaniel niederließ. Stephen hatte niemals ein freundliches Wort für den netten Onkel Joseph, wie Sie immer und immer wieder von der Dienerschaft hören konnten. Er war nur grob mit ihm. Und auf der anderen Seite verlangt man von mir zu glauben, daß Joseph in ihn vernarrt war. Meiner Ansicht nach übertrieb er diese Vernarrtheit. In diesen jungen Burschen, der nichts anderes tut, als einem beleidigende Bemerkungen an den Kopf zu werfen, kann ein normaler Mensch nicht vernarrt sein. Das ist der Punkt, wo alle die großartig organisierten Pläne des freundlichen Onkels Joseph anfangen, ein bißchen unglaubwürdig zu erscheinen. Joseph rechnete mit einer Anzahl halbfertiger Menschen, wie Sie einer sind, die dachten, daß er ein Heiliger sei, und es dabei bewenden ließen. Das dumme ist nur, daß ich kein Halbfertiger bin und nicht an Heilige glaube, die sich so benehmen wie Joseph, der die ganze Zeit über für die Galerie spielt, bis man meint, ein ordentlicher Applaus wäre fällig. Nach meiner Ansicht beabsichtigte Joseph von Anbeginn an, diesen Mord Stephen zuzuschieben. Sollte aber doch etwas schiefgehen, dann war dafür gesorgt, daß das Testament seines Bruders nicht gültig war, sobald es gesetzlich anerkannt werden sollte. Außerdem sollte es an einigen anderen Verdächtigungen nicht mangeln, für den Fall, daß Stephen der Tat nicht überführt werden würde: Deshalb lud er Miss Herriard und ihren lahmen Stückeschreiber ein. Wenn mich nicht alles täuscht, war es Joseph, der Roydon dazu animierte, sein Stück am Heiligen Abend vorzulesen, obwohl er sehr genau wußte, daß es Nathaniel zur Raserei bringen würde.»

«Sie haben keine Anhaltspunkte, die Sache in diese Richtung fortzuspinnen, Sir», protestierte der Sergeant.

«Ich habe folgende Anhaltspunkte: Er gebot Roydon keinen Einhalt. Er ließ ihn lesen, und der Ballon stieg, bis er explodierte. Nathaniel, der einen Streit mit Mottisfont hatte, stritt nun auch mit Miss Herriard und warf Stephen einige Grobheiten an den Kopf, die sehr gut saßen. In der Tat, der nette Onkel Joseph hatte sein Stück gut inszeniert, und alles, was er zu tun hatte, war, Nathaniel ein Messer hineinzurennen und sich zurückzulehnen, während wir uns selbst zu Narren machten.»

«Aber Sie wissen nicht, wie es ihm gelang, Nathaniel das Messer hineinzurennen», warf der Sergeant ein.

«Nein, das weiß ich nicht, aber für den Augenblick lasse ich es dahingestellt. Fest steht, daß er es verdammt gescheit tat. Er wählte einen Zeitpunkt, da sich alle für das Dinner umzogen und daher für diese Zeit kein Alibi vorbringen konnten. Sich selbst jedoch verschaffte er eines, indem er sich mit der einzigen Person, die offensichtlich außerhalb jedes Verdachtes stand, unterhielt.»

«Die Tür könnte ausschlaggebend sein», grübelte der Sergeant.

«Welche Tür?»

«Die zwischen seinem Ankleidezimmer und dem Badezimmer, das er mit Miss Clare teilte. Ich meine, sie sah ihn ja nicht wirklich.»

«Wenn Sie annehmen, daß sie einem Grammophon zuhörte, ist das eine Möglichkeit, aber keine sehr wahrscheinliche. Außerdem fand ich im ganzen Haus kein Grammophon.»

«Wenn er aber wirklich die ganze Zeit in seinem Ankleidezimmer war, wie tat er es dann?»

«Machen Sie sich darüber keine Sorgen, wir werden gleich dahinterkommen. Jetzt möchte ich nur, daß Sie sein Benehmen seit dem Mord überlegen. Zuerst arrangierte er es, daß Stephen als einer von den drei Verdächtigen Nathaniels Leiche entdeckte. Dadurch hatte er

Gelegenheit, mir zu gegebener Zeit zu berichten, daß Stephen nicht mit der Wimper zuckte, als er seinen Onkel tot auffand.»

«Das sagte er?»

«Nicht ganz so grausam. Er sagte, sein lieber Neffe wäre nicht der Mensch, der seine Gefühle offen zeige. Aber ich war bereits zu der Überzeugung gelangt, daß Stephen seinen Onkel Nathaniel sehr gern gehabt hatte und über seinen Tod viel mehr erschüttert war, als er zeigen wollte. Aber natürlich ging es nicht nur darum, Stephen in Nathaniels Zimmer hineinzubekommen; Stephen kontrollierte die Fenster und die Badezimmertür, so wie es jedermann tun würde, während Joseph vorgab, über seines Bruders Leiche zu trauern. Damit hätte Stephen die Möglichkeit gehabt, an den Riegeln zu manipulieren. Joseph brauchte mir jetzt nur zu sagen, daß er sicher sei, die Fenster wären verschlossen gewesen. Als ich ihn pflichtgemäß fragte, ob er sich selbst davon überzeugt habe, sagte er nein, aber sein lieber Neffe hätte es getan, was auf das gleiche hinauskäme. Er wußte natürlich, daß es nicht auf das gleiche hinauskam, aber es klang gut.»

«Ich kann Ihre Auslegung noch immer nicht einsehen, Sir. Joseph tat doch, was er nur konnte, um zu erklären, daß Stephens rauhes Benehmen nichts zu bedeuten habe, und er setzte sich stets für ihn ein.»

«Natürlich tat er das. Das war ja seine Rolle, und er spielte sie ausgezeichnet. Aber überzeugte er Sie, daß Stephen wirklich nichts damit zu tun hatte?»

«Nein, das könnte ich nicht behaupten.»

«Der springende Punkt ist der, daß die Entschuldigungen, die er für Stephen vorbrachte, so schwach waren, daß sie ihn noch verdächtiger machten, was alles zu seinem Plan gehörte. Das Vernichtendste über Stephen mußte ich entweder *direkt* aus den schlichten Erzählungen seines Onkels entnehmen oder *indirekt* daraus, als zum Beispiel herauskam, daß er Miss Dean angedeutet hatte, Stephen sei der Erbe. Er war sogar so achtsam, das gleiche auch Mottisfont anzudeuten, weil er genau wußte, Mottisfont würde es in dem Moment ausplaudern, da der Verdacht auf ihn selbst fiel.»

«Gleichwohl gab es nie etwas, wo Sie wirklich einhaken konnten.»

«Nein, ich sage Ihnen, wir haben es mit einem sehr gescheiten Burschen zu tun.»

«Ja, aber – sehen Sie, Sir, wie ist das mit dem Testament? Wenn er so gescheit war, wie Sie behaupten, muß er gewußt haben, wie das Geld aufgeteilt würde, sobald das Testament nicht in Ordnung befunden wird. Er bekommt ja nicht das Ganze, er bekommt nur die Hälfte.»

«Glauben Sie, 80 000 Pfund ist ein Vermögen, auf das man hustet? Ich wette, Joseph tut es nicht. Er schmarotzte bei seinem Bruder die letzten zwei Jahre, was bedeutet, daß er abgebrannt ist oder nahe daran. 80 000 Pfund würden für ihn ein ebenso gutes Motiv zu einem Mord abgeben wie 160 000 Pfund.»

Der Sergeant schien die Sache zu überlegen und starrte seinen Vorgesetzten mit ernstem Blick an. Nach einem langen, sinnenden Schweigen sagte er: «Ich leugne nicht, es klingt überzeugend, wie Sie die Sache sehen, Sir, und Sie haben eine Fertigkeit, Ihren Mann festzunageln.»

«*Flair*», berichtigte Hemingway kalt.

«Bitte sehr, *flair*. Ich gebe zu, daß ich weder Miss Herriard noch Mottisfont noch diesen jungen Roydon jemals verdächtigte, aber ich stelle fest, Chef, daß es gegen Joseph nicht die Spur eines wirklichen Beweises gibt, weil Sie nicht wissen, wie er es tat oder wann er die Zeit fand, es zu tun.»

«Das», sagte Hemingway, «müssen wir jetzt klären.»

«Nun, ich hoffe, Sir, Sie haben recht; aber wir beschäftigen uns jetzt gut zwei Tage mit der Sache und sind der Klärung nicht näher, soviel ich weiß. Jede Spur, die wir verfolgten, erwies sich als falsch. Der Türschlüssel wurde nicht verwendet, die Leiter konnte nicht angelehnt worden sein, und es gibt keinen geheimen Zugang zu dem Zimmer. Verdammt soll ich sein, wenn ich weiß, wie wir da jemals weiterkommen sollen.»

«Das stimmt», sagte Hemingway fröhlich. «Und es würde mich nicht ein bißchen überraschen, wenn wir die Lösung des ganzen Mysteriums von Anfang an vor der Nase gehabt hätten. Möglicherweise ist es etwas so Einfaches, daß es ein Kind herausfinden könnte. Das Leben liebt so etwas.»

«Wenn es so einfach ist, dann ist es ein Wunder, daß Sie noch nicht dahintergekommen sind», meinte der Sergeant skeptisch.

«Es ist sehr gut möglich, daß es zu einfach für mich ist», sagte Hemingway. «Ich hoffte, Sie würden dahinterkommen.»

Der Sergeant ignorierte die Bemerkung. «Wenn wir wenigstens Fingerabdrücke hätten, die uns weiterhelfen könnten. Ich hoffte, daß auf dem Dach etwas festgestellt werden würde, aber der Griff war sauber wie ein Pfiff. Außerdem ist erwiesen, daß weder der andere Dolch noch die Scheide der Mordwaffe berührt wurden. Wir sahen, wie leicht er heraus- und wieder hineinrutschte. Nicht wahr? Ich hätte die Klinge herausziehen können, ohne die Scheide zu berühren, wenn ich es gewollt hätte, als ich das Ganze herunternahm. Tatsächlich, jetzt fällt mir das ein. Ich gebrauchte meine linke Hand überhaupt nicht, und ich wette, er tat es gleichfalls nicht.»

«Einen Augenblick», sagte Hemingway und runzelte die Stirn. «Ich glaube, jetzt haben Sie es.»

«Was, Sir?»

«Ihre linke Hand! Erinnern Sie sich noch, was Sie mit Ihrer linken Hand taten, als Sie oben auf dem Sessel standen?»

«Nichts. Ich stützte –», der Sergeant hielt inne und riß den Mund auf. «Du lieber Himmel!»

«Als Sie Ihre rechte Hand ausstreckten, um den Dolch herauszunehmen, stützten Sie sich mit Ihrer Linken gegen die Mauer, und das, mein Junge, mußte zehn zu eins der nette Onkel Joseph ebenfalls tun, ohne sich dabei mehr zu denken, als Sie es taten. Kommen Sie, wir müssen unsere Freunde von der Fingerabdruck-Abteilung zu Rate ziehen.»

Der Sergeant erhob sich, war aber ganz in Gedanken versunken. «Warten Sie eine Minute, Sir. Da fällt mir etwas ein. Ich mußte mich ganz ordentlich ausstrecken, um das Messer zu erreichen. Joseph konnte es von einem Sessel aus keinesfalls erreicht haben.»

«Dann verwendete er eben keinen Sessel», erwiderte Hemingway ungeduldig.

«Was verwendete er dann?»

Hinter Inspektor Hemingways hellem Blick arbeitete es rasch.

Wieder einmal half ihm sein ausgezeichnetes Gedächtnis. «Weihnachtsdekorationen-Stufenleiter», sagte er. «Dieselbe, über die Nathaniel auf seinem Weg hinauf stolperte. Kommen Sie!»

16

Nachdem sich die verängstigte Gesellschaft in Lexham vom Mittagstisch erhoben hatte, begab sich Maud wie gewöhnlich hinauf, ihr Mittagsschläfchen zu halten, und Mottisfont belegte die Bibliothek mit Beschlag, indem er sich einfach den bequemsten Lehnstuhl heranzog, sich darin ausstreckte und sich vornahm, ein wenig zu schlummern. Paula schleppte Roydon fort, um die Aufführung der «Bitternis» zu besprechen. Mrs. Dean, welche die Ereignisse des Vormittags in nachdenkliche Stimmung versetzt hatten, sagte, sie wolle mit dem lieben Stephen eine Unterredung haben, da sich die Dinge doch so gnädig gewandelt hätten. Daß Stephen erklärte, er werde mit Mathilda einen Spaziergang machen, zeugte eher von Geistesgegenwart als von Höflichkeit. Er warf Mathilda gleichzeitig einen so drohenden Blick zu, daß sie seinem despotischen Fordern ergeben zustimmte und hinaufging, um feste Schuhe und einen warmen Mantel anzuziehen.

Sie verließen das Haus durch die Tür des Gartenzimmers und durchquerten den Garten, von dem aus man in den kleinen Park gelangte. Der schmelzende Schnee hatte den Boden unter ihren Füßen aufgeweicht; der Himmel war trübe, und von den kahlen Zweigen der Bäume fielen Tropfen herab. Mathilda holte tief Atem und sagte: «Es ist gut, wieder in die frische Luft zu kommen. Die Atmosphäre im Haus ist für meinen Geschmack etwas zu bedrückend. Meinst du, daß man dich jetzt wirklich nicht mehr verdächtigt, Stephen?»

«Mrs. Dean zumindest meint es», antwortete er. «Hast du gemerkt, daß mich die Wölfin wieder an Valerie binden will?»

«Natürlich, und du bist ein so hilfloses Geschöpf. Stimmt's?» erwiderte sie.

«Gegen Sturmangriffe, ja.»

«Und wie wehrst du dich dagegen?» fragte sie.

«Gegen die Wiederverlobung mit Valerie? Ich ziehe das Ansinnen gar nicht in Erwägung.»

«Kleiner Kavalier! Ein ziemlich schmerzlicher Schlag für sie, nicht wahr?»

«Ich würde mir niemals schmeicheln, ihr das Herz gebrochen zu haben.»

«Nein», stimmte sie zu. «Obgleich du sie ordentlich grob behandeltest. Du bist nicht jedermanns Fall, das weißt du, Stephen.»

«Keineswegs.» Er wandte sich ihr zu und blickte auf sie nieder. «Dein Fall auch nicht, Mathilda?»

Einen oder zwei Atemzüge lang gab es keine Antwort, aber sie schritt weiter an seiner Seite, die Hände tief in ihre Manteltaschen vergraben. Dann, als sie glaubte, ihrer Stimme schon vertrauen zu können, fragte sie: «Soll das eine Erklärung sein?»

«Spiel doch nicht die Unschuld, Mathilda, Liebste! Natürlich ist es das.»

«Ein bißchen plötzlich, findest du nicht?»

«Nein, eher verspätet. Ich hätte es schon vor fünf Jahren sagen sollen; das kam mir zum Bewußtsein, als ich dich neben meiner Schönen sah.»

«Da schlug bei dir der Blitz ein, wie?»

«Mehr oder weniger. Ich war mir deiner nie bewußt, bis zu dieser höllischen Weihnachtsparty. Ich möchte ohne dich nicht mehr leben.»

«Was läßt dich denken, daß ich das mag, was Valerie übrigließ?»

«Mein Gott, du bist ein Frauenzimmer wie alle anderen!» rief er grinsend aus.

«Nun?»

«Ich hätte nicht annehmen sollen, daß du mich haben möchtest. Aber ich möchte dich haben.»

«Warum? Um dich vor weiteren Liebschaften mit strahlenden Blondinen zu bewahren?»

«Zum Teufel, nein! Weil ich dich liebe!»

«Seit wann?»

«Immer schon, glaube ich. Ganz sicher aber seit dem Heiligen Abend. Ich habe doch niemals mit dir gestritten, Mathilda, nicht wahr? Und ich werde nie mit dir streiten, Liebling, das verspreche ich.»

«Da kann man natürlich nicht widerstehen.»

Er blieb stehen, drehte sie zu sich herum und faßte sie an den Schultern. «Soll das heißen, daß du mich heiraten willst?»

Sie nickte nur und blickte zu ihm auf. Ihre Wangen bedeckte eine zarte Röte. «Irgend jemand muß sich um dich kümmern. Das kann geradesogut ich sein.»

Er zog sie ziemlich grob in seine Arme. «O Gott, Mathilda, kümmere dich um mich», sagte er mit einer plötzlich belegten Stimme. «Ich brauche dich!»

Sie fand, daß ihre eigene Stimme auch nicht fest war. «Ich weiß. Du bist ein solcher Narr, Stephen. So ein lieber, unmöglicher Narr.»

«Und was bist du, die du dich eines solchen Narrens annimmst?» sagte er. «Ich dachte nie, daß du es tun würdest. Ich weiß gar nicht, warum du es tust.»

Sie nahm sein Gesicht zwischen ihre Hände; ihre Augen waren ein wenig feucht, als sie ihn ansah. «Ich liebe wilde Geschöpfe.»

«Zuchtterrier und Stephen Herriard.»

«Das ist es. Aber was siehst du in mir? Ich bin eine häßliche Frau, mein Lieber, und du wirst mein häßliches Gesicht dein ganzes Leben lang zum Frühstück gegenüber haben.»

«Du hast eine schöne Schlichtheit, Mathilda, und deine Augen lachen noch dazu. Wußtest du das?»

«Nein. Erzähl mir mehr.»

Er lachte, nahm ihre Hand, hielt sie fest, und so schritten sie beide über den weichen Grund. «Ich werde nicht imstande sein, dir dies hier als Heim anzubieten.»

«Mir würde das nichts ausmachen, aber du liebst das Haus und solltest es haben.»

«Glaube nicht, daß ich den Besitz unter den gegebenen Umständen halten kann. Ich könnte ihn mit dem, was übrigbleibt, nicht weiterführen. Aber es kümmert mich nicht, ich habe ja dich bekommen.»

Sie gingen weiter. «Nat wollte, daß du es bekommst, ich dachte immer, daß das auch der Grund war, warum er es überhaupt kaufte.»

«Ursprünglich ja. Lassen wir es sein, Mathilda; es wird mir nichts ausmachen – nicht viel. Das einzige, was ich nicht ertragen könnte, wäre, Joe hier zu wissen.»

«Nun, das wirst du nicht; er mag Lexham nicht.»

Der melancholische Ausdruck kam wieder in sein Gesicht. «Du weißt nicht, was Joe mag oder nicht mag. Keiner weiß das.»

«Er machte nie ein Geheimnis daraus, daß ihn Altertümer nicht reizen.»

«Joe würde riesig gern der Herr des Hauses sein, aber dazu wird es nicht kommen. Nicht, solange er sich nicht dazu entschließt, es zu kaufen. Ich werde für einen Verkauf eintreten und die Angebote hinauftreiben.»

«Warum haßt du Joe so, Stephen?» fragte sie ruhig.

Er blickte mit einem spöttischen Ausdruck in seinen harten Augen auf sie herab. «Ich hasse Joe wegen seiner Heuchelei.»

«Du meinst, er kann das Schauspielern nicht lassen? Es ist seine zweite Natur.»

«Mein Gott, Mathilda, erfaßt du denn die Wahrheit nicht? Läßt du dich ebenfalls täuschen?» fragte er ungläubig.

«Ich mag Joe nicht», bekannte sie. «Er meint es gut, aber er ist ein Esel.»

«Er ist weder ein Esel, noch meint er es gut. Du glaubst, er mag mich, nicht wahr? Nun, ich sage dir, daß mich Joe genauso haßt wie ich ihn.»

«Stephen!»

Er lachte. «Du siehst nicht, daß Joe darauf aus ist, mich fertigzumachen. Es wäre ihm auch fast gelungen.»

«Aber er versuchte doch stets, alle zu überzeugen, daß du Nat nicht ermordet haben konntest.»

«O nein, Mathilda, o nein, meine Liebe. Das ist nur die Fassade. Denk doch einmal darüber nach. Überlege alles, was Joseph zu meiner Verteidigung vorbrachte, und frag dich selbst, ob es mir half oder ob es nur dazu diente, die Polizei glauben zu machen, daß er verzweifelt versuchte, einen Mann zu schützen, von dem er wußte, daß er schuldig sei. Wer, glaubst du, schmuggelte meine Zigarettendose in Onkel Nats Zimmer? Hast du einen Zweifel? Ich nicht. Joe war mein Feind von dem Augenblick an, da er seinen Fuß in dieses Haus setzte und entdeckte, daß ich bei Onkel Nat einen Stein im Brett hatte. Und das war der Fall, das weißt du.»

Sie schwieg einen Augenblick. Sie zweifelte nicht an seiner Aufrichtigkeit, doch konnte sie sich des Gefühls nicht erwehren, daß er Joseph in einem falschen Licht sah. «Er veranlaßte Nat, ein Testament zu deinen Gunsten zu machen.»

«Glaubst du denn immer, was Joseph sagt? Er drängte ihn nur, überhaupt ein Testament zu machen. Joe ließ nicht locker, und ich kann mir gut vorstellen, daß Onkel Nat schließlich nachgab. Daß das Testament dann zu meinen Gunsten ausfiel, das wäre ein Witz gewesen, wie Onkel Nat ihn geschätzt hätte. Nur war Joe klug genug, dafür zu sorgen, daß das Testament ungültig war.»

«Du hast niemals ein Wort darüber gesagt.»

«Nein. Ich sage es nur dir, und du glaubst, ich bin nicht ganz beisammen. Nicht wahr? Was glaubst du, was die andern erst denken würden? Ich kann es dir sagen, wenn du es nicht weißt.»

Sie blickte mit einer aufsteigenden Angst in den Augen zu ihm auf. «Ja, natürlich, ich weiß. Wenn du recht hast, dann bekommt so vieles, was geschah, eine scheußliche Bedeutung. Aber ich sehe ein, deine Erklärung könnte zutreffen.»

«Du kannst mir glauben, es ist so. Wenn Joes Alibi nicht von dir bestätigt worden wäre, dann wäre ich noch eher zu schwören bereit, daß er Onkel Nat ermordet hat.»

«Das ist nicht möglich, Stephen, denn sobald er nicht auf mich einredete, summte er kleine Liedchen.»

Er hob ihre Hand an seine Lippen und küßte sie. «Schon gut, Liebling, dein Wort ist das einzige, das ich für bare Münze nehme.»

Damit waren sie wieder zum Haus gekommen, betraten es durch den vorderen Eingang, als Inspektor Hemingway eben einen Fingerabdruckexperten und einen Fotografen hinausbegleitete.

Des Inspektors Gesicht ähnelte jetzt mehr denn je dem eines Vogels, und seine Augen leuchteten befriedigt, denn er hatte auf der mit einer hauchdünnen Staubschicht bedeckten Täfelung oberhalb des Kaminsimses im Billardzimmer die Abdrücke von fünf Fingern festgestellt. Er warf Stephen und Mathilda einen wissenden Blick zu und zog seine Schlüsse.

«Sie haben uns natürlich durchschaut», sagte Stephen, der den Blick des Inspektors richtig deutete. «Aber wir denken – zumindest Miss Clare tut das –, daß eine Bekanntgabe zur Zeit nicht ganz am Platz wäre. Wie kommen Sie voran?»

«Nicht so schlecht, Sir», erwiderte Hemingway. Er wandte sich an Mathilda. «Ich würde gern mit Ihnen sprechen, Miss, wenn Sie gestatten.»

«Gewiß, sehr gern», erwiderte sie ziemlich überrascht. «Ich will nur meine Schuhe wechseln und komme dann ins Frühstückszimmer.»

Sie brauchte dazu nicht lange, und als sie das Frühstückszimmer betrat, sah sie dort nicht nur den Inspektor, sondern auch Stephen, der gefährlich dreinblickte. Sie sagte sofort: «Schau nicht so finster drein, Stephen, du machst dem Inspektor Angst.»

«Das stimmt», sagte Hemingway. «Ich habe bereits eine Gänsehaut.»

«Das sehe ich. Niemand wird mich des Mordes verdächtigen, Stephen, also entspanne dich. Worum handelt es sich, Inspektor?»

«Bei der Überprüfung der Details dieses Falles stellte ich fest, daß ich Sie nicht vernommen habe. Ja, ich frage mich, wie es kam, daß Sie ausgelassen wurden. Wenn Sie also nichts dagegen haben, würde ich Sie bitten, mir zu sagen, was Sie taten, als Sie hinaufgingen, um sich zum Dinner am Heiligen Abend umzuziehen.»

«Ich erzähle Ihnen mit Vergnügen, was ich tat», sagte Mathilda, «aber ich fürchte, es wird Ihnen nicht viel nützen. Zuerst nahm ich ein Bad, dann zog ich mich an, und schließlich ging ich hinunter in den Salon.»

«Und ich glaube, Mr. Joseph Herriard war imstande, das zu bestätigen, Miss, wie?»

«Ja, wir gingen gemeinsam hinauf, und während ich mein Bad nahm, sprach er von seinem Ankleidezimmer aus mit mir weiter. Ich erinnere mich, daß er überhaupt nicht zu reden aufhörte, es sei denn, wenn er zwischendurch eine Melodie summte.»

«Auch als Sie in Ihr Schlafzimmer zurückgegangen waren, sprachen Sie noch mit ihm?»

«Er sprach mit mir», berichtigte Mathilda.

«Wollen Sie damit sagen, daß Sie ihm nicht antworteten?»

«Ich sagte ab und zu ‹Oh›, und wenn er mich fragte, ob ich ihm zuhöre, sagte ich ‹ja›.»

«Hatten Sie immer die Gewohnheit, mit Mr. Joseph zu sprechen, während Sie sich in Ihrem Zimmer aufhielten?»

«Weder die Nacht zuvor noch nachher.»

«Ich verstehe. Und Sie kamen am Heiligen Abend gemeinsam herunter?»

«Arm in Arm.»

«Ich danke Ihnen, gnädiges Fräulein», sagte Hemingway.

Stephen, der ihn stirnrunzelnd betrachtet hatte, sagte: «Worauf wollen Sie damit hinaus, Inspektor?»

«Ich überprüfe bloß meine Fakten, Sir, das ist alles», antwortete Hemingway.

Als er aber Sergeant Ware einige Minuten später sah, schüttelte er den Kopf und sagte: «Gar nicht günstig. Er sorgte für ein eisernes Alibi.»

«Sehen Sie, da haben Sie es», sagte der Sergeant.

«Nein, keineswegs», erwiderte Hemingway mit einer gewissen Schroffheit. «An diesem Abend, und nur an diesem Abend, bestand Joseph darauf, sich mit Miss Clare zu unterhalten, während sie sich zum Dinner umkleidete. Wenn eine Steigerung noch möglich ist, dann bin ich jetzt mehr denn je überzeugt, daß er der Mann ist, hinter dem ich her bin. Ich kann jetzt allerdings nichts unternehmen, bevor mich die Experten nicht angerufen und mir das Ergebnis der Untersuchung durchgegeben haben.»

«Wenn sich der Abdruck als einer von Josephs Hand erweist, wird das natürlich als starker Beweis gelten», gab der Sergeant zu, «aber nicht annähernd stark genug, daß man ihn meiner Auffassung nach überführen kann, solange wir nicht wissen, wie er in Nathaniels Zimmer gelangte, um ihn zu ermorden. Außerdem müssen wir noch das Taschentuch berücksichtigen.»

Aber Hemingway war an Roydons Taschentuch ganz offensichtlich uninteressiert. Während er den Anruf von der Polizeistation erwartete, suchte ihn Valerie auf und fragte, ob sie nach Hause gehen könne. Er sagte, er habe nicht den geringsten Einwand gegen ihre sofortige Abreise, worüber sie sich sehr freute. Sie begab sich sofort zu ihrer Mutter, um sie zu überreden, Lexham am nächsten Morgen zu verlassen. Sie mußte aber feststellen, daß die belagerungstüchtige Dame Stephen zu guter Letzt doch erfolgreich in die Enge getrieben hatte und nun um ihre Position kämpfte. Als Valerie den Salon betrat, hörte sie die Mutter eben sagen: «Ich weiß, Sie werden die Besorgtheit einer Mutter verstehen, Stephen. Sehen Sie, ich wache sehr, sehr eifersüchtig über das Glück und zukünftige Wohl meines Mädchens. Ich konnte es mit meinem Gewissen nicht vereinbaren, die Verlobung unter den gestern herrschenden Umständen fortbestehen zu lassen, aber ich bin sicher, Sie sind genug Kavalier, um einer Mutter ihre natürliche Vorsicht zu verzeihen.»

Bevor Stephen noch antworten konnte, sagte Valerie: «Oh, Mammie, ich wünsche, daß du den Mund hältst. Ich bleibe dabei, ich möchte Stephen nicht heiraten.»

Mrs. Dean war gezwungen einzusehen, daß es nach dieser aufrichtigen Feststellung keine Hoffnung geben konnte, die Verlobung wiederherzustellen. Sie drückte daher nur den frommen Wunsch aus, die beiden möchten nie in die Lage kommen zu entdecken, daß sie einen bedauernswerten Irrtum begangen hätten. Danach verließ sie das Zimmer, um mit ihrer Wut im verborgenen fertig zu werden.

Valerie betonte, sie sei todsicher, daß sie diesen Schritt nicht bereuen würde.

«Ich auch nicht», sagte Stephen. «Du bist reizend, mein Schatz, aber du hättest mich binnen eines Monats zum Selbstmord getrieben.»

«Du bist ein elendes Subjekt», sagte Valerie freimütig. «Ich glaube, du wirst noch an der Seite Mathildas enden.»

«Ich glaube es dir schuldig zu sein, dir zu sagen, daß du ganz recht hast.»

«Guter Gott, du bist doch nicht hingegangen und hast dich bereits mit ihr verlobt?»

«Doch. Aber du brauchst es noch nicht weiterzuerzählen.»

Sie starrte ihn an. «Du meine Güte, das ist es also, was dich plötzlich nahezu menschlich aussehen läßt. Bist du wirklich vollauf befriedigt, bloß weil du dich mit Mathilda Clare verlobt hast?»

«Nein, meine Hübsche, weil sie mich genommen hat.»

«Du bist ein Schwein und machst einen nervenkrank, Stephen», sagte sie ohne Groll. «So wie jetzt hast du niemals ausgesehen, solange du mit mir verlobt warst.»

«Ich fühlte mich auch nicht im entferntesten so. Ich fühle mich jetzt so randvoll mit menschlicher Freundlichkeit, daß ich am liebsten einen Buchladen aufsuchte, um für Tante Maud ein Exemplar des ‹Lebens der Kaiserin› zu erstehen.»

«Du brauchst dich nicht zu bemühen, sie schreibt deshalb bereits nach London», sagte Valerie.

Diese Behauptung stimmte nicht ganz. Maud hatte sich tatsächlich vorgenommen, einen Brief zu schreiben, aber da sie unglücklicherweise weder Autor noch Verleger wußte und die Titelseiten des Buches verbrannt waren, schien sich ein unüberwindliches Hindernis aufgetürmt zu haben. Sie fragte jeden, aber da niemand das Buch kannte, konnte ihr niemand helfen. Stephen überraschte plötzlich alle, indem er versprach, in London nach allen Büchern über die Kaiserin zu forschen und sie ihr zu schicken.

«Ich kann es nicht zulassen, alter Junge, daß du deine alte Tante neckst», sagte Joseph und drohte mit dem Finger.

«Du irrst dich, ich meine es ganz ernst. Du sollst einen ganzen Stoß von Biographien der Kaiserin bekommen, Tante.»

«Das ist sehr freundlich von dir, Stephen, aber ich brauche keinen ganzen Stoß. Ich wünsche bloß einen Ersatz für das verbrannte Buch. Und ich bin der Meinung, wer es mutwillig zerstörte, der müßte es auch ersetzen.»

«Ich habe es nicht getan, aber ich befinde mich in einer so guten Stimmung, daß ich es ersetzen will», erklärte Stephen und schlüpfte aus dem Zimmer, gerade rechtzeitig, um mit Inspektor Hemingway zusammenzutreffen, der eben vom Telefon kam. In des Inspektors Augen war Triumph zu lesen, was Stephen sofort bemerkte. «Sie sehen so auffallend zufrieden aus, Inspektor. Haben Sie einen wertvollen Hinweis gefunden?»

«Die Schwierigkeit mit Ihnen, Sir, ist die, daß Sie zuviel wissen wollen», sagte Hemingway streng. «Wenn Sie Miss Clare suchen, sie ist vor einigen Minuten hinaufgegangen.»

«Ich suche nicht Miss Clare, ich entfliehe der Kaiserin von Österreich.»

Der Inspektor lächelte. «Was? Soll das heißen, daß sie dieses Buch abermals verloren hat?»

«Nein, aber in seinem gegenwärtigen Zustand hat das Buch für meine Tante keinen Wert. Und da sich meine Tante des Autors nicht entsinnen kann, sind wir nun in eine Sackgasse geraten, eine Diskussion, die in Bälde sämtliche Gäste aus dem Haus jagen wird. Natürlich, wenn Sie von Ihrem Handwerk als Detektiv etwas verstünden, würden Sie bereits herausgefunden haben, wer die Kaiserin den Flammen übergab.»

«Ja, genau das sagte mir auch Mrs. Herriard. Es tut mir leid, daß ich keine Möglichkeit sehe, ihr zu dienen, aber ich kann über meine Zeit nicht verfügen, muß man wohl sagen. Warum fragen Sie nicht in der Bibliothek nach dem Autor, dort muß man das doch wissen.»

«Inspektor!» rief Stephen. «Sie sind ein großer Mann! Ich werde Ihren Rat an meine Tante weiterleiten. Einesteils, weil ich milde gestimmt bin, und andernteils, weil mein Onkel Joseph die Kaiserin ebenso satt hat wie ich selbst.»

Hemingways durchdringender Blick heftete sich auf Stephens Gesicht. «Sie lassen sich keine Gelegenheit entgehen, Ihren Onkel zu ärgern, nicht wahr, Sir?»

«Ich hoffe es», erwiderte Stephen kühl.

«Was veranlaßt Sie dazu, wenn ich fragen darf?»

«Gegenseitige Antipathie.»

«Gegenseitige?» wiederholte Hemingway und hob die Augenbrauen.

«Sagte ich gegenseitig? Es entschlüpfte mir nur so.»

Hemingway nickte, als genüge ihm diese Erklärung vollauf. Stephen wandte sich ab, aber ehe er die Tür erreichte, kam Maud herein. Ihr kleiner Mund war eng zusammengepreßt, und sie blickte Stephen streng an. Er sagte: «Ich wollte eben zu dir, Tante. Inspektor Hemingway rät dir, dich in deiner Bücherei nach dem Namen des Autors zu erkundigen.»

Mauds Züge entspannten sich ein wenig, und der Blick, den sie auf Hemingway warf, sprach beinahe Billigung aus. «Ich muß sagen, das ist ein sehr vernünftiger Gedanke. Aber ich bin noch immer der Meinung, daß derjenige, der das Buch vernichtet hat, dafür aufkommen sollte. Es war ein sehr schäbiger Trick. Ich hätte das niemandem hier zugetraut, nicht einmal dir, Stephen.»

«Beste Tante, mache dich endlich von dieser Einbildung frei», sagte er müde. «Warum sollte ich es verbrannt haben?»

«Joseph erzählte mir, du hättest gesagt –»

«Joseph erzählte dir!» rief er heftig aus. «Wahrscheinlich wird sich herausstellen, daß er selbst das Buch verbrannt hat, um mich wieder einmal anzuschwärzen.»

Er lachte kurz auf und ging in Richtung des Billardzimmers weg.

Der Inspektor sah ihm gedankenvoll nach. Als Maud sich anschickte, zur Treppe weiterzugehen, wandte er sich ihr zu und sagte: «Der junge Mr. Herriard scheint eine sehr unglückliche Art zu haben, Ihrem Gatten in den Rücken zu fallen, Madam, und dabei hat ihn sein Onkel so gerne.»

Aber Maud ließ sich zu keinem Gespräch herbei. Sie begegnete dem Inspektor mit einem klaren Blick und sagte mit ausdrucksloser Stimme: «Ja.»

Er machte keinen Versuch, sie festzuhalten, sondern ging weg, um seinen Sergeant zu suchen. «Es waren Josephs Fingerabdrücke», informierte er ihn. Der Sergeant gab einen tonlosen Pfiff von sich. «Das sieht sehr faul aus, Sir, sehr faul. Aber solange Sie sein Alibi nicht umwerfen können –»

«Denken Sie nicht daran», sagte Hemingway. «Was habe ich versäumt? Ich kann mich des Gefühls nicht erwehren, daß ich es die ganze Zeit vor meiner Nase habe – was genügt, um einen Heiligen zum Fluchen zu bringen. Aber kein Wunder, ich werde ja dauernd abgelenkt, durch all die Verlobungen, die geschlossen und aufgelöst werden, durch Mrs. Herriard, für die ich herausfinden soll, wer ihre verdammte Kaiserin verbrannte, und was weiß ich, was noch alles.»

Der Sergeant verbarg hinter der Hand ein Lächeln. «Mrs. Herriard war wieder bei Ihnen?» fragte er teilnahmsvoll.

«Der junge Stephen ebenfalls. Ihm wenigstens hätte ich mehr Verstand zugetraut. Sie bilden sich alle ein, daß ich nichts Besseres zu tun habe, als nach verlorengegangenen Sachen zu suchen.»

«Wer war diese Kaiserin eigentlich?» fragte der Sergeant.

«Wie soll ich das wissen? Hören Sie, wenn Sie auch noch anfangen, mich damit zu quälen, dann lasse ich mich für ein nettes Zimmer in einem Nervensanatorium vormerken. Ich hätte es nötig. Sie sind dazu da, mit mir über einen Mordfall zu sprechen und nicht über ausländische Monarchen. Was würden Sie als einen hervorstechenden Faktor in diesem Fall bezeichnen?»

«Etwas, das allmählich immer mehr in den Vordergrund tritt, Sir, aber ich möchte es nicht gerne aussprechen.»

«Warum, zum Teufel, nicht?» fragte Hemingway. «Was ist es?»

«Nun, Sir – die Kaiserin», antwortete der Sergeant mit einem entschuldigenden Unterton.

«Hören Sie mal, mein Junge, wenn Sie glauben, daß dies die Gelegenheit ist, alberne Witze zu reißen –» Er brach plötzlich ab und zog die Brauen zusammen. «Sie haben recht, bei Gott, Sie haben recht!»

«Ich meinte es nicht ernst, Sir», sagte der Sergeant überrascht. «Es war nur ein dummer Scherz, ganz so, wie Sie sagten.»

«Vielleicht war es kein ganz so dummer Scherz. Überlegen Sie doch einmal. Es ist etwas Seltsames um dieses Buch. Warum wollte es jemand verbrennen?» Seine Züge nahmen plötzlich jenen gespannten Ausdruck an, den der Sergeant gut kannte. Er hob den Zeigefinger. «Joseph will nicht, daß die alte Dame ein anderes Exemplar in die Hände bekommt. Grund genug für seinen ihn liebenden Neffen Stephen, ihr doch zu einem zu verhelfen. Mein Junge, ich glaube, wir sind auf der Spur.»

«Sie vielleicht, Sir, aber ich nicht. Ich meine, was kann ein Buch über diese oder jene Kaiserin mit Nathaniel Herriards Tod zu tun haben? Das leuchtet mir nicht ein.»

«Sehen Sie her», sagte Hemingway. «Wer war diese Kaiserin?»

«Das fragte ich Sie, Sir, aber Sie wiesen mich damit ab, daß ich Ihre Zeit vergeude.»

«Elisabeth, das war der Name. Sie hatte einen Sohn, der gemeinsam mit einem Mädchen, das er nicht heiraten durfte, in einem Jagdschloß Selbstmord beging. Ich erfuhr das von Mrs. Herriard.»

«Sie glauben, daß der Mörder daraus die Idee entnahm, wie er Nathaniel ermorden könnte?» fragte der Sergeant.

«Dies oder sonst irgend etwas in dem Buch. Irgend etwas sollte die alte Dame nicht erfahren, das ist meine Vermutung. Warten Sie ein bißchen. Wurde nicht eine ausländische Kaiserin einmal in der Schweiz oder sonstwo ermordet? Was ich brauche, ist eine Enzyklopädie.»

«Die gibt es bestimmt hier in der Bibliothek», meinte der Sergeant.

«Das hoffe ich auch», sagte Hemingway. «Es fehlt jetzt nur noch, daß der Band, den ich brauche, auch beseitigt worden ist. Dann wäre ich todsicher, daß ich auf der Spur bin.»

In der Bibliothek, die sie einige Minuten später betraten, befand sich niemand. Der Inspektor entdeckte befriedigt auf einem der Regale eine schön gebundene Enzyklopädie. Der gesuchte Band fehlte nicht. Hier stand es: Elisabeth, Kaiserin von Österreich und Königin von Ungarn, geboren in München am 24. Dezember 1837, ermordet zu Genf am 10. September 1898.»

«Ermordet», stieß der Sergeant hervor, der die Zeilen über die Schulter seines Vorgesetzten mitlas.

«Blasen Sie mir nicht ins Gesicht», sagte Hemingway und trug den Band ans Fenster. Der Sergeant beobachtete, wie der Inspektor einige Seiten überflog, mit dem Finger die Zeilen entlangfuhr und dann aufmerksam zu lesen begann. Der Ausdruck auf seinem Gesicht wechselte von erwartungsvoller Neugier zu ausgesprochener Überraschung. Der Sergeant konnte seine Ungeduld kaum zügeln, aber er wußte, daß es besser war, den Chef jetzt nicht zu stören, und so wartete er begierig, bis Hemingway zu Ende gelesen hatte.

Endlich hob Hemingway den Blick. Er holte tief Atem. «Wissen Sie, auf welche Weise diese Frau ermordet wurde?» fragte er.

«Nein», antwortete der Sergeant kurz.

«Sie wurde erdolcht. Ein italienischer Anarchist lief auf sie zu, als sie in Genf den Kai entlangging, um sich auf einen Dampfer zu begeben. Er stach sie mit einem Dolch in die Brust und rannte davon.»

«Ja, solche Dinge kommen im Ausland vor», sagte der Sergeant.

«Sie wurde erdolcht, sage ich Ihnen, und der Mann rannte davon. Sie schwankte und wäre hingefallen, wenn die begleitende Gräfin sie nicht aufgefangen hätte. Haben Sie das mitbekommen? Sie hatte keine Ahnung, daß ihr der Mann einen Dolch hineingerannt hatte. Die Gräfin fragte sie, ob ihr etwas fehle, und es heißt hier, daß sie erwiderte, sie wisse es nicht. Die Gräfin trug ihr den Arm an, aber sie lehnte ab. Nun passen Sie gut auf und behalten Sie, was ich sage: sie begab sich an Bord des Dampfers und fiel erst in Ohnmacht, nachdem sich der Dampfer bereits in Bewegung gesetzt hatte. Als man dann die Kleider öffnete, entdeckte man Spuren von Blut. Sie starb einige Minuten später.»

«Gütiger Gott!» Der Sergeant sperrte den Mund auf. «Sie meinen, Sie denken – Sie glauben, daß es möglich ist –»

«Ich glaube, daß Nathaniel Herriard überhaupt nicht in seinem Schlafzimmer erdolcht wurde», sagte Hemingway. «Erinnern Sie sich, der medizinische Befund besagte doch, daß der Tod möglicherweise *einige Minuten* später eintrat. Nachdem er den Stich erhalten hatte, ging er in sein Zimmer und versperrte hinter sich die Tür. Und diese Tür wurde nicht mehr geöffnet, bis Ford und Stephen das Schloß aufbrachen.»

Der Sergeant schluckte zweimal. «Und Joseph schuf sich selbst ein Alibi.»

«Joseph schuf sich für die ganze Zeit zwischen dem Versperren und dem Aufbrechen der Tür ein Alibi, nachdem er den Mord bereits begangen hatte.»

«Aber wann tat er es?» fragte der Sergeant. «Miss Clare ging mit ihm hinauf, vergessen Sie das nicht. Er kann es nicht getan haben, ohne daß sie es sah.»

«Holen Sie Miss Clare», sagte Hemingway und schloß das Buch mit einem Knall. «Sie werden sie wahrscheinlich in Gesellschaft des jungen Herriard im Billardzimmer finden.»

Der Sergeant tat, wie geheißen, und kehrte unverzüglich in die Bibliothek zurück; in seiner Begleitung befand sich aber nicht nur Mathilda, sondern auch Stephen.

«Hören Sie, Inspektor», sagte Stephen barsch. «Lassen Sie es mich wissen, wann Sie endlich so weit sind, daß Sie aufhören werden, Miss Clare mit weiteren Fragen zu verärgern.»

«Gewiß», versprach Hemingway. «Aber Sie haben keine Ursache, in Zorn zu geraten, Sir. Da Miss Clare Sie ohnedies ins Vertrauen ziehen wird, habe ich nichts dagegen, daß Sie hier bleiben, solange Sie sich benehmen und mich nicht aufhalten.»

Hemingway wandte sich an Mathilda. «Es tut mir leid, Sie wieder belästigen zu müssen, aber ich hätte gerne noch einige Fragen geklärt. Sie erzählten mir, was sich ereignete, nachdem Sie sich an dem Abend, an dem Mr. Herriard ermordet wurde, in Ihr Zimmer hinaufbegeben hatten. Ich wüßte aber jetzt noch gerne, was sich ereignete, *bevor* Sie sich auf Ihr Zimmer begaben. Soviel ich mich erinnere, sagten Sie bei Inspektor Colwall aus, daß Sie mit Joseph Herriard die Treppe hinaufgingen.»

«Ja», antwortete sie. «Das heißt, er holte mich auf der Treppe ein.»

«Er holte Sie ein?»

«Ja. Er hatte zuvor noch eine Stufenleiter in das Billardzimmer getragen, damit sie nicht im Weg herumstünde.»

«Wo war Mr. Nathaniel Herriard zu diesem Zeitpunkt?»

«Er war eben auf sein Zimmer gegangen.»

«Sahen Sie ihn gehen?»

«Ja, gewiß», antwortete sie etwas erstaunt.

«Wo befanden Sie sich, Miss?»

«In der Halle. Genaugenommen stand ich auf der Schwelle dieses Zimmers hier. Die anderen hatten sich, glaube ich, zum Umziehen heraufbegeben. Ich hörte Nathaniel und Joseph Herriard gemeinsam aus dem Salon kommen.»

«Fahren Sie fort, bitte. Was taten die beiden?»

«Mr. Herriard war noch immer sehr wütend wegen des Stückes, und – Mr. Joseph tat sein Bestes, ihn zu beruhigen.»

«Hatte er dabei Erfolg?»

«Nein. Weit gefehlt. Ich hörte, wie Mr. Herriard sagte, er möge nicht mit ihm hinaufkommen, weil er seine Gegenwart nicht wünsche. Dann fiel Mr. Herriard über die Stufenleiter.» Ein winziges Lachen entschlüpfte ihr. «Es tut mir leid, ich dürfte nicht lachen, aber es war wirklich komisch.»

«Wo stand diese Stufenleiter?» fragte Hemingway.

«Auf dem ersten Treppenabsatz. Joseph hatte sie dort zurückgelassen und – nun, es brachte das Faß zum Überlaufen, soweit es Nathaniel betraf, denn er war überhaupt dagegen, daß im ganzen Haus Papierketten herumhingen, und nun stellte ihm die verwünschte Stufenleiter noch ein Bein.»

«Sahen Sie das mit eigenen Augen?»

«Nein. Ich hörte den Krach auf der Treppe und ging hinaus in die Halle, um zu sehen, was vor sich ging.»

«Nun, und was ging vor sich?»

Sie betrachtete ihn mit einer Stirnfalte zwischen den Brauen. «Ich verstehe nicht ganz. Mr. Joseph Herriard half seinem Bruder in die Höhe und versuchte sich zu entschuldigen, daß er die Stufenleiter an einem so dummen Platz stehengelassen habe.»

«Und Mr. Herriard?»

«Er war sehr ärgerlich.»

«Sagte er etwas?»

«Ja, er befahl Joseph, die Dekorationen herunterzunehmen, und nannte ihn einen dämlichen Esel.»

«Hatten Sie den Eindruck, daß er sich bei dem Sturz verletzt hatte?»

«Ich weiß es nicht. Um die Wahrheit zu sagen, er hatte, wenn er verärgert wurde, die Gewohnheit, sich so zu stellen, als wäre er vor Schmerzen völlig gelähmt. Er drückte die Hand gegen das Kreuz und –» Ihre Stimme zitterte plötzlich, sie keuchte schwer und klammerte sich an die Armlehne ihres Sessels. «Inspektor, wozu stellen Sie mir alle diese Fragen? Sie glauben doch sicher – aber das ist doch nicht möglich!»

Stephen, der sie die ganze Zeit nicht aus den Augen gelassen hatte, sagte barsch: «Was schert dich das? Weiter, Mathilda, was geschah dann?»

Mit gebrochener Stimme fuhr sie fort: «Er ging hinauf, ziemlich langsam, er hielt sich an dem Geländer fest, ich dachte, er spiele wieder die Rolle des Gelähmten. Ich hörte ihn noch die Tür zuschlagen, und ich – ich stand da – und lachte. Sie sehen, ich glaubte –»

«Belaste dich doch nicht damit», unterbrach Stephen. «Was tat Joe? Wußte er von deiner Anwesenheit?»

Sie wandte den Kopf. «Nein. Er gewahrte mich erst, als ich lachte.»

«Was sagte er dann?»

«Ich erinnere mich nicht mehr. Nichts Besonderes, glaube ich. Er war ein wenig überrascht, aber das war ganz natürlich. Doch, ja, er sagte, daß Nat die Stufenleiter absichtlich von oben heruntergeworfen hätte, dann trug er sie in das Billardzimmer. Ich nahm meine Handtasche aus diesem Zimmer hier, drückte meine Zigarette aus und begab mich hinauf. Joseph holte mich ganz oben auf der Treppe ein, aber – aber es ist nicht möglich. Es konnte damals nicht passiert sein.»

Stephen sagte: «Wäre das möglich, Inspektor? Wurde er bei dieser Gelegenheit erdolcht?»

«Sie haben kein Recht, mich das zu fragen, Sir, das wissen Sie genau. Ja, mehr noch, ich muß Sie beide dringend ersuchen –»

«– den Mund zu halten. Sie brauchen keine Angst zu haben.»

«Aber das Messer», wandte Mathilda ein. «Ich sah es nicht. Was machte er damit?»

«Das war nicht schwierig, es vor dir zu verbergen», sagte Stephen. «Im Ärmel vielleicht oder in der Handfläche, indem er es mit dem Griff nach unten flach gegen die Innenseite des Unterarms drückte. Auf diese Weise konntest du es nicht sehen.» Er wandte sich an den Inspektor. «Konnte mein Onkel denn in diesem Zustand noch die Treppe hinaufgehen?»

«Ein Arzt könnte Ihnen das besser beantworten, Sir.»

«Nichtsdestoweniger, ich glaube, daß es so war. Was werden Sie jetzt unternehmen?»

«Erst wenn ich mit meiner Beweisführung ganz zufrieden bin, Sir, werde ich es Ihnen vielleicht sagen. Bis dahin bitte ich Sie und Miss Clare, sich so zu verhalten, als hätte dieses höchst aufschlußreiche Gespräch nie stattgefunden.»

«Ich glaube», sagte Mathilda ziemlich mitgenommen, «ich werde mich mit Kopfschmerzen auf mein Zimmer zurückziehen. Ich fühle mich nicht in der Lage, Joseph zu begegnen, und ich kann nicht Theater spielen. Mir ist nicht ganz wohl.»

«Recht so, gnädiges Fräulein, gehen Sie hinauf», sagte Hemingway. «Es ist das Beste, das Sie tun können.»

Sie begab sich zur Tür. Stephen öffnete sie ihr, und während sie in die Halle hinausging, gab sie einen überraschten Laut von sich, denn dort stand Joseph. «Ach, da bist du ja, Tilda», sagte er. «Ich suchte dich gerade. Teezeit, meine Liebe! Hallo, Stephen, alter Junge.»

«Mathilda hat Kopfschmerzen. Sie legt sich ein bißchen hin», sagte Stephen und schloß die Tür hinter sich. «Sagtest du, der Tee wäre bereit?»

«Oh, arme Tilda!» rief Joseph teilnahmsvoll aus. «Kann ich etwas für dich tun? Willst du ein Aspirin?»

«Es wird bestimmt besser, wenn ich mich hinlege», erwiderte Mathilda.

«Komm, Joseph, laß sie in Ruhe», sagte Stephen und öffnete die Tür zum Salon. «Tee!»

«Bin gleich wieder bei dir, alter Junge», sagte Joseph. «Ich gehe mir nur die Hände waschen.»

Mathilda hatte sich hinaufbegeben, Stephen hörte sie die Halle oben überqueren und in ihr Zimmer gehen. Er beobachtete, wie Joseph hinter ihr dreintrippelte, lächelte grimmig und ging in den Salon.

Der Inspektor steckte den Kopf aus der Tür zur Bibliothek, sah, daß die Luft rein war, und ging auf den ersten Treppenabsatz zu. Er kniete sich dort nieder und prüfte sorgfältig den dicken grauen Teppich. Hier und dort waren einige kleine Flecke sichtbar, darunter auch zwei braune. Der Inspektor betrachtete sie durch sein Vergrößerungsglas, nahm dann eine Rasierklinge aus einer kleinen Hülle in seiner Tasche und schnitt den Flor mit den braunen Flecken sorgfältig aus dem Teppich heraus. Er verstaute das vermutliche Corpus delicti in einem kleinen Behälter und erhob sich. «Ich fahre zurück zur Station», sagte er kurz angebunden zu Ware. «Sie bleiben hier und lassen den gescheiten Gesellen nicht aus den Augen. Möglicherweise hat er an der Tür zur Bibliothek gelauscht. Heften Sie sich an seine Fersen.»

Der Sergeant sagte: «Chef, wenn das alles wahr ist, warum stach er ihn in den Rücken? Das war nicht nach dem Vorbild jenes Burschen, der die Kaiserin ermordete.»

«Aus dem einen Grund, weil Nathaniel jeden scharfen Schmerz in seinem Rücken für seinen Hexenschuß gehalten hätte. Außerdem würde ich sagen, unser lieber Onkel Joseph beschäftigte sich ein wenig mit Anatomie und wählte die beste Stelle für den Zweck.»

«Aber welch ein Risiko», sagte der Sergeant. «Nehmen Sie an, es hätte nicht so geklappt. Angenommen, der alte Mann wäre sofort zusammengebrochen.»

«Das war nicht zu erwarten. Wenn er auf der Stelle ohnmächtig geworden wäre, hätte ihm Joseph ohne Zweifel auf sein Zimmer geholfen und ihn dortgelassen. Vergessen Sie nicht, er hatte dafür gesorgt, mit ihm allein zu sein. Er mußte ein Risiko auf sich nehmen. Passen Sie auf ihn auf.»

Hemingway verließ das Haus, und eine Minute später hörte der Sergeant das Polizeiauto draußen starten und wegfahren.

Etwa drei Stunden später traf Inspektor Hemingway wieder in Lexham Manor ein. Er wurde von Sturry eingelassen, der in gewichtigem Tonfall sagte, er sei froh, ihn zu sehen: «In der Zwischenzeit ereignete sich hier etwas, wovon Sie, wie ich glaube, sofort in Kenntnis gesetzt werden sollten.»

«Sie können mich von nichts in Kenntnis setzen, was ich nicht bereits wüßte. Versuchen Sie es also erst gar nicht», sagte Hemingway brüsk. «Holen Sie mir Mr. Stephen.»

In seiner Würde zutiefst beleidigt, ging Sturry ab. Fast unmittelbar darauf erschien Stephen in der Halle. «Gott sei Dank, daß Sie zurück sind», rief er aus. «Joseph ist verschwunden. Wir haben keine Ahnung, wo er ist.»

«Kein Grund zur Aufregung, Sir, ich weiß, wo er ist.»

«Wo?» fragte Stephen.

«Hinter Schloß und Riegel», erwiderte Hemingway. «Ich kam nur, um Ihnen das zu sagen.»

«Guter Gott», sagte Stephen. «Ich muß gestehen, Inspektor, ich dachte schon, er wäre Ihnen entwischt. Er muß gehört haben, was wir in der Bibliothek sprachen, und sich seinen Reim darauf gemacht haben. Wo haben Sie ihn aufgegriffen?»

«Oh, nicht ich griff ihn auf. Sergeant Ware verhaftete ihn bei Frickley Junction vor etwa zwei Stunden. Ich hatte auch den Verdacht, er könnte gehorcht haben, und so ließ ich Ware zurück, damit er ihn im Auge behielt. Und er machte seine Sache sehr gut. Ihr Onkel Joseph, Sir, verließ das Haus keine zwanzig Minuten nach mir ganz unauffällig und trug einen Koffer bei sich. Übrigens, um von großartiger Darstellungskunst zu sprechen: ihr Onkel Joseph hatte sich eine hübsche braune Perücke aufgesetzt, einen Schnurrbart angeklebt und die Augenbrauen dunkel nachgezogen. Sie hätten ihn nicht wiedererkannt.»

«Das waren seine alten Bühnenrequisiten», meinte Stephen.

«Würde mich nicht wundern. Ware hielt sich dicht auf den Spuren Ihres Onkels. Die erste Gelegenheit, mich anzurufen, hatte er in Frickley Junction, wo sie einen Personenzug bestiegen; schlecht geheizt war er übrigens, wie Ware berichtete. Ich hatte zuvor ein höchst lehrreiches Gespräch mit einem Polizeiarzt und ein anderes höchst instruktives mit einem Pathologen, der einige Stücke von Ihrem Stiegenteppich einer eingehenden Prüfung unterzog.»

«War Blut auf dem Teppich?» fragte Stephen.

«Allerdings, Sir, und zwar von der Gruppe Mr. Herriards. Ich entdeckte es an der Stelle, wo der Mord ausgeführt wurde. Wahrscheinlich vom Messer herabgetropft, da Mr. Herriard äußerlich fast überhaupt nicht blutete. Nachdem sich das so ergeben und ein Stein sich zum anderen gefügt hatte, um das Bild abzurunden, gab ich Ware den Befehl, Ihren Onkel Joseph wegen Mordes an seinem Bruder zu verhaften. Und nun, Sir, wenn Sie nichts dagegen haben, möchte ich Mrs. Herriard sprechen und ihr die Nachricht überbringen.»

«Einen Augenblick noch», sagte Stephen. «Wie zum Teufel kamen Sie überhaupt dahinter?»

«Lesen Sie das ‹Leben der Kaiserin Elisabeth von Österreich›, anstatt über Leute zu murren, die das tun. Vielleicht werden Sie es dann herausfinden», sagte Hemingway. «Ihr Onkel Joseph las das Buch genau, was mehr war, als er seiner Frau erlauben wollte. Wo ist sie, Sir?»

«Im Salon. Miss Clare ist bei ihr.»

Als Maud den Inspektor erblickte, sah sie ihn fest an. Sie hatte die Hände im Schoß gefaltet, ihr Gesicht war ganz ausdruckslos. Als ihr der Inspektor kurz, aber so freundlich, wie er nur konnte, sagte, daß ihr Gatte verhaftet worden sei, zeigte sie kein Anzeichen von Erregung. Einen Augenblick lang sprach sie nichts. Dann sagte sie: «Es war mir ein Rätsel, wie er das angestellt hatte.»

Mathilda wich zurück und rief aus: «Ja, hast du ihn denn verdächtigt?»

«O ja», erwiderte Maud prosaisch. «Ja, seht ihr, ich habe mit Joseph fast dreißig Jahre gelebt. Keiner von euch kannte ihn.»

Mathilda sah sie ganz entgeistert an: «Hast du ihn – hast du ihn nicht gemocht?» fragte sie.

«Ich mochte ihn, als wir heirateten», antwortete Maud. «Aber ich mochte ihn schon seit vielen, vielen Jahren nicht mehr.»

«Du bist aber weiterhin bei ihm geblieben.»

Maud erhob sich und richtete das Tuch, das sie um die Schultern trug, zurecht. Ein schwaches, gepreßtes Lächeln weitete ihren kleinen Mund. «Ich wurde in dem Glauben erzogen, daß man es mit einer Heirat entweder gut oder schlecht treffen kann. Ich glaubte daran, daß jeder Mensch seine Pflicht zu erfüllen hat. Joseph war mir nicht untreu, versteht ihr?» Sie schritt durch das Zimmer zur Tür. «Ich werde nicht zum Dinner herunterkommen», stellte sie fest.

«Willst du, daß ich mit dir hinaufgehe?» fragte Mathilda.

«Nein, danke, meine Liebe. Sage bloß, daß man mir das Dinner auf mein Zimmer bringt, bitte, und mach dir über mich keine Sorgen. Mich wird es vollauf glücklich machen, wenn ich jetzt Pläne für das kleine Haus, in dem ich immer leben wollte, schmieden kann.» Sie machte eine kleine Pause und warf einen Blick auf Stephen, der ihr die Tür offenhielt. Sie lächelte wieder. «Für mich allein», sagte sie schlicht und schritt aus dem Zimmer.

P. D. James

Adam Dalgliesh ist Lyriker von Passion, vor allem aber ist er einer der besten Polizisten von Scotland Yard. Und er ist die Erfindung von **P. D. James.** «Im Reich der Krimis regieren die Damen», schrieb die Sunday Times und spielte auf Agatha Christie und Dorothy L.Sayers an, «ihre Königin aber ist P. D. James.» In Wirklichkeit heißt sie Phyllis White, ist 1920 in Oxford geboren, und hat selbst lange Jahre in der Kriminalabteilung des britischen Innenministeriums gearbeitet.

Ein reizender Job für eine Frau
Kriminalroman
(rororo 5298)
Der Sohn eines berühmten Wissenschaftlers in Cambridge hat sich angeblich umgebracht. Aber die ehrfürchtig bewunderte Idylle der Gelehrsamkeit trügt.

Der schwarze Turm *Kriminalroman*
(rororo 5371)
Ein Kommissar entkommt mit knapper Not dem Tod und muß im Pflegeheim schon wieder unnatürliche Todesfälle aufdecken.

Eine Seele von Mörder
Kriminalroman
(rororo 4306)
Als in einer vornehmen Nervenklinik die bestgehaßte Frau ermordet wird, scheint der Fall klar – aber die Lösung stellt alle Prognosen über den Schuldigen auf den Kopf.

rororo Unterhaltung

Tod eines Sachverständigen
Kriminalroman
(rororo 4923)
Wie mit einem Seziermesser untersucht P. D. James die Lebensverhältnisse eines verhaßten Kriminologen und zieht den Leser in ein kunstvolles Netz von Spannung und psychologischer Raffinesse.

Tod im weißen Häubchen
Kriminalroman
(rororo 4698)
In der Schwesternschule soll ein Fall künstlicher Ernährung demonstriert werden. Tatsächlich ereignet sich ein gräßlicher Tod... Für Kriminalrat Adam Dalgliesh von Scotland Yard wird es einer der bittersten Fälle seiner Laufbahn.

Ein unverhofftes Geständnis
Kriminalroman
(rororo 5509)
«P. D. James versteht es, detektivischen Scharfsinn mit der präzisen Analyse eines Milieus zu verbinden.»
Abendzeitung, München

3241/2

Dorothy L. Sayers

Dorothy Leigh Sayers stammte aus altem englischem Landadel. Ihr Vater war Pfarrer und Schuldirektor. Sie selbst studierte als einer der ersten Frauen überhaupt an der Universität Oxford, wurde zunächst Lehrerin, wechselte dann für zehn Jahre in eine Werbeagentur. Weltberühmt aber wurde sie mit ihren Kriminalromanen und ihrem Helden Lord Peter Wimsey, der elegant und scharfsinnig Verbrechen aufklärt, vor denen die Polizei ratlos kapituliert. Dorothy L. Sayers starb 1957 in Whitham/Essex.

Ärger im Bellona-Club
Kriminalroman
(rororo 5179)

Die Akte Harrison
Kriminalroman
(rororo 5418)

Aufruhr in Oxford
Kriminalroman
(rororo 5271)

Das Bild im Spiegel *und andere überraschende Geschichten*
(rororo 5783)

Diskrete Zeugen
Kriminalroman
(rororo 4783)

Figaros Eingebung *und andere vertrackte Geschichten*
(rororo 5840)

Fünf falsche Fährten
Kriminalroman
(rororo 4614)

Hochzeit kommt vor dem Fall
Kriminalroman
(rororo 5599)

rororo Unterhaltung

Der Glocken Schlag *Variationen über ein altes Thema in zwei kurzen Sätzen und zwei vollen Zyklen.*
Kriminalroman
(rororo 4547)

Keines natürlichen Todes
Kriminalroman
(rororo 4703)

Der Mann mit den Kupferfingern
Lord Peter-Geschichten und andere
(rororo 5647)

Mord braucht Reklame
Kriminalroman
(rororo 4895)

Starkes Gift *Kriminalroman*
(rororo 4962)

Ein Toter zu wenig
Kriminalroman
(rororo 5496)

Zur fraglichen Stunde
Kriminalroman
(rororo 5077)

3273/1

Rabenschwarz

Roald Dahl
Roald Dahl's Buch der Schauergeschichten
(rororo 12629)
Die Zimmertemperatur sinkt? Nach Meinung des Experten Harry Price («Spukhäuser in England») ist das ein sicheres Anzeichen dafür, daß ein Gespenst im Raum ist. - Wer aber könnte ein besserer Führer durch die schaurige Welt der Geister sein als Roald Dahl, dessen literarische «Wechselbäder zwischen Gruseln und Schmunzeln» (Hessischer Rundfunk) bereits Millionen Lesern wohlige Schauer über den Rücken laufen ließen?

John Collier
Mitternachtsblaue Geschichten
(rororo 1559)
Diese fünfzehn merkwürdigen Geschichten sind Glanzstücke durchtriebenen Einfallsreichtums, funkelnden Witzes und teuflischer Pointen.
«Mit den mitternachtsblauen Geschichten versüßt Collier die Lesestunden im fahlen Schein der Nachttischlampe... Zwischen Henry Slezar und Roald Dahl hat auch John Collier mit seinen doppelbödigen Geschichten einen festen Platz im Bücherregal.»
Berliner Morgenpost

Denk nichts Böses *Dreizehn neue mitternachtsblaue Geschichten*
(rororo 5751)
«Es gehört zu Colliers Talent, den Leser am Schluß seiner unterhaltsamen Kurzgeschichten jedesmal zu verblüffen.»
Hessische Allgemeine

rororo Unterhaltung

Harry Kressing
Der Koch *Roman*
(rororo 12300)
Wer Kochrezepte sucht, der wird sie in diesem Buch nicht finden. Was jene Gestalt, die sich in dem Städtchen Cobb als Koch verdingt, unter den Mitgliedern zweier Familien mit ihren Künsten anrichtet, das darf mit Fug als Satanswerk bezeichnet werden. Dabei beginnt alles ganz harmlos...
«Ein Musterstück schwarzer Unterhaltung!»
Die Zeit

3307/2

Romane und Erzählungen

Barbara Taylor Bradford
Bewahrt den Traum *Roman*
(rororo 12794 und als gebundene Ausgabe im Wunderlich Verlag)
Eine bewegende Familiensaga: die Erfolgsautorin erzählt mit Charme und Einfühlungsvermögen vor allem die Geschichte zweier Frauen, die sich ihren Platz in einer männlichen Welt erkämpfen.
Und greifen nach den Sternen
Roman
(rororo 13064)
Wer Liebe sät *Roman*
(rororo 12865 und als gebundene Ausgabe im Wunderlich Verlag)

Barbara Chase-Riboud
Die Frau aus Virginia *Roman*
(rororo 5574)
Die mitreißende Liebesgeschichte des amerikanischen Präsidenten Thomas Jefferson und der schönen Mulattin Sally Hemings.

Marga Berck
Sommer in Lesmona
(rororo 1818)
Diese Briefe der Jahrhundertwende, geschrieben von einem jungen Mädchen aus reichem Hanseatenhaus, fügen sich zusammen zu einem meisterhaften Roman zum unerschöpflichen Thema erste Liebe.

Diane Pearson
Der Sommer der Barschinskys
Roman
(rororo 12540)
Die Erfolgsautorin von «Csárdás» hat mit diesem Roman wieder eines jener seltenen Bücher geschrieben, die eigentlich keine letzte Seite haben dürften.

rororo Unterhaltung

Dorothy Dunnett
Die Farben des Reichtums
Der Aufstieg des Hauses Niccolò. Roman
656 Seiten. Gebunden im Wunderlich Verlag und als rororo 12855
«Spionagethriller, Liebesgeschichte, spannendes Lehrbuch (wie lebten die Menschen vor 500 Jahren?) - einer der schönsten historischen Romane seit langem.» *Brigitte*
Der Frühling des Widders
Die Machtentfaltung des Hauseses Niccolò. Roman
640 Seiten. Gebunden im Wunderlich Verlag
Das Spiel der Skorpione
Niccolò und der Kampf um Zypern. Roman
784 Seiten. Gebunden im Wunderlich Verlag

Marti Leimbach
Wen die Götter lieben *Roman*
272 Seiten. Gebunden im Wunderlich Verlag und als rororo 13000
Das Buch zum Film «Entscheidung aus Liebe». Die Geschichte von Hilary und Viktor.

3287/2